Caroline Säfstrand

Das Geheimnis der Blumeninsel

Autorin

Caroline Säfstrand ist Journalistin und Schriftstellerin. In ihrem Heimatland Schweden ist die Bestsellerautorin bekannt für ihre wunderschönen warmen Geschichten, in denen es oft um Familiengeheimnisse, zerbrochene Beziehungen und heilende Freundschaften geht. Ihre Bücher werden erfolgreich international veröffentlicht. Ihr letztes Buch »Strandhaus Meeresrauschen« wurde außerdem als Feelgood-Buch des Jahres beim schwedischen Feelgood-Festival ausgezeichnet. Mit ihren Romanen will sie ihre Leser*innen ermutigen, wegweisende Entscheidungen für das eigene Leben zu treffen. Denn die Kraft einer Geschichte ist größer, als man denkt. Sie lebt mit ihrer Familie in Helsingborg.

Weitere Informationen unter:
Instagram: @carolinesafstrand
Facebook: www.facebook.com/CS.Skrivarstudio
www.facebook.com/carolinesafstrand
Blog: www.carolinesafstrand.se

Von Caroline Säfstrand bereits erschienen
Strandhotel Meeresbrise · Strandhaus Meeresrauschen

Caroline Säfstrand

Das Geheimnis der Blumeninsel

Ein Schweden-Roman

Deutsch von Stefanie Werner

blanvalet

Die Originalausgabe erschien 2023 unter dem Titel
»Låt mig berätta allt« bei Bokförlaget Forum, Stockholm.

FSC
www.fsc.org
MIX
Papier | Fördert gute Waldnutzung
FSC® C014496

Penguin Random House Verlagsgruppe FSC® N001967

1. Auflage 2024

Redaktion: Ingola Lammers
Umschlaggestaltung und -motiv: www.buerosued.de
JS · Herstellung: sam · lor
Satz: KCFG – Medienagentur, Neuss
Druck und Bindung: GGP Media GmbH, Pößneck
Printed in Germany
ISBN 978-3-7341-1323-9

www.blanvalet.de

Für Peter. Du und ich. Everlong.

1. Brief, 25. Oktober 2012

»Mut beruht vor allem auf dem Willen, ihn zu haben.«

Jetzt bin ich bald stolze achtzig Jahre alt und finde, es ist höchste Zeit, die Worte von Ellen Key, der schwedischen Frauenrechtlerin, zu befolgen. Jetzt will ich all meinen Mut zusammennehmen. Denn den brauche ich, um dir meine Geschichte zu erzählen – die ebenso auch deine Geschichte ist.

Möglicherweise findest du es jetzt viel zu spät, meinst vielleicht, diese Worte, die ich ein ganzes Leben lang für mich behalten habe, könnten genauso gut mit mir ins Grab gehen und unausgesprochen bleiben. Möglicherweise hast du recht. Trotzdem bin ich fest entschlossen, zehn Briefe an dich zu schreiben. Sie sollen dir meine Geschichte erzählen, mein Leben, im Rückspiegel betrachtet, und dich um Verzeihung bitten.

Vielleicht wirst du sie niemals lesen. Aber während ich schreibe, werde ich mir vorstellen, dass du es tust. Ich will ganz ehrlich sein und werde dir nichts verschweigen, auch wenn meine Enthüllungen oft wenig schmeichelhaft sind. Nimm es als Liebeserklärung an dich. Ich möchte, dass du endlich die Wahrheit erfährst.

Ich kann verstehen, wenn du mich für egoistisch hältst,

weil ich jetzt, angesichts der Endlichkeit meines Lebens, meine Sünden bereue. Wenn du mir vorwirfst, ich denke nur an mich und suche meinen Frieden. Aber es geht gar nicht darum, dass ich viele Fehler gemacht habe, die ich bereue. Ich schreibe, weil ich gelernt habe, mit meinen Sünden zu leben. Ich schreibe dir diese Briefe, weil ich hoffe – und es mir von ganzem Herzen wünsche –, dass du die Vergangenheit eines Tages so annehmen kannst, wie sie war, und vielleicht auch das Gute darin siehst, obwohl alles ganz anders kam als gedacht.

Erst dann wirst du auch die kleinen Dinge genießen können, die das Leben so einzigartig und wunderschön machen.

Die wehmütige Melodie des Fitislaubsängers, die Sonnenstrahlen, wenn sie durch das Blattwerk der Baumkronen stoßen, das Kitzeln des Windes auf deiner Wange. Erst dann wirst du die Stimme des Meeres hören. Und das, mein Liebes, ist reine Magie.

Ulrica

Die Schiffsbrücke in Landskrona badete in der heiß ersehnten Julisonne. Ulrica zog ihr T-Shirt, das schon am Rücken klebte, wieder nach unten und reihte sich in die Schlange ein, die sich gemächlich auf die Fähre M/S Uraniborg zubewegte. Sie drehte sich um und sah Angelika noch auf dem Parkplatz stehen, wie sie an ihrem Wagen lehnte und das Gesicht in die Sonne hielt. Ihr hatte sie es zu verdanken, dass sie jetzt ganz allein zwei Wochen Urlaub machte. Sie hatte ihr gut zugeredet. Und nun hatte sie auch noch den Chauffeur gespielt und sie von Helsingborg zur Fähre gebracht.

»Ich kann dir jetzt schon sagen, kurz vor der Abfahrt wirst du kalte Füße kriegen. Versuch einfach, die Gedanken abzuschalten. Fahr einfach los. Vielleicht ist dieser Urlaub das Wichtigste, was du je gemacht hast!«, hatte sie im Auto zu ihr gesagt.

Niemand kannte Ulrica so gut wie Angelika, und auch dieses Mal hatte ihre Freundin richtiggelegen. In diesem Augenblick hätte Ulrica am liebsten auf der Stelle kehrtgemacht und wäre zurück nach Hause gefahren.

Sie seufzte und zog ihr Handy, auf dem die Fahrkarte gespeichert war, heraus. Der Fahrkartenkontrolleur wechselte mit jedem Passagier ein freundliches Wort, doch Ulrica nahm gar nicht wahr, was er sagte, als sie an der

Reihe war. Sie hielt ihm das Ticket hin, zwang sich, nett zu lächeln, und ging weiter in Richtung Fahrzeugdeck. Den Trolley fest in der Hand, quälte sie sich die enge, steile Treppe hinauf, am Salon vorbei und weiter hoch aufs Sonnendeck.

Unten auf dem Parkplatz wedelte Angelika wild mit beiden Armen. Ulrica winkte zurück und suchte sich einen Platz, von dem sie das Festland im Rücken hatte und ihr Blick nach vorn ging, auf die Insel Ven. Nicht zurückschauen, dachte sie. Einfach losfahren.

Sie schloss die Augen und wünschte sich, genau so eine ausgelassene Vorfreude wie die anderen Touristen zu verspüren. Doch vor ihr lag ja auch kein normaler Urlaub. Ven bedeutete für sie nur vermintes Gelände. Ein Ort, der eng mit der Kindheit ihrer Mutter Alva verbunden war, über den aber nie gesprochen wurde. Kein einziges Wort über die verbotene Insel.

Die Fähre begann zu schaukeln und legte ab. Ulrica ballte vor Anspannung die Fäuste auf dem Schoß. Jetzt gab es kein Zurück mehr. Nun war sie auf dem Weg. Sie warf einen letzten Blick zum Parkplatz, wo Angelika gerade ausparkte. Obwohl Ulrica ihre Zweifel hatte, war Angelika vollkommen überzeugt davon, das Richtige zu tun.

»Du stehst jetzt am Scheideweg. Und was tut man da? Man stellt alles auf den Prüfstand. Wer bin ich, wer will ich sein, was habe ich noch vor mit dem Rest meines Lebens?«, das waren ihre Worte auf der Fahrt gewesen. »Jack – dein einziges Kind – ist jetzt erwachsen und aus dem Haus. Er ist 1500 km weit weg. Mit dem Bemuttern ist es jetzt vorbei, da ist keiner mehr, um den du dich kümmern musst. Du bist Single, wenn du mich fragst, schon viel zu lange, und du gehst auf die fünfundvierzig zu.«

»Willst du damit sagen, dass ich diese Reise machen soll, weil ich in einer Midlife-Crisis stecke? Ein bisschen früh für den Fünfzigsten, ein bisschen spät für den Vierzigsten?«, hatte Ulrica erwidert, den Kopf an die Nackenstütze gelehnt.

»Ich will sagen, dass du in einer *akuten Lebenskrise* steckst. Jahrelang hast du die Augen vor all den Themen verschlossen, die lauter Stolpersteine für dich sind und dich davon abhalten, einen neuen Weg einzuschlagen, aber jetzt hast du das bitter nötig«, hatte Angelika geantwortet. »Jetzt brauchst du Antworten auf die Fragen, die du immer unter den Teppich gekehrt hast, und die Antworten könntest du auf Ven bekommen, was spricht dagegen, dort anzufangen?«

Ulrica fand nicht, dass sie eine Lebenskrise durchmachte. Aber jetzt, auf dem Weg zur Insel, fragte sie sich doch, ob in Angelikas Worten nicht ein Fünkchen Wahrheit lag. Ganz sicher hatte sie recht damit, dass Ulrica in letzter Zeit nicht mehr sie selbst gewesen war. Schließlich war sie immer, zumindest von außen betrachtet, stark und zielstrebig gewesen, jetzt fühlte sie sich nur noch ausgelaugt und niedergeschlagen, und das hasste sie. Das lag an Gefühlen, die sie regelrecht auszehrten. Inzwischen war sie so dünnhäutig, dass sie extrem verletzlich geworden war.

Sie stand auf und ging zur Reling. Langsam beugte sie sich darüber, blickte hinab auf das schäumende Wasser, dann fuhr ihre Hand in die Jackentasche. Ihre Fingerkuppen tasteten die Kanten der Ansichtskarte ab, die laminiert war, um eine getrocknete Blume zu fixieren. Diese kleine, selbst gemachte Karte war der Auslöser gewesen, deswegen stand sie jetzt hier.

Sie hoffte inständig, dass das Kärtchen sie zu den Antworten führen würde, die diese Stolpersteine, die ihr Leben ausbremsten, aus dem Weg räumen würden.

Eine halbe Stunde später nahm die Nordmole im Hafen von Bäckviken die Fähre in Empfang, fast wie eine Umarmung zur Begrüßung. Ulrica ging von Bord und blieb auf dem Hafengelände stehen. Ihre Beine zitterten, als hätte sie einen Zehnkilometerlauf hinter sich. Hinter den idyllischen Holzstegen, den Eisbuden und den kleinen Lädchen, wo quietschbunte Sarongs im Wind flatterten, türmte sich die Steilküste dramatisch auf. In ihrer Kindheit hatte Ulrica von zu Hause in Glumslöv aus dem Fenster geschaut, und ihr Blick war immer an dieser besonderen Insel hängen geblieben, die mit ihrer Hochebene erhaben aus dem Meer stach, und immer hatte sie sich gefragt, welche Geheimnisse diese Steilküste ihr wohl vorenthielt. Sie konnte es immer noch nicht fassen, dass sie jetzt wirklich hier stand.

Ein paar Frauen kamen vorbei, mit Körben, in denen unter rot-weiß karierten Geschirrtüchern Weinflaschen und Baguettes hervorlugten. Eine Familie mit Golf-Bags hetzte zum Bus, während ein paar Touristen Schlange standen und auf den Traktor warteten, dessen Anhänger sie auf der Insel verteilen würde. Ulrica nahm ihr Gepäck und schloss sich dem Urlauberstrom an, der sich den steilen Hügel hinaufbewegte.

Als sie knapp die Hälfte geschafft hatte, war ihr Puls so hoch, dass sie stehen bleiben musste. Sie nahm die Wasserflasche aus der Tasche und trank ein paar Schlucke, bevor sie langsam weiterstieg bis zur Kuppe. Da bogen die meisten Leute ab, weil sich dort der Fahrradverleih befand, bei dem es die typischen gelben Leihräder gab. Ulrica jedoch folgte dem Landsvägen, der Landstraße, zu Fuß, die wie eine Welle vorwärts über die Felder schwappte. Ihre Schulter tat vom Gewicht ihrer großen Umhängetasche schon weh, und mehrmals musste sie anhalten und kleine Steinchen aus den Rädern ihres Trolleys pulen. Schon als der Bus sie überholte, bereute sie ihre Entscheidung, zu Fuß zu gehen. Die gerade Strecke, die nach Auskunft ihrer App nur eine knappe halbe Stunde dauern sollte, kam ihr unendlich lang vor. Doch sie biss die Zähne zusammen und wanderte weiter, an einigen Restaurants vorbei und am Tycho-Brahe-Museum, bis sie schließlich vor einem kleinen, weiß verputzten Haus mit einem grünen Gartenzaun stand.

Sie stellte ihre Tasche hin, blickte auf die App und griff sich ins Haar. Sie war angekommen. Als sie das Gartentor öffnete, klingelte ihr Handy. Sie holte einmal tief Luft, dann nahm sie das Gespräch an.

»Hallo, Mama.«

»Hallo«, sagte Alva. »Bist du gut angekommen?«

Ulrica zog das Gepäck hinter sich her, lief über den ordentlich geharkten Kiesweg zur Treppe, hob einen Stein hoch und nahm den Hausschlüssel, wie ihre Vermieterin Lucy es ihr beschrieben hatte. Die Tür knarrte, als sie sie öffnete.

»Ja, im Moment.«

Alva stieß einen Seufzer aus. Es war schwer auszumachen, ob es ein freudiges oder unzufriedenes Seufzen war.

Ulrica stellte den Trolley im Flur ab, betrat das Wohnzimmer mit der offenen Küche und sah sich um. Eine steile Treppe führte hoch zum Schlafloft unter dem Dach.

»Und, wie ist dein Ferienhaus?«, erkundigte sich Alva.

»Es ist recht klein, aber sauber und sehr gemütlich«, sagte Ulrica und fuhr mit der Hand über eine dicke Wolldecke, die über der Armlehne des Sofas hing.

Sie war sehr bedacht darauf, ruhig und entspannt zu klingen. Angelika war die Einzige, die wusste, dass sie nach Ven gereist war. Allen anderen – ihren Eltern Alva und Urban, ihrem Sohn Jack, den Freunden und Kollegen – hatte sie erzählt, sie würde ihren Urlaub im schönen Österlen verbringen, einem äußerst beliebten Reiseziel in Südschweden. Diese Notlüge war unvermeidlich gewesen, denn sonst wäre aus der Reise nichts geworden. Allerdings war Ulrica noch nie gut im Flunkern gewesen, und sie wusste, Alva würde es auf der Stelle merken, wenn ihre Stimme zu zittern begann. »Und ich habe wirklich ein Bombenwetter erwischt«, fuhr sie fort.

»Schön, aber kann man das ganz allein wirklich genießen? Ich hab immer noch nicht verstanden, warum …«, sagte Alva nörgelnd.

Die Skepsis ihrer Mutter war nachvollziehbar. Noch nie in ihrem ganzen Leben hatte Ulrica alleine Urlaub gemacht, und wenn sie mal mit dem Gedanken gespielt hatte, dann hatte sie dabei sicherlich kaum an ein Häuschen in der Pampa gedacht, sondern eher an einen Trip nach Barcelona oder London.

Sie räusperte sich, ihre Stimme sollte energisch und nicht unsicher klingen. »Du weißt doch selbst, wie viel ich in letzter Zeit gearbeitet habe, da dachte ich mir, ein paar Tage für mich allein würden mir guttun. Ich muss dringend meine Batterien wieder aufladen.«

Alva schnaubte nur. Ulrica wusste genau, was das hieß. *Du bist doch ganz allein, seit Jack ausgezogen ist.* Aber sie hielt den Mund und versuchte, das Gespräch möglichst schnell zu Ende zu bringen.

»So, jetzt werde ich mal auspacken und mich hier einrichten«, sagte sie.

»Ja, ja … dann meld dich doch später, wenn du es dir gemütlich gemacht hast.«

»Versprochen. Grüß Papa.«

Ulrica legte das Handy wieder hin und verzog das Gesicht, als sie ihre heiß gelaufenen Turnschuhe auszog. Sie stellte sie in den Flur, nahm die Ansichtskarte aus der Jackentasche und legte sie auf den Küchentisch. Dann schenkte sie sich ein großes Glas Wasser ein und setzte sich ans Fenster, das zum Landsvägen hinausging. Auf der anderen Straßenseite stand ein kleines graues Backsteinhaus, es hatte eine blaue Tür und an der Hauswand blühten violette Stockrosen. Es sah aus wie gemalt. Eine Frau saß am Fenster, die Häkelgardine verbarg sie mehr schlecht als recht. Es hatte den Anschein, als beobachtete sie sie. Ulrica vermutete, dass es jetzt angebracht sei zu grüßen, doch stattdessen zog sie den Vorhang zu und tat so, als habe sie sie nicht gesehen.

Seufzend fuhr sie mit den Fingerkuppen über die getrocknete Malve, die in der laminierten Schicht eine kleine Unebenheit verursachte. Ulrica musste die Karte gar nicht umdrehen und die eigenwillige Handschrift entziffern, sie konnte die Worte längst auswendig:

Ich bin auf der Malveninsel geboren und diese zarte Blume stand Pate für deinen Namen – Alva. Der Malve sagt man als Heilpflanze eine lindernde Wirkung nach, und du, mein kleines Mädchen, warst für mich Linderung in einer schlimmen Welt. Wo die Blumen blühen, da warte ich auf dich.

Mama

Ulrica wusste, dass die Rosenmalve – zumindest sagten das die Inselbewohner – die Blume der Insel Ven war, und diese Karte musste ihre Großmutter Gerda vor langer Zeit an ihre Mutter geschrieben haben. Und das war auch schon alles, was sie wusste. Alva hielt ihre eigene Geschichte eisern unter Verschluss. Als sie daran dachte, dass sie bei ihrem letzten Besuch im Elternhaus die Karte einfach an sich genommen hatte, ohne zu fragen, schloss Ulrica beschämt die Augen. Doch ohne diese Karte wäre sie nicht hier. Sie schlug die Augen wieder auf und las die letzten Worte: *Wo die Blumen blühen, da warte ich auf dich.* Das war ein sonderbarer Satz, er warf so viele Fragen auf. Ulrica zog den Vorhang ein kleines Stück zur Seite. Diese Frau saß da immer noch und sie starrte nach wie vor auf ihr Ferienhaus. Ulrica ließ den Stoff wieder los und der Vorhang fiel zu. Sie konnte sich nicht erinnern, dass sie sich jemals so einsam gefühlt hatte.

Bea

Die zugezogene Gardine im Häuschen auf der anderen Straßenseite war wie eine eiskalte Hand. Kümmere dich um deine Angelegenheiten. Doch Bea hatte nichts, worum sie sich kümmern musste. Deshalb saß sie meist hier am Fenster, blickte hinaus auf den Landsvägen und beobachtete die Touristen, die vorbeikamen. Manchmal hatte Lucy ihr Ferienhaus an ein nettes Pärchen oder eine junge Familie vermietet, und die winkten ihr zu, wenn sie einen Ausflug machten. Das waren die guten Tage. Doch im Moment war das wohl kaum zu erwarten. Bea konnte nur hoffen, dass dieser ungewohnt unfreundliche Gast nur wenige Nächte blieb, doch das umfangreiche Gepäck sprach eine andere Sprache.

Da schnitt ein greller Klingelton durch die Luft. Bea starrte auf das Display ihres Telefons. Edvin? Langsam nahm sie den Hörer ab und meldete sich: »Hallo.«

»Hallo, Bea. Wir haben ja lange nichts voneinander gehört.«

Ja. Es war lange her. So lange, dass seine Stimme plötzlich eigenartig klang. Die Stimme, die ihr so vertraut war, und jetzt doch so fremd. Er redete in einem fort und lachte zwischendrin. War er nervös? Bea war sich nicht sicher, sie hörte nur vereinzelte Worte, die durch dieses Rauschen in ihr Ohr drangen, er faselte von dem heißen

Sommer und vom Urlaub. Solche Gesprächsthemen, mit denen man sich behilft, wenn man sich nur flüchtig kennt. Oder wenn man auseinandergegangen war.

Bea schluckte. Hand in Hand waren Edvin und sie vierunddreißig Jahre durchs Leben gegangen, dann war er plötzlich in eine Seitenstraße abgebogen, hatte die Scheidung eingereicht und Bea völlig orientierungslos allein zurückgelassen. Das Problem war nur, dass sie sich selbst nicht vom Fleck gerührt hatte, sondern immer noch an derselben Stelle stand, an der er abgebogen war. Das war inzwischen neun Monate her. Sie wünschte, sie hätte nicht mitgezählt.

»... deshalb brauche ich jetzt die Versicherungspapiere für den Wagen. Ich meine, ich hätte sie in der Mappe im Arbeitszimmer liegen gelassen. Würdest du bitte mal nachsehen und sie mir schicken, falls sie da sind?«

Bea räusperte sich. »Ja sicher, wird erledigt.«

»Nett von dir. Vielen Dank.« Er klang sehr erleichtert. »Jetzt muss ich zurück an die Arbeit, aber melde dich doch bitte, wenn du sie nicht findest.«

Er verabschiedete sich und hatte das Gespräch beendet, bevor Bea überhaupt etwas erwidern konnte.

Mit zittriger Hand legte sie wieder auf. Obwohl er wusste, dass sie kurz nach der Scheidung zähneknirschend auch noch der Verrentung zugestimmt hatte, hatte er sich überhaupt nicht danach erkundigt, was sie jetzt den ganzen Tag machte oder wie es ihr damit ging. Auch gut, dachte sie, eine Lüge weniger.

Sie rückte den Stuhl ab und stand behäbig auf. Ihr Körper fühlte sich schwer an, als hätte Edvin ihr Fußfesseln verpasst, bevor er sich aus dem Staub gemacht hatte. Sie schlurfte in den Flur, legte die Hand auf den Türgriff zu dem Zimmer, das Edvin als Büro genutzt hatte, doch brachte es nicht fertig, die Klinke hinunterzudrücken. Seit neun Monaten hatte sie den Raum nicht betreten.

»Hör auf mit dem Unsinn«, sagte sie laut zu sich selbst, doch ihr Bauch hörte nicht auf ihren Kopf, und ihr Puls raste davon. Als sie die Tür schließlich öffnete, sickerte Edvins Duft heraus, als hätte er in den Wänden gelauert und nur darauf gewartet, dass sie hineinkam. Ihr schossen die Tränen in die Augen. Sofort zog sie einen Zipfel ihres T-Shirts nach oben und presste den Stoff auf die Augen. Als Edvin sich damals endgültig von ihr verabschiedet hatte, hatte sie sich geschworen, keine einzige Träne mehr zu vergießen. Und dieses Versprechen würde sie halten.

Sie zwinkerte heftig und blickte sich im Zimmer um. Über die vielen Jahre hatte der blaue Teppich ziemlich gelitten und die Tapete war vergilbt. Alle Zettel, die er an die Pinnwand gehängt hatte, waren weg, und die Nadeln steckten sorgfältig aufgeräumt in der unteren rechten Ecke. Das dunkle Holzregal war, bis auf eine Mappe, ein paar Umschläge und ein Kästchen mit Büroklammern, leer. Als Steuerberater hatte sich Edvin aussuchen können, ob er vom Homeoffice aus oder im Büro in Landskrona arbeitete.

Bea nahm die Mappe aus dem Bücherregal und blätterte sie durch, bis sie die Unterlagen gefunden hatte, die Edvin benötigte. Sie steckte sie in einen Umschlag, legte ihn im Flur auf die Kommode und ging zurück in die Küche, um sich eine Tasse Tee zu brühen. Die Adresse würde sie später aufs Kuvert schreiben, wenn ihre Hände nicht mehr zitterten. *Revitalise* stand auf der Teeschachtel, ein Tee, der Körper und Seele wieder aufpäppeln sollte. Nachdem sie die Schachtel schon halb ausgetrunken hatte, wusste sie es besser. Der Slogan war nur ein leeres Versprechen der Marketingabteilung. Immerhin waren Zimt, Kardamom und Ingwer etwas für die Geschmacksknospen und sie nahm ihre kobaltblaue Lieblingstasse und setzte sich an den Küchentisch. Fast unmerklich justierte sie die Tasse so, dass sie an einer ganz bestimmten Stelle auf ihrer gemusterten Wachstischdecke stand, von links gesehen auf der fünften Blume in der zweiten Reihe. Erst als die Tasse exakt so platziert war, dass sie die Blütenblätter ganz und gar verdeckte, kamen ihre Hände zur Ruhe.

Die Wanduhr tickte die Sekunden voran. In dieser Totenstille war sie wirklich gnadenlos. So klang es, wenn Leben versickerte. Wie oft schon hatte Bea die Batterie herausnehmen wollen, doch wie so vieles anderes hatte sie auch das noch nicht erledigt. Edvin hörte wohl kaum, wie der Sekundenzeiger tickte. Aber er hatte sein Leben auch in die Hand genommen. Um auf andere Gedanken zu kommen, griff sie nach dem Wandkalender auf dem Tisch. Sie hatte ihn im Dorfladen auf der Insel gratis bekommen und jede Monatsseite begrüßte sie mit einem Bild von Ven und einem erbaulichen Zitat. Bea hatte ganz vergessen weiterzublättern und riss nun die Juniseite ab, die seit zwei Wochen überfällig war. Der Juli zeigte eine Luftaufnahme der Insel, sie sah wie ein mickriges Puzzleteil aus, das im Öresund schwamm. *Wir wachsen nicht, wenn alles nach Wunsch läuft, sondern wenn wir Hindernisse überwinden,* stand da.

Bea biss sich auf die Lippe, nahm einen Stift aus dem Glas auf dem Fensterbrett, strich die Worte durch und schrieb darunter: *Wenn man schnell geht und viel lächelt, dann sieht keiner, wie hässlich man wirklich ist.* Dieses Zitat eines schwedischen Filmschauspielers hatte sie kürzlich in einer Zeitung gelesen und für eine Weile hatte es sie aufgemuntert. Das würde jetzt ihr Mantra für den Juli sein.

Bea beugte sich vor. Da stand etwas in der Zeile für den morgigen Tag. *Treffen des Dorfvereins, 17 Uhr.* Bea seufzte. Nicht weil solche Termine besonders anstrengend waren, meist ging es um simple Anliegen wie um Magnussons Hecke. Die durfte nicht zu hoch sein, sonst liefen die Fahrradfahrer Gefahr, an der Ecke miteinander zu kollidieren. Doch noch immer tat sich Bea schwer mit Aktivitäten, die Edvin und sie gemeinsam unternommen hatten, sie wusste einfach nicht, wie sie sich verhalten sollte. Deshalb hatte sie in den vergangenen Monaten die meisten Termine abgesagt. Nur an den Treffen des Dorfvereins hatte sie noch teilgenommen.

Sie ließ ihren Blick über die Juliseite im Kalender gleiten. Der Termin des Dorfvereins war der einzige im ganzen Monat. Diese in Tinte geschriebenen Buchstaben schrien es förmlich heraus, dass ihr Leben ebenso leer war wie die Zeilen auf dem Papier.

Wir wachsen daran, wenn wir Hindernisse überwinden. »Als ob das so einfach wäre«, wisperte sie, richtete ihren Blick auf den Landsvägen, wo gerade ein paar Urlauber auf gelben Fahrrädern vorbeikamen, und dann machte sie es kurzerhand wie Lucys Gast auf der anderen Straßenseite und zog die Vorhänge einfach zu.

Ulrica

Ihre innere Stimme, die Ulrica dazu überredet hatte, auf die Insel zu reisen und nach Antworten auf ihre Fragen zu suchen, um am Ende klüger und gestärkt wieder nach Hause zu kommen, wurde nun von einer Stimme übertönt, die ihr vorhielt, ihr Entschluss sei vorschnell gewesen, in einer schwachen Minute gefasst worden – vielleicht sogar nur eine Flucht vor Jacks leerem Kinderzimmer.

Sie saß da und stöhnte laut. Was sollte sie tun? Sie würde es hier keine zwei Wochen aushalten und währenddessen alle anlügen, die sich nach ihr erkundigten. Das Risiko, sich zu verplappern, war viel zu groß, und allein der Gedanke, wie ihre Mutter reagieren würde, wenn sie es herausbekam, jagte ihr richtiggehend Angst ein. Es gab kein heikleres Thema als Ven. Auf der anderen Seite … konnte sie auf der Stelle wieder nach Hause fahren, am selben Tag, an dem sie gekommen war?

Sie presste die Lippen aufeinander. Was für eine idiotische Idee! Sie hätte niemals herkommen dürfen.

Sie blickte sich um. Auf der Kommode im Flur lag ein Blatt mit Informationen mit dem Hinweis, sie dürfe das Fahrrad ausleihen, das an der Hausrückwand stand. Vielleicht würde ihr eine kleine Fahrradtour guttun und sie könnte endlich eine vernünftige Entscheidung treffen. Sie stand auf, holte aus ihrer Tasche ein Paar Sandalen und ging um das Haus herum, wo sie ein blaues Damenrad vorfand, mit rosa Blumen bemalt. Und wie beschrieben, war es nicht abgeschlossen.

Ulrica fuhr denselben Weg zurück, auf dem sie ein paar Stunden zuvor hergekommen war. Auf der steilen Abfahrt zum Hafen hinunter bremste sie stark, dann bog sie auf den kleinen Weg zwischen dem Café und der Eisbude ein. Auf dem Straßenschild stand *Hakenstigen*. An der recht schmalen und kurvigen Straße gab es viele schöne alte Häuser. Als Ulrica an einem Leuchtturm vorbeigekommen war, hielt sie an, stellte das Fahrrad am Straßenrand ab und ging hinunter an den kleinen steinigen Strand.

Das Wasser war so klar, dass sie beobachten konnte, wie sich Seegras und Tang am Boden bewegten. Mucksmäuschenstill stand sie da und staunte über die ruhige Atmosphäre, die das leise Plätschern der Wellen auf den Steinstrand hervorbrachte. Zu Hause gab es immer eine Geräuschkulisse, echte Ruhe war da nie. Sie beugte sich hinab und hob einen flachen Kiesel hoch, der zwischen zwei rund geschliffenen größeren Steinen steckte. Als Kind hatte sie Stunden damit zubringen können, Steine aufs Wasser zu werfen und hüpfen zu lassen. Dass er fünfmal aufditschte, war ihr oft gelungen. Sie wog den Stein in ihrer Hand, dann holte sie aus, machte einen Schritt vor und warf ihn ganz weit hinaus. Der Stein prallte ein-, zwei-, dreimal auf, bevor er eintauchte.

»Wie herrlich«, erklang da eine Stimme hinter ihr.

Sie fuhr herum und sah einen alten Mann mit Stock, der gerade vorbeikam, den Blick stur geradeaus, doch die freie Hand zum Gruß erhoben. Dicht hinter ihm folgte ein Schwan. Das Tier ignorierte sie komplett. Es watschelte dem Mann einfach hinterher, lief sogar im selben Takt. Ulrica verfolgte das ungewöhnliche Gespann. Na so was! Dieser Ort war nicht nur still und friedlich, er war auch irgendwie seltsam.

Sie ging zurück zu ihrem Fahrrad und schob es die kleine Straße ein Stückchen weiter, wo einige Privatstege ins Wasser führten. Die mussten zu den Häusern auf der anderen Straßenseite am Hang gehören. Der alte Mann war gerade auf dem Weg hinaus auf den zweiten Steg, den klapprigsten von allen, noch immer dicht gefolgt von dem Schwan.

Ulrica wartete kurz und ließ ein Grüppchen Radler vorbei, dann setzte sie sich wieder aufs Rad und fuhr zurück zu ihrem Häuschen. Blühende Rapsfelder, pittoreske Häuschen und kleine Läden mit Kunsthandwerk, vor den Ateliers handgemalte Schilder, all das erinnerte sie an eine Filmkulisse, und ein bisschen fühlte es sich an, als sei diese Insel gar nicht echt. Trotzdem gab es Menschen, die hier das ganze Jahr über lebten. Wie ihre Großmutter Gerda. Wann sie aufs Festland gezogen war, wusste Ulrica nicht, aber Alva war in Landskrona aufgewachsen, und da war die Verbindung zur Insel schon lange Jahre gekappt. Daher war es auch so erstaunlich, dass Alva sich seit Jahren vehement sträubte, einen Fuß auf die Insel zu setzen, und die Familie Ven deshalb nie besucht hatte. Natürlich wollte Ulrica den Grund dafür erfahren … Aber jetzt war vielleicht doch nicht der richtige Zeitpunkt dafür. Vielleicht suchte sie nur krampfhaft nach Ablenkung, um sich nicht mit ihren eigenen Problemen auseinandersetzen zu müssen.

Sie ging aus dem Sattel, trat schneller. Jetzt hatte sie eine Entscheidung getroffen. Vielleicht war es verrückt, am selben Tag noch zurückzufahren, an dem man gekommen war, doch sie brachte es einfach nicht fertig, ihre Mutter derart zu belügen. Und ein Tagesausflug war es ja immerhin geworden, jetzt hatte sie die Insel, um die ihre Gedanken so viele Stunden gekreist waren, endlich mal gesehen, und nun hatte sie noch ihren ganzen Urlaub, um sich mit sich selbst und dem, was Angelika eine akute Lebenskrise nannte, zu beschäftigen.

Ihre Beine zitterten von der Anstrengung, als sie das Fahrrad wieder an der Hausrückwand abstellte. Sie ging ins Haus und merkte erst jetzt, wie sehr ihr Magen knurrte, schließlich hatte sie auch nur eine Tasse Kaffee getrunken, bevor sie losgefahren war. Sie öffnete den Kühlschrank. Da fand sie Joghurt, Butter, Käse, Marmelade und Milch, daneben einen handgeschriebenen Zettel: *Feel free! Brot ist im Brotkasten und Kaffee im Schrank neben dem Kühlschrank! Lucy*

Wie nett von Lucy, der das Haus gehörte, dachte Ulrica und schmierte zwei Brote und kochte Kaffee, dann ließ sie sich am Küchentisch nieder und rief auf dem Handy die Website der Reederei auf. In eineinhalb Stunden gab es eine Fähre nach Landskrona. Da sie noch gar nichts ausgepackt hatte, würde sie das problemlos schaffen. Doch was sollte sie Lucy sagen? Das war wirklich unangenehm. Ein plötzlicher Notfall in der Familie, das klang vielleicht am glaubwürdigsten. Jetzt, in der Hauptsaison, würde Lucy ihr Haus vermutlich sehr schnell neu vermieten können.

Ihr Handy klingelte und störte die Ruhe. Diesmal war es Angelika. Eigentlich wollte Ulrica nicht rangehen, doch ihr war klar, dass ihre Freundin nicht lockerlassen und es so lange klingeln lassen würde, bis sie sie an der Strippe hatte.

»Und, wie ist es?«, fragte sie gleich, noch bevor Ulrica sich melden konnte.

»Gut …«

»Mehr nicht? Nur gut? Hey, du bist auf Ven, zum ersten Mal auf Ven! Das müsste sich doch viel besser anfühlen als gut?«

»So lange bin ich doch noch gar nicht da«, entschuldigte sie sich. »Ich habe nur eine kurze Runde mit dem Fahrrad zum Meer gedreht, und da habe ich einen Mann beobachtet, der zusammen mit einem Schwan auf einen Steg hinausspaziert ist.«

»Wie bitte? So wie mit einem Hund? Das klingt aber sehr seltsam.«

»Ein bisschen seltsam ist es hier schon. Eine Art Mikrokosmos.«

»Stimmt, so habe ich es auch in Erinnerung, ist ja schon lange her, dass ich auf Ven war. Aber klingt spannend. Was hast du als Nächstes vor?«

Die darauffolgende Pause verriet Angelika sofort, welche Gedanken Ulrica umtrieben.

»Wag es nicht, Ulrica. Du bist gerade erst angekommen, jetzt drehst du *nicht* gleich wieder um«, sagte sie in scharfem Tonfall.

Ulrica seufzte. »Die Idee war wirklich verrückt. Ich hätte gar nicht herkommen sollen. Ich kann nicht alle anlügen, die fragen, wo ich bin, und zu tun habe ich hier auch nichts. Zu Hause kann ich mich wenigstens darum kümmern, mein Leben in den Griff zu bekommen.«

»Das war keine idiotische Idee und das weißt du.«

»Aber ich weiß doch gar nicht richtig, wonach ich suchen soll und warum ich hier bin!«

»Wenn du herausfinden willst, warum deine Mutter so ist, wie sie ist, dann musst du in Erfahrung bringen, was für ein Mensch deine Großmutter war. Und was eigentlich damals auf dieser Insel passiert ist.« Angelika schnappte nach Luft und fuhr fort: »Du hast die Ansichtskarte mit der getrockneten Blume. Viele Leute wohnen da schon seit Generationen, und irgendjemand muss deine Großmutter doch gekannt haben, wenn sie auf der Insel geboren ist … Das stand jedenfalls auf der Karte.«

Ulricas Blick fiel auf die Karte mit der Malve. »Aber ich glaube, ich halte mich zu sehr mit meiner Mutter auf, ich sollte mich lieber mit meinem eigenen Leben beschäftigen. Wie soll ihre schlimme Vergangenheit meine Probleme lösen?«

»Genau das ist der Punkt«, sagte Angelika. »Bei deiner Reise geht es doch gar nicht um sie und ihre Geschichte. Es geht um dich und Jack. Du bist nach Ven gekommen, um alte Muster zu durchbrechen. Stimmt's? Und du kannst sagen, was du willst, aber ich bin der Meinung, das ist wesentlich leichter, wenn man versteht, warum so ein Muster irgendwann mal entstanden ist.«

Ulrica fingerte an ihrer Kaffeetasse.

Angelika liebte es, in die Rolle der Hobbypsychologin zu schlüpfen, manchmal übertrieb sie es damit ein bisschen, aber im Grunde hatte sie meist recht. Jack hatte ein so gutes Abitur hingelegt, dass er sich aussuchen konnte, an welcher Universität er studieren wollte. Ulrica hätte schwören können, dass er sich für ein Bauingenieurstudium in Lund entscheiden würde, da hätte er zu Hause wohnen bleiben und pendeln können. Doch er hatte gar kein Studium angefangen, sondern sich erst mal einen Job als Lagerarbeiter beschafft, bis er vor einem Monat völlig überraschend verkündet hatte, dass er sich im Frühjahr beworben und nun die Zusage von der Technischen Universität in Luleå bekommen habe – eintausendfünfhundert Kilometer weit weg. Im nächsten Satz hatte er erklärt, er werde schon im Juli umziehen, um die Stadt vorher kennenzulernen, und er habe ein Riesenglück gehabt, denn er habe eine richtige Mietwohnung bekommen und kein Zimmer im Studentenwohnheim. Dabei hatte er sich so ausgedrückt, dass er *von zu Hause ausziehe*. »Du kannst mein Kinderzimmer gern anders nutzen, ich brauche nur ein Bett, wenn ich zu Besuch komme – ein Gästebett«, hatte er gesagt.

Diese Worte waren Ulrica derart an die Nieren gegangen, dass ihr schwarz vor Augen geworden war. In dem Moment hatte sie begriffen, warum er alles allein geregelt und sie vor vollendete Tatsachen gestellt hatte – auf die Art sparte er sich jede Diskussion mit ihr. Aber nach seiner Entscheidung zerbrach sich Ulrica den Kopf: Hatte sie ihn zu sehr an die Leine gelegt, zu viel von ihm verlangt, so wie Alva es mit ihr getan hatte – und es zeitweilig immer noch tat? Hatte er sich etwa deswegen für Nordschweden entschieden, anstatt in der Nähe in Lund zu studieren, brauchte er eintausendfünfhundert Kilometer Abstand, um die Familienbande, die Ulrica zu fest in der Hand hielt, auf ein erträgliches Maß zu lockern?

Musste er das womöglich tun, um überhaupt wieder Luft zu bekommen?

»Du unternimmst diese Reise für dich und Jack, Ulrica.« Angelikas Stimme war wieder da.

Ulrica schluckte. »Vielleicht … aber ich weiß einfach nicht, was ich hier machen soll.«

»Versuch doch als Erstes, ein Gefühl für die Insel zu kriegen, dann wird sich das legen. Versuch, ein bisschen offen zu sein.«

»Offen?«

»Ja, für die Menschen dort. Ich habe das Gefühl, du wirst sie noch brauchen.«

»Echt …?« Ulrica blickte aus dem Fenster und sah hinter der Häkelgardine wieder diese Frau.

»Du könntest dir doch wenigstens ein paar Tage geben«, sagte Angelika.

»Wahrscheinlich hast du recht«, erwiderte Ulrica, stand auf und ging in den Flur.

Sie liebte ihren Sohn. Also musste sie den Koffer wohl doch auspacken. Jack zuliebe musste sie herausfinden, woher diese Kontrollsucht stammte. Und sie nahm an, die Geschichte ihrer Großmutter Gerda war der Schlüssel dazu.

Bea

Beim Anblick ihres Spiegelbildes runzelte Bea die Stirn. Sie hatte sich immer älter gefühlt, als sie war. Was sie allerdings nie gestört hatte. Aber jetzt *sah* sie älter aus als vierundsechzig. Die Falten rund um die Augen hatten sich in letzter Zeit tiefer gegraben, die grauen Haare im Blond nahmen überhand. Sie packte eine Strähne und betrachtete sie. Ja. Heute war da definitiv mehr grau als gestern. Aber noch etwas anderes fiel ihr auf. Eine Art Trägheit machte sich in ihrem Körper breit, vom Gesicht abwärts bis in die Zehenspitzen. Als ob ihre Haut kampflos aufgegeben hätte.

Sie stieß einen Seufzer aus, setzte die Sonnenbrille auf und ging aus dem Haus. Sofort schlug ihr Puls schneller. Je länger sie drinnen hockte und die Wände anstarrte, desto mehr Überwindung kostete es sie, nach draußen zu gehen. Sie bemerkte, dass die Gardine in Lucys Ferienhaus immer noch zugezogen war, stieg auf ihr rotes Fahrrad – kein Einwohner auf der Insel besaß ein gelbes wie die Touristen – und machte sich auf den Weg zum Café Uferschwalbe. Auch das hatte Lucy, die vor acht Jahren von Cornwall nach Ven gekommen war, ins Leben gerufen, und damit das müde Herz der Insel wie ein Herzschrittmacher wieder auf Trab gebracht.

Nachdem Liv, die in den Räumlichkeiten des Cafés

vorher ein vegetarisches Restaurant betrieben hatte, mit ihrer großen Liebe Martin, der den Dorfladen führte, zu ihrem Sohn nach Portugal übergesiedelt war, hatte das Leben auf Ven sehr gelitten. Zur selben Zeit hatten einige langjährige Inselbewohner Ven verlassen und ihre Häuser an Sommergäste verkauft, die sich nur wenige Monate im Jahr auf der Insel aufhielten. Das hatte aus dem Inselleben buchstäblich die Luft herausgelassen. Doch dann war Lucy gekommen und hatte ihm neues Leben eingehaucht. Wie gut, dass Liam in England studiert hatte, da hatte er sie nämlich kennengelernt. Und wie gut, dass die Insel rundherum mit einer hohen Steilküste gesegnet war – denn so fühlte sich Lucy, die von Cornwall noch ganz andere Küsten gewohnt war, gleich pudelwohl.

Als sie am Café angekommen war, stellte Bea ihr Fahrrad am Zaun ab und ging über den gekiesten Innenhof. Zwischen den Bäumen waren bunte Lampions aufgehängt und ein Segeltuch gespannt, das Schatten und Windschutz bot. Bea zog die alte, abgegriffene Holztür auf und hörte das Türglöckchen heimelig bimmeln.

Einige Monate zuvor, als Bea über zwei Wochen keinen Fuß vor die Tür gesetzt hatte, war Lucy vorbeigekommen und hatte sich erkundigt, wie es ihr ging. Bea hatte ihre übliche Ausrede vorgebracht, dass sie so viel um die Ohren habe, aber im nächsten Moment schon gewusst, dass Lucy ihr das nicht abnahm. Danach hatte sie sich angewöhnt, Lucys Café einmal in der Woche einen Besuch abzustatten, damit sie sich keine Sorgen machte, und nach einer Weile empfand sie das als eine nette Unternehmung – auch wenn in Lucys Café pures Chaos herrschte. Tische und Stühle standen irgendwie kreuz und quer, an der einen Wand stapelten sich Mosaikgartentische und Pflanzkübel, heute stand in einer Ecke ein Sofa, wo bei Beas letztem Besuch noch zwei antike Sessel gewesen waren. Lucys Café war gleichzeitig ein Flohmarkt – man konnte alles käuflich erwerben. Hier hatte Bea auch ihre blaue Lieblingstasse erstanden.

»Hallo, Bea«, erklang Lucys Stimme hinter einer großen Kommode, die Bea noch nicht kannte. Ihr blonder Schopf und ein breites Lächeln tauchten auf. »Schau dir die mal an! Voll schön, oder?«

Sie schob die türkise Kommode vor die Wand, wischte sich die Hände ab und blickte lächelnd auf ihr Möbelstück, an dem schon an mehreren Stellen die Farbe abblätterte.

Bea nickte. »Sehr schön.« So recht begriffen hatte sie diesen Trend, alte, verratzte Möbel zu kaufen, noch nicht, doch das ließ sie Lucy natürlich nicht wissen.

»Die wird hier nicht lange stehen. Die Leute sind immer noch ganz scharf auf diesen Shabby Chic. Ist doch prima, ich finde, die Patina macht die Möbel erst richtig lebendig.«

Bea lächelte. Es war beeindruckend, wie gut Lucy Schwedisch gelernt hatte, auch wenn ihr englischer Akzent noch deutlich zu hören war.

Lucy tippte auf ihrem Handy neben der Kasse herum und daraufhin erklangen im Raum softe Jazztöne. »So. Was darf es denn heute sein?«

Bea las, was auf der großen schwarzen Tafel hinter der Theke geschrieben stand. Auf der Speisekarte waren lokale Gerichte zu finden, Spezialitäten von Ven, wie Pasta aus dem Durum-Hartweizen von der Insel, aber auch

Gerichte aus Cornwall, wie Cornish Pasty, eine Art Pirogge mit einer Füllung aus Hackfleisch, Zwiebeln, Kartoffeln und Rüben.

»Was hältst du von Tee und Scones mit Clotted Cream und Marmelade?«, schlug Lucy vor.

»Klingt sehr lecker«, sagte Bea, die inzwischen schon wusste, dass Clotted Cream eine Schlagsahne war, die über einen langen Zeitraum bei geringer Hitze im Wasserbad erwärmt wird, wenn möglich schon am Vorabend, und dann zu einer glatten Creme aufgeschlagen wird.

Sie ging hinaus in den Hof und stellte freudig fest, dass ihr Lieblingsplatz unter der knorrigen Eiche noch frei war. Sie ließ sich auf dem mintgrünen Rattanstuhl aus den Fünfzigerjahren nieder und strich die Decke auf dem Tisch glatt, an dessen Ecken herzförmige Tischtuchbeschwerer hingen. Schon kam Lucy mit einem Tablett in der Hand. Ihre wilden Locken wirbelten ihr ums Gesicht, als sie die Teekanne auf dem Tisch abstellte, während sie ein Pärchen begrüßte, das soeben auf den Hof kam.

»Und, was hast du heute vor?«, fragte sie Bea und stellte ihr den Teller mit den Scones hin.

Jetzt war Bea heilfroh, dass es diesen einzigen Termin in ihrem Kalender gab. Ein Termin war nämlich besser als gar keiner. »Heute mache ich nichts Besonderes, aber morgen trifft sich der Dorfverein.« Sie zuckte beiläufig mit den Schultern. »Gibt es etwas, was du gern auf der Tagesordnung hättest?«

Lucy presste die Lippen aufeinander und dachte nach. »Ja, gibt es. Ich würde mich echt freuen, wenn Mikael mit seinem Touristentraktor vor meinem Café halten würde. Im Moment müssen alle Urlauber, die nicht zu mir radeln, von der Bushaltestelle ziemlich weit laufen. Und du kennst das ja, plötzlich verguckt sich ein Gast in die Stehlampe neben seinem Stuhl und nimmt sie mit. Dann hat er einen ziemlich weiten Weg.«

Bea nickte. »Guter Vorschlag. Das werde ich ansprechen.«

»Lieb von dir! Thanks«, sagte Lucy und klemmte das Tablett unter den Arm. Doch sie ging noch nicht zu den anderen Gästen, sondern blieb noch einen Moment stehen.

Bea lächelte, doch sie spürte, wie ihr Gesichtsausdruck einfror. Lucys Blick war durchdringend, ihr konnte man nichts vormachen.

»Wie geht's dir denn inzwischen?«, fragte sie dann.

»Gut …« Bea schluckte und schlug die Augen nieder. Mehr Falten zum Glattstreichen fand sie nicht. Dennoch fuhr ihre Hand kurz über die Tischdecke. »Alles gut.«

»Man braucht Zeit, um sich an eine neue Situation zu gewöhnen«, sagte Lucy.

Bea nickte. Wenn jemand wusste, wovon er sprach, dann war sie es, schließlich war sie in ein fremdes Land gezogen. Doch im Gegensatz zu Bea hatte Lucy sich freiwillig für diese Veränderung entschieden, Bea hingegen war gezwungen worden.

Über Lucys Gesicht ging ein Strahlen. »Ich hab's, jetzt weiß ich, was du brauchst. Warte kurz einen Moment, ich bediene schnell die Kundschaft, dann bin ich wieder bei dir.« Eilig lief sie auf das Haus zu, fixierte die Tür mit einem Stopper und unterhielt sich auf dem Weg hinein schon mit den ersten Gästen.

Bea schmierte sich Clotted Cream und Marmelade auf ein Scones-Brötchen und schloss, als sie hineinbiss, genüsslich die Augen. Warum in Gottes Namen hatte sie Lucy angeboten, ihren Vorschlag auf die Tagesordnung zu setzen? Der einzige Grund, warum sie diese Versammlungen überlebte, war, dass sie wie eine Statistin einfach dasitzen und zuhören konnte. Jetzt würde sie die Hand heben müssen, und alle würden sie anstarren, während sie ihr Anliegen vortrug. Sie erschauerte und öffnete die Augen erst, als Lucy wieder zurück war und sich auf den Stuhl gegenüber plumpsen ließ.

Sie grinste und beugte sich zu Bea. »Ich weiß, was du brauchst.«

»Ach ja? Was denn?«

»Deine Schicksalszahl!«

Bea verzog das Gesicht. Lucy hatte immer so wilde Ideen. Einige davon waren mit Vorsicht zu genießen.

»Wann bist du geboren?«, fragte Lucy.

»Am ersten Januar 1958.«

»Okay«, sagte Lucy und zog ihr Handy aus der Hosentasche. »Da addiert man die Zahlen, 1+1+1+9+8, und das ergibt … 25. Dann addiert man die noch mal, 2+5, und das macht 7. Deine Schicksalszahl ist die Sieben!«

»Aha«, sagte Bea und biss wieder von dem Gebäck ab. »Und was schließt du daraus?«

Lucy scrollte auf ihrem Handy herum, gab etwas ein und las dann vor: »Zahl Sieben. Auf sich selbst und andere zu vertrauen, ist bei deiner Schicksalszahl das Allerwichtigste. Indem du deine Ängste überwindest, setzt du Gefühle frei, die dein Leben sehr bereichern können. Du bist ein eher zurückhaltender Mensch, der sich nicht gern anderen öffnet.« Lucy blickte kurz auf, dann sah sie wieder aufs Handy und fuhr fort: »Du solltest die Ansprüche an dich selbst herunterschrauben und begreifen, dass du die einzige Expertin für dein Leben bist. Ein gewisses Maß an Alleinsein ist gut, aber grübele nicht zu viel, sondern fass deine Ziele ins Auge. Entspannungsübungen und Ausflüge in die Natur tun dir gut.«

Lucy hielt Bea das Handy hin. »Dieselbe Schicksalszahl haben auch Prinzessin Diana und Helen Mirren.«

»Sieh mal an«, sagte Bea. »Und … was soll ich mit meiner Schicksalszahl anfangen?«

Lucy musste lachen und zuckte mit den Schultern. »Keine Ahnung, vielleicht lässt du dich einfach von ihr inspirieren?«

Bea aß das letzte Stück Scones und nickte. *Begreifen, dass du die einzige Expertin für dein Leben bist.* Ist sie das jemals gewesen? Oder hatte sie es immer nur den anderen recht gemacht?

Wieder kamen neue Gäste in den Hof. Lucy sprang auf. »Die Arbeit ruft.«

»Ich verspreche dir, dein Anliegen morgen anzusprechen«, sagte Bea.

»Danke, voll lieb«, sagte Lucy und flitzte zurück in ihr Café.

Bea zog die Sonnenbrille von der Stirn, stellte das Tablett zurück und ging wieder zu ihrem Fahrrad, erleichtert, bald wieder in ihren vier Wänden zu sein.

Bevor sie kurz darauf ihre Haustür aufschloss, drehte sie sich noch einmal um. Ihr Kiesweg vor der Treppe zur Tür war von weißem Lavendel gesäumt. Sie zählte die Pflanzen und hielt erstaunt inne. Auf jeder Seite sieben Stück.

Ulrica

Es war gerade mal fünf Uhr, als Ulrica erwachte. Sie zog die Vorhänge, die das große Fenster in ihrem Schlafloft verdunkelten, auf und kuschelte sich wieder in die Bettdecke. Durch die Schäfchenwolken, die sich über den Horizont verteilten, fiel ein ungewöhnliches Licht. Irgendwo hatte sie gelesen, dass das Licht hier auf Ven ganz besonders war und viele Künstler auf die Insel lockte. Vielleicht war damit genau dieses gleißende Licht gemeint? Sie griff zum Handy, um ein Foto zu machen, doch ihr Blick blieb an dem Bild von Jack und ihr in einem Straßencafé hängen. An dem Tag, an dem er seine Sachen gepackt hatte und ausgezogen war, hatte sie das Foto von ihnen als Hintergrundbild abgespeichert. Sie ließ sich aufs Bett zurücksinken und presste sich ein Kissen vors Gesicht.

Es hatte sie enorme Kraft gekostet, ihm viel Glück zu wünschen und zu winken, als er mit dem voll beladenen Auto losfuhr. Als sie wieder in ihrer Wohnung gestanden hatte, hatte sie sich richtig krank gefühlt und die Verabredung mit Angelika abends in einer Kneipe abgesagt. Keine halbe Stunde später hatte ihre Freundin mit einer Flasche rauchigem Whisky vor der Tür gestanden und gemeint, dass es völlig normal war, traurig zu sein. Ulrica hatte sich gewundert, dass plötzlich die Tränen flossen. Da sie doch sonst nie weinte.

»Aber das ist doch lächerlich«, hatte sie schniefend gesagt und sich noch einmal nachgeschenkt.

»Finde ich nicht«, hatte Angelika widersprochen. »Ich würde sagen, das sind nicht nur Tränen über Jacks Auszug. Du weinst auch über ganz viele andere Dinge.«

Angelika hatte ihr eine Decke über die Schultern gelegt, mit der wischte Ulrica sich jetzt die Wangen trocken. »Zum Beispiel?«

»Zum Beispiel warst du schon immer der perfekteste Mensch, den ich kenne. Aber Perfektion setzt Kontrolle voraus – und die gibt es nicht umsonst. Wenn man die Kontrolle verliert, merkt man, wie viel sie einen gekostet hat.«

Sie schob das Kissen beiseite, setzte sich auf, schwang die Beine über die Bettkante, schlüpfte in den Morgenmantel und ging nach unten, um sich eine Tasse Kaffee zu brühen. An die Spüle gelehnt betrachtete sie die dunkle Flüssigkeit. Ein Tropfen nach dem anderen. Normalerweise trank sie ihn mit Milch, doch heute brauchte sie ihn schwarz.

Nachdem Jack ausgezogen war, hatte sie mit aller Kraft versucht, sich abzulenken, hatte sich mit Arbeit zugeschüttet und war ins Fitnessstudio gegangen, bis sie beim Trainieren schon Blut im Mund schmeckte, doch die Vorstellung, dass er im Grunde nicht *zu einem Ziel hin*, sondern *von ihr weggegangen* war, ließ ihr Tag und Nacht keine Ruhe.

Sie setzte sich an den Küchentisch, trank einen Schluck Kaffee und blickte hinaus auf den Landsvägen, als sie eine kleine Bewegung im Haus gegenüber erschreckte. Die Nachbarin saß wieder so halb verdeckt, halb sichtbar hinter ihrer Gardine. Als sie Ulrica wahrnahm, hob sie ihre Kaffeetasse und grüßte. Ulrica nickte zurück, während sie nach der Ansichtskarte mit der Malve griff und sie vorsichtig unter eine Zeitung schob. Irgendetwas an dieser Frau war ihr nicht geheuer. Warum saß sie in aller Herrgottsfrühe schon wieder hier am Fenster?

Die Insel erwachte langsam zum Leben, und als die Touristen in Scharen vor ihrem Fenster vorbeiradelten, griff Ulrica zum Telefon und rief ihre Mutter zurück. Sie telefonierten regelmäßig miteinander und sprachen über Gott und die Welt. Ein bisschen zu oft, wie Angelika meinte, und Ulrica fand das inzwischen auch, doch wie so vieles hatte es sich eingebürgert und war nicht so einfach wieder abzustellen. Seit zwanzig Jahren war es so, seit Ulrica von zu Hause ausgezogen war.

Alva nahm sofort ab, als hätte sie vor dem Telefon gelauert. »Hallo, meine Liebe, bist du immer noch in Österlen?«

Ulrica zog ein Gesicht. Ja, um ein Haar wäre sie abgereist. Wie gut ihre Mutter sie doch kannte!

»Ja, das ist schließlich mein Urlaub. Ich kann doch nicht schon nach einem Tag wieder nach Hause fahren.«

Ihre Mutter verkniff sich einen Kommentar und fing stattdessen an, in ihrer Küche herumzuklappern. Genau wie Ulrica. Sie hatte sich auch angewöhnt, immer zwei Sachen gleichzeitig zu erledigen.

»Außerdem ist es hier unglaublich schön«, fuhr sie fort und kniff die Augen zu. Es fiel ihr schwer, sie anzuschwindeln. »Viele kleine Dörfer und das Meer in Fahrradentfernung.« Sie konnte nur hoffen, dass man ihrer

Stimme nicht anhörte, wie angespannt sie war. »Und was macht ihr zwei, Papa und du?«

»Wir werkeln im Garten. Nachher gibt es Kaffee in der Rosenlaube. Wärst du zu Hause und nicht weggefahren, hättest du vorbeikommen können. Dann hätten wir dich verwöhnt.«

»Klingt verlockend, aber ich habe das Gefühl, diese Reise tut mir gut ...«

»Aha ...«, sagte Alva.

Ulrica konnte hören, wie sie die Lippen schürzte.

Da kam eine Erinnerung aus ihrer Schulzeit auf. In der elften Klasse wäre sie gern wie ihre beste Freundin Malin als Austauschschülerin in die USA gegangen. Sie hatte sich umfassend selbst informiert und ihren Eltern davon erzählt. Ihr Vater war von ihrer Idee begeistert, weil sie auf die Art noch so viel mehr als nur die fremde Sprache lernen würde, doch ihre Mutter erlitt einen regelrechten Nervenzusammenbruch. Ulrica brachte es nicht übers Herz, wegzugehen und sie in diesem Zustand zurückzulassen, also absolvierte sie ihr Schuljahr brav zu Hause. Wenn sie genauer nachdachte, fiel ihr auf, dass sie im selben Jahr auch Jobangebote in anderen Städten abgelehnt hatte. Es war ja viel praktischer, in der Nähe von Helsingborg zu bleiben, hatte sie sich damals gesagt, aber hatte nicht in Wirklichkeit die Rücksicht auf Alva den Ausschlag gegeben?

Sie hörte ihre Mutter vom Garten erzählen und schob das ein oder andere Mmh ein, um zu signalisieren, dass sie zuhörte.

»So, jetzt muss ich wieder zu meinen Beeten«, beendete Alva schließlich das Telefonat.

»Ja, mach das, und ich schnappe mir jetzt das Fahrrad und gehe auf Erkundungstour.«

»Ach ja, ich habe in den Nachrichten gesehen, dass das Wetter da unten genauso schön ist wie hier. Vergiss den Helm nicht, der Kopf wird nicht härter, wenn man erwachsen ist.«

Genau das hätte Ulrica auch zu Jack sagen können, obwohl er inzwischen einundzwanzig war. Deshalb bin ich hier, dachte sie. Damit er sich solche Sprüche nicht mehr anhören muss, wenn er *fünfundvierzig* ist.

»Ich weiß, Mama. Versprochen«, sagte sie.

»Meld dich bald wieder. Küsschen«, sagte Alva.

»Küsschen«, sagte Ulrica und legte auf.

Sie presste die Hand auf die Brust und atmete ein paar Mal tief durch. Es war nicht gerade leicht, so zu tun, als wäre man ganz woanders. Das würde sie höchstens ein paar Tage durchhalten. Die Frage war nur, was sollte sie währenddessen tun? Angelika hatte gesagt, sie solle die Insel erkunden und »offen« sein.

Sie holte sich die Landkarte aus dem Flur und breitete sie auf dem Tisch aus. Den Hafen von Bäckviken, den Landsvägen und den Hakenstigen, die kleine Straße am Wasser, kannte sie bereits. Im Westen der Insel gab es noch einen Jachthafen, der Kyrkbacken hieß. Den würde sie sich heute vornehmen.

Kurz darauf strampelte sie wie unzählige andere Touristen auch den Landsvägen entlang. Die Fahrradfahrer, die ihr entgegenkamen, grüßten freundlich, als sei es ein ungeschriebenes Gesetz, das jeder kannte, egal aus welchem Land er kam. Sie selbst versuchte, möglichst keinen Kontakt aufzunehmen, und richtete ihren Blick stur auf die Felder. Sie fuhr bis zum Ende der Straße und bog dann links in den Kyrkvägen ab, der hinunter zum Hafen führte. Das letzte Stück ging es steil bergab, noch steiler als am Vortag der Hang auf der Rückfahrt zum Hafen, sie stand ununterbrochen auf der Bremse. Und den Helm hatte sie doch nicht aufgesetzt.

Im Hafen tummelten sich Fischerboote und Sportboote und am Pier lag ein rotes Bootshaus neben dem anderen. Vor manchen hing noch das Angelzeug, in anderen befanden sich einfache Imbissstuben. Die reinste Sommeridylle, doch Ulrica hatte nur Augen für die Steilküste, die sich majestätisch dahinter erhob, also fuhr sie weiter in diese Richtung. Zwischen den Häusern schlängelte sich ein schmaler Radweg steil aufwärts. Sie hob sich aus dem Sattel und trat mit aller Kraft, doch nach gut der Hälfte musste sie kapitulieren. An einer eingezäunten Aussichtsplattform sprang sie vom Rad, völlig außer Atem. Sie klappte den Ständer runter und ging zum Aussichtspunkt. Die schroffe, felsige Steilküste ging hier senkrecht nach unten, direkt ins Meer, und Ulrica blieb vor Staunen die Luft weg.

Dann fiel ihr Blick auf eine rosafarbene Blume ein wenig unterhalb des Holzplateaus. Das sah doch aus wie eine Malve? Trotz der Warnhinweise auf den Schildern kletterte sie über die Absperrung. Sie hielt sich an den Holzlatten fest, um nicht das Gleichgewicht zu verlieren, dann fasste sie sich ein Herz und ließ den Zaun ganz langsam los, um sich mit Seitwärtsschritten vorsichtig nach unten vorzutasten, wo das sandige, kahle Gelände aufhörte und der Boden mit Gras überwuchert war. Ein falscher Schritt und auf dem losen Untergrund würde sie über die Felsen schlittern. Langsam zog sie das Handy aus der Tasche und fotografierte die zarte Blume.

»Hallo«, erklang plötzlich eine Stimme, sodass sie zusammenzuckte und leicht ins Schwanken geriet. Der Mann, der nun auch über die Brüstung geklettert war, reckte sich vor und fasste mit energischem Griff ihr Handgelenk. Ulrica blickte nach unten und schnappte nach Luft.

»Auch wenn die Steilküste echt schön ist, sterben sollte man dafür nicht«, sagte der Mann, der in ihrem Alter zu sein schien, dann zog er sie zu sich hoch. Sie landete ganz dicht neben ihm, so nah, dass sie sein Parfüm in die Nase bekam. Eine sportlich-frische Duftnote, die gut zu seinem strubbligen dunklen Haar und den sonnengebräunten Wangen passte. Sie spürte, wie sie rot wurde, schüttelte seine Hand ab und bewältigte das restliche Stück allein.

»Vor der Natur sollte man Respekt haben«, fuhr der Mann fort, der nach ihr hinaufkam und dann wieder zu seinem Fahrrad ging.

Ulrica nickte nur. Die Botschaft war angekommen.

Er strich sich die Haare nach hinten, die ihm ins Gesicht gefallen waren. »Ich heiße übrigens Daniel. Wie ich sehe, hast du Lucys Häuschen gemietet«, sagte er und nickte hinüber zu ihrem blümchenbemalten Fahrrad.

»Ja«, antwortete sie betreten. Konnte sich jetzt jeder Einheimische, den sie traf, zusammenreimen, dass sie in Lucys Ferienhaus wohnte, weil er das Fahrrad erkannte? Sofort machte sich wieder die Sehnsucht nach der Anonymität der Stadt bemerkbar.

»Mal sehn, wann wir uns wieder über den Weg laufen«, sagte er, grinste schief und stieg auf sein Fahrrad, um runter zum Hafen zu radeln.

»Mal sehn«, sagte Ulrica und hoffte inständig, das würde sich vermeiden lassen. Diese Begegnung war einfach nur peinlich gewesen.

»Und bitte keine lebensgefährlichen Selfies mehr!«, rief er ihr zu.

Ulrica wusste gar nicht, was sie darauf antworten sollte, vielleicht hätte sie ihm erklären sollen, dass sie kein Selfie gemacht, sondern eine Blume fotografiert hatte, oder sich für seine Hilfe bedanken, aber bevor sie irgendetwas über die Lippen brachte, war er schon auf dem Weg hinunter zum Hafen.

Sie schob ihr Rad bis auf den höchsten Punkt zu einer Bank, von der aus man das Meer sehen konnte. In den vielen Türkis- und Blautönen sah es wirklich exotisch aus. Ulrica hatte immer noch wacklige Knie und sie setzte sich und atmete tief durch. Vorsichtig griff sie in ihre Tasche und holte die Malve heraus, die sie ganz schnell gepflückt hatte, bevor dieser Daniel sie wieder hinaufgezogen hatte.

Sie drehte den Stiel der kleinen Blume zwischen Daumen und Zeigefinger hin und her. Auf der Karte hatte gestanden: *Wo die Blumen blühen, da warte ich auf dich.* Ob Gerda diesen Ort gemeint hatte? Und was hatte es zu bedeuten, dass sie auf Alva warten wolle? Die Formulierung war höchst merkwürdig.

Ulrica wünschte, sie hätte ihre Mutter danach fragen können. Doch immer, wenn sie auf die Vergangenheit zu sprechen kam, verschloss sich Alva wie eine Muschel. Das letzte Mal hatte sie es vor ein paar Jahren versucht, als

Ulrica einmal kurzzeitig einen Psychotherapeuten aufgesucht hatte, um an ihrer Kontrollsucht zu arbeiten. Ihr Chef hatte ihr dringend dazu geraten, weil sie geradewegs auf einen Burn-out zusteuerte. Einige längst vergessene Kindheitserinnerungen waren auf der Liege des Therapeuten wieder hochgekommen, und es war ganz offensichtlich, dass Alvas Ansprüche und ihre Kontrolle über Ulrica überhandgenommen hatten. Doch zum ersten Mal wollte Ulrica wissen, warum.

Alva hatten Ulricas Fragen sehr verletzt, und das Einzige, was sie zur Entschuldigung vorbringen konnte, war, dass sie alles nur aus Liebe getan hatte. Daraufhin ließ Ulrica die Sache auf sich beruhen und buchte keine weiteren Sitzungen mehr. Jetzt wünschte sie, sie hätte die Therapie noch eine Weile fortgeführt. Vielleicht hätte ihr die Auseinandersetzung mit der Beziehung zu ihrer Mutter die Augen öffnen können, möglicherweise hätte sie Parallelen erkannt, wie sie mit Jack umging. Vielleicht hätte sie die Chance gehabt, etwas zu ändern, bevor er sich gezwungen sah, von ihr wegzugehen, gefühlt bis ans Ende der Welt.

Sie schob die kleine Blume wieder in ihre Tasche. Alva hatte gesagt, sie habe alles aus Liebe getan, doch Ulrica war noch etwas anderes aufgefallen. Hinter den hohen Ansprüchen, die ihre Mutter immer an sie gestellt hatte, verbarg sich eine tiefsitzende Angst. Der verängstigte Blick ihrer Mutter hatte sie von Kindesbeinen an begleitet.

Sie fröstelte, als es auffrischte, dann griff sie zum Handy und schickte Jack eine SMS mit Herzchen. Wahrscheinlich war sie manchmal anstrengend, hatte ein übersteigertes Kontrollbedürfnis, nahm ihn zu eng an die Leine und stellte zu viele Fragen, genau wie Alva. Aber das alles geschah wirklich aus Liebe, und wegen dieser Liebe war sie auch hier, sie wollte herausfinden, warum sie so war.

2. Brief, 27. Oktober 2012

Ich will dir die Geschichte von Anfang an erzählen. Meine Mutter Cecilia war eine ganz ungewöhnliche Frau. Sie wurde 1910 geboren, lebte also im Alter von zwanzig Jahren in einer Zeit, in der das Recht der verheirateten Frau auf Arbeit am seidenen Faden hing. Aufgrund der drohenden Unterbevölkerung in Schweden wurden politische Reformen eingeleitet, die die Frauen zurück an den Herd bringen sollten, und der Hausfrauenverband kämpfte dafür, dass der Hausfrauenberuf als solcher anerkannt wurde. Meine Mutter war ihrer Zeit weit voraus, sie hatte ganz klare Visionen. Wie oft sagte sie, dass man sich nicht an etwas orientieren darf, was sich längst als Fehler entpuppt hat. Mutter bewunderte die Journalistin und Frauenrechtlerin Elin Wägner sehr. Ihr Buch *Der Wecker*, in dem sie die These aufstellt, dass die Gleichberechtigung zwischen Mann und Frau eine Grundvoraussetzung für Frieden auf der Welt ist, war in unserem Haus während des Zweiten Weltkriegs eine ebenso selbstverständliche Lektüre wie anderswo die Bibel. Damals war ich gut zehn Jahre alt und habe meine Mutter vergöttert.

Sie war gebürtig aus Stockholm und ist dort, als sie neunzehn war, meinem Vater über den Weg gelaufen. Es war Liebe auf den ersten Blick, und deshalb ging sie mit ihm auf die Insel im Öresund, die sie damals »das kleine Juwel, das der Himmel verloren hat« nannte. Sie liebte Ven, doch die Insel war viel zu klein für sie. Viel zu klein für ihre großen Ideen und Träume.

Wie gut habe ich noch die Abende in Erinnerung, an denen sie mit einem Glas Rotwein auf dem Sofa saß, völlig vertieft in die Werke von Elin Wägner, Fredrika Bremer und Victoria Benedictsson. Wenn ich ins Bett ging, kroch sie zu mir unter die Decke und las mir etwas vor, und wenn sie das Buch zuschlug, sagte sie jedes Mal: »Dir kann die ganze Welt gehören, du kannst werden, was du willst, du kannst tun, was du willst. Lass dir niemals von jemandem einreden, dass du etwas nicht kannst, weil du eine Frau bist. Sieh dir die Welt an, liebe, lebe, lerne und arbeite.« Dann zwinkerte sie mir mit einem Auge zu und schob hinterher: »Aber pass gut auf, in wen du dich verliebst. Er muss nicht unbedingt auf der winzigsten Insel der Welt wohnen.« Dann mussten wir lachen, und bevor sie das Licht löschte, fragte sie immer: »Und wer hat am selben Tag Geburtstag wie du?« Und ich antwortete jedes Mal: »Ellen Key.« »Stimmt«, sagte sie dann, »und weißt du, was das heißt?« Und ich sagte: »Dass ich dazu bestimmt bin, große Taten zu vollbringen.« Dann streichelte sie mir über die Wange und sagte: »So ist es recht, meine Kleine«, und dann ging sie leise aus dem Kinderzimmer.

In meiner Erinnerung war sie immer fröhlich. Aber vielleicht täusche ich mich auch. Was wusste ich schon von ihrem Leben, wenn sie die Tür hinter sich schloss. Was ich sicher weiß, ist, dass sie unglaublich einsam war. Auf dieser Insel leben zu müssen, mit all diesen Visionen, muss sehr schwer für sie gewesen sein. Sie gab sich Mühe, sich anzupassen, doch auf Ven fand sie nie echte Freunde, mit denen sie über das Leben philosophieren konnte. So vergrub sie sich in ihren Büchern und diskutierte viele Ideen und Gedanken per Brief mit alten Freunden aus der Stockholmer Zeit. Ach, ich wünschte, ich hätte diese Briefe. Was gäbe ich darum, noch einmal Zugang zu ihrem Herzen und ihrer Gedankenwelt zu haben … Womöglich habe ich mir deshalb überlegt, dir diese Briefe zu schreiben? Diese Briefe, die ich selbst nie bekam.

So war das. Meinen Vater hat sie von ganzem Herzen geliebt. Deshalb blieb sie auch auf der Insel und konnte von all den anderen Orten nur träumen – Berlin, Amsterdam, Madrid, London, Paris. Und der Liebe wegen hockte sie weiterhin in unserem kleinen Dorfladen an der Kasse, obwohl sie so gerne Journalistin geworden wäre wie ihr großes Vorbild Elin Wägner.

Meine Mutter Cecilia starb, als ich fünfzehn war. Eines Abends ging sie ins Bett und wachte morgens nicht mehr auf. Eine Arterie war geplatzt. Es hieß, es sei ein schneller Tod gewesen. Das habe ich geglaubt. Und jeden Abend vor dem Einschlafen stellte ich mir vor, wie ihr Geist über die London Bridge und rund um den Eiffelturm schwebte. Redete mir ein, dass sie nun glücklich sei.

Du fragst dich vielleicht, warum ich dir das alles erzähle? Was das mit dir und mir zu tun hat? Ihre Geschichte hat *mit allem* zu tun. Ihr Blut fließt in unseren Adern und macht uns zu den Menschen, die wir sind. Es bestimmt unsere Entscheidungen und nicht zuletzt, welches Handwerkszeug wir besitzen, um mit dem Leben zurechtzukommen. Als meine Mutter starb, gab es für mich nur eine Lösung, und das war, mein Leben genau so zu leben, wie sie es mir beigebracht hatte. Mich nicht zu verbiegen, um die Erwartungen anderer Menschen zu erfüllen, mich niemals einschränken zu lassen. Ich las all ihre Bücher, denn so konnte ich ihre Stimme wieder hören. Und ich beschloss, auch künftig am lautesten zu lachen, die Welt zu erobern und ein rasantes Leben zu führen. Schließlich war ich am selben Tag wie Ellen Key geboren, ich war dazu bestimmt, große Taten zu vollbringen.

Heute weiß ich, dass ich mir erst einmal hätte Zeit nehmen sollen und um den Menschen trauern, der mir am nächsten stand, den ich so abgrundtief liebte, ohne den ich unbeschreiblich verloren war. Aber ich glaubte, für sie wäre das ein Zeichen von Schwäche gewesen. Also war ich tapfer, ich schluckte die Tränen hinunter und trug ihre Fahne hoch. Und mir war klar, dass ich die Insel eines Tages verlassen würde – ihretwegen. Zwei Jahre später war dieser Tag gekommen. Und er veränderte alles unwiederbringlich.

Mein Schreibtisch steht vor dem Fenster, ich blicke in den Garten. Hier sitze ich jetzt und schreibe an dich. Die Pflanzen haben sich längst zusammengekauert und machen sich für den Winterschlaf bereit. Der Anblick eines Gartens im Monat Oktober hat etwas Beschauliches, doch er ist gleichzeitig traurig. Aber diese Ruhepause sei ihm vergönnt, der Garten hat unter dem Jahr so viel zu sehen und zu hören bekommen. Ich selbst komme noch nicht richtig zur Ruhe, nicht, bevor ich dir meine Geschichte erzählt habe, die ganze Geschichte.

Bea

Die Zeiger der Küchenuhr quälten sich vorwärts, Sekunde für Sekunde, und tickten laut, wenn sie den nächsten Strich erreicht hatten. Bea schielte hinüber und schaltete das Radio ein. Auf P1 lief eine Sendung aus der Reihe *Forschung aktuell.* Sie wollte eigentlich zuhören, doch ihr Blick blieb an dem leeren Stuhl gegenüber hängen, der Stuhl, auf dem Edvin immer beim Frühstück gesessen hatte, jeden Tag, seit sie zusammengezogen waren. Sie überschlug im Kopf, was das in der Summe bedeutete, und kam auf gut zwölftausend gemeinsame Tage. Er war ein Phantomschmerz, sie spürte und sah ihn überall. Dennoch war sie sich gar nicht sicher, ob sie wirklich ihn vermisste oder die Zweisamkeit an sich. Aber sie wusste, dass aus Einsamkeit Sinnlosigkeit entstand. Und der leere Stuhl gegenüber erinnerte sie pausenlos daran.

Studien haben belegt, dass ein Mensch im Durchschnitt dreizehn Geheimnisse hat, von denen fünf so geheim sind, dass er nie mit irgendjemandem darüber spricht.

Bea blickte zum Radio hinüber. Der Mann, der in der Sendung interviewt wurde, bezog sich auf Studien, die Forscher an der Columbia University in New York gemacht hatten.

Man denkt gemeinhin, dass vor allem die Angst aufzufliegen oder sich zu verplappern, enorme Kraft kostet, wenn man ein Geheimnis für sich behalten will. Aber das ist nur die halbe Wahrheit, sagte der Sprecher im Radio.

Bea reckte sich vor und drehte den Ton lauter.

Nicht die Geheimnisse geheim zu halten, ist so anstrengend, sondern sie allein auszuhalten, sie wiederzukäuen und sich nie Luft zu machen. Sie werden zu einem Joch auf den Schultern. Bea führte ihre Teetasse zum Mund und trank einen Schluck. *Diese Geheimniskrämerei hat außerdem zur Folge, dass wir uns nach außen hin anders darstellen, als wir es in Wirklichkeit sind, und das spüren wir. Diese Erkenntnis macht uns besonders verletzlich.*

Bea verschluckte sich und musste husten. Die Stimme fuhr fort und teilte mit, es gäbe eine Art Top-Ten-Liste über die Geheimnisse der Menschen. Bea griff zu einer Serviette und hustete hinein. Mit dem Gedanken zu spielen fremdzugehen, gehöre zu den üblichsten Geheimnissen, sagte er. »Na, herzlichen Dank …«, murmelte Bea und legte die Serviette hin.

Dann lauschte sie wieder. Das Vertrauen eines anderen Menschen missbraucht zu haben, zum Beispiel, indem man dessen Geheimnis verraten habe, war ein Punkt auf dieser Liste, ein anderer, dass man eine sehr persönliche Geschichte für sich behielt.

Weitreichende, große Geheimnisse, die mit Gefühlen wie Furcht, Scham, Trauer oder Wut verknüpft sind, für sich zu behalten, kostet enorme Lebensenergie. Man überlebt, ja, aber man kann sein Leben nicht so leben, wie man es eigentlich möchte, fuhr der Sprecher fort. *Der einzige Ausweg aus dem Dilemma ist, mit jemandem darüber zu reden. Noch im selben Moment wird man spüren, wie gut einem das tut. Man muss sich von den Geheimnissen befreien, die einen zu sehr belasten und daran hindern, ein glückliches Leben zu führen.*

Bea schaltete das Radio ab. Eine Schmeißfliege summte giftig hinter der Häkelgardine. Sie öffnete den Fensterhaken, schob das Fenster weit auf und ließ sie hinaus. Übrig blieben sie, die Stille und das mühselige Ticken der Uhr. Bea stellte ihre Teetasse auf der fünften Blume auf der Wachstischdecke ab. Schob sie ein paar Millimeter in die eine Richtung, dann wieder in die andere, verrückte sie, bis sie perfekt platziert war. Dann erst atmete sie auf.

Dreizehn Geheimnisse. Bea hatte überhaupt keine Anzeichen bemerkt, dass Edvin sich von ihr entfernte, bis er ihr seine Entscheidung auf einmal mitteilte. Von den Worten bis zu ihrer Umsetzung war es so schnell gegangen, dass Bea nicht einmal Zeit genug gehabt hatte, wütend zu werden, sie war aus dem Staunen nicht herausgekommen. Aber das war nicht das Einzige. Schließlich verließ er sie wegen einer anderen Frau, mit der er sich schon ein Jahr lang hinter Beas Rücken getroffen hatte. *Das* war wirklich ein Geheimnis gewesen.

Sie biss sich auf die Unterlippe, bis sie blutete. Und welche anderen zwölf Geheimnisse hatte Edvin darüber hinaus wohl vor ihr gehabt?

Ein paar Stunden später war Bea auf dem Weg zu dem alten, geschichtsträchtigen Kulturhaus, wo sich der Dorfverein traf. Sie hasste es, zu spät dran zu sein und atemlos irgendwo anzukommen. Doch heute ließ sich das nicht vermeiden. Nachdem sie sich Kaffee über den Rock gekippt hatte, weil sie zu hastig getrunken hatte, nämlich im Stehen an die Arbeitsplatte gelehnt, musste sie sich auf den letzten Drücker noch einmal umziehen. Dann hatte sie ein Kleidungsstück nach dem anderen anprobiert und schließlich einfach nur T-Shirt und eine Jeans angezogen, die viel zu eng war, was vermutlich daran lag, dass sie so viele Plätzchen backte und alle selber aß.

Vier Minuten nach fünf öffnete sie die Tür. Die anderen Vereinsmitglieder schien das nicht weiter zu kümmern, sie grüßten und bedienten sich am Kaffeetisch. Da Bea ja gerade Kaffee getrunken hatte, suchte sie sich an dem großen runden Tisch einen freien Stuhl und legte Stift und Block vor sich hin. Sie blätterte die unbeschriebenen Seiten um und spürte sie dennoch. Diese mitleidigen Blicke und die neugierigen.

Edvin war jahrelang der Vorsitzende des Vereins gewesen und Bea hatte sich als seine rechte Hand um alles Praktische und die Ausrichtung der Feste gekümmert. Sie waren als Paar ein fester Bestandteil des Insellebens gewesen. Bea und Edvin. Als er sie verließ, hatte sie nicht die geringste Ahnung, wie sie einfach nur Bea sein sollte. Genau genommen wusste sie es immer noch nicht. Das Einzige, was sie wusste, war, dass sie jetzt nicht mehr praktisch war und ihr nach Festen auch nicht mehr der Sinn stand. Außerdem hatte sie zwischenzeitlich in den Spiegel gesehen, und daher war ihr klar, dass man sie wirklich nur bedauern konnte.

Carina Jansson, die vor zehn Jahren das Haus ihrer Großmutter in Norreborg geerbt hatte und sich seitdem auch im Dorfverein engagierte, setzte sich neben sie.

»Alles okay bei dir?«, fragte sie freundlich, neigte den Kopf und biss von einem Keks ab, den sie sich auf einer Serviette vom Kaffeetisch mitgebracht hatte.

»Ja, sicher«, sagte Bea und streckte den Rücken durch. »Viel zu tun wie immer.« Das sagte Bea gern, um sich dem Mitleid der Leute zu entziehen. Sie hatte zwar ihre Zweifel, ob das immer funktionierte, aber manche Menschen spielten wenigstens mit. Carina zum Beispiel.

»Du bist doch jetzt auch in Rente, oder?«, sagte sie.

Bea nickte und bereute es, keinen Kaffee genommen zu haben. Jetzt fehlte ihr die Tasse in den Händen.

»Mein Schwiegervater ist vor einem Jahr in den Ruhestand gegangen, seitdem haben wir ihn kaum zu Gesicht gekriegt. Man kennt das ja, die Rentner haben nie Zeit«, sagte Carina und grinste.

Bea versuchte, das Lächeln zu erwidern, doch ihre Mimik fror ein. Sie hätte ihre Arbeit als Verwaltungsangestellte bei LA Entreprenad gern behalten, doch als das Unternehmen verkauft wurde und nach Göteborg umzog, war ihr keine Wahl geblieben. Schließlich war sie schon vierundsechzig und für den Arbeitsmarkt wenig attraktiv. Ihr Leben, das mit der Trennung schon so klein und leer geworden war, kam nach dem letzten Arbeitstag komplett zum Stillstand. Aber wenn sie gefragt wurde, gab sie weiterhin vor, viel beschäftigt zu sein. Das war der letzte Strohhalm, an den sie sich klammerte, so rettete sie ihr letztes Stückchen Würde, bis sie herausgefunden hatte, wie sie *die Expertin für ihr Leben* werden würde, wie es bei der Beschreibung ihrer Schicksalszahl so hübsch formuliert stand.

Auf dem Tisch lag keine Decke, also fingerte sie an der Serviette herum.

Der Vorsitzende Lennart Ek verschaffte sich mit dem Hämmerchen auf dem Tisch Gehör. »So«, sagte er und ließ seinen Blick unter den buschigen grauen Augenbrauen über die zehn Personen schweifen, die um den Tisch versammelt waren.

Ein Tagesordnungspunkt nach dem anderen wurde abgehandelt. Magnussons Hecke sollte noch um weitere zehn Zentimeter gekürzt werden, die Schilder vor dem Dorfladen musste man näher an die Wand versetzen, damit die Urlauber nicht mit dem Rad hineinfuhren, und ein neu zugezogenes Pärchen sollte mit einem Willkommensbrief und einem kleinen Geschenkekorb mit Delikatessen der Insel begrüßt werden.

Da Bea ihr Anliegen nicht vorab auf die Tagungsordnung hatte aufnehmen lassen, musste sie es ganz zum Schluss unter »Sonstiges« vorbringen. Sie spürte die Nervosität im Magen und hörte nur mit halbem Ohr zu. Ihr gegenüber saß Klas. Er war zehn Jahre jünger als sie und lebte – genau wie sie – schon immer auf Ven. Komischerweise unterhielten sie sich nur selten miteinander. Im Grunde wusste sie auch nicht viel von ihm, nur dass er Bauarbeiter war und mit seinem Hund Pappi allein lebte. Jetzt grinste er ihr mitten ins Gesicht, als merkte er, dass sie mit den Gedanken ganz woanders war. Instinktiv wich sie seinem Blick aus.

Bei den Abstimmungen machte Bea es wie immer, sie hob die Hand bei den Vorschlägen, die die Mehrheit vertrat. Das war das Einfachste. Als Lennart laut und deutlich verkündete, dass sie nun beim letzten Tagesordnungspunkt angekommen seien, nämlich »Sonstiges«, räusperte Bea sich und meldete sich zaghaft. Sie bemerkte, dass Klas die Augenbrauen hob.

»Ja, Bea?«, sagte Lennart.

»Ja, also, ich möchte hier einen Wunsch von Lucy vortragen.« Sie spürte, wie sie rot wurde. »Sie hätte gern, dass der Traktor auch eine Haltestelle vor ihrem Café einrichtet, damit ihre Gäste die Möglichkeit zum Einkehren haben, denn die Bushaltestelle ist ein ganzes Stückchen entfernt.«

Mikael, der den beliebten Traktor mit dem Anhänger fuhr, war auch Mitglied im Dorfverein und saß auf der anderen Seite von Carina. Er vermerkte etwas auf seinem Block, überlegte kurz und nickte. »Kein Problem.«

Das war's schon. Innerhalb einer Minute war die Sache erledigt. Bea lächelte unbeholfen und konzentrierte sich darauf, kontrolliert auszuatmen, dass ihr erleichterter Seufzer nicht zu hören war. Als sie ihren Notizblock in der Handtasche verstaute, suchte Klas erneut ihren Blick.

»Was denn?«, fragte Bea leise, etwas verärgert. Er wies auf den Vorsitzenden Lennart, der Bea direkt ins Gesicht sah. Offenbar hatte er sie angesprochen, ohne dass sie es bemerkt hatte.

»Entschuldigung?«, sagte sie.

Lennart seufzte, er konnte es nicht leiden, wenn die Vereinsmitglieder nicht bei der Sache waren.

»Sussie wird es in den kommenden Monaten nicht schaffen, sich um das Blättchen zu kümmern, und da dachte ich, vielleicht könntest du das übernehmen? Du hast jetzt im Ruhestand bestimmt mehr Zeit als Sussie, die gerade in Elternzeit ist.«

Wieder drehten sich alle Köpfe zu ihr um. Sie kam gar nicht dazu, einen vernünftigen Gedanken zu fassen, sondern nickte nur kurz. Womöglich würde ihr die Stimme versagen, wenn sie den Mund aufmachte.

»Prima, Sussie wird sich bei dir melden und dir alle wichtigen Informationen geben«, sagte Lennart, hämmerte kurz auf den Tisch und erklärte die Sitzung für beendet.

Nun unterhielten sich die Anwesenden untereinander und ein deutlicher Geräuschpegel erfüllte den Raum.

Carina beugte sich zu ihr. »Jetzt kriegst du noch mehr Geschäft.«

»Stimmt.« Bea seufzte und verdrehte ein wenig die Augen.

»Sag Bescheid, wenn du Hilfe brauchst.«

»Danke, wird schon werden.«

Bea stand auf und machte sich mit dem Rad auf den Heimweg. Ihre Knie fühlten sich weich an, und es kostete sie große Anstrengung, die Pedale nach unten zu treten. Gerade als sie vor ihrem Haus stoppte, kam die Frau, die Lucys Haus gemietet hatte, zum Gartentor heraus. Bea parkte ihr Fahrrad, wischte sich die schwitzige Hand an der Jeans ab und ging auf sie zu.

»Schönen guten Abend. Ich bin Bea und, na ja, ich wohne hier«, sagte sie und nickte zu ihrem Haus.

Die Frau zögerte kurz, dann erwiderte sie: »Ulrica. Ich habe das Häuschen gemietet.«

Ihre Hand war trocken und kühl.

»Angenehm. Sind Sie schon mal auf Ven gewesen?«, fragte Bea.

Ulrica schüttelte den Kopf. »Nein, aber ich wollte schon lange mal herkommen. Ich freue mich drauf, die vielen schönen Orte zu sehen … das Naturreservat mit der Steilküste, das Tycho-Brahe-Museum, die Kirche von St. Ibb …« Sie räusperte sich. »Ich bin gerade auf dem

Weg zum Dorfladen. Den finde ich, wenn ich einfach den Landsvägen weiterfahre, oder?«

Bea nickte. »Ist gar nicht weit.«

Ulrica stieg wieder aufs Fahrrad. »Danke«, sagte sie und schwankte leicht, bis sie das Gleichgewicht wiedergefunden hatte.

Bea sah ihr hinterher. »Was für ein Tag«, sagte sie und seufzte, dann ging sie ins Haus und zog sich um. Eine Hose mit Gummizug am Bund war bequemer. Dann ging sie in die Küche und öffnete Kühlschrank und Vorratsschrank. Beides war beunruhigend leer. Eigentlich müsste sie auch dringend einkaufen gehen, doch das gehörte zu den Dingen, die sie viel Überwindung kosteten. Da lief sie immer jemandem über den Weg, der sie kannte, und dann musste sie wieder dieses künstliche Lächeln aufsetzen.

Sie kochte die letzten Spaghetti, die sie im Schrank fand, und rührte Pesto darunter, das schon ein paar Tage abgelaufen war. Aber es war noch gut. Dann hockte sie sich an den Küchentisch.

Sie fuhr über das glatte Wachstuch. Die rasende Reporterin der Insel. Das klang doch ganz anders als die vom Ehemann verlassene Rentnerin. Aber wie sollte sie dem gerecht werden?

Sie zwinkerte die hartnäckigen Tränen weg und drehte die Pasta mit der Gabel, als sie im Augenwinkel etwas wahrnahm und aus dem Fenster zum Landsvägen sah. Es war Ulrica, die mit einer Tüte vom Einkaufen zurückkam. Bea zog den Vorhang etwas weiter zu, um nicht so gut sichtbar zu sein. Trotz der Entfernung meinte sie zu sehen, dass Ulrica tief seufzte und die Schultern hängen ließ, als sie auf die Tür zuging. So sehen die Urlauber, die in Lucys Ferienhaus wohnen, doch sonst nicht aus?

Bea fiel der Beitrag wieder ein, den sie am Morgen im Radio gehörte hatte. Über die dreizehn Geheimnisse des Menschen und welche Last man sich damit aufbürdete. Sie beobachtete, wie die Gardine im anderen Küchenfenster zugezogen wurde, und fragte sich, ob die Frau wirklich hergekommen war, um sich all die Sehenswürdigkeiten der Insel anzuschauen, die sie aufgezählt hatte. Oder ob sie vielleicht aus einem völlig anderen Grund hier war.

Ulrica

Der zweite Tag auf der Insel begann wie der erste: Ulrica war schon um fünf Uhr wach. Aber dieses Mal blieb sie nicht liegen und beobachtete das Licht, sondern ging gleich nach unten und kochte Kaffee.

Sie zog die Küchengardine zur Seite, doch als sie Bea im Haus gegenüber im Dunkeln sitzen sah, erschreckte sie sich und zog den Vorhang gleich wieder zu. Die Malve, die sie an der Steilküste gepflückt hatte, hatte sie in ein kleines Schnapsglas gestellt, das sie in einem Küchenschrank gefunden hatte. Sie strich über die zarten Blütenblätter und schüttelte den Kopf über sich selbst. Um ein Haar wäre sie die Klippen hinuntergestürzt. Neben dem Gläschen lag die Ansichtskarte mit der getrockneten Malve auf dem Tisch. Sie setzte sich hin, und ihre Gedanken wanderten zurück zu dem Tag, als sie die Karte aus der Schublade bei ihren Eltern genommen hatte.

Dank langer Arbeitstage und vieler Stunden im Fitnessstudio hatte sie die ersten zwei Wochen ohne Jack überstanden. Aber nun standen vier Wochen Urlaub bevor, und Ulrica war nicht in der Lage gewesen, irgendeine Aktivität zu planen. Deshalb war sie froh gewesen, als ihre Eltern sie am ersten Urlaubstag zum Kaffee eingeladen hatten.

Ihre Mutter kam ihr im Flur entgegen, drückte sie flüchtig und streckte gleichzeitig die Hand aus, um Ulrica eine Haarsträhne aus dem Gesicht zu streichen. So etwas tat sie ununterbrochen – sie rückte Kleinigkeiten zurecht, man konnte es ihr nie recht machen.

Bei dieser Geste musste Ulrica daran denken, wie Jack im vollgeladenen Auto hinter dem Steuer gesessen und sich auf den Weg nach Luleå gemacht hatte. Wie er das Fenster hinuntergekurbelt und Tschüss gesagt hatte. Seine Haare waren verstrubbelt, und obwohl Ulrica wusste, dass es ihm genau so gefiel, hatte sie die Hand durch die Scheibe geschoben und seinen Pony zur Seite gestrichen. Als sie merkte, dass sie exakt so wie ihre Mutter agiert und genau das getan hatte, worüber sie sich selbst so furchtbar ärgerte, lief ihr ein kalter Schauer über den Rücken, während sie dort bei den Eltern im Flur stand.

Alva hatte den Tisch mit drei zierlichen Kaffeetassen mit Untertasse, Silberlöffeln und für jeden ein Stück selbst gebackenem Sandkuchen gedeckt. Als sie sich in den Sessel setzte, musste Ulrica feststellen, dass sie wie gewohnt für ihr Alter tadellos aussah. Der Rücken kerzengerade, das Haar perfekt frisiert und die Haut weich und glatt von jahrzehntelanger, konsequenter Gesichtspflege. Sie selbst fühlte sich wie ein Wrack, und der tiefen Sorgenfalte auf der Stirn ihrer Mutter nach zu urteilen, sah sie auch genau so aus.

»Und, wie geht es Jack jetzt?«, fragte Alva, doch sie ließ keine Pause für eine Antwort. »Ich verstehe überhaupt nicht, was er da so weit oben im Norden will. Jetzt werden wir ihn kaum noch zu Gesicht bekommen, unser einziges Enkelkind. Und wir werden auch nicht jünger …«

»Für ihn ist das vermutlich ein spannendes Abenteuer«, erwiderte Ulrica schnell und biss vom Kuchen ab. Dabei war sie sich durchaus bewusst, dass ihre Stimme leicht vibrierte.

Alva zog auf diese Bemerkung hin die Augenbrauen hoch. So eine winzige Bewegung, nicht der Rede wert, doch sie brannte wie eine Ohrfeige. Ulrica fühlte sich doch ohnehin schon schuldig.

Ihr Vater Urban, der die Vibes im Zimmer nicht wahrnahm, redete ununterbrochen übers Wetter und die neuen Nachbarn, und als Alva anfing, den Kaffeetisch abzuräumen, stieg Ulrica die Treppe hoch zu ihrem ehemaligen Kinderzimmer. Der Raum, der sogar ein Fenster mit Meerblick besaß, war schon seit Langem eine Mischung aus Arbeitszimmer und Gästezimmer, doch er wurde nur selten benutzt. An jenem Tag funkelte Ven wie Katzengold in der Sonne.

Da kam ihr Vater ins Zimmer und stellte sich neben sie. »So ist Ven am schönsten«, sagte er, den Blick auf die Insel.

Sie sah noch eine Weile hinaus, dann drehte sie sich zu ihm um. »Kaum zu glauben, dass wir so nah an der Insel wohnen und noch nie dort gewesen sind.«

»Mag sein, aber es ist nun mal, wie es ist«, erwiderte Urban.

»Ich würde da gern mal hinfahren«, sagte Ulrica.

Urban seufzte. »Das würde deiner Mutter das Herz brechen. Wenn du das tust, dann behalte es wenigstens für dich.«

»Aber warum ist das so?«, fragte Ulrica.

Er zuckte nur mit den Schultern. »Ich weiß ehrlich

gesagt nicht, welche Erinnerungen sie mit der Insel verbindet, aber bei dem Widerstand, den sie dagegen leistet, können es keine schönen sein. Warum soll man in einer dunklen Vergangenheit graben?« Dann nahm er sie in den Arm und ging wieder hinunter.

Ulrica blieb stehen. Mit einem Mal erinnerte sie sich an eine Postkarte, die sie vor vielen Jahren entdeckt hatte. Vorsichtig zog sie die zweite Schublade der massiven Kommode auf, hob drei Notizbücher hoch und stellte fest, dass die selbst gemachte Ansichtskarte mit der getrockneten Malve noch dalag. Sie hatte Alva nie auf die Karte angesprochen, aber nun steckte sie sie einfach in die Tasche ihrer Strickjacke und nahm sie mit nach Hause.

Sie war zurück in ihrer Wohnung und die Malvenkarte lag vor ihr auf dem Küchentisch. Jetzt plagte sie ein schlechtes Gewissen, dass sie sie einfach entwendet hatte. Bei ihrem nächsten Besuch bei den Eltern würde sie sie heimlich wieder zurücklegen. Doch ihre Gedanken kreisten weiter um diese Karte, sie ließ ihr keine Ruhe, und am darauffolgenden Tag nahm sie sie wieder in die Hand, betrachtete sie, las die Worte immer wieder und kam auf die Idee, dass Ven eigentlich der perfekte Ort für einen Urlaub sein musste. Nur durfte ihre Mutter nichts davon erfahren.

Dann hatte sie im Internet nach einer Unterkunft gesucht und ein Ferienhäuschen gefunden, das zufällig zwei Wochen frei war, da jemand storniert hatte. Sie hatte Angelika noch um Rat gefragt, doch deren Kommentar war nur kurz und knapp: »Wird auch Zeit!« gewesen. Und so hatte sie die Reise gebucht.

Doch sie hatte ein flaues Gefühl im Magen, und sie

wusste auch, warum. Sie machte hier ja nicht einfach Urlaub, sie wühlte in der Vergangenheit. Und das gegen den Willen ihrer Mutter.

Ulrica sah aus dem Fenster. Nichts an ihrer Idee war wirklich zu Ende gedacht, sie war hier gelandet, weil sie bei der Ferienhausseite auf »buchen« geklickt hatte, und jetzt war es das Vernünftigste, das Beste daraus zu machen. Die Frage war nur, wie sie es anstellen sollte, wenn sie ihrer Vergangenheit auf die Spur kommen wollte.

Um die Mittagszeit steckte Ulrica sich die Postkarte in die Jackentasche und zog los. Eigentlich wäre sie lieber zu Fuß unterwegs gewesen, doch obwohl die Insel klein war, hatte sie das Gefühl, mit dem Rad besser voranzukommen. Also setzte sie sich wieder auf das blumenbemalte Fahrrad und radelte auf dem Landsvägen zum Hafen von Kyrkbacken.

Sie wollte sich gern noch einmal auf die Bank oben an der Steilküste setzen, wo die Malven blühten, aber bei dem herrlichen Duft nach geräuchertem Fisch bekam sie Appetit, und so parkte sie ihr Fahrrad und ging stattdessen auf die roten Bootshäuser zu. An einer Snackbude blieb sie stehen und las auf der Tafel, was dort angeboten wurde. Makrele mit Kartoffelsalat. Sie sah auf die Getränkeliste und nach kurzem Zögern bestellte sie sich ein Glas Weißwein. Schließlich war sie im Urlaub.

Die Picknicktische hinter den Bootshäusern waren belegt und wie viele andere Gäste setzte sie sich einfach auf den Pier. Sie stellte Weinglas und Pappteller auf das Holz und machte es sich bequem, die Beine ließ sie über der Kante baumeln. Dann schoss sie ein Foto mit dem Plastikglas in der Hand und dem glitzernden Wasser im Hintergrund und verschickte es. Angelika würde sich über das Bild sicher freuen.

»Dieser Ort ist wirklich viel besser für Selfies geeignet«, ertönte eine Stimme plötzlich, sodass ihr beinahe das Smartphone aus der Hand fiel.

»Es sei denn, man lässt sein Handy ins Wasser plumpsen.«

Sie fuhr herum und sah David vor sich stehen. Oder hieß er Daniel?

»Darf ich mich setzen?«, fragte er und hielt ein belegtes Baguette in die Luft.

Ulrica räusperte sich, doch bevor sie antworten konnte, saß er schon neben ihr.

Sie fing an zu essen.

Die Makrele zerging butterweich auf der Zunge, und der Kartoffelsalat schmeckte gut, ohne Frage gar nicht schlecht für ein Mittagessen auf Einweggeschirr.

»Was für ein luxuriöser Urlaub«, sagte er und deutete auf ihr Weinglas.

Ulrica zuckte mit den Schultern und trank einen Schluck. »Wäre ich auf Luxus aus gewesen, dann hätte ich mir ein Restaurant mit richtigen Gläsern und mehr Auswahl auf der Speisekarte gesucht.« Eigentlich wollte sie einen Scherz machen, doch sie hörte selbst, dass ihr Tonfall leicht aufmüpfig klang.

Sie schielte zu ihm hinüber und fragte sich, was er wohl von ihr denken mochte, schließlich hatte sie sich bislang nicht gerade von ihrer besten Seite gezeigt.

»Wie heißt du noch mal?«, fragte sie daher betont freundlich.

Der Mann verzog einen Mundwinkel leicht grinsend, dann entfernte er die Folie von seinem Baguette und biss herzhaft hinein.

»Daniel«, sagte er mit halb vollem Mund.

»Ah ja, genau …«

»Und du hast dich bislang noch nicht vorgestellt«, fügte er hinzu.

»Ulrica«, erwiderte sie. »Wahrscheinlich wohnst du hier?«

»Jep«, sagte Daniel.

Dann trat Schweigen ein und nun war nur noch Daniels Kauen zu hören. Er hatte sich zu ihr setzen wollen, aber schien über die Höflichkeitsfloskeln hinaus gar kein Interesse an einer Unterhaltung zu haben. Vielmehr galt seine Aufmerksamkeit dem Baguette, das er in der Hand hielt.

Ulrica trank noch ein bisschen Wein. Sie hatte sich in Gesellschaft von Menschen, die kein Wort sprachen, immer schon unwohl gefühlt. »Ich habe bei einem Fahrradausflug einen Mann getroffen, der mit einem Schwan spazieren gegangen ist.« Mehr fiel ihr nicht ein.

Daniel lächelte und seine braunen Augen funkelten. »Das war Valdemar.«

»War das sein Schwan?«

»Ja und nein. Er hat den Schwan als Jungtier aufgezogen, weil seine Mutter eine Angelschnur geschluckt hat und dann verendet ist. Der Schwan dreht seine Runden mit den anderen Schwänen auf dem Meer, aber wenn er Lust hat, kehrt er zu Valdemar zurück und folgt ihm auf Schritt und Tritt. Einmal habe ich gesehen, wie sie zusammen vor dem Laden standen und gewartet haben.«

Ulrica musste lachen. Dies *war wirklich* ein seltsamer Ort. Dann verebbte ihr Gespräch und Ulrica aß auf und trank den letzten Schluck Wein.

»Der Hauswein im Plastikglas war offenbar gar nicht so schlecht«, sagte Daniel.

»Ich würde sagen, der schöne Ort hat dazu beigetragen. Ich habe ganz vergessen, eine Flasche Wein einzupacken … also gewöhne ich mich besser gleich ans Plastikglas.«

»Du kannst Wein im Dorfladen ordern. Sie haben auch die Lizenz, Alkohol zu verkaufen.«

»Ach ja? Gut zu wissen«, sagte sie.

Daniel stand auf, warf die Folie in den Mülleimer neben dem Bootshaus, schob die Hände tief in die Hosentaschen und nickte ihr zu. »Bis bald.«

Ulrica nickte zurück, da vibrierte ihr Handy. *Gut gemacht*, schrieb Angelika und schickte ein Daumen-hoch-Emoji auf Ulricas Foto mit dem Weinglas. Dann atmete sie auf. Ja, da hatte Angelika wohl recht. Sie hatte sich einfach auf den Pier gesetzt, auch wenn ihr das unnatürlich vorgekommen war, und hatte sich mit Daniel unterhalten, wenn auch etwas holprig, und jetzt würde sie auf dem Rückweg noch einen Stopp beim Dorfladen einlegen und sich einen guten Wein und leckeren Käse bestellen. Konnte man jetzt sagen, dass sie die Tür einen Spaltbreit geöffnet hatte?

Bea

Super, dass du kommen konntest! Wenn ich nur zum Einkaufen gehen will, heißt das für mich Packen und Organisieren, als würde ich in einen dreiwöchigen Urlaub aufbrechen«, sagte Sussie und keuchte leicht übertrieben.

Bea machte einen großen Schritt über einen Haufen Schuhe, der mitten im Flur lag, und stellte ihr Paar ordentlich an die Wand.

Sussie wiegte ihre neugeborene Tochter in den Armen, während sie in die Küche ging und Kaffee in eine Thermoskanne füllte. Bea folgte ihr und sah im Wohnzimmer die beiden Größeren, sie meinte sich zu erinnern, dass Sussie von einer Dreijährigen und einem Fünfjährigen gesprochen hatte. Gerade spielten sie Fangen rund um den Esstisch. Das Mädchen raste so dicht um die Tischkante, dass Bea kaum hinsehen konnte.

Sussie stellte die Thermoskanne und zwei am Rand angeschlagene Kaffeebecher auf den Küchentisch und bat Bea, sich zu setzen.

»Unsere kleine Motte hat Koliken, ich kriege überhaupt nichts mehr auf die Reihe«, erklärte sie. »Super, dass du das Inselblättchen übernimmst.«

Bea nickte nur und zupfte ein bisschen an der Tischdecke herum, die alles andere als glatt auf dem Tisch lag.

»Ich freue mich, dass wir uns auf die Art mal ein bisschen besser kennenlernen. Wir laufen uns so oft über den Weg, aber eigentlich kennen wir uns ja kaum«, fuhr Sussie fort und lachte. »Jetzt weißt du, dass ich eine kleine Tochter mit Koliken habe und ein ziemlich chaotisches Haus.«

Bea bemühte sich zu lächeln, aber ihr fiel partout nichts ein, was sie über sich selbst sagen konnte. Stattdessen strich sie vorsichtig über eine der zahlreichen Falten im Tischtuch. Es war so ungewohnt für sie, bei jemand anderem zu Gast zu sein. Fremde Gerüche und fremde Geräusche.

Sussie setzte sich neben sie und klappte den Laptop auf. Gerade als die Vorlage für das Blättchen auf dem Bildschirm aufploppte, ertönte ein gellender Schrei aus dem Wohnzimmer. Sussie sprang auf, drückte Bea schnell den Säugling in die Arme und rannte hinüber. Die Kleine sah sie mit großen Augen an. Bea versuchte zu lächeln, doch das Baby schien genauso verunsichert zu sein wie sie.

Edvin und sie hatten keine Kinder bekommen. In den ersten Jahren hatten sie es intensiv versucht, hatten den Zyklus beobachtet und Temperatur gemessen, doch nichts war passiert. Irgendwann hatte sich die Sehnsucht nach einem Kind verflüchtigt und so hatten sie das Thema einfach ad acta gelegt. Sie lebten weiter zu zweit, hin und wieder gesellte sich eine Katze dazu. Was mehr als genug war. Obwohl, stimmte das wirklich? Manchmal redete man sich etwas ein, weil es so leichter zu bewältigen war. Edvins neue Lebensgefährtin hatte Enkelkinder. Das wusste sie. Und während sie jetzt so dasaß, mit Sussies Neugeborenem in den Armen, musste sie feststellen, dass diese Vorstellung für sie schlimmer war als der Gedanke, dass es eine neue Frau in seinem Leben gab.

Sussie kam wieder zurück und lächelte zur Entschuldigung, als sie Bea das Kind wieder abnahm. »Maja hat sich an der Tischkante gestoßen, direkt unter dem Auge.«

»Die Arme«, sagte Bea und dachte, sie wäre bestimmt eine gute Oma geworden. Zumindest hatte sie diesen kleinen Unfall kommen sehen.

Sussie war mit ihrer Aufmerksamkeit jetzt wieder bei der Vorlage und zeigte Bea Schritt für Schritt, wie man Text und Fotos einfügte. Besonders kompliziert schien es nicht zu sein. Eine halbe Stunde später warf sie einen Blick ins Wohnzimmer, wo Stimmen von einer Zeichentricksendung zu hören waren.

»Niklas, mein Mann, hat etwas dagegen, dass die Kinder tagsüber fernsehen.« Sussie lächelte verlegen. »Das ist unser kleines Geheimnis.«

»Jeder hat seine Geheimnisse«, erwiderte Bea und lächelte. Beinahe hätte sie hinzugefügt, dass Niklas vermutlich auch dreizehn Stück hatte, doch das verkniff sie sich, schließlich wollte sie nicht Sussies Fantasie beflügeln.

»Und, hast du noch Fragen?« Sussie räumte die Kaffeetassen auf. Bea klappte den Block zu, auf dem sie sich Stichworte notiert hatte, und verstaute ihn wieder in ihrer Tasche. »Und woher nimmst du die Ideen für die Inhalte deiner Artikel?«, fragte sie.

Sussie lachte. »Ich bin gesprächig und kontaktfreudig. Das hilft enorm. Man muss versuchen, die Leute dazu zu bringen, dass sie einem erzählen, was es Neues gibt oder was passiert ist. Immer die Antennen auf Empfang haben.«

Gesprächig und kontaktfreudig. Im Moment vielleicht nicht gerade die treffendste Beschreibung für Bea. Sie stand auf und Sussie begleitete sie in den Flur. Mehrmals bedankte sie sich für ihre Hilfe.

»Ist doch klar, dass ich einspringe«, sagte Bea und zuckte mit den Schultern, obwohl das Inselblättchen für sie wirklich kein Klacks war.

Auf dem Heimweg hielt sie noch am Café Uferschwalbe an. Ihr Tisch unter der Eiche war gerade belegt, so blieb sie am Tor stehen. Das war das Elend am Sommer. Die vielen Menschen. Ven hatte ungefähr dreihundertsiebzig Einwohner, doch in den Sommermonaten überschwemmten Tausende von Urlaubern die Insel. An einem schönen, warmen Sommertag konnte es vorkommen, dass alle tausendfünfhundert gelben Fahrräder, die es gab, ausgeliehen waren und die Touristen die Straßen bevölkerten. Allerdings wusste Bea auch, dass die Insel auf den Tourismus angewiesen war.

Lucy, die gerade eine Familie bediente, wedelte schon mit den Armen. »Komm rüber, hier ist noch ein Plätzchen.« Sie rückte Bea einen Stuhl zurecht. »Was die wenigsten wissen: Unter der Birke ist es mindestens genauso schön wie unter der Eiche«, sagte sie augenzwinkernd.

Beas verkrampfte Schultern entspannten sich und sie nahm Platz. »Ich möchte nur etwas Kleines«, sagte sie.

»Wie wäre es mit Tee und frisch gebackenen *Gingernuts*?«

»Klingt wunderbar«, sagte Bea und strich leicht über die Tischdecke. Als sie alle Falten geglättet hatte, brachte Lucy schon die Kanne Tee und ein Schälchen mit den englischen Keksen.

»Wie ist deine Sitzung gelaufen?«, fragte sie, während sie ihr Tee einschenkte.

»Deshalb bin ich hier. Es ging prima. Mikael hat sofort gesagt, dass das gar kein Problem ist, vor deinem Café einen zusätzlichen Stopp einzulegen.«

»Wirklich?« Strahlend kam Lucy um den Tisch gerannt und schloss Bea in die Arme.

Sie spürte selbst, wie sie erstarrte. Wie lange war es her, dass sie jemand umarmt hatte!

»Kann ich mich irgendwie revanchieren? Der Tee und die Kekse gehen natürlich sowieso auf mich.«

»Ach was, du musst mich doch nicht einladen, Lucy. Aber … da gäbe es tatsächlich etwas, bei dem ich deine Hilfe gebrauchen könnte.«

»Das wäre?«

»Bei der Sitzung habe ich den Auftrag bekommen, mich um das Inselblättchen zu kümmern, weil Sussie gerade ein Kind bekommen hat. Aber ich tue mich etwas schwer damit, mir fällt nichts ein. Vielleicht hast du eine Idee?«

Lucy überlegte eine Weile, dann hatte sie schon die erste Idee. »Na ja, ich werde demnächst Liederabende veranstalten, bis Mitte August. Nächste Woche geht's los. Das wäre doch eine Neuigkeit?«

»Das ist eine tolle Neuigkeit. Darüber schreibe ich auf jeden Fall. Weißt du schon, an welchen Wochentagen die stattfinden sollen?«

»Immer donnerstags um sechs Uhr.« Lucy blinzelte ihr zu. »Und als rasende Reporterin rechne ich damit, dass du auch kommst und zuhörst. Du solltest die schönen Dinge des Lebens genießen.«

»Mal sehen«, sagte Bea. Ein Abend in Gesellschaft ausgelassener Konzertgäste gehörte wohl zu den Erlebnissen, nach denen ihr am wenigsten der Sinn stand. »Apropos, du hast dein Häuschen ja gerade neu vermietet, da ist eine Frau eingezogen.«

»Ja.« Lucy lächelte. »Ulrica … Viklund ist ihr Name. War offenbar auf der Suche nach ein bisschen Ruhe. Ich habe ihr allerdings nicht gesagt, dass Ven im Juli dafür nicht die erste Adresse ist.« Lucy lachte auf. »Ich hoffe, sie kann es trotzdem genießen.«

»Sie wirkt eigentlich ganz zufrieden«, sagte Bea, obwohl das nur die halbe Wahrheit war.

»Prima«, erwiderte Lucy und flitzte weiter zum nächsten Tisch.

Bea trank ihren Tee, aß ihren leckeren Ingwerkeks und radelte schnell wieder nach Hause.

Gerade als Bea vor ihrem Garten bremste, sah sie Ulrica ins Haus gehen. Ihr schien irgendetwas aus der Hand zu gleiten, als sie die Tür aufschloss, und Bea kam nicht dazu, zu rufen, bevor die Tür schon ins Schloss fiel. Was sollte sie jetzt tun? Es konnte ja etwas Wichtiges sein.

Sie stellte ihr Fahrrad hin, ging über die Straße und öffnete das Gartentor zum Nachbarhaus. Dann beugte sie sich vor der Haustür zu Boden und hob eine laminierte Karte mit einer getrockneten Malve auf. Die Inselblume. Vielleicht hatte Ulrica sie in einem Souvenirladen gekauft? Bea drehte sie um und sah die altertümliche Schrift auf der Rückseite.

Ich bin auf der Malveninsel geboren, und diese zarte Blume stand Pate für deinen Namen – Alva. Der Malve sagt man als Heilpflanze eine lindernde Wirkung nach, und du, mein kleines Mädchen, warst für mich Linderung in einer schlimmen Welt. Wo die Blumen blühen, da warte ich auf dich.

Mama

Jetzt merkte Bea, dass die Karte keineswegs neu war, sondern – im Gegenteil – ziemlich alt und zerknittert aussah, und der Text war eindeutig von Hand geschrieben.

In dem Moment ging die Tür auf, und sie machte einen Satz zurück, bevor sie umgeworfen wurde.

Ulrica zuckte zusammen. »Oh, ich hab nicht gewusst, dass Sie hier stehen. Haben Sie geklingelt?«

»Nein, nein … ich habe zufällig gesehen, dass Sie etwas verloren haben.« Sie hielt ihr die Karte hin. »Ich wollte nicht, dass sie weggeweht wird.«

»Vielen Dank«, sagte Ulrica. »Ich wollte sie gerade suchen gehen.«

»Gut, dann werde ich mal …«, sagte Bea und nickte zu ihrem Haus.

Ulrica nickte auch und schloss wieder die Tür.

Bea machte auf dem Absatz kehrt, ging über die Straße und öffnete ihre Haustür. Ordentlich stellte sie die Schuhe ins Regal im Flur und blieb dann einen Moment lang ganz still stehen. Jetzt war sie bei Sussie zu Hause gewesen, bei Lucy im Café Uferschwalbe, und hatte sich auch kurz mit der neuen Nachbarin Ulrica Viklund unterhalten. Drei Begegnungen innerhalb weniger Stunden. Kein Wunder, dass ihr Blut pulsierte.

Als sie sich ein wenig beruhigt hatte, ließ sie sich am Küchentisch nieder, holte ihren Notizblock heraus und schlug eine neue Seite auf. In Schönschrift schrieb sie:

Liederabende im Café Uferschwalbe, donnerstags, 18 Uhr. Weiter kam sie nicht, ihre Gedanken schweiften ab und waren bei der Frau im Haus gegenüber. Was war das für eine merkwürdige Karte, die Ulrica da verloren hatte? Sie musste etwas sehr Persönliches sein.

Sie schlug die nächste leere Seite auf und schrieb *Ven – Malve – Alva.* Bea kannte niemanden, der Alva hieß, aber der Text auf der Karte beinhaltete, dass diese Frau eine Mutter hatte, die gebürtig von Ven kam. Doch was mochte der Zusammenhang zwischen Ulrica und dieser Karte sein?

Ulrica

Wie hatte sie nur die Karte verlieren können? Kein Wunder, dass der Nachbarin das gleich aufgefallen war. Schwerfällig ließ Ulrica sich auf den Küchenstuhl plumpsen. Auf der anderen Straßenseite konnte sie Bea noch am Fenster erkennen, deshalb zog sie die Vorhänge zu. Bea war mit Vorsicht zu genießen. Eine äußerst neugierige Person.

Ulrica seufzte. Nicht nur über diese merkwürdige Nachbarin und die Tatsache, dass sie ihre Postkarte aufgelesen hatte, sondern über die Zweifel, die jetzt aufkamen und ihr erstes gutes Gefühl nach dem Glas Wein am Hafen wieder verdrängten. Was tat sie eigentlich hier? Wieder überkam sie die Sehnsucht nach ihrer Wohnung in der Innenstadt von Helsingborg. Auch wenn Jacks Zimmer leer stand. Schließlich sagt man, die Zeit heilt alle Wunden, wenn sie sich also etwas Zeit gegeben hätte, hätte sie es vielleicht sogar noch in ihrem Urlaub geschafft, sein Zimmer neu einzurichten und in ein Gästezimmer zu verwandeln.

Sie versuchte, diese Gedanken abzuschütteln, griff zum Telefon und wählte spontan Jacks Nummer, auch wenn sie das eigentlich lassen wollte. Sie hatte es schon dreimal versucht, nie war er rangegangen. Nach fünf Klingeltönen räusperte sich jemand.

»Hallo, wie geht's dir?«, fragte sie und versuchte, beschwingt zu klingen, doch sie merkte selbst, wie es missglückte.

»Gut. Ich würde mich melden, wenn es nicht so wäre.«

Sie hörte, wie er sich raschelnd im Bett aufsetzte.

»Hast du noch geschlafen?« Das rutschte ihr einfach so heraus. Diese Fragen, dieses typisch mütterliche Interesse, dazu dieser anklagende Tonfall. Klang sie eigentlich immer so, wenn sie mit ihm sprach? Oder war das neu, seit er ausgezogen war? Sie konnte es nicht sagen.

»Nein. Aber gestern Abend war ich mit ein paar Freunden weg, und da ist es spät geworden.«

»Vergiss nicht, genug Wasser zu trinken ... und feier nicht so wild. Wenn man mit anderen unterwegs ist, übertreibt man es schnell mal.«

Am anderen Ende wurde es still, und sie konnte förmlich vor sich sehen, wie er die Augen verdrehte.

»Ich wollte nur mal hören, wie es dir geht ...«

»Wie ist es denn bei dir, du bist doch im Urlaub?«, fragte er und bemühte sich, ein Gähnen zu unterdrücken.

»Super, ist echt schön hier«, sagte sie und zwang sich zu lächeln, als würde ihre Stimme dann fröhlicher klingen.

Da ertönte eine Stimme im Hintergrund, und mit einem Mal hatte Jack es eilig, das Telefonat zu beenden. Ulrica kam nicht mehr dazu zu fragen, wer das war. Sie starrte ihr Handy an und sank mit dem Kopf auf die Tischplatte.

Jetzt bezweifelte sie, dass diese Reise sie wirklich weiterbringen würde, zu Jack endlich ein gesundes Verhältnis aufzubauen. Aber wenn sie wenigstens etwas über ihre

Großmutter in Erfahrung bringen konnte, dann wäre der Urlaub nicht ganz vergeblich gewesen. Dem Text auf der Karte nach zu urteilen, musste Gerda auf der Insel geboren sein. Auch wenn das lange her war, musste sie doch irgendwer gekannt haben? Ulrica hob den Kopf. Vielleicht der ältere Mann, der mit dem Schwan. Hatte Daniel nicht erwähnt, dass er Valdemar hieß?

Der Himmel war fast unwirklich blau, als sie etwas später auf dem Rad saß und zum Hafen nach Bäckviken fuhr. Eigentlich konnte er hier ja nicht blauer sein als anderswo, aber es sah so aus. An der Eisbude bog sie in den Hakenstigen, doch da stieg sie ab und schob ihr Rad an den schönen alten Häusern entlang.

Die Wahrscheinlichkeit, dem Mann mit dem Schwan wieder über den Weg zu laufen, war sicherlich gering. Dennoch stellte sie ihr Fahrrad ab und ging hinunter an den Steinstrand. Um sich irgendwie zu beschäftigen, wollte sie den rundesten Stein suchen, den sie finden konnte. Den Blick auf den Boden geheftet, lief sie den Strand ab. Schließlich hob sie zwei Steine auf, die fast dieselbe runde Form hatten. Sie konnte sich nicht entscheiden und steckte beide in ihre Tasche.

Als sie an den zweiten Bootssteg kam, blieb sie stehen und blickte hinaus aufs Meer. Genau dort war Valdemar entlangspaziert und hatte sich hingesetzt, als sie das erste Mal hier gewesen war. Wenn der Steg zu dem kleinen Häuschen auf der anderen Seite der Straße gehörte, dann konnte er sie vielleicht vom Fenster aus sehen und kam heraus.

Sie machte einen Versuch. Langsam ging sie über den

wackligen Steg und setzte sich auf die Holzbank, die ganz vorn stand. Sie beugte sich vor und sah aufs Wasser. Kleine Fischschwärme schwammen blitzschnell vorbei und versteckten sich im Seegras. Das Leben im Wasser begeisterte sie so, dass sie Valdemar erst bemerkte, als er schon vor ihr stand.

»Oh, hallo«, sagte sie und sprang auf.

»Bleiben Sie ruhig sitzen«, sagte er und nickte zu seiner Bank.

Ulrica setzte sich wieder.

Valdemar legte seinen Stock auf den Steg und nahm neben ihr Platz. »Ist die Steinewerferin wieder da«, sagte er und lächelte.

»Stimmt«, sagte sie und erwiderte sein Lächeln. »Ich bin Ulrica.«

»Valdemar«, stellte er sich vor.

Sie nickte. »Heute haben Sie Ihren schönen Schwan gar nicht dabei?«

Er lachte. »Nein, der kommt und geht, wie er will.«

»Haben Sie noch mehr wilde Tiere, die kommen und gehen, wie sie wollen?«, fragte Ulrica grinsend.

»Igel, Eichhörnchen, eine Entenfamilie, einen Hasen, zwei Elstern …« Er sah sie an. »Und Sie haben Lucys Ferienhaus gemietet?«

»Das sehen Sie am Blumenfahrrad?«

»Ja«, antwortete er und lachte. »Unsere Insel ist ziemlich klein.«

»Das stimmt«, sagte sie.

Er lehnte sich zurück. »Sind Sie mit Freunden oder mit der Familie hier?«

»Weder noch. Ich bin alleine hergekommen«, sagte sie

und zuckte mit den Schultern. »Hab etwas Zeit für mich gebraucht.«

»Wenn es Ihnen allein ein bisschen langweilig wird, dann kann ich Ihnen einen Besuch im Café Uferschwalbe empfehlen, das gehört auch Lucy. Da sind immer viele Leute, es gibt gutes Essen, und die Atmosphäre ist sehr angenehm«, sagte er.

»Gehen Sie da auch öfters hin?«, fragte sie.

Valdemar schüttelte den Kopf. »Nein, nein. Ich sitze lieber hier und höre dem Meer zu. Wenn man genau hinhört, kann man eine Menge entdecken.«

»Ach ja? Sagt es gerade etwas?«, fragte Ulrica und grinste schief.

»Lauschen Sie selbst mal.«

Ulrica beugte sich zum Wasser hinunter und lauschte. »Es sagt, dass es eine gute Idee war, eine kleine Fahrradtour zu machen und nicht nur in der Stube zu hocken und aus dem Fenster zu schauen«, sagte sie.

»Sehen Sie!«

Sie strahlte. So saßen sie noch eine Weile schweigend da. Auf Valdemars Steg war die Stille dieselbe wie an dem Steinstrand. Sanft und wohltuend. Sie schielte zu ihm hinüber. »Darf ich Sie etwas fragen?«

»Selbstverständlich. Fragen Sie nur«, erwiderte er.

»Wohnen Sie hier schon lange?«

»Ich bin auf Ven geboren und habe mein ganzes Leben auf der Insel verbracht«, sagte er und sah dabei ganz glücklich aus.

Ulrica nickte langsam. »Wie ich gesagt habe, ich bin zwar hier, um Zeit für mich zu haben, aber ich suche auch nach Spuren einer Frau, die Gerda hieß und 1927 auf der Insel geboren ist. Haben Sie den Namen schon mal gehört?«

Valdemar runzelte die Stirn und überlegte. Dann sah er Ulrica an. »Nein, leider nicht. Ich kenne niemanden, der so heißt.« Er schüttelte den Kopf. »Aber die Erinnerung gerät mit der Zeit etwas durcheinander, so wie die Steine an diesem Strand. Deshalb muss das nicht bedeuten, dass sie hier nicht gelebt hat, nur weil ich mich nicht an sie erinnern kann. Im Laufe der Jahre sind viele Menschen gekommen und gegangen, manche haben Spuren hinterlassen, andere nicht, manche sind seit Generationen hier, andere haben es nur ein paar Jahre ausgehalten.« Er zuckte mit den Schultern, reckte sich nach seinem Stock und stemmte sich mühevoll hoch. »Zeit, die Tiere zu füttern.« Er sah Ulrica an. »Sie sind herzlich willkommen auf meinem Steg. Wann immer Sie Lust haben, kommen Sie einfach her.«

»Danke«, sagte sie und verabschiedete sich.

Sie sah Valdemar hinterher, wie er den Steg zurückhumpelte, dann atmete sie tief durch und nahm einen Stein aus der Jackentasche. Es war schon sehr merkwürdig, dass Valdemar, der schon immer auf Ven lebte, noch nie etwas von Gerda gehört hatte. Oder lag es daran, dass er die Dinge durcheinanderbrachte, wie er selbst gesagt hatte? Sie holte aus und warf den Stein ins Wasser. Sie schreckte leicht auf, als er die Oberfläche mit einem dumpfen Ploppen durchstieß.

Jetzt war sie keinen Schritt weitergekommen und hatte keine Ahnung, was sie als Nächstes unternehmen sollte. *Falls* sie überhaupt noch etwas unternahm. War das die Botschaft, die das Meer ihr eigentlich übermitteln wollte?

Dass sie hier auf der Insel nichts mehr zu suchen hatte, dass sie lieber nach Hause fahren und sich mit ihren Problemen beschäftigen sollte?

Bea

Woher sollte sie nur die Ideen für die Artikel im Inselblättchen nehmen? Seit einer halben Stunde saß sie vor einem weißen Blatt Papier. Warum hatte sie diese Aufgabe nicht einfach abgelehnt? Sie hätte doch sagen können, es tue ihr leid, sie hätte es gern übernommen, aber habe so viel zu tun. So wie immer. Carina, die neben ihr gesessen hatte, hätte das sicherlich mit der Geschichte von ihrem Schwiegervater bestätigen können, im Rentenalter hatte keiner mehr Zeit, das war bekannt. Dann wäre jemand anders als Vertretung eingesprungen, vielleicht Mikael, der den Traktor fuhr. Er bekam so ziemlich alles mit, was auf der Insel geschah. Was er nicht wusste, musste man nicht wissen.

Beas Hand zitterte leicht, als sie ihre Kaffeetasse so platzierte, dass sie die Blume auf der Wachstischdecke perfekt verdeckte. Sie wusste, dass sie das lassen sollte, Tassen millimetergenau hin- und herzuschieben, aber im Moment konnte sie nur auf diese Art und Weise das Chaos in ihr beherrschen. »Mist.« Eigentlich hätte ihr Leben ein stärkeres Schimpfwort verdient, aber Bea brachte es einfach nicht über die Lippen. Nicht einmal jetzt.

Sie starrte auf den Computerbildschirm, bis ihr die Tränen in die Augen schossen. Ein paar Zeilen hatte sie immerhin über die Liederabende im Café Uferschwalbe geschrieben, aber das war viel zu wenig. Sie brauchte mindestens noch drei Meldungen. Sussie hatte gesagt, sie müsse die Antennen immer auf Empfang haben. Vor einem Jahr wäre das gar kein Problem gewesen. Mit Edvin zusammen war sie sehr kontaktfreudig. Ohne ihn war sie das nicht. Und wenn sie genau überlegte, war sie das eigentlich auch noch nie gewesen. Schon als Kind hatte sie lieber zugeschaut, als bei den Spielen der anderen Kinder mitzumachen.

Sie presste die Lippen aufeinander. Welch ein komisches Verhalten, dieses Kaffeetassen-hin-und-her-Geschiebe und Tischdecken-Glattstreichen, das sie sich angewöhnt hatte, seit Edvin gegangen war, das wurmte sie. Außerdem schweiften ihre Gedanken in letzter Zeit immer wieder in die alten Zeiten ab. Als ob die Erinnerungen die Gelegenheit ergriffen, jetzt, da sie am schwächsten war, immer wieder ungefragt aufzuploppen. Bea kniff die Augen zu, doch ihre Mutter Olivia verschwand trotzdem nicht von ihrer Netzhaut. Im Gegenteil. Sie konnte sie so deutlich erkennen, dass sie das Gefühl hatte, sie müsste nur die Hand ausstrecken, dann könnte sie sie berühren.

Früher war Olivias Friseursalon der Mittelpunkt und das pulsierende Herz der Insel gewesen, so wie Lucys Café es heute war. Dorthin kam man nicht nur zum Haareschneiden. Manche Kunden wollten einfach nur eine Tasse Kaffee trinken und ein bisschen tratschen. Die meisten von Olivias Kunden waren Frauen, und Bea war der Ansicht, dass der Laden eher eine Art Geheimklub gewesen war als ein Friseursalon.

Sie strich über ihr Tischtuch und hatte wieder dieses

Lachen im Ohr. Die Frauen, die dort abends zusammenkamen, konnten lachen, bis ihnen die Tränen kamen. Und wenn die Vorhänge zugezogen wurden und das Schild »Geschlossen« an den Eingang gehängt wurde, dann konnte man sicher sein, dass es nun auch feuchtfröhlich zuging – und dann wurde richtig laut gegrölt.

Nach der Schule kam Bea jeden Tag in den Laden, setzte sich mit den Schulbüchern an den Tisch und tat so, als würde sie ihre Hausaufgaben machen, obwohl sie in Wirklichkeit nur dem Getratsche lauschte. Abends schrieb sie dann alles, was sie tagsüber aufgeschnappt hatte, in ihre Notizbücher oder auf Zettel, die sie an ihre Pinnwand heftete. Sie musste nur eins und eins zusammenzählen und wusste meist als eine der Ersten, wer sich im Dorf trennen würde und wer eine Affäre hatte. Doch sie behielt alles schön für sich. Ihre Mutter hatte ihr beigebracht, wo der schmale Grat verlief, etwas zu beobachten, um es zu verstehen, und es dabei zu belassen. Nichts zu unternehmen, weil man etwas ändern wollte. *Man darf niemals Gott spielen*, waren Olivias Worte gewesen. *Das führt geradewegs ins Verderben.*

Bea reckte sich nach der gepunkteten Blechdose, in der sie selbst gemachte Marmeladenkekse verwahrte. Es duftete nach Vanille und Himbeeren, als sie den Deckel hochhob. Ein tröstender Duft. Natürlich war es Unsinn, ständig Kekse zu backen, obwohl sie überhaupt keinen Besuch bekam, aber auf der anderen Seite: Es schadete auch nichts. Sie saß doch sowieso nur hier herum, allein hinter ihren Vorhängen versteckt, und beobachtete die Welt, aus der sie sich Schritt für Schritt langsam zurückzog.

Sie schob sich einen ganzen Marmeladenkeks auf einmal in den Mund und kaute. Im Haus gegenüber sah sie Ulrica durch die Küche laufen. Sie verschloss die Dose wieder. Viklund hieß sie mit Nachnamen, oder? Sie meinte, Lucy hatte das erwähnt.

Bea klappte den Laptop auf und googelte den vollständigen Namen. Kurz darauf hatte sie in Erfahrung gebracht, dass Ulrica in einer Eigentumswohnung in Helsingborg wohnte, als Unternehmensberaterin arbeitete, was auch immer genau das hieß, und dass sie am 23. September fünfundvierzig Jahre alt werden würde. Sie konnte auch nachlesen, dass sie einen einundzwanzigjährigen Sohn hatte, der Jack hieß, aber sie fand keine Angaben darüber, ob Ulrica verheiratet war. Auf ihrem Facebook-Profil fand sie einiges über ihre sozialen Kontakte. Sie als aktiv zu bezeichnen, war noch untertrieben. Eine Verbindung zu Ven fand sie jedoch nicht. Dafür las sie Ulricas letzten Post, den sie vor einer Stunde ins Netz gestellt hatte. Sie hatte einen Stein auf der Fensterbank fotografiert und dazu geschrieben: *Herrliche Tage in Österlen. Hab beim Spazierengehen diesen schönen Stein gefunden.*

Bea blinzelte zum anderen Küchenfenster hinüber. »Österlen?«, sagte sie zu sich selbst. »Was soll das denn? Warum schreibt sie, sie ist in Österlen?«

Wieder einmal wanderten ihre Gedanken zu dem Radiobeitrag über die vielen Geheimnisse der Menschen. Jetzt war Bea sicher, dass Ulrica nicht nur wegen der Sehenswürdigkeiten auf die Insel gekommen war. Wieso würde sie sonst vorgeben, ganz woanders zu sein? Dann nahm sie ihren Block und schlug die Seite mit den Stichworten auf, die sie notiert hatte, nachdem sie Ulricas

Karte aufgehoben hatte. *Ven – Malve – Alva.* Sie riss die Seite ab und legte sie vor sich auf den Tisch. Dann blätterte sie zu der anderen Seite, auf der stand *ein Mensch hat im Durchschnitt dreizehn Geheimnisse, fünf davon sind so geheim, dass er nie mit irgendwem darüber spricht*, und dann riss sie auch dieses Blatt vom Block und legte es daneben. Sie ließ ihren Blick vom einen zum anderen gleiten und dann riss sie ein drittes, leeres Blatt ab und schrieb darauf die Frage: *Was macht Ulrica hier eigentlich?*

Langsam erhob sie sich vom Stuhl und ging zu Edvins Büro. Dieses Mal zögerte sie nicht, sondern drückte die Klinke sofort hinunter. Sie musste auch gleich gegen die Tränen ankämpfen, als ihr der Duft, den sie so sehr mit Edvin verband, entgegenschlug. Sie ging zu seiner Pinnwand, blickte auf die drei Zettel in ihrer Hand und pinnte den ersten über die Geheimnisse des Menschen ganz nach oben. Die anderen beiden hängte sie darunter auf. Sie machte einen Schritt zurück und legte sich die Hände an die Wangen. Sie waren ganz heiß. Genau dasselbe hatte sie als Kind gemacht, als sie dem Tratsch im Salon zugehört hatte. Wie sollte man das jetzt bezeichnen? Die Antennen auf Empfang haben, so wie Sussie es ihr empfohlen hatte? Oder Gott spielen? Laut ihrer Mutter führte das geradewegs ins Verderben.

3. Brief, 28. Oktober 2012

Nachdem meine Mutter Cecilia gestorben war, zog ich nur noch Hosen an, setzte die Baskenmütze auf, ließ mir die Haare kurz schneiden und nahm mit ausladender Gestik große Worte in den Mund. Ich war fortan die, die immer am lautesten lachte, so wie ich es mir geschworen hatte. So jung, wie ich war, so groß fühlte ich mich. Viel zu groß für diese Insel – genau wie meine Mutter. Es gab nur einen Menschen, der mich verstehen konnte. Ein Mensch, der wusste, dass ich zu Größerem berufen war. Meine beste Freundin. Sie war ein Jahr jünger als ich, und weil ich Französisch so mochte, nannte ich sie immer nur *Chérie*. Sie hörte sich meine Geschichten genauso aufmerksam an, lauschte den Büchern, die ich ihr vorlas, genau so wie ich meiner Mutter zugehört hatte. Mit großen Augen verschlang sie alles, was ich von mir gab, ohne Widerrede, und gemeinsam schmiedeten wir Pläne, wie wir die Welt verändern würden. Aber die Insel war zu klein und wir richteten den Blick ins Ausland. Ma petite chérie. Ich brauche eine kleine Pause …

So, nun bin ich wieder da. Es ist nicht leicht, auf die eigene Jugend mit den Augen eines alten Menschen zurückzublicken. Nicht leicht, sich anzusehen, welche Konsequenzen das eigene Verhalten hatte.

Damals haben mein Vater Arvid und ich allein gelebt,

er blieb nach dem Tod meiner Mutter, seiner großen Liebe, immer ein bisschen traurig, doch er war ein starker Mann, und er liebte seine Arbeit, seine Freunde und diese Insel, auf der er schon sein ganzes Leben verbracht hatte. Er hat mich angespornt, gut in der Schule zu sein, auch in den Fächern, die ich nicht mochte, und er hat mir Ferienjobs im Dorfladen besorgt. Chérie kam aus einer Familie mit vier Kindern, einer Mutter mit psychischen Problemen und einem Vater, der gern tief in die Flasche sah. Als sie sechs war, kamen sie auf die Insel, weil ihr Vater, der Fischer war, dachte, dass er hier mehr Angelglück hätte, aber sie wurden hier alle nicht richtig heimisch. In ihrem Haushalt mussten alle mit anpacken, damit sie einigermaßen über die Runden kamen. Kein Wunder, dass sie mit mir und den vielen Flausen im Kopf nichts anfangen konnten, wenn das Einzige, was sie beschäftigte, konkrete Lösungen für ihre Probleme und die nächste Mahlzeit auf dem Tisch waren. Als ihre Tochter sich das lange Haar abschneiden ließ, verboten sie ihr, sich weiterhin mit mir zu treffen. Mein Einfluss sei schlecht, hieß es. Sie sagten auch, ich komme nach meiner Mutter und die sei verrückt gewesen. Solche Worte, mit Verächtlichkeit ausgesprochen, waren nur Wasser auf meine Mühlen. Ich würde es ihnen schon zeigen. Ich würde es allen zeigen.

Wie ich schon sagte, ich liebte die französische Sprache, für mich klang sie wie ein melancholisches Lied, und ich brachte mir so viel Französisch wie möglich bei. So konnte ich auch Simone de Beauvoirs Buch *Das andere Geschlecht*, das gerade frisch erschienen war und das ich von meiner Schwedischlehrerin ausleihen konnte, lesen.

Sie hatte das Buch bei einer Reise entdeckt und war die Einzige, die mich zum Lesen ermutigte. In der Handarbeitsstunde stickte ich ein Kreuzstichbild mit einem Zitat aus dem Buch, ins Schwedische übersetzt. *Man kommt nicht als Frau zur Welt, man wird es.* Meiner sehr konservativen Lehrerin gefiel das überhaupt nicht, und ich musste ein neues Bild sticken, um eine Note zu bekommen. Was ich dann stickte, habe ich vergessen.

Aber dank dieser Lektüre wusste ich, wohin mein Weg ging. Ich war siebzehn, als ich Chérie abholte und die Insel verließ, genau wie die Abenteurerin in einem Roman. Wir hatten unsere Flucht gut geplant und ruderten nachts nach Landskrona. Dort stiegen wir in den Zug nach Malmö und fuhren dann weiter über Kopenhagen bis nach Paris. Auch wenn ich nicht an ein Leben nach dem Tod glaube, hatte ich das Gefühl, dass meine Mutter uns dort in Empfang nahm. Und dass sie stolz auf uns war.

Heute jagt starker Wind über die Insel. Er zerrt an den Bäumen und die Giebellatten knarren. Es kommt mir fast so vor, als wollten sie mich davor warnen, dir zu schreiben. Doch jetzt hält mich nichts mehr zurück. Jetzt habe ich beschlossen, dir alles zu erzählen.

Ulrica

Nachts war sie immer wieder aufgewacht. Ihr Schlaf war nie besonders gut gewesen, doch auswärts, in einem fremden Bett, wurden die Nächte noch kürzer. Gähnend zog Ulrica die Vorhänge auf, krabbelte wieder unter die Bettdecke und betrachtete fasziniert, wie der Himmel seine Farbe wechselte. Als mattblaue Wolken vor einem orange leuchtenden Himmel vorbeizogen, das schönste Schauspiel dieses Morgens, stieg sie die steile Lofttreppe hinab, kippte sich Granola und Joghurt in eine Schüssel und setzte sich an den Küchentisch. Auf dem Fensterbrett lag noch der Stein, den sie am Vortag beim Leuchtturm am Strand gefunden hatte.

Es war schön gewesen, sich mit Valdemar zu unterhalten. Er hatte so eine sympathische Ausstrahlung, aus seinen Worten sprachen Bodenständigkeit und Lebensweisheit; beides spiegelte auch sein Blick. In seiner Gegenwart kam Ulrica zur Ruhe, sie genoss es besonders jetzt, da ihr Leben einem fürchterlich verhedderten Wollknäuel glich. Vielleicht lag es auch an ihrer Begegnung, dass sie sich heute vorstellen konnte, noch ein Weilchen auf Ven zu bleiben.

In Beas Küche ging eine kleine Lampe an. Ulrica zog die Vorhänge wieder zu. Dass Bea auch schlecht schlief, hatte sie schon bemerkt, aber sie hatte wirklich nicht vor, der Nachbarin jeden Morgen mit der Kaffeetasse über die Straße zuzuprosten. Sie öffnete ihre Mobilbox und hörte Alvas zwei letzte Nachrichten ab. Ihre Mutter erkundigte sich, wie es Ulrica ging und wie sie sich im Urlaub die Zeit vertrieb.

Gestern hatte Ulrica vergessen, bei ihr anzurufen. Seufzend schob sie das Handy beiseite. Jetzt war es viel zu früh für einen Rückruf, das nahm sie sich für später vor. Ihr Blick blieb an dem Schnapsglas auf dem Tisch hängen, in dem das Wasser inzwischen verdunstet war. Die Malve hing vertrocknet über dem Glasrand. *Wo die Blumen blühen, da warte ich auf dich.* Auf Ven musste es doch noch mehr Malven geben? Heute würde sie losziehen und nach weiteren Stellen suchen.

Einige Stunden später war sie kreuz und quer über die Insel geradelt, ohne auch nur eine einzige Malve zu entdecken. Auf dem Heimweg fuhr sie hinter einem Tandem her, das beim Café Uferschwalbe abbog. Das war doch dieses Café, das Valdemar ihr empfohlen hatte. Da sie von ihrer Radtour Hunger bekommen und auch Lust hatte, ihre Vermieterin kennenzulernen, ergriff sie die Gelegenheit und hielt an.

Valdemar hatte richtiggelegen, hier tummelten sich zahlreiche Sommergäste. Die meisten Tische waren bereits belegt, und am Eingang hatte sich eine lange Schlange gebildet, sogar die Treppe hinunter. Ulrica stellte sich an und antwortete auf die SMS ihrer Mutter: *Alles in Ordnung. Mache gerade Kaffeepause in einem Café. Melde mich später.*

Als sie an der Reihe war, sah sie, dass die Frau, die hinter der Theke stand, ein Namensschild trug, auf dem Lucy stand.

»Hallo, ich bin Ulrica Viklund.«

»Meine Mieterin!«, rief Lucy aus und schob sofort die Hand über die Theke.

»Gefällt es dir in meinem kleinen Häuschen?«

»Ja, es ist wunderschön. Die Lage ist perfekt und ich liebe die Aussicht vom Loft.«

»Super! Du hast ja meine Telefonnummer, meld dich einfach, wenn dir was fehlt. Ich bin rund um die Uhr im Dienst.«

Ulrica nickte und ließ ihren Blick über die Tafel mit dem Speisenangebot schweifen. Da fand sie Kuchen, Brot und Mittagsessen in großer Auswahl, teils mit fremden Namen, sodass sie nicht wusste, was sich dahinter verbarg.

»Brauchst du Hilfe, soll ich dir was empfehlen?«, fragte Lucy.

Ulrica nickte, und Lucy griff zu einem belegten Brot mit Salat, Käse, Putenfleisch und Sprossen.

»Sieht sehr lecker aus«, sagte Ulrica.

»Das Brot ist aus dem Durum-Hartweizen von Ven gebacken, das mahlen sie sogar hier auf der Insel«, sagte Lucy, stützte sich mit den Ellenbogen auf der Theke auf und legte das Kinn auf die Hände. »Du musst unbedingt heute Abend kommen, da veranstalte ich einen kleinen Umtrunk mit Freunden, wenn wir geschlossen haben. Es gibt Cornish Yarg, den berühmten südenglischen Käse, und Wein. Die anderen sind von der Insel, aber ich lade hin und wieder auch ein, zwei Urlaubsgäste ein, bei denen ich ein gutes Gefühl habe.«

Ulrica antwortete darauf nur mit einem gequälten Lächeln, das verstand Lucy hoffentlich nicht als Zusage. Sie quetschte sich an der Schlange der Gäste wieder hinaus und ging zurück in den Garten. Da blieb sie stehen und hielt Ausschau nach einem Platz. Hier einen freien Tisch zu finden, würde schwierig werden. Sie hätte sich das belegte Brot lieber einpacken lassen und es zu Hause essen sollen. Da kam Lucy mit einem Tablett voller Waffeln durch die Tür, sie pfiff und wies nickend in eine Ecke des Gartens, wo ein kleiner Tisch stand, an dem ein Mann mit dem Rücken zu ihr saß. Der Mann fuhr herum und grüßte Lucy.

»Setz dich da einfach dazu«, sagte Lucy zu Ulrica. »Daniel redet nicht grad viel, das darfst du nicht persönlich nehmen. Er hat gute Gründe.«

Daniel? Das konnte doch wohl kaum derselbe Daniel sein, dem sie schon zweimal über den Weg gelaufen war. Sie ging auf den kleinen Tisch zu. Sein dunkles Haar, das sich an den Spitzen kringelte, verriet ihn. War die Insel wirklich so klein? Ulrica blickte sich um, vielleicht brach ein anderer Gast gerade auf, doch es war kein freier Platz in Sicht.

»Hello again«, sagte sie.

Er lächelte sie freundlich an und wies auf den freien Stuhl, doch irgendwie beschlich sie das Gefühl, dass sie ihn störte.

»Wenn du lieber allein sein möchtest, kann ich mich gern woanders hinsetzen.«

»Nein, nein … wenn man im Sommer allein sein will, dann sollte man zu Hause in seinem Garten bleiben. Setz dich.«

Dann blätterte er weiter in seiner Zeitung. Ulrica ließ sich auf dem Stuhl gegenüber nieder und begann, ihr Brot zu essen. Sie bemühte sich, möglichst geräuschlos zu kauen, um ihn nicht zu stören. Da fiel ihr Blick auf ein kleines Preisschild am Tisch. Zweihundertfünfzig Kronen. Daniel bemerkte es.

»Alles, was du hier siehst, kannst du kaufen.«

Ulrica deutete auf den Teller, auf dem ihr Brot lag.

»Ja, den auch«, sagte Daniel. »Ich würde wetten, auf der Rückseite ist ein Aufkleber, auf dem ›zwanzig Kronen‹ steht.«

Ulrica runzelte die Stirn. Sie hatte es ja schon mehrfach festgestellt, auf dieser Insel war vieles etwas seltsam.

Daniel blätterte die letzten Seiten seiner Zeitung durch und schlug sie zu. »Eigentlich komme ich vor allem wegen des Tees hierher. Die Sorte, die ich so mag, heißt Tregothnan und stammt aus Cornwall. Woher auch sonst?« Er stand auf und antwortete auf Ulricas fragenden Gesichtsausdruck: »Ist ja Lucys Heimat.«

Sie schielte zu dem Tisch unter der Eiche, wo Lucy soeben einem Paar etwas servierte. An ihrem Akzent hatte sie schon gehört, dass sie nicht von hier stammte. Aber wenn Cornwall in Wirklichkeit genauso fantastisch war wie in den Romanen, dann fragte sie sich, was sie hier tat. Ven war zwar schön und beeindruckend, aber konnte mit Cornwall vermutlich nicht mithalten.

Daniel steckte sich die Zeitung unter den Arm und griff nach der Teetasse. Ulrica wollte sich gerade verabschieden, als ihr ein Windstoß einen sanften, süßlichen Duft in die Nase trieb. Genussvoll sog sie ihn ein.

»Das ist das Wilde Geißblatt«, erklärte Daniel und

zeigte auf die Sträucher hinter ihr. »Das blüht hinter den Büschen. Wenn du abends herkommst, duftet fast der ganze Innenhof danach.« Er nickte ihr zum Abschied zu.

Ulrica blieb noch eine Weile sitzen und genoss den wunderbaren Duft des Wildes Geißblatts, dann stand sie auf und wollte sich auch auf den Heimweg machen.

Lucy steuerte auf sie zu und nahm ihr das Tablett aus der Hand. »Ich hoffe, wir sehen uns nachher. Käse-und-Wein-Abend, hier bei mir, you know?«

Ulrica kam gar nicht dazu zu erklären, dass sie nicht kommen könne, denn Lucy lachte nur kurz und war schon wieder auf dem Weg zum nächsten Tisch. »Und bring doch gleich Bea mit, deine Nachbarin gegenüber, sie kann ein bisschen Abwechslung vertragen!«, rief sie ihr zu.

Wie ein zarter Schleier legte sich die Abenddämmerung über die Insel. Ulrica saß mit einem Glas Amarone am Küchentisch. Am Nachmittag hatte sie eine SMS vom Dorfladen bekommen, dass ihre Weine geliefert worden seien, also war sie noch einmal losgefahren und hatte die drei Flaschen abgeholt. Einen Rotwein und zwei Flaschen Weißwein. Sie nippte nun am Rotwein, dessen kräftige Aromen – Schwarzkirsche und Rosine – angenehm waren, doch eigentlich fehlte ein Snack dazu. Außerdem hatte sie sich immer schon schwergetan, ein Glas Wein ohne Gesellschaft zu trinken. Da griff sie zum Handy und rief Angelika an.

»Hallo, meine Liebe!«

»Hallo, was machst du gerade?« Im Hintergrund klapperte es.

»Wir bekommen gleich Gäste. Ein paar Kollegen von Mats mit Anhang. Wir grillen.«

Ulrica setzte das Glas noch einmal an, aber verschluckte sich.

»Und was machst du?«, fragte Angelika und lachte.

»Ich trinke gerade ein Glas Wein … habe ich im Dorfladen bestellt.«

»Mensch, das klingt echt romantisch.«

»Ich kann dich trösten, romantisch ist anders. Ist eher leicht deprimierend …«

»Ich meinte, im Dorfladen Alkohol zu bestellen. Nicht allein in der Küche zu sitzen und zu trinken.«

»Ach so …«

»Ist denn auf der Insel nichts los, dass du da jetzt alleine hockst?«

Ulrica blickte aus dem Fenster, der Landsvägen war um die Zeit wie leer gefegt. Durch die Telefonleitung klangen nun ausgelassene Stimmen.

»Sorry, gerade kommen die alle auf einmal. Ein Tipp von deinem Coach: Steck den Korken auf die Flasche und geh raus. Irgendwo wirst du doch wenigstens eine Dorfkneipe finden? Der beste Ort für Klatsch und Tratsch!«

»Ja, bestimmt … schönen Abend dir und Mats!«

Sie schloss die Augen und überlegte, was sie jetzt gemacht hätte, wenn sie zu Hause gewesen wäre.

Vielleicht einen Spaziergang zum Ålgränden? Da hätte sie sich im Käseladen einen leckeren französischen Bauernkäse ausgesucht und wäre dann weiterspaziert zum Norra Hamnen, das neue Hafenviertel, wo Menschen in bester Sommerlaune von einem Straßencafé zum nächsten zogen. Vielleicht hätte sie jemanden getroffen, den sie kannte, und ein bisschen geplaudert. Auf jeden Fall hätte sie sich in Bewegung gesetzt und den Abend draußen, unter Menschen verbracht. Und hier hockte sie mutterseelenallein, ohne Musik und Sommerabendkulisse.

Sie öffnete die Augen wieder und schenkte sich noch einmal nach. Auf ihren Ausflügen mit dem Fahrrad war sie an keiner Kneipe vorbeigekommen, nur an Restaurants. Aber was war schlimmer, als allein in einer Gaststätte zu sitzen, neben Pärchen und bunten Grüppchen, die zusammensaßen und miteinander lachten? Unwillkürlich musste sie wieder an Lucys Käse-und-Wein-Abend denken. Hatte sie Cornish Yarg gesagt? Ulrica googelte das Wort: *Yarg ist ein halbfester englischer Käse. Er wird vorrangig in Cornwall hergestellt, deshalb wird er auch Cornish Yarg genannt.*

Sie trommelte mit den Fingern auf dem Tisch. Und dann tat sie das, was Angelika gesagt hatte: Sie stopfte den Korken wieder auf die Flasche. Es war ein Unding, bei Sonnenuntergang an so einem schönen Abend hier zu hocken und Trübsal zu blasen, nur die Weinflasche und sie.

Sie schlüpfte in ein flaschengrünes Kleid, ging ins Bad und kaschierte die sonnengeröteten Wangen leicht mit Foundation und Puder, komplettierte das Make-up mit etwas Mascara und Lippenstift, fuhr mit dem Kamm durch das sonnengebleichte Haar und legte noch einen Hauch Parfüm auf. Jetzt war sie wieder sie selbst.

Als sie auf die Straße hinausging, fiel ihr Blick auf Bea, die am Küchenfenster saß, und sie erinnerte sich an Lucys Aufforderung, die Nachbarin mitzubringen, die Abwechslung brauchen könne. Bei Lucy aufzutauchen, ohne Bea wenigstens gefragt zu haben, kam also nicht infrage. Widerstrebend ging sie zu ihr hinüber, öffnete das Gartentor und lief auf den Eingang zu. Die Haustür sprang auf, noch bevor sie klingeln konnte.

»Hallo«, sagte Ulrica. »Ich bin die Nachbarin von gegenüber …«, und sie wies auf das Ferienhäuschen.

Bea nickte nur.

»Es ist so, im Café Uferschwalbe gibt es heute einen Käse-und-Wein-Abend. Lucy hat mich gebeten, Sie zu fragen, ob Sie mitkommen möchten. Ich wollte gerade los.«

»Nein, im Moment passt es schlecht, ich habe noch so viel zu tun …«

»Ehrlich?«

Bea trat von einem Fuß auf den anderen und warf verstohlen einen Blick auf die Straße. »Vielleicht für ein Stündchen«, sagte sie und verschwand kurz im Haus. Dann kam sie mit einer Strickjacke in der einen Hand und einer Handtasche über der Schulter wieder zurück und zog die Haustür nur zu.

»Schließen Sie gar nicht ab?«, fragte Ulrica.

Bea zog die Augenbrauen hoch. »Sie kommen aus der Stadt, stimmt's?«, fragte sie schmunzelnd, und sie machten sich auf den Weg.

Ulrica versuchte, sich an Beas langsames Tempo anzupassen, obwohl sie ganz aufgeregt war. Um die Zeit zu überbrücken, fragte sie Bea alles Mögliche über die Insel. Doch ihre Worte prallten irgendwie ab, es entwickelte sich kein richtiges Gespräch, und als endlich die bunten Lämpchen des Cafés zu sehen waren, legte sie einen Zahn zu.

Am Tor hing ein von Hand geschriebenes Schild »closed«, aber Lucy begrüßte sie gleich wild winkend und kam aus dem Garten auf sie zu. Ulrica warf einen Blick auf Bea, die verlegen dastand und an ihrer Handtasche fingerte.

»Welcome!«, sagte Lucy und hakte beide unter. So führte sie sie zu einem langen Tisch, den sie unter der alten Eiche aufgebaut und schön gedeckt hatte. Dort saßen bereits um die zehn Gäste, und während Ulrica und Bea Platz nahmen, kamen noch weitere hinzu. Sanfte Loungemusik war im Hintergrund zu hören, und die Gäste rund um den Tisch begrüßten sie der Reihe nach. Schon als sie sich wieder setzten, hatte Ulrica alle Namen wieder vergessen. Im Augenwinkel nahm sie wahr, wie Bea die Tischdecke glatt strich, immer und immer wieder.

Lucy stand auf, nahm einen Löffel und ließ ihr Glas klingen. »Für alle, die heute zum ersten Mal dabei sind, ganz kurz zur Erklärung: Yargkäse kommt aus Cornwall, und das teilt sich den ersten Platz auf der Liste der schönsten Orte der ganzen Welt mit der wunderbaren Insel Ven.«

Lachen und Applaus erklangen.

»Aber ihr habt hier etwas, was Cornwall nicht hat«, fuhr Lucy fort, »und das ist Liam. Deshalb ist mir die Entscheidung nicht schwergefallen.« Sie hob ihr Glas und sah zu einem blonden Mann, der ihr daraufhin eine Kusshand zuwarf. Logisch, dachte Ulrica. Die Liebe hat sie hierher geholt.

»Wenn ich diese magische Steilküste sehe, fühle ich mich wie zu Hause, aber es gab noch einen zweiten Grund, warum ich geblieben bin. Ven ist nicht nur schön anzusehen und riecht unheimlich gut. Die Insel ist auch der reinste Gaumenschmaus. Ist es nicht großartig, dass eine Insel, die keine acht Quadratkilometer groß ist, eigenen Whisky, Honig und Ziegenkäse, eigenes Eis und Rapsöl hervorbringt? Dann der herrliche Geschmack eurer wilden Fasane und der ganz besondere Seehasenrogen, der hier so aromatisch ist, weil die See extrem tief und kalt und der Salzgehalt dadurch viel höher ist als anderswo im Öresund.« Die Gäste nickten.

»Und dazu kommt der Durum-Hartweizen, der eigentlich sonst nur rund ums Mittelmeer gedeiht und der uns die weltbeste Pasta beschert.« Jetzt waren sogar Pfiffe zu hören. »Weil Geschmäcker mein Lebenselixier sind, habe ich mir nach meinem Umzug hierher vorgenommen, euch die tollsten Aromen der zwei schönsten Orte der Welt zu servieren. Heute ist Cornwall an der Reihe und von dort gibt es jetzt Cornish Yarg mit Wein.«

Dann holte Lucy mehrere Bretter mit großen, runden Käselaiben. »Das Besondere an diesem Käse ist, dass er bei der Herstellung in Brennnesseln oder in Bärlauch eingewickelt wird, und deswegen sieht der reife Käse am Ende aus wie ein Smaragd.« Dann forderte sie die Gäste, vor denen der Käse auf dem Tisch stand, auf, ihn anzuschneiden. »Zu diesem Käse trinken die Engländer gern trockenen Weißwein – wie diesen hier, einen Sauvignon blanc.« Dann breitete sie die Arme aus. »Schlagt zu! Heute feiern wir das Leben. Ich will nur fröhliche Gesichter sehen.«

Ulrica sah sich in der Runde um. Daniel war nicht dabei. Valdemar auch nicht. Ihr Gefühl, nicht dazuzugehören, wurde stärker, während das Lachen um sie herum lauter wurde. Das kannte sie gar nicht. Wenn sie mit Freunden oder Kollegen und Kunden feierte, war sie immer eine von denen, die sich angeregt unterhielten. Hier kam ihr alles so fremd vor, oder lag es einfach daran, dass sie es war?

Sie nippte an dem Wein, den ihr Tischnachbar eingeschenkt hatte.

Würde sie irgendwann wieder sie selbst sein können, energiegeladen, zielstrebig?

Ihr lief ein kalter Schauer über den Rücken, und sie drehte sich zu Bea um, um noch einen letzten Versuch zu starten, ein Gespräch in Gang zu setzen. Alles war besser als dieses peinliche Schweigen.

»Sie wohnen schon lange auf Ven?«

»Schon mein ganzes Leben lang«, antwortete Bea.

Ulrica nickte. Genau wie Valdemar. Aber irgendwie fehlte ihr der Mut, Bea zu fragen, ob sie Gerda gekannt hatte. Die Frau, die rund um die Uhr hinter der Gardine saß und alles beobachtete, war ihr etwas suspekt.

»Und Sie haben gesagt, Sie machen hier Urlaub?«, fragte Bea.

»Ja«, sagte Ulrica. »In letzter Zeit hatte ich etwas Stress im Job und habe ein bisschen Ruhe und einen Tapetenwechsel gebraucht.«

Das Gespräch erstarb erneut, und Ulrica schenkte sich noch ein Glas ein, auch wenn sie wusste, dass sie es lieber lassen sollte. Davon würde sie nur einen dicken Kopf bekommen. Sie probierte den Käse und lauschte den Gesprächen ihrer Tischnachbarn. Keiner schien dabei zu sein, den sie nach Gerda fragen konnte, und als es langsam dunkel wurde, schielte sie auf die Uhr.

Der Mann, der ihr gegenübersaß, betrieb ein B&B mit Freizeitangeboten auf der Insel. Er rief Bea zu: »Ich habe einen Knüller für dich fürs Inselblättchen!«

Alle blickten mit einem Mal Bea an. Ulrica bemerkte, wie sie peinlich berührt die Lippen aufeinanderpresste.

»Neuerdings wird es bei unseren Wettkämpfen noch eine neue Sportart geben. Aus dem Fünfkampf wird ein Sechskampf!«, rief der Mann begeistert. »Ist perfekt für jede Art von Festen oder Konferenzen.«

Bea nickte und ballte die Fäuste auf dem Schoß. Es brach großes Gelächter aus, als die Gäste anfingen, Vorschläge für Wettbewerbe zu machen, die mehr oder weniger jugendfrei waren.

Lucy kam zu Bea und Ulrica und hockte sich hin. »Da hast du die nächste Nachricht für das Blättchen«, sagte sie und lächelte Bea aufmunternd an. »Und, was sagt ihr zu dem Käse?«

»Sehr mild und sehr lecker«, sagte Ulrica. »Ist spannend, mal was Neues zu probieren.«

Bea bestätigte das, doch Ulrica hatte bemerkt, dass sie ihr kleines Stückchen Käse in die Serviette geschoben hatte.

Lucy freute sich. »Und wie läuft's mit deiner Schicksalszahl, Bea?«

Bea druckste herum. »Gibt nichts Neues. Aber neulich habe ich zufällig entdeckt, dass ich am Weg zum Haus auf jeder Seite sieben Lavendelpflanzen gesetzt habe.«

Lucy riss die Augen auf. »Siehst du!«

»Ich weiß nicht so recht.«

»Doch, ganz bestimmt. Das Universum wird es dir zeigen.«

»Das kann doch auch reiner Zufall sein«, entgegnete Bea.

Lucy schnaubte. »An Zufälle glaube ich nicht.« Dann erklärte sie Ulrica, was es mit der Schicksalszahl auf sich hat.

Ulrica nickte und versuchte, interessiert zu wirken, doch die vielen neuen Eindrücke an diesem Tag hatten sie müde gemacht, und nun fiel es ihr schwer, sich zu konzentrieren. Hinter vorgehaltener Hand gähnte sie. Als Lucy schließlich aufstand, erhob sich auch Ulrica.

»Vielen Dank, dass du mich eingeladen hast. Es war sehr schön, aber jetzt ist es Zeit für mich.«

Lucy lächelte. »Ich habe zu danken, dass du da warst.«

Ulrica merkte, dass Bea sie ansah. »Möchten Sie mich wieder begleiten?«

Bea nickte dankbar und verabschiedete sich von den anderen Gästen. Einige ergriffen die Gelegenheit und schlossen sich an.

Ulrica beobachtete Bea, als sie den Landsvägen in ihrem gemächlichen Takt nach Hause spazierten. Sie wirkte verloren, wie sie da so lautlos neben ihr herlief. Wer war dieser Mensch, der schon sein Leben lang auf dieser Insel wohnte, hier aber offenbar genauso fehlplatziert war wie sie?

»Mir ist auch noch etwas für das Inselblättchen eingefallen«, sagte Ulrica, als sie die Häuser bereits sehen konnten.

»Ach ja?«

»Ja, Sie haben gesagt, dass Sie hier schon Ihr Leben lang wohnen. Könnten Sie nicht eine Serie über die

Familien schreiben, die seit Generationen auf der Insel leben? Das ist doch bestimmt für viele interessant.«

Bea überlegte kurz und nickte dann. »Elsa Roslund, die im Heimatmuseum arbeitet, hat eine Menge Ahnenforschung betrieben. Und es gibt ja noch ältere Leute hier, die auch einiges wissen werden … das ist eine gute Idee. Jedenfalls viel interessanter als Sechskampf«, sagte sie und verdrehte die Augen.

Ulrica lächelte.

»Da wären wir«, sagte Bea, als sie vor ihrem Haus standen.

»Danke für die nette Gesellschaft«, sagte Ulrica und öffnete das Gartentor. Als sie es wieder schloss, sah sie, wie Bea die Arme ausstreckte und auf dem Weg zur Haustür jede einzelne Lavendelpflanze berührte. Wovon hatte Lucy geredet? Von einer Schicksalszahl?

Ulrica steckte den Schlüssel ins Schloss und ging ins Haus. An den Schläfen machte sich ein Spannungskopfschmerz bemerkbar, sicher getriggert vom Wein. Sie schluckte eine Kopfschmerztablette und ging ins Badezimmer, um sich bettfertig zu machen. Ulrica war eigentlich gar nicht in Stimmung gewesen, um auf ein Fest zu gehen, aber sie bereute es nicht. Und im Gespräch mit Bea hatte sie erfahren, dass eine Frau Roslund im Heimatmuseum Ahnenforschung betrieb. Wenn jemand auf der Insel Gerda kennen musste, dann doch wohl sie?

Bea

Ein Käseknäckebrot mit einer Tasse Tee, beides perfekt platziert auf der blauen Blume der Tischdecke. Beas Tag begann genau so wie die meisten Tage der vergangenen neun Monate.

Früher hatte sie den frühen Morgen genossen, meist stand sie vor Edvin auf und kochte schon Kaffee, und dann saßen sie am Frühstückstisch, jeder mit einem Teil der Tageszeitung, lasen und plauderten über den Tag. Als er auszog, hatte sie das Zeitungsabonnement storniert, und jetzt kamen ihr die frühen Morgenstunden unendlich lang vor.

Sie schüttelte den Kopf. Es war ermüdend, die ganze Zeit an ihn zu denken. Sie öffnete ein Worddokument auf ihrem Computer, um einen Text über diesen Sechskampf zu verfassen. Doch anstatt zu schreiben, ging ihr Blick aus dem Fenster.

Ulrica saß gar nicht in der Küche, obwohl es schon sieben Uhr war. Wahrscheinlich lag das am gestrigen Fest.

Es war wirklich eine von Lucys absoluten Stärken, solche Veranstaltungen zu organisieren, und früher hatte Bea diese ausgedehnten Abendessen im Freundeskreis auch sehr genossen, aber zurzeit fühlte sie sich überall fehl am Platze. Auch Ulrica schien sich in solch einem Umfeld nicht besonders wohlzufühlen, obwohl es aussah, als sei sie viel unter Leuten – zumindest, wenn man ihrem Facebook-Profil Glauben schenkte. Aber immerhin hatte sie eine gute Idee für das Inselblättchen gehabt, und genau das war auch der Grund gewesen, warum Bea überhaupt mitgekommen war. Um die Antennen auf Empfang zu stellen, wie Sussie es genannt hatte. Wie viel Überwindung es sie auch kostete. Einen Artikel über die traditionsreichen Familien auf der Insel fand sie wesentlich interessanter als über den Sechskampf, der wahrscheinlich nur eine kurze Meldung wert war.

Wenn das Heimatmuseum öffnete, würde sie Elsa Roslund einen Besuch abstatten und sie fragen, ob sie ihr einen Tipp geben könne, mit welcher Familie sie anfangen sollte.

Ein paar Stunden später stellte sie ihr Fahrrad vor dem Heimatmuseum ab. Einige Urlauber waren schon vor Ort und wanderten über das Gelände, wo der vierflügelige Bauernhof sowie weitere Gebäude aus verschiedenen Jahrhunderten standen, errichtet aus Fachwerk, Lehmziegel und Backsteinen.

Bea ging zu einer Frau, die sich gerade auf ihre erste Führung über das Anwesen vorbereitete.

»Hallo, ich bin auf der Suche nach Elsa. Ist sie da?«

»Ich nehme an, sie sitzt im Büro, das ist da drüben. Gehen Sie doch mal rüber, wahrscheinlich finden Sie sie dort.«

»Vielen Dank«, sagte Bea und überquerte den Hof. Dann ging sie in das Gebäude.

Elsas Bürotür stand offen, und als sie Bea erblickte, stand sie auf und schob sich die Lesebrille auf die Stirn.

»Hallo, Bea, wir haben uns aber lange nicht gesehen!«

Bea nickte und trat ein. »Ja, in letzter Zeit war viel los. Keine ruhige Minute.«

»Verstehe«, sagte Elsa. Sie fummelte an ihrer Brille herum.

Bea merkte, dass Elsa sie durchschaute, also kam sie direkt zur Sache. »Und zu alledem habe ich jetzt noch den Auftrag bekommen, für das Inselblättchen zu schreiben.«

»Das ist ja toll!«, sagte Elsa, die sich richtig darüber freute.

»Ja, und da kam mir die Idee, ob ich nicht ein paar Artikel über die Familien, die seit Generationen auf der Insel leben, schreiben könnte.«

Da ging ein Strahlen über Elsas Gesicht. »Dafür hast du hier die reinste Goldgrube – du kannst sofort anfangen zu schürfen.«

Sie ging in den Nebenraum und winkte Bea, ihr zu folgen.

Aus einem schweren Eichenschrank zog Elsa einige Papprollen. Sie nahm den Deckel einer Rolle ab und zupfte ganz vorsichtig ein Dokument heraus, das sie vor ihnen auf dem großen Tisch mitten im Zimmer ausbreitete. Dann stellte sie zwei Locher diagonal auf zwei Ecken, damit sich das Papier nicht wieder zusammenrollte.

Sie setzte die Brille wieder auf die Nase, las etwas auf dem Dokument und nickte. »Hier findest du ein paar Stammbäume, manche Familien leben schon sehr lange auf der Insel, andere erst seit kürzerer Zeit. Entscheide dich doch für eine davon, dann sehen wir uns die genauer an.«

Da klingelte Elsas Handy. Sie telefonierte eine Weile, dann hielt sie die Hand vor den Hörer und flüsterte Bea zu: »Ich muss mal kurz weg. Aber du kannst dir die Unterlagen so lange gern ansehen.«

»Danke schön.« Bea nickte.

Nun legte sie Handtasche und Jacke auf einem Stuhl ab und öffnete eine Rolle nach der anderen. Das war Material für viele Artikel. Am Ende entschied sie sich für die Familie, die seit fünf Generationen auf dem Hof hier vor Ort gelebt hatte, bevor sie das Anwesen an den Heimatverein veräußerte. Da hatte sie schon die erste schöne Geschichte. Sie fotografierte den Stammbaum ab und machte sich ein paar Notizen.

Beas Wangen röteten sich. Endlich hatte sie wieder Spaß an etwas.

Nach knapp einer Stunde reckte und streckte sie sich und packte die Papierblätter wieder ein. Sie wollte das vorletzte Papier gerade zusammenrollen, da fiel ihr Blick auf eine dünne Bleistiftnotiz in der rechten Ecke. Stand da Alva? Der Familienname lautete jedenfalls Eskilsson. Sie blinzelte, um den Namen entziffern zu können. Ja, das musste richtig sein. Bea überlegte kurz. Die Ansichtskarte, die Ulrica kürzlich verloren hatte, war doch an eine Frau namens Alva adressiert gewesen? Konnte das Zufall sein?

Sie machte von diesem Stammbaum auch ein Foto, und als sie das Papier wieder zusammenrollen wollte, fiel ein gelber Post-it-Zettel ab. Sie hob ihn auf. Sofia C… irgendwas, stand da. Die verschnörkelte Schrift zu entziffern, war nicht leicht. Bea fotografierte auch den Zettel, und dann steckte sie das Dokument und das gelbe

Post-it zurück in die Rolle und stellte sie ganz nach hinten in den Schrank.

Elsa war noch immer nicht zurückgekommen, also schrieb sie ihr einen Zettel und bedankte sich. Sie teilte ihr mit, dass sie mit der Familie, die früher im Heimatmuseum gewohnt hatte, beginnen wolle. Sie legte ihr die Notiz auf den Tisch und ging hinaus zu ihrem Fahrrad.

Sie zog ihr Rad so ruckartig aus dem Ständer, dass sie jemanden anrempelte.

»Oh«, sagte sie und drehte sich um. Da stand Ulrica.

»Entschuldigung«, sagte sie verunsichert und versuchte mit dem Fuß, den Ständer hochzuschieben.

»Nicht schlimm«, sagte Ulrica und stellte ihr blumenbemaltes Fahrrad hin und schloss es an.

»Haben Sie eine Story fürs Inselblättchen gefunden?«, fragte Ulrica und nickte zum Heimatmuseum.

Bea nickte und hoffte, dass man ihr das schlechte Gewissen nicht ansah. Der Name Alva hatte ihre Neugierde geweckt, aber sie hatte sowieso keine Zeit, dem nachzugehen. Schließlich hatte sie eine Aufgabe – nämlich den Artikel fürs Inselblättchen zu schreiben.

»Prima«, erwiderte Ulrica und lächelte. »Ich mache hier nur Sightseeing.«

»Dann sind Sie hier richtig, viel Spaß«, sagte Bea, stieg auf ihr Rad und trat so fest in die Pedale, dass sie schweißgebadet zu Hause ankam.

Sie begann auf der Stelle, Informationen über das Heimatmuseum zusammenzustellen, doch dann blieb ihr Blick an dem Stammbaum der Familie Eskilsson hängen, den sie auf dem Handy gespeichert hatte. Der Reihe nach übertrug sie ihn auf ihren Block.

Als sie fertig war, riss sie das Blatt ab, ging ins Büro hinüber und pinnte es an die Wand. Dorthin, wo auch schon *Ven – Malve – Alva* stand. Sie hatte keine Ahnung, wie das alles zusammenhing, aber vielleicht ergab das eine Geschichte für eine der kommenden Ausgaben des Inselblättchens? Sie fröstelte. Die Luft in diesem Zimmer war trotz der Julihitze draußen irgendwie kühl. Vielleicht fehlte dem Raum einfach die menschliche Wärme. Ihm fehlte Edvin. So wie ihr.

Ulrica

Gerade hatte Ulrica sich bei einer Frau, die Führungen durchs Museum anbot, nach Elsa Roslund erkundigt, da huschte jemand durch die Eingangstür in den Flur.

Die Museumspädagogin nickte. »Da haben wir sie doch.«

Ulrica bedankte sich und lief der Frau hinterher.

»Entschuldigung«, rief sie. »Sind Sie Elsa Roslund?«

»Stimmt«, antwortete die Frau und blieb stehen. Zur Begrüßung streckte sie die Hand aus.

»Hallo, ich heiße Ulrica Viklund und wohne für einige Zeit hier im Ferienhäuschen von Lucy. Gestern war ich bei ihr auf einem kleinen Fest, und da habe ich erfahren, dass Sie einiges über die Menschen hier auf der Insel wissen.«

»Stimmt auch.« Elsa lächelte und ließ ihre Hand los.

»Super«, sagte Ulrica. »Ich würde nämlich gern mehr über eine gewisse Gerda erfahren, sie ist 1927 hier auf Ven geboren. Ihren Mädchennamen kenne ich nicht, aber später hat sie einen Magnusson geheiratet. Und soweit ich weiß, ist sie recht früh Witwe geworden.«

»Sind Sie mit ihr verwandt?«, fragte Elsa und zog einen Notizblock aus der Tasche, auf dem sie ein paar Stichworte vermerkte.

Ulrica druckste herum. Es fühlte sich sonderbar an,

die Worte auszusprechen. »Das ist meine Großmutter. Meine Mutter heißt Alva, aber sie ist nicht auf der Insel aufgewachsen, sondern in Landskrona.«

Elsa blickte auf. »Auf Anhieb fällt mir da niemand ein, aber ich könnte recherchieren, sobald ich ein bisschen Zeit übrig hab. Ich bin nicht die Einzige im Heimatverein, die sich mit Ahnenforschung beschäftigt. Eine Kollegin weiß sicherlich mehr.«

»Vielen Dank, das ist sehr nett«, sagte Ulrica. »Ich könnte in ein paar Tagen wiederkommen und noch mal nachfragen.«

»Gute Idee«, erwiderte Elsa, schlug ihren Block zu, steckte ihn zurück in die Tasche und sah sie freundlich an.

Dann verließ Ulrica das Heimatmuseum mit einem flauen Gefühl im Magen. Bis jetzt war sie noch nie so nah an einer Antwort gewesen, an etwas, das sie weiterbringen könnte.

Als sie das Fahrradschloss öffnete, verwandelte sich ihre Nervosität in einen kleinen Glücksrausch, und sie hatte gar keine Lust, wieder in ihr Ferienhaus zurückzufahren. Stattdessen machte sie sich auf den Weg zum Hakenstigen. Nach allen Touren, die sie auf der Insel bislang unternommen hatte, mochte sie diese Ecke am liebsten. Dort war die Steilküste nicht so gefährlich, dort wölbte sie sich – sanft und grün bewachsen – eher wellenartig hinunter zum Meer.

Valdemar hatte ihr angeboten, sich jederzeit auf seinem Steg aufzuhalten. Sie hoffte, dass er das nicht nur aus Höflichkeit gesagt hatte, sondern es wirklich so meinte, also stellte sie das Fahrrad ab und ging ganz weit hinaus, bis vor zu der kleinen Bank, und da setzte sie sich. Das Meer war heute auch wieder ruhig, das Wasser plätscherte nur leicht vor sich hin.

Ulrica schloss die Augen und atmete konzentriert ganz tief in den Bauch. Mit einem Mal tauchte eine Erinnerung auf, ein Bild aus ihrer frühen Kindheit. Sie war etwa sieben Jahre alt, trug ihr blau-weiß gestreiftes Lieblingskleid, Strümpfe mit weißen Rüschen am Rand und im Haar eine Schleife. Sie war mit ihren Eltern bei einer Schulveranstaltung, bei der die Kinder ihre Ideen von ihrem Zuhause der Zukunft präsentierten, das sie als Mini-Modell mit einem Schuhkarton gebastelt hatten. Vater Urban strahlte und lobte Ulrica in höchsten Tönen für ihr schönes Haus, aber ihre Mutter Alva sah sie nur bekümmert an, die Stirn wieder einmal voller Falten. Ulricas Schuhkarton unterschied sich deutlich von den anderen. Bei ihr hingen die Stühle an Seilen wie Schaukeln von der Decke, und mitten im Wohnzimmer befand sich ein Swimmingpool. Ulrica hatte beim Anmalen geschludert, denn sie hatte mehr Spaß am Bauen gehabt. Ihr Schuhkarton hatte viel Aufmerksamkeit erregt und immer wieder bestaunten andere Eltern ihre ungeheure Fantasie und Kreativität.

Als sie die Ausstellung mit dem Schuhkarton in einer Papiertasche wieder verließen, hüpfte Ulrica wie die anderen Kinder von einem Bein aufs andere. Da packte ihre Mutter sie fest am Arm und verlangte, dass sie anständig ging. Erst als sie im gleichen Takt liefen, glättete sich ihre Stirn allmählich.

Als sie zu Hause waren, hob Alva den Schuhkarton aus der Tasche, nahm den Pool und die Schaukeln heraus und holte neue Farbe. »So, und jetzt basteln wir mal ein richtiges Zuhause«, sagte sie und lächelte Ulrica an. Ulrica traute sich nicht zu sagen, dass sie die Schaukeln und den Pool behalten wolle, sondern saß bis spätabends mit ihrer Mutter da und klebte Sofas und Couchtisch hinein und bemalte die Wände sorgfältig, ohne mit dem Pinsel über die Kanten zu streichen.

Als sie fertig waren, war der Schuhkarton ein Abbild ihres eigenen Zuhauses, und als sie schließlich ins Bett gehen durfte, war sie kurz davor, in Tränen auszubrechen. Doch sie biss die Zähne zusammen. Ihre Mutter kam ins Zimmer, setzte sich auf die Bettkante und sah müde aus, dann streichelte sie ihr über die Wange und meinte, es sei besser, nicht aus der Reihe zu tanzen. Wenn man auffällt, halten die Leute einen für sonderbar, nicht wahr? Als Ulrica nickte, beugte sich ihre Mutter vor, küsste sie auf die Stirn und sagte, dass sie sie sehr lieb habe, bis in den Himmel und zurück.

Als der Steg bebte, zuckte Ulrica zusammen und schreckte aus ihrer Erinnerung auf. Valdemar kam auf sie zuspaziert, mit einem Eichhörnchen auf der Schulter. Er schmunzelte und hob grüßend eine Hand, mit der anderen stützte er sich auf seinen Stock. Eilig blinzelte Ulrica die Tränen fort, die in ihren Augen standen, und winkte ihm zu.

»Heute habe ich Hörnie dabei«, sagte er und nickte zum Eichhörnchen auf seiner Schulter.

»Guter Name«, sagte Ulrica.

»Ich habe noch eins, das immer auf der anderen Schulter hockt, doch das ist gerade unterwegs, auf Abenteuer! Raten Sie mal, wie das heißt.«

»Eichi?«

Valdemar strahlte und machte den Arm lang, so konnte das kleine Tier darüber bis zu seinem Oberschenkel laufen. »Ach wie schön, wenn jemand die gleichen Gedanken hat wie man selbst. Das kommt nicht oft vor.«

Ulrica lächelte.

»Und, haben Sie nun Zeit für sich selbst?«, erkundigte er sich.

»Absolut, aber ich habe auch Ihren Rat befolgt und war im Café Uferschwalbe.«

»Schön. Haben Sie Lucy kennengelernt?«

»Ja, sie ist ja der reinste Wirbelwind.«

»Wir sind alle heilfroh, dass es sie zu uns auf die Insel verschlagen hat.«

Das Eichhörnchen hüpfte auf den Steg und rannte zurück an Land.

»Wenn Sie in Lucys Ferienhaus wohnen, ist Ihnen bestimmt auch schon Bea über den Weg gelaufen«, fuhr er fort.

»Ja, stimmt. Wir sind gestern auch zusammen zu Lucys Käse-und-Wein-Abend gegangen.«

Valdemar streckte den Rücken durch. »Wie schön zu hören. Sie war in letzter Zeit ziemlich aus dem Takt, nach der Scheidung und all den Veränderungen. Sie würde das niemals zugeben, aber wer sie kennt, hat es ihr angemerkt. Sie ist nur noch ein Schatten ihrer selbst. Deswegen freut es mich zu hören, dass sie wieder unter Leute geht und sich amüsiert.«

Dann ist das also der Grund, warum sie so verstört ist, eine Scheidung, dachte Ulrica. »Sie wirkte gestern gut gelaunt«, sagte sie, obwohl ihr einfiel, wie zwanghaft Bea die Falten aus der Tischdecke glatt gestrichen und wie nervös ihr Blick geflackert hatte.

»Wie schön!« Er tätschelte ihr die Hand. »Diese Insel kann Wunder vollbringen. Wenn ein Mensch schwere Zeiten durchmacht, kann sie ein Heilmittel sein, er muss es nur zulassen.«

Bei seiner Berührung spürte Ulrica, dass Valdemars Worte sich nicht nur auf Bea bezogen, sondern auch auf sie selbst.

Mithilfe seines Stocks erhob er sich und verabschiedete sich mit einer angedeuteten Verbeugung. »Jetzt will ich nicht länger stören, wenn Sie mit dem Meer sprechen. Auf Wiedersehen.«

Ulrica sah ihm hinterher, dann drehte sie sich wieder zum Wasser. Die Erinnerung an das Schuhkartonzuhause steckte ihr noch wie ein Kloß im Hals. Diese Kinderfantasie von einem Haus, die aufgrund ihrer Kreativität so viel Aufsehen erregt hatte, hatte ihrer Mutter keine Ruhe gelassen. War das die Angst, die sie umtrieb, dass man seltsam war? Oder unangenehm auffiel? Aber was war daran so gefährlich?

Sie griff zu ihrem Handy. Alva hatte schon eine SMS geschickt: *Befindet sich dein Ferienhaus in einem Funkloch?* Dann hatte sie einen Smiley angefügt, um den Vorwurf in ihrem Satz abzumildern. Ulrica schluckte und antwortete: *Entschuldige, dass ich mich nicht gemeldet habe. Die Zeit rast. Ich genieße den Urlaub und das Essen hier und radle viel (mit Helm). Melde mich umgehend, grüß Papa.*

Sie verstaute das Handy in der Tasche, kniete sich auf den Steg und betrachtete ihr verschwommenes Spiegelbild auf der Wasseroberfläche. Sie wusste, dass sie ihrer Mutter ähnlicher war als ihrem Vater. »Wenn du doch nur ein bisschen erzählen könntest«, flüsterte sie. »Von Gerda, von der Insel und von dieser Angst, die dich so quält.«

Als Ulrica ins Ferienhaus zurückkam, ließ sie sich entkräftet auf einen Küchenstuhl fallen. Das Fahrradfahren war anstrengend gewesen, und nun war auch dieser Kopfschmerz zurück, mit dem sie in der Frühe aufgewacht war. Sie nahm noch eine Tablette, trank ein großes Glas Wasser und wischte sich ein paar Tropfen vom Kinn. Wenn sie wirklich bis zum Schluss auf Ven blieb, lag jetzt noch eine gute Woche vor ihr. Das kam ihr lang vor, so viele Tage allein, in denen sie sich den Kopf zermarterte. Besonders wenn solche unangenehmen Erinnerungen hochkamen wie heute auf Valdemars Steg. Doch bevor sie keine Antwort von Elsa hatte, konnte sie nicht abreisen. Vielleicht fand die Heimatforscherin etwas über ihre Großmutter heraus.

Ulrica tippte an ihrem Handy herum. Wie gern würde sie Jack anrufen und ihn fragen, was er so trieb. Doch das ließ sie lieber sein. Schließlich war er erwachsen und musste ihr nicht jeden Tag Bericht erstatten. Sie wollte unbedingt die alten Muster durchbrechen, bloß nicht wie Alva werden.

Als ihr Smartphone plötzlich klingelte, fuhr sie erschrocken zusammen. Doch das war nicht Jack, auch nicht Alva, sondern Angelika.

»Hi! Langweilst du dich sehr auf deiner Insel?«, fragte ihre Freundin.

»Bisschen schon.«

»Dann kannst du dich freuen, ich habe nämlich vor, dir morgen einen Besuch abzustatten.«

»Im Ernst?«

»Klar, wenn ich darf? Bei unserem letzten Gespräch kamst du mir so deprimiert vor.«

»Wenn du darfst?! Du kannst bei mir einziehen, wenn du willst!« Ulrica stand auf und lief in der Küche auf und ab. Sie hoffte, Angelika würde nicht merken, wie brüchig ihre Stimme klang. Doch ihrer Freundin entging nichts.

»Hey, Ulrica, du weinst doch nicht?«

Ulrica schluckte. »Und wenn schon, das sind nur Freudentränen. Du kannst dir gar nicht vorstellen, wie lang einem diese Tage allein im Haus werden können. Ist manchmal schon deprimierend.«

Angelika lachte. »Das verstehe ich absolut. Ich wäre schon nach einem halben Tag verrückt geworden.«

»Dann kommst du morgen wirklich? Gerade habe ich eine Tablette gegen meinen hämmernden Kopfschmerz genommen und auf einmal ist er wie weggeblasen.«

»Ich weiß, ich bin ein Allheilmittel. Leider besteht das Risiko eines Rückfalls, wenn ich wieder nach Landskrona fahre, ich habe nämlich zwei Flaschen Wein im Gepäck.«

»Klingt super«, sagte Ulrica und blinzelte sich die Freudentränen weg. »Ich kümmere mich ums Essen.«

»Dann sehen wir uns morgen, ich will die Fähre um elf Uhr nehmen.«

»Und ich warte am Hafen auf dich mit vielen kleinen Blümchen.«

»Mit vielen kleinen Blümchen?«

»Ja, wirst schon sehen.«

Angelika lachte und beendete das Gespräch.

Ulrica stieß einen Freudenjauchzer aus und sah zu Beas Haus hinüber. Wenn sie sich vorstellte, dass Bea jeden Tag so einsam in ihrem Kämmerlein hockte … Und vermutlich würde es auch so weitergehen, nachdem Ulrica die Insel wieder verlassen hatte. Sie erschauerte bei der Vorstellung, hier festzusitzen und zu wissen, dass sich das bis zum Lebensende nicht ändern würde. Morgen wäre sie nicht mehr allein und bald war der Urlaub vorüber. Sie setzte sich wieder an den Küchentisch, griff nach ihrer leeren Kaffeetasse und hielt sie grüßend in die Luft. In diesem Augenblick fiel ihr das nicht schwer. Und Bea erwiderte ihren Gruß zaghaft.

Bea

Eine halbe A4-Seite hatte Bea jetzt schon zusammen. Sie saß am Computer und sammelte Material über die Familie von dem Hof, auf dem jetzt das Heimatmuseum stand.

Sie streckte die Arme in die Luft und hörte, wie es im Rückgrat knackste, als sie den Oberkörper bewegte. Heute musste sie einkaufen gehen, es führte kein Weg daran vorbei. In ihren Schränken war mehr oder weniger Ebbe. Seufzend schrieb sie eine Einkaufsliste und machte sich mit dem Fahrrad auf den Weg.

Als sie auf halber Strecke war, hörte sie hinter sich eine Fahrradklingel bimmeln. Sie stoppte, drehte sich um und sah Klas vom Dorfverein mit dem Arm fuchteln. Er fuhr neben sie.

»Hallo, Bea, wie läuft's mit dem Inselblättchen?«

»Gut«, antwortete sie. Diese Antwort war in ihrer Kürze recht unhöflich, aber was ging ihn das an?

»Falls du noch Ideen brauchst, sag Bescheid. Mir fällt eigentlich immer was ein.«

Sie nickte. Das würde sie im Hinterkopf behalten. Auch wenn er es vielleicht gar nicht so ernst gemeint hatte.

Sie stoppte am Laden, genau wie Klas. Er lief vor und hielt ihr die Tür auf, reichte ihr zuerst einen Einkaufskorb und nahm dann einen für sich selbst. Ihr war das peinlich. Sie bedankte sich und verschwand in dem Gang, wo der Reis stand, dann lief sie weiter zum Regal mit den verschiedenen Mehlsorten. Dort entdeckte sie ein besonderes Mehl, auf dem die Bezeichnung *Kuchenmehl* stand. Sie nahm ein Paket in die Hand und las: *Besonders fein gemahlenes Mehl für knusprige Kekse. Mit Backpulver.* Sie freute sich darauf, es auszuprobieren, und legte es in ihren Korb.

Klas, der ihr gefolgt war, redete ununterbrochen. Sie hatte keine Ahnung, wovon er gerade sprach.

»Diese kleinen Geschöpfe sind wirklich lustig«, sagte er.

Bea lächelte steif. Wahrscheinlich erzählte er gerade von seinem Hund Pappi.

»Hattet ihr beide, Edvin und du, nicht auch einen Hund?«, fragte er nach.

Bea zuckte zusammen. Es kam selten vor, dass jemand in ihrer Gegenwart seinen Namen in den Mund nahm. Sie schüttelte den Kopf. »Nein, nur Katzen.«

»Ach so«, sagte er und grinste. »Du bist ein Katzenmensch.«

Sie nickte, warf einen Blick auf ihren Einkaufszettel und bewegte sich weiter in Richtung Kühlregal. Klas lief ihr hinterher.

»Ich habe einen interessanten Artikel über Hunde- und Katzenmenschen gelesen. Moment mal …«, sagte er, nahm sein Smartphone und scrollte, während Bea weiterlief zu den Tiefkühltruhen und eine Packung Erbsen herausnahm. Dann steuert sie die Gemüse- und Obsttheke an.

»Da haben wir's doch«, sagte Klas hinter ihr und begann vorzulesen: »Der Katzenmensch kommt gut allein zurecht, braucht selten Hilfe und meist ist ihm egal, was die Leute sagen. Der Mensch ist häufig kreativ und ein bisschen sentimental. Der Hundemensch ist eher eine extrovertierte Persönlichkeit, der seine Gedanken und Ansichten gern mit anderen diskutiert.« Er lachte. »Da scheinen wir zwei ja ganz typisch zu sein.«

Bea lachte nicht. »Wolltest du nicht einkaufen?«

Klas fingerte noch an seinem Handy herum. »Doch, da hast du recht.« Er blickte in seinen leeren Korb und grinste schräg. »Ich glaube, ich muss noch mal von vorn anfangen.«

Bea hob vielsagend die Augenbrauen, legte ein paar Äpfel zu ihrem Einkauf und verabschiedete sich.

»Bis bald«, hörte sie ihn noch sagen, als sie schon zur Kasse abbog.

Ihr stand der Schweiß auf der Stirn, als sie die Lebensmittel aufs Band legte. Als sei es nicht schon genug, diesem Small Talk mit Klas ausgeliefert zu sein, saß an der Kasse auch noch eine alte Bekannte vom Chor. Bea hatte die Proben nicht mehr besucht, seit Edvin und sie sich getrennt hatten. Jetzt kassierte die Chorfrau wieder und nervte.

»Du fehlst uns im Chor nach wie vor«, sagte sie, während sie eine Ware nach der anderen über den Scanner zog.

Bea blickte aufs Band und fragte sich, ob das nicht irgendwie langsamer lief als gewohnt, dann rang sie sich ein Lächeln ab. »Ja, ich habe gerade so viel zu tun. Vielleicht klappt es gegen Ende des Jahres wieder.«

Die Kassiererin nannte die Summe und lächelte. »Das hoffe ich sehr.«

Bea bezahlte, packte ihren Einkauf in die Stoffbeutel, die sie mitgenommen hatte, und ging zum Ausgang. Einen Beutel verstaute sie im Fahrradkorb, die anderen beiden hängte sie an den Lenker.

Sie vermisste den Chor durchaus. Sie sang unheimlich gern, doch Singen hieß Gefühle zeigen, und allein die Vorstellung, dort zu stehen und einen Ton anzusingen, verursachte ihr ein flaues Gefühl im Bauch. Und je mehr Zeit verstrich, desto schwerer wurde ein erneuter Einstieg. Ihr war ja klar, dass man über sie redete, und das konnte kaum etwas Gutes sein. *Die arme Bea, sie sieht wirklich schlecht aus. Hat kein Fünkchen Lebenslust mehr, seit er sie verlassen hat.* Bei dem Gedanken schüttelte sie sich und machte sich auf den Heimweg.

Als sie ihren Einkauf in Schränken und Fächern verstaut hatte, ging sie ins Wohnzimmer, was zu einer Seltenheit geworden war. Eine ganze Weile stand sie in der Türöffnung und betrachtete der Reihe nach die Möbelstücke, bis ihr Blick schließlich an Edvins altem, durchgesessenem Polstersessel hängen blieb. Sie ging auf ihn zu und nahm Platz. Den Abstand zum Fernseher hatte er genaustens berechnet. Mit den Handflächen fuhr sie über die verschlissenen Armlehnen. Wenn Edvin hier gesessen hatte, hatte er immer ganz zufrieden ausgesehen. Ab wann hatte ihm ihr kleines Leben nicht mehr gereicht? Es ärgerte sie, dass sie das nicht wusste. Dass er hier in seinem Sessel gehockt und irgendwann festgestellt hatte, dass er wegwollte, aber keinen Ton gesagt hatte.

Aber warum stand der Sessel eigentlich noch hier? Vermutlich, weil seine Neue in ihrem Reihenhaus keine alten, verratzten Möbel haben wollte. Bea legte den Kopf in den Nacken und seufzte. Sie hätte verlangen sollen, dass er den auch mitnahm. Eigentlich müsste sie den Sessel auf die Fähre stellen, dann konnte ein Hafenmitarbeiter Edvin anrufen und ihn bitten, das Teil abzuholen. Sie lachte auf, aber musste kurz darauf heftig blinzeln, um die Tränen, die ihr in die Augen schossen, aufzuhalten. Vielleicht hatte sie die Lebenslust verloren, aber weinen würde sie ganz bestimmt nicht. Dieses Versprechen hatte sie sich selbst gegeben und im Gegensatz zu Edvin hielt sie ihre Versprechen.

Ulrica

Mit einem Werbeflyer von der Insel in der Jackentasche radelte Ulrica von einem Lädchen zum anderen, um lokale Spezialitäten einzukaufen – sie wollte für Angelika eine Pasta mit Miesmuscheln in Sahnesoße kochen. Sie besorgte die Spaghetti von der Insel, Muscheln beim Fischer und Gemüse von einem Bauernhof. Von Lucy nahm sie Sauerteigbrot mit, und die gab ihr auch den Tipp, bei Daniel auf dem Hof Honig einzukaufen. »Gibt es etwas Leckereres als am Morgen ein Honigbrot?«

Nun fuhr Ulrica also über einen holprigen Feldweg und hielt vor Daniels Hofgelände an. Das dreiflügelige alte Fachwerkhaus war von blühenden Wiesen umgeben.

Sie stieg vom Fahrrad und ging auf einen Tisch zu, der im Schatten eines Sonnenschirms stand. Auf einem von Hand geschriebenen Zettel stand *Selbstbedienung.* Man sollte das Bargeld in eine Dose stecken oder per Handy-App fünfzig Kronen überweisen. Ulrica hatte schon ihr Smartphone in der Hand, da sah sie im Augenwinkel Daniel auf sie zukommen.

»Hallo, Daniel! Lucy hat erzählt, du verkaufst Honig«, rief sie.

Er stand jetzt vor ihr und nickte, die Hände wieder in den Taschen vergraben. »Nimm dir zwei Gläser – eins kriegst du geschenkt.«

Ulrica wollte gerade protestieren, doch sein Blick war eindeutig. Er hatte keine Lust auf Verhandlungen. Wenn er sagte, sie bekomme ein Glas von ihm gratis, dann meinte er es offenbar auch so.

»Danke«, sagte sie, bezahlte und legte zwei Gläser in ihren bereits gut gefüllten Fahrradkorb. »Der sieht lecker aus.«

Er zuckte mit den Schultern. »Für den Geschmack sorgen die Bienen und die Wiesenblumen, nicht ich.«

»Ja, stimmt eigentlich …« Sie lächelte, dann fiel ihr nichts mehr ein, was sie noch sagen könnte. Er war auch nicht besonders gesprächig. Hatte Lucy das nicht auch erwähnt? Dass er seine Gründe habe? Aber wer hatte die nicht …

»Dann will ich mal wieder …«, sagte sie und blickte hinüber zum Feldweg.

Daniel nickte nur und ging zurück zum Haus.

Als Ulrica wieder in ihrem Ferienhäuschen war, deckte sie den Tisch und bereitete den Salat vor, ehe es an der Zeit war, Angelika vom Hafen abzuholen. Die Fähre hatte bereits angelegt, als sie ankam, und schnell machte sie Angelika mit ihrem wuscheligen roten Haar ausfindig.

»Die Insel zeigt sich von ihrer besten Seite«, sagte Ulrica und blickte hoch in die Sonnenstrahlen.

»Logisch, wenn Engel reisen.«

»Sie ist so traumhaft schön, ich verstehe überhaupt nicht, warum ich hier nicht schon viel öfter gewesen bin.«

Ulrica hängte Angelikas Tasche über den Lenker.

»Ach, da sind ja die vielen kleinen Blümchen«, rief sie und lachte.

»Jep, und denen habe ich es zu verdanken, dass jeder, der auf der Insel wohnt, sofort weiß, welches Ferienhaus ich gemietet habe«, sagte Ulrica grinsend und begann, das Fahrrad den Hügel hinaufzuschieben.

»Ist die Insel denn so, wie du sie dir vorgestellt hast?«, fragte Angelika.

»Ja, aber ich habe im Internet im Vorfeld schon so viele Fotos von Ven gesehen, dass mir alles irgendwie bekannt vorkam.«

»Könnte es sein, dass du als Kind mal hier warst, dich daran aber nicht mehr erinnern kannst?«

Ulrica musste lachen. »Nein, ganz sicher nicht. Meine Mutter hat mich sogar krankgemeldet, als unsere Klassenfahrt nach Ven ging.«

Angelika hielt an und schnappte nach Luft. »Man fragt sich ja schon, warum.«

Ulrica zuckte mit den Schultern. Als sie ganz oben angekommen waren, stieg Angelika aufs Rad und forderte Ulrica auf, sich auf den Gepäckträger zu setzen.

»Das ist nicht dein Ernst!«, sagte Ulrica.

»So was verlernt man bestimmt nicht. Probier mal.«

Ulrica krempelte ihre weiße Leinenhose hoch, nahm Platz und hielt sich krampfhaft an Angelikas Taille fest. Angelika schlingerte auf den ersten Metern, bis sie das Gleichgewicht fand.

»Wow!«, rief sie und sauste den Berg hinab.

»Sehr witzig, du hockst ja nicht auf einem bockelharten Gepäckträger.« Ulrica verzog das Gesicht und rief nach zehn Minuten Fahrt: Stopp, da waren sie angekommen. Ihre Beine zitterten, als sie vom Rad stieg. »Das war das erste und letzte Mal.«

Angelika lachte, nahm ihre Tasche und ging ins Haus.

»Ist das süß«, sagte sie, als sie in der Tür stand. »Aber weißt du was? Wie wär's mit einer Runde schwimmen? Schließlich ist Sommer und die Sonne scheint.«

»Schwimmen?« Ulrica war in diesem Urlaub noch nicht einmal baden gewesen, aber ihr war aufgefallen, dass der Badesteg am Jachthafen sehr beliebt zu sein schien.

Sie schlüpften in die Badesachen und zogen die Sommerkleider darüber. Ulrica kochte Kaffee und stellte die Thermoskanne und zwei Tassen in den Fahrradkorb. Dieses Mal bekam Angelika den unbequemen Platz auf dem Gepäckträger. Ulrica zeigte ihr verschiedene Sehenswürdigkeiten und das Café Uferschwalbe, und als es den Hügel hinabging, kreischten sie beide.

Sie schlossen das Fahrrad an und spazierten an den Bootshäusern am Pier vorbei und weiter zu dem langen Holzsteg, der zum Wasser führte. Ulrica breitete ihre Handtücher auf den Steinen aus, setzte sich und schenkte den Kaffee ein.

»Das nenne ich leben«, sagte Angelika zufrieden und ließ ihren Blick über das Meer schweifen. »Ich muss zugeben, ich bin ein kleines bisschen neidisch auf dich, dass du hier so ganz für dich sein kannst. Zeit für mich allein ist bislang Mangelware.«

Ulrica lächelte, aber dachte, dass sie auf der Stelle mit Angelika tauschen würde, gäbe es eine Wahl. Bei Angelika war immer jemand da, und zwar jemand, der das Zusammensein schätzte. Alle drei Kinder waren noch im Haus – obwohl sie auch schon über zwanzig waren.

Sie tranken ihren Kaffee und Angelika zog ihr Sommerkleid über den Kopf. Dann trippelte sie über den Steg. »Wer zuerst im Wasser ist …« Und schon machte sie einen Satz hinein, dass es ordentlich spritzte.

Ulrica folgte ihr langsam, doch sie benutzte die Badeleiter. Angelika ließ sich gerade auf dem Rücken treiben.

»Man spürt wirklich in jeder einzelnen Pore, wie gut so ein Bad tut. Das müsste man das ganze Jahr über machen. Vielleicht krieg ich auf die Art mal Zeit für mich?«

»Das ganze Jahr über? Du meinst winterbaden? Niemals«, sagte Ulrica und machte ein paar Schwimmzüge von der Leiter weg.

»Das ist super. Noch dazu in unserem Alter. Ich habe mal in der Zeitung gelesen, dass das viele Dopamin gut gegen diesen vernebelten Kopf ist, den die Hormone machen, und angeblich verbessert es die Stimmung wie Kokain.«

Ulrica musste so lachen, dass sie Wasser schluckte. Hustend griff sie nach der Badeleiter.

»Das ist wahr«, behauptete Angelika steif und fest und lachte auch.

Ulrica schüttelte den Kopf. »Ich hab das schon mal gemacht, mit den Kollegen. Wir sind mitten im Winter in den Pålsee gegangen – und das war definitiv kein Rausch, eher eine Nahtoderfahrung, würde ich sagen.«

Ulrica kletterte aus dem Wasser und wickelte sich das Handtuch um, das auf den Steinen lag. Ihr war die Sonne lieber als das Wasser, doch ihre Freundin tauchte und kam zehn Meter weiter wieder hoch, als wäre sie ein Seehund. Ulrica schenkte sich noch einmal Kaffee ein und freute sich. Zum ersten Mal, seit sie Helsingborg den Rücken gekehrt hatte, fühlte sie sich wie in einem stinknormalen Urlaub. Und zum ersten Mal, seit Jack ausgezogen war, war sie richtig glücklich.

Als sie ein paar Stunden später wieder im Ferienhaus waren, inzwischen frisch geduscht und umgezogen, war es Zeit fürs Abendessen. In einem Topf kochte Ulrica die Nudeln, im anderen mischte sie Sahne mit Petersilie und erhitzte sie. Dann gab sie die Muscheln dazu und ließ sie wenige Minuten köcheln. Dabei rührte sie immer wieder um und sortierte die Muscheln aus, die sich nicht geöffnet hatten. Sie schnitt Lauch in feine Streifen, zupfte ein paar Blätter vom Basilikum im Topf und gab alles behutsam zu den inzwischen abgegossenen Spaghetti. Ganz hinten in einem Schrank fand sie einen hübschen alten gusseisernen Topf, in dem sie die Pasta anrichtete.

Angelika hielt die Nase in die Luft. »Das riecht göttlich«, sagte sie, klaute sich eine Tomate vom Salat, der bereits auf dem Tisch stand, schob sie in den Mund und verzog genussvoll das Gesicht. »Sogar die Tomaten schmecken hier besser, sie sind viel aromatischer.«

Ulrica stellte lächelnd den Topf auf den Tisch und schenkte den Weißwein ein. Dabei fiel Angelikas Blick auf den Landsvägen.

»Du, da drüben im Haus sitzt eine Frau und starrt in die Gegend.«

»Ja, das ist Bea«, sagte Ulrica und setzte sich an den Tisch.

»Bea? Dann bist du schon in Kontakt mit den Nachbarn gekommen …?«, fragte Angelika erstaunt, während sie sich bediente.

Ulrica zuckte mit den Schultern. Es war nicht ganz

leicht, die Tage auf der Insel zu beschreiben. Sie war ja nicht nur allein gewesen. Sie hatte sich auf dem Steg mit Valdemar unterhalten, mit Daniel Kaffee getrunken und war abends mit Bea auf Lucys Fest gewesen. Eigentlich alles nichts Besonderes, aber sie hätte es komisch gefunden, es jetzt zu erwähnen.

Angelika sah sie an. »Okay, jetzt bin ich aber neugierig. Wie weit bist du mit deinen Recherchen gekommen?«

Ulrica schöpfte sich Nudeln aus dem Topf. »Ich habe eine Frau gefunden, die sich mit Ahnenforschung befasst.«

»Echt? Das klingt ja super!«, rief Angelika, schob sich den nächsten Löffel Pasta in den Mund und verdrehte die Augen. »Dein Essen schmeckt wirklich fantastisch.«

Ulrica schmunzelte. »Das ist schön, ich bin nämlich kreuz und quer über die Insel gefahren, um alle Zutaten von Ven zu bekommen.«

»Das hat sich gelohnt«, sagte Angelika und pfriemelte eine Muschel aus der Schale.

Ulrika griff zu ihrem Weinglas. »Ich habe keine Ahnung, ob die Heimatkundlerin irgendwas über meine Großmutter herausbekommen wird, aber versucht habe ich es immerhin.«

Angelika legte die Stirn in Falten. »Du wärst froh, wenn sie nichts findet, stimmt's?«

Ulrica blickte aus dem Fenster und dachte nach. »Ja und nein. Eine Stimme in mir will unbedingt mehr wissen, eine andere sagt, was ich tue, ist falsch. Ich befasse mich mit der Vergangenheit unserer Familie, um die meine Eltern beide einen großen Bogen machen.« Sie sah Angelika ins Gesicht. »Habe ich eigentlich das Recht, das zu tun?«

»Na sicher.« Angelika trank einen Schluck Wein. »Es ist immerhin auch deine Geschichte.«

»Ich will aber nicht egoistisch sein. Soviel ich weiß, war Gerda wirklich kein einfacher Mensch, und im Leben meiner Mutter gibt es traumatische Erlebnisse, die sie bis heute nicht verwunden hat. Reicht das nicht? Jetzt komme ich und meine, alle Geheimnisse ausgraben zu müssen?«

»Aber aus Wissen erwächst Verstehen und innere Ruhe«, sagte Angelika.

Ulrica sah in ihr Gesicht, das so ernst war, dass sie losprustete.

»Das ist wahr!«, betonte Angelika.

»Ich weiß!«, erwiderte Ulrica lachend.

»Dass Alva eine schwierige Mutter-Beziehung hatte, erklärt ihr Verhalten als Mensch und als Mutter, aber es erklärt überhaupt nicht, warum sie euch allen verboten hat, die Insel zu betreten. Das ist überhaupt nicht nachvollziehbar«, sagte Angelika.

»Ich weiß, aber allein bei dem Gedanken, dass ich gegen dieses Verbot verstoße, wird mir übel.«

»Aber es ist höchste Zeit, Ulrica! Du tanzt schon viel zu lange nach ihrer Pfeife.«

»Ich wünschte, du hättest recht.« Ulrica nahm eine Serviette und wischte den Tisch ab. »So, und jetzt hören wir auf damit. Jetzt genießen wir den guten Wein und den Urlaub. Morgen sitze ich hier dann wieder allein und schiebe die Puzzleteilchen hin und her.«

Angelika strahlte. »Skål auf die Freundschaft, auf geheimnisvolle Inseln und auf die Menschen, die den Wein erfunden haben! Und bitte … gib nicht auf. Ich würde wetten, dass du hinter dieser Steilküste auf große Geheimnisse stoßen wirst.«

»Wahrscheinlich ist es das, wovor ich Muffensausen habe«, sagte Ulrica, und dann stießen sie an.

Bea

Durchs Küchenfenster konnte Bea sehen, dass Ulrica Besuch hatte. Gerade hatten sie eine Flasche Wein entkorkt und ein warmes Abendessen auf den Tisch gestellt. Bea hoffte insgeheim, dass sie die Vorhänge nicht ganz zuziehen würden. Es gefiel ihr zu beobachten, wie die zwei Frauen da in der Küche miteinander saßen. Fast konnte sie ihre Gespräche, ihr Lachen und die Musik hören, die ganz sicher nicht leise war.

Auch sie hatte früher leidenschaftlich gern Freunde bekocht. Hatte es genossen, neue Rezepte auszuprobieren und den Tisch hübsch zu decken, meist passend zu den Jahreszeiten. Im Herbst griff sie zu Tannenzapfen, im Frühjahr zu grünen Zweigen, und im Winter dekorierte sie den Tisch mit Moos. Edvin unterhielt die Gäste und war amüsant. Sie waren das perfekte Team. Ergänzten sich in jeder Hinsicht.

Bea legte den Kopf in den Nacken. Vielleicht könnten die Tränen, die ihr in die Augen schossen, auf die Art wieder zurückfließen? Bloß nicht weinen! Alles andere, aber nicht das.

Nachdem sie eine Weile sinnierend dagesessen hatte, stand sie auf und ging hinüber ins Wohnzimmer. Sie durchsuchte alle Schränke, bis sie das fand, wonach sie suchte – eine Cognacflasche von Edvin. Er hatte sich hartnäckig geweigert, sie mitzunehmen, obwohl Bea eigentlich nie hochprozentigen Alkohol trank.

Sie nahm die Flasche und ein Glas und setzte sich wieder an den Küchentisch. Durchs Fenster beobachtete sie, wie Ulricas Freundin lebhaft gestikulierte. Sie schienen Spaß zu haben. Bea zog den Korken von der Flasche und goss die bernsteinfarbene Flüssigkeit in ihr Glas, nur ein Viertel voll.

»Skål«, sagte sie hinter dem Vorhang versteckt zu den Frauen auf der anderen Straßenseite, dann verzog sie das Gesicht, denn das Zeug brannte wie Feuer.

Am darauffolgenden Tag hörte Bea gerade im Radio die Nachrichten, als Ulrica und ihre Freundin zur Haustür herauskamen. Beide trugen große, dunkle Sonnenbrillen, obwohl es bewölkt war. Sie gingen gemächlich zum Fahrrad, beluden es mit dem Gepäck der Freundin und machten sich auf den Weg.

Ob es an dieser Art Gemeinschaftserlebnis mit den beiden Frauen am gestrigen Abend lag oder vielleicht auch am Cognac, konnte Bea nicht sagen, aber heute fühlte sie sich ein bisschen aufgekratzt. Sie holte ihren Kalender und einen Stift. Fein säuberlich schrieb sie unter das Datum des 17. Juli: *Die Geschichte über den Hof vom Heimatmuseum fertig schreiben.* Das war jetzt ihre Aufgabe, ein Eintrag im Kalender. Jetzt war die Seite nicht mehr leer. Freudig blätterte sie vor zum August, um zu sehen, welches Zitat unter dem Foto von der schroffen Steilküste stand. *Du kannst das Leben nicht noch einmal neu beginnen. Daher mach das Beste daraus.* Bea schüttelte den Kopf. Nein, Gott sei Dank musste sie ihr Leben nicht noch einmal leben. Dann strich sie die Worte kurzerhand durch und schrieb ein Zitat darunter, das sie irgendwo aufgeschnappt und sich gemerkt hatte: *Der Mensch besteht zu siebzig Prozent aus Wasser. Im Grunde sind wir nur Gurken, die Angst haben.* Sie kicherte. Das war wenigstens ein bisschen witzig.

Sie stand auf, spülte ihre Kaffeetasse ab und stellte sie auf das Abtropfgitter. Sie hatte sich vorgenommen, den Artikel heute noch zu schreiben, doch erst brauchte sie ein bisschen Bewegung. Dieses Gefühl von Leichtigkeit galt es auszukosten, das war inzwischen so selten geworden.

Sie schlüpfte in die halbhohen Gummistiefel, zog die Gartenhandschuhe an und ging in ihren Vorgarten, um Unkraut zu jäten. In ihrem sehr gepflegten Garten war kaum Löwenzahn zu finden, doch sie harkte die Erde trotzdem und zupfte hier und da Giersch aus dem Boden. Es tat gut, die Muskeln zu spüren.

Währenddessen kamen zahlreiche Radfahrer vorbei. Als einer vor Lucys Ferienhaus vom Rad stieg, richtete Bea sich neugierig auf.

Elsa, die gerade im Begriff war, das Gartentor zu öffnen, fuhr herum und kam auf Bea zu. »Ist heute der Garten dran?«

»Ja, der permanente Kampf gegen das Unkraut«, sagte Bea.

Elsa lächelte. »Ich hab hier ein paar Unterlagen für Lucys Gast, Ulrica Wiklund, abzugeben.«

»Ach so«, sagte Bea. »Es war übrigens ihre Idee, dass ich fürs Inselblättchen etwas über die Familien auf der Insel schreiben könnte.«

»Sie selbst schien aber auch Interesse an Ahnenforschung zu haben«, sagte Elsa und wedelte mit einem großen weißen Umschlag.

»Okay, im Moment ist sie allerdings mit einer Freundin unterwegs«, sagte Bea.

Am Ferienhaus war kein Briefkasten, deshalb stand Elsa ratlos da. »Könntest du ihr das geben, wenn sie zurückkommt?«

Bea zögerte kurz, doch dann streifte sie die Handschuhe ab. »Ja sicher, ich bin ja da und habe hier noch eine Weile zu tun, kein Problem.«

»Danke dir.« Elsa überreichte ihr den Umschlag. »Und wie weit bist du mit deiner Geschichte über die Familie, die bei uns auf dem Hof gelebt hat?«

»Die schreibe ich. Ich schicke sie dir, bevor ich sie in den Druck gebe.«

»Gern. Und danke, dass du Briefträger spielst«, sagte Elsa und stieg wieder auf ihr Fahrrad.

»Keine Ursache.«

Beas Augen hingen an dem Umschlag, als sie ins Haus ging. Sie schlüpfte aus den Stiefeln und legte die Unterlagen auf dem Küchentisch ab, dann kochte sie sich eine Tasse Tee. Da bemerkte sie, dass Ulrica gerade zurückkam, doch anstatt gleich zu ihr hinüberzugehen und ihr den Brief zu geben, setzte sie sich und blies über ihren heißen Tee.

Sie versuchte, den Umschlag zu ignorieren, doch am Ende siegte die Neugier, und sie nahm ihn in die Hand. Elsa hatte ihn nicht zugeklebt. Bea fingerte ein bisschen an der Lasche, und ehe sie sichs versah, hielt sie schon ein Blatt Papier in den zittrigen Händen. War das derselbe

Stammbaum, den sie im Archiv gefunden hatte, wo in einer Ecke rechts mit Bleistift der Name Alva vermerkt war? Sie ging in das andere Zimmer hinüber, um die Stammbäume zu vergleichen. Ja, so war es. Elsa hatte einen Namen unterstrichen, Gerda Ilse Eskilsson. Die Enkelin der Stammeltern. An dieser Stelle endete die Genealogie. Mit großer Wahrscheinlichkeit war das wohl die Gerda von Alvas Ansichtskarte.

Elsa hatte daneben noch etwas vermerkt: *Hier haben wir die einzige Gerda, die ich finden konnte. Ihr Rufname war aber Ilse. Ist das die Person, die Sie suchen? Das Geburtsjahr 1927 stimmt überein.*

Bea schluckte. Hatte sie tatsächlich gerade fremde Post geöffnet? Vorsichtig schob sie die Zeichnung zurück ins Kuvert und strich darüber, als wolle sie sichergehen, dass es glatt und unangetastet aussah.

Sie ging in den Flur und schlüpfte in ihre Holzclogs. Im Vorbeigehen blickte sie in den Spiegel. Ihr Herz, das heftig schlug, hatte in ihre blassen Wangen Farbe gepumpt. Jetzt sah man ihr auch noch an, wie schuldig sie sich fühlte. Sie öffnete die Haustür, zählte der Reihe nach jede einzelne Lavendelpflanze – das war gut für ihren Puls – und ging dann über die Straße zu Lucys Haus. Sie klopfte betont energisch an die Tür.

Ulrica öffnete nach ein paar Sekunden.

»Hallo«, sagte Bea. »Alles in Ordnung?«

Ulrica sah etwas blass aus, doch sie lächelte. »Ja, ich hatte Besuch von einer Freundin, sie kam gestern, und da haben wir es mit dem Essen ein bisschen übertrieben. Und die Nacht war zu kurz, aber ansonsten ist alles gut.«

Bea überreichte ihr den Umschlag. »Elsa ist vorbeigekommen und hat das für Sie abgegeben. Ich war zufällig gerade im Garten und habe versprochen, es Ihnen zu geben, wenn Sie zurück sind.«

Ulrica nahm den Brief in die Hand und bedankte sich.

Bea stand da mit ganz trockenem Mund. »Bis bald«, sagte sie, machte auf dem Absatz kehrt und beeilte sich, in ihr Haus zu kommen.

Als sie wieder in ihrer Küche stand, spürte sie die Erleichterung. Der Umschlag war dort, wo er hingehörte. Sie schenkte sich ein Glas Wasser ein und trank es noch im Stehen aus, als ihr etwas einfiel. An dem Stammbaum, den Bea bei Elsa angesehen hatte, war dieser Post-it-Zettel befestigt gewesen, auf dem der Name Sofia notiert war. Doch an den Unterlagen für Ulrica hatte die Information gefehlt. Ob Elsa ihn übersehen hatte? Schließlich hatte Bea ihn ja auch nicht auf das Papier zurückgeklebt, sondern einfach in die Rolle fallen lassen. Sie konnte nur hoffen, dass er nicht wichtig war. Und wenn er es doch war? Verdammt, warum hatte sie nur diesen Umschlag geöffnet!

Ulrica

»Gerda Ilse Eskilsson. Was warst du nur für ein Mensch?«, flüsterte Ulrica vor sich hin.

Sie saß schon eine ganze Weile da, mit dem Stammbaum vor sich, den Elsa für sie abgegeben hatte, und nun fragte sie sich, was der nächste Schritt sein könnte. Dieses Material war viel mehr, als sie jemals zu hoffen gewagt hatte, aber leider sagte es nichts über die Beziehung zwischen Gerda und Alva aus. Schließlich nahm sie sich vor, noch einmal über die Insel zu fahren und nach Orten zu suchen, *wo die Blumen blühen*. Malven würde es sicher noch woanders geben, nicht nur am Jachthafen.

Ein paar Stunden später saß sie an der Ziegelküste im nördlichen Teil der Insel, an der überall Tonscherben lagen, die noch aus der Blütezeit der Ziegeleien stammten. Sie atmete tief durch, dann wählte sie die Nummer ihrer Mutter, um endlich das versprochene Telefonat zu führen.

Ans Telefon ging jedoch ihr Vater. »Hallo, Ulrica, deine Mutter ist gerade im Garten«, sagte er.

Ulrica lächelte. »Wie geht's dir?«

»Ach, hier ist alles beim Alten, und bei dir? Wir sind ja sehr gespannt auf deine Berichte aus dem schönen Österlen.«

»Es ist sehr schön hier, die Natur ist beeindruckend.« Sie wünschte, es ginge ohne diese Lügen. Und sie könnte einfach die Wahrheit sagen und ihn mit dem Fernglas nach oben ins Arbeitszimmer schicken, dann würde sie auf den höchsten Punkt der Insel fahren und ihm zuwinken.

»Lade doch noch ein paar Bilder auf Facebook hoch«, bat er sie.

»Verspreche ich«, erwiderte Ulrica und musste grinsen, weil er das Wort so lustig aussprach.

Aus dem Hintergrund erklang ein rhythmisches Klopfen.

»Was ist das?«, fragte sie.

»Ach, nichts weiter, heute ist nur großer Teppichreinemachtag«, sagte ihr Vater.

Ulrica blickte zum Himmel und beobachtete eine kleine Schäfchenwolke.

Alva hatte einen exakten Arbeitsplan und hielt unbeirrbar daran fest. Ulrica konnte nachvollziehen, dass ihr das eine innere Sicherheit gab, vielleicht ähnlich wie ihre Spinningstunden, die sie eisern absolvierte. Allerdings kam es durchaus vor, dass sie mal keine Lust hatte. Als Teenager hatte sie Alva mal gefragt, was denn passieren würde, wenn sie die Teppiche nicht am Teppichreinemachtag klopfte. An den irritierten Blick ihrer Mutter erinnerte sie sich heute noch. Als wäre Alva, nur für einen winzigen Moment, selbst ins Nachdenken geraten. Doch leider hatte das kurze Gedankenspiel nicht ausgereicht, um an ihrer Sichtweise nachhaltig etwas zu verändern.

»Einen so schönen Tag könnte man doch ganz anders verbringen«, sagte Ulrica.

Sie wusste, dass ihr Vater am anderen Ende der Leitung schmunzelte.

»So heißes Wetter ist nichts für uns«, erwiderte er.

In seinen Worten lag eine Zärtlichkeit, die Ulrica rührte. Mehr, als er ihre Mutter liebte, konnte man niemanden lieben. Trotz ihrer unzähligen, ganz präzisen Vorstellungen, wie etwas zu sein hatte, und ihrer extremen Pingeligkeit. Auch wenn er die Wahl gehabt hätte, er hätte sich niemals für eine andere Frau entschieden. Ulrica klimperte mit den Wimpern.

»Teppiche klopfen tut gut, wir wechseln uns ab, das trainiert die Muskeln«, fuhr er fort.

»Das ist wohl wahr«, sagte Ulrica. Manchmal fragte sie sich, wie viel ihr Vater eigentlich von Alva und ihrer Familiengeschichte wusste. Schließlich hatten sie sich schon in jungen Jahren kennengelernt. Aber auch er war ihr die wenigen Male ausgewichen, als sie das Thema zur Sprache gebracht hatte. Seine Antwort war immer, er wisse auch nicht mehr und man solle doch lieber in die Zukunft schauen. Jetzt erzählte er von seinen Sonnenblumen, die in der Wärme enorm gewachsen seien, und Ulrica versprach, bei ihrem nächsten Besuch einen Blick in den Garten zu werfen.

»Willst du jetzt mit Mama sprechen?«, fragte er sie nach einer Weile.

»Vielleicht keine gute Idee, wenn sie gerade die Teppiche klopft?«, sagte Ulrica.

»Mag sein«, sagte er. »Dann grüße ich sie einfach von dir und richte ihr aus, dass es dir hervorragend geht.«

So verblieben sie und dann beendeten sie das Gespräch.

Ihr Vater war wirklich ein wunderbarer Mann. Immer gelassen, immer freundlich. Hatte sie ihm das eigentlich jemals gesagt? Wie dankbar sie war, ihn zum Vater zu haben? Ihn, mit seiner ausgleichenden, versöhnlichen Art.

Da wanderten ihre Gedanken wieder zu Jack. Er hatte nur sie, keinen Vater, der ausgleichend wirken konnte, wenn Ulrica ihn nervte. Jacks Vater Eric war vor fünfzehn Jahren, nach ihrer Scheidung, zurück in seine Heimatstadt New York gegangen und hatte dort wenige Jahre später eine neue Familie gegründet. Jack hatte sie ein paar Mal gesehen, aber viel zu selten, als dass sie eine echte Beziehung zueinander aufbauen konnten. Ulrica biss die Zähne zusammen, als sie daran dachte, wie oft Eric sie gebeten hatte, Jack zu ihm in die USA reisen zu lassen, doch immer hatte Ulrica eine Ausrede parat gehabt. Übers Jahr ginge die Schule vor und in den Ferien habe Jack so viel Fußballtraining.

Sie zog mit dem Finger Kreise in den Sand. Ihrer Meinung nach hatte Eric seine Entscheidung getroffen, indem er so weit weggezogen war, und nun sollte er auch die Konsequenzen tragen. Aber wie mochte das für Jack gewesen sein? Sie hatte ihn nie darauf angesprochen und konnte nur hoffen, dass er es genauso sah. Und welche Folgen hatte das schließlich für ihn?

Sie begann, ein paar Tonscherben, die das Wasser rundgeschliffen hatte und die zwischen gelb und ocker zig Farbnuancen aufwiesen, zu einem Turm zu stapeln. Wenn die Wellen, die auf den Strand liefen, doch auch ihr die Ecken und Kanten abschleifen könnten. Dann würde sie die Insel in ein paar Tagen einfühlsamer und um einiges klüger verlassen.

Seufzend sah sie zu, wie die Wellen heranrollten. Valdemar hatte zu ihr gesagt, sie solle die Ohren spitzen und dem Meer lauschen, was es ihr sagen will. An jedem anderen Ort hätte sie solche Worte eigenartig gefunden, aber hier auf Ven kamen sie ihr ganz natürlich vor. Sie heftete ihren Blick auf das klare Wasser, beobachtete, wie es vor- und zurückfloss.

Genau in dem Moment, als eine Welle so weit vorrollte, dass sie beim Auslaufen bis an ihre Schuhe stieß, sagte sie: »Gib mir einen Rat, was soll ich mit dieser Geschichte anstellen? Mit Gerda?« Die Welle plätscherte leicht, wie eine Art Schulterzucken, und zog sich langsam wieder zurück, als wollte sie sagen: *Lass es auf sich beruhen.*

Ulrica richtete sich auf, ließ ihr Steintürmchen zurück und radelte weiter zum Hakenstigen. An Valdemars Steg hielt sie und stieg ab. Wieder bewegte sie sich auf dem Steg auf die Bank zu, setzte sich und schloss die Augen. Heute tauchten keine Erinnerungsbilder aus ihrer Kindheit auf, nur Jacks Gesicht, als er sich auf den Weg nach Luleå machte und schon im Wagen saß. Sie zwang sich, diesen Anblick auszuhalten, sein Blick verriet, was in ihm vorging. Ein Kribbeln im Bauch, große Vorfreude, aber auch die abgrundtiefe Erleichterung. Sie rang um Luft.

Als sich jemand neben ihr räusperte, öffnete sie die Augen. Da stand Valdemar, ein Stückchen entfernt. Er lächelte, ging auf sie zu und nahm neben ihr Platz.

»Sagt das Meer heute etwas Nettes?«, fragte er.

»Nett würde ich es eher nicht nennen, aber vielleicht nötig.«

Valdemar nickte langsam. »Ja, das kann das Meer gut. Die Wahrheit sagen.«

Ulrica blickte ihn an. »Wirklich?«

Valdemar lächelte sie herzlich an und legte seine weiche, faltige Hand auf ihre. »Möchtest du vielleicht bei mir eine Tasse Kaffee trinken?«

Ulrica drehte sich um und sah auf sein kleines graues Steinhaus, das sich so augenfällig von den umliegenden Villen aus der Jahrhundertwende unterschied. Sie nickte und so gingen sie gemächlich den Steg zurück und durch sein Gartentor. Der ausgetrocknete Rasen, die Hecke und der kleine Kiesweg durch den Vorgarten sahen ärmlich und wenig einladend aus. Das war nicht anders, als sie zum Haus selbst kamen. Die Fenster brauchten dringend einen neuen Anstrich, und die Scheiben waren von dem starken Meerwind, der hier blies, sichtbar mitgenommen.

Valdemar winkte ihr zu, dass sie ihm durch einen Rosenbogen folgen sollte, um zwischen der Hecke hindurch hinters Haus zu gelangen.

Was man von der Straße nicht sehen konnte, verschlug Ulrica den Atem. Kreuz und quer verliefen blumengesäumte Wege, und mitten im Garten gab es einen kleinen Teich, über den sogar eine winzige Brücke führte. In den Bäumen befanden sich verschiedene Behausungen. Ein paar Eichhörnchen linsten neugierig von einer Fichte hinab und ein Entenpaar watschelte aus dem Teich und versteckte sich laut schimpfend im Schilf.

»Du hast ja hier dein eigenes kleines Paradies!«, rief sie staunend. »Das sieht man von der Straße ja gar nicht.«

»So ist es mit manchen Dingen«, sagte Valdemar lächelnd. »Nicht alles ist so, wie es aussieht.«

Er bat Ulrica, sich auf einen der Stühle, die beim Teich

standen, zu setzen, und ging ins Haus, um Kaffee zu kochen. Der hohe Bambus raschelte im Wind.

Ulrica schloss die Augen.

Da kam ihr noch einmal Jack in den Sinn, aber nun sah sie ihn vor sich, wie er in der Küche stand und sein Lieblingsgericht, Spaghetti carbonara, zubereitete, zwei Köpfe größer als sie, das Geschirrtuch mit einem Zipfel in der Hosentasche seiner Jeans, dazu grelle Musik aus dem Lautsprecher. Als sie die Küche betrat, drehte er sich um und lächelte. Noch einmal versuchte sie, hier zu stoppen, seinen Gesichtsausdruck ranzuzoomen, genau zu sehen, was in ihm vorging. Sie sah Stolz, allerdings auch so etwas wie Zweifel. Als wäre er sich nicht sicher, ob seine Pasta gut genug war. Sie hatte ihn doch hoffentlich für das hervorragende Essen gelobt? Hatte sie wirklich bewusst innegehalten und diesen besonderen Moment ausgekostet? Sie konnte sich nicht erinnern, doch sie fürchtete, sie hatte es nicht getan. Wahrscheinlich hatte sie wie üblich Hektik verbreitet und die Spüle geputzt. Mit genervtem Gesichtsausdruck das Chaos beseitigt, das er beim Kochen stets verursachte. Sie wünschte, sie könnte die Zeit zurückdrehen, diese Situation noch einmal erleben und alles anders machen: den Abwasch einfach stehen lassen, ihn in den Arm nehmen, die Spaghetti probieren, ihn loben und irgendwas Lustiges sagen, das ihn zum Lachen brachte. Sein Lachen war Musik in ihren Ohren und die hörte sie viel zu selten.

Da steckte Valdemar seinen Kopf aus der Terrassentür.

»Könntest du mir helfen? Ich habe vor einer Weile eine Hüftoperation gehabt und traue mich immer noch nicht so recht, ohne Stock zu gehen.«

»Ja, natürlich«, rief Ulrica und lief zu ihm hoch auf die Terrasse. In seinem Wohnzimmer standen Unmengen alter Möbel, Bücher, einige Schallplatten, ein altes Grammofon und leere Vogelkäfige. In einer selbst gezimmerten Holzkiste auf dem Boden lag ein Kaninchenjunges und schlief.

»Das Kleine hat sich am Bein verletzt und ist hier, um gesund zu werden«, erklärte Valdemar lächelnd. Er wies auf ein Tablett mit einer Thermoskanne und zwei angeschlagenen Tassen. Ulrica nahm es und trug es aus dem Haus. In der Bambusecke stellte sie es auf den Tisch.

»Wie ist es dazu gekommen, dass du dich um die vielen Tiere kümmerst?«, fragte sie, als sie beide schließlich am Tisch saßen.

Valdemar zuckte mit den Schultern und schenkte ihnen Kaffee ein. »Das hat sich einfach so ergeben. Die kamen von allein, als sie nicht mehr laufen konnten oder verkrüppelt waren oder von ihren Familien verstoßen wurden.«

»Verstehe. Bei dir ist es unfassbar schön. Und so ruhig.« Ulrica nippte an ihrem Kaffee. »Ich hoffe, du findest es nicht aufdringlich, wenn ich so oft auf deinem Steg sitze?«

»Nein. Wenn ich sage, dass du hier willkommen bist, dann meine ich es auch so.«

»Gut zu wissen. Ich wollte dich noch etwas fragen: Weißt du, wo hier Malven blühen? Langsam glaube ich, die hat man vor den Touristen gut versteckt.«

Er musste lachen. »Früher gab es viel mehr davon, aber man findet sie hier und da immer noch. Meist an der Steilküste im Südwesten. Aber wehe, du steigst die erodierten Abhänge hinab, die gehen senkrecht nach unten, das ist wirklich lebensgefährlich.«

»Darauf hat Daniel mich schon mal hingewiesen«, sagte Ulrica und grinste.

Valdemar zog die Augenbrauen hoch. »Freut mich, dass du dich mit Daniel unterhalten hast. Er ist ein ganz lieber Kerl, aber er hat es wirklich nicht leicht.«

Ulrica hätte gern genauer gewusst, was damit gemeint war, doch sie wollte nicht neugierig erscheinen.

Valdemar kam wieder auf die Malven zu sprechen. »Es gibt tatsächlich einen Ort, an den nur wenige Urlauber gelangen, und da gab es sehr viele Malven. Früher jedenfalls.« Er fuhr mit dem Finger über den Tisch, als läge da eine Landkarte. »Wenn hier das Tycho-Brahe-Museum liegt, dann biegst du da ab, wo sich die Bäume wie ein Dach über den Weg wölben, den Weg nennen wir Liebespfad.« Er blickte auf, lächelte und wendete sich wieder seiner Wegbeschreibung zu. »Du folgst diesem Pfad die Steilküste entlang, biegst am Damm in Richtung Mölle-beck ab. Du darfst aber den Pfad nicht bis zu Ende gehen, der führt hinunter zum Meer. Stell stattdessen das Fahrrad ab und geh entlang der Steilküste weiter nach Süden. Wo die Vegetation aufhört und du einen herrlichen Blick aufs Meer hast, standen letztes Jahr noch ganz viele Malven.«

»Vielen Dank«, sagte sie. »Das nehme ich mir vor.«

»Und anschließend kommst du wieder her und erzählst mir, ob ich recht hatte. So lange Spaziergänge mache ich jetzt nicht mehr.«

»Das ist ja auch nicht nötig, in deinem Garten hast du ja alles, was man sich wünschen kann.«

»So ist es«, sagte er, holte ein paar Nüsse aus der Jackentasche, schnalzte und schon kamen die Eichhörnchen angehüpft und fraßen ihm aus der Hand.

Als sie ihre Kaffeepause und ihren Plausch über die Tiere und Blumen im Garten beendet hatten, räumte Ulrica das Geschirr ab und brachte es zurück in die Küche. Als sie wieder hinauskam, wollte Valdemar aufstehen.

»Bleib ruhig sitzen, ich finde allein hinaus.«

Er ließ sich wieder auf einen Stuhl sinken. »Dann viel Erfolg bei deiner Suche nach den Malven«, sagte er freudig.

Gerade als Ulrica ihr Fahrrad vom Zaun rückte, ging ihr auf, dass sie ihn jetzt eigentlich nach ihrer Großmutter hätte fragen können. Denn er hatte zwar mit dem Namen Gerda nichts anzufangen gewusst, aber vielleicht konnte er sich an eine Ilse erinnern? Dann also beim nächsten Mal. Das war gleich ein guter Grund, ihn wieder zu besuchen. Jetzt würde sie erst einmal ihre Suche nach den Malven fortsetzen.

Nachdem sie mit dem Rad die ganze Insel durchquert hatte, erreichte sie den Ort, von dem Valdemar erzählt hatte. Vor dem Schild, das das Fahrradfahren hier verbot, stellte sie ihr Rad ab und ging zu Fuß in einer Art Traktorspur weiter. Auf der einen Seite waren nur Felder, auf der anderen nahmen undurchdringliches Dickicht und Bäume die Sicht aufs Meer. Hier sah es wirklich nicht nach einem wirtlichen Ort für Malven aus. Möglicherweise war der Bewuchs hier dichter geworden, seit Valdemar zuletzt hier gewesen war? Sie lief ein Stück weiter, und gerade als sie wieder umkehren wollte, lichtete sich die Vegetation, die Landschaft öffnete sich, und Himmel und Meer flossen ineinander und boten einen schier endlos weiten Blick. Ulrica kamen plötzlich die Tränen. Sie wischte sich mit dem Handrücken über die Augen und entdeckte nun tatsächlich etwas entfernt bei einem Baum ein paar zierliche Blümchen. Sie ging hinüber und ließ sich im Schatten des Baumes nieder, betrachtete die violetten Blumen, die sich in der sanften Brise wiegten. Als sie achtzehn Malven zählte, ging ein Lächeln über ihr Gesicht. Davon konnte sie später Valdemar erzählen. Er hatte tatsächlich recht gehabt.

Sie streckte ihre Hand zum Baumstamm aus, um sich beim Aufstehen abzustützen, da fiel ihr Blick auf ein A, das in die grobe Rinde eingeritzt war. Ihr Herz schlug höher, als sie nachsah und feststellte, dass es schien, als habe jemand das A mehr als einmal mit dem Messer nachgefahren. Es war tief in den Stamm eingraviert. Ulricas Blick ging zu den Malven, dann wieder zurück zum Baum. *Wo die Blumen blühen, da warte ich auf dich.*

4. Brief, 31. Oktober 2012

Im Jahr 1949 kamen Chérie und ich nach Paris. Wenn man von einer Stadt träumt, dann visualisiert man oft die Sehenswürdigkeiten und die berühmten Bauwerke, die man kennt. Aber wenn man erst einmal dort lebt, verlieren sie an Bedeutung. Dann übernehmen die Sinne. Die Düfte. Ven duftet nach Getreide und Raps, nach Rosen und salziger Luft. Paris riecht nach Kanalisation und blumigen Parfüms, nach Benzin und Zigaretten und frisch gebackenen Croissants. Und dann die Geräusche! Ven kann so ruhig sein, dass sogar die Stille laut wird. Doch die Insel ist auch der Lockruf der Uferschwalben, der so kratzend schrill klingt, als würde man zwei grobkörnige Sandpapiere aufeinander reiben. Paris klingt nach Vespas, lauten Gesprächen von Balkon zu Balkon, nach Tönen von Jazzbands, die aus schmuddeligen Bars dringen. Paris ist das Gurren der Tauben und das Geschirrgeklapper aus den Restaurants und Cafés. Still ist es in dieser Stadt nie.

Wie habe ich es geliebt! Jeden Duft und jedes Geräusch in Paris habe ich ins Herz geschlossen. Da ich die Sprache einigermaßen gut beherrschte, fand ich schnell einen Job als Bedienung in einem Café. Man hätte meinen können, dass die Franzosen sich über meine schludrige Aussprache und die fehlerhafte Grammatik mokiert hätten, doch das Gegenteil war der Fall. Sie schienen mein Französisch charmant zu finden, und bald hatte ich mehr Trinkgeld in der Tasche als die Kellnerinnen, die schon viel länger dort arbeiteten. Für Chérie war es weniger leicht. Ich habe ihr einen Job hinter der Theke besorgt, doch das gefiel ihr überhaupt nicht. Sie hat sich nie beschwert, aber ich konnte es ihr ansehen. Es war ziemlich hart für sie, in ein Land zu kommen, in dem sie kein Wort verstand und sich selbst nicht verständlich machen konnte. Nachts hörte ich sie weinen, aber wenn ich sie morgens darauf ansprach, dann war alles wieder gut. Mit stoischer Miene stürzte sie sich in die Arbeit, ohne zu klagen, doch ich wusste, dass sie großes Heimweh hatte. Ich hätte viel mehr mit ihr reden sollen. Ihr helfen, die Sprache zu lernen, oder ihr vorschlagen sollen, wieder nach Hause zu fahren. Aber das pralle Leben dort und das Tempo dieser Stadt hatten mich völlig gefangen genommen. In Ven stand das kleine, einfache Leben, die Gegenwart, im Zentrum, in Paris ging es immer gleich um die Zukunft und die ganze Welt. Genau auf dieses Leben war ich vorbereitet worden, mit meinen siebzehn Lebensjahren, das spürte ich ganz deutlich.

Über einer Kneipe konnten wir ein Zimmer mieten, in dem es bis tief in die Nacht keine Ruhe gab, aber es war billig und lag sehr zentral. Die ersten Wochen verbrachte ich damit, mich in der Gegend zurechtzufinden, ich ging zur Arbeit, um Geld für Essen und Miete zusammenzubekommen, und mit allen Antennen auf Empfang saugte ich alles Neue in mir auf. Chérie rümpfte skeptisch die Nase, wenn ich Oliven, Schnecken und Sardinen auftischte. Zum ersten Mal in unserem Leben tranken wir Wein – und mochten ihn beide sehr, wenn auch aus unterschiedlichen Gründen. Mir gefiel es, wie er das Bewusstsein weitete. Chérie mochte es, dass er einen aus der Wirklichkeit in eine andere Welt entführte. Wir hatten damit jedenfalls eine Menge Spaß. Und als wir uns schließlich in einen dieser Kellerklubs vorwagten, entdeckte ich eine ganz neue Welt. Da saßen die Leute und diskutierten leidenschaftlich über Themen, die sich von globalen Fragen über Gleichberechtigung bis zur Kunst erstreckten. Plötzlich hatte ich genau die Kultur um mich, von der meine Mutter und ich immer geträumt hatten, die wir uns in unseren Fantasien ausgemalt hatten. Chérie, die die Musik so liebte, hatte da nun auch ihren Platz gefunden. Wie oft kamen wir morgens um fünf nach Hause getorkelt, eng umschlungen, lachten laut, und Chérie weinte nachts kaum noch. Mir kam es so vor, als sei ich entweder in den Bars unterwegs oder bei der Arbeit. Im Nachhinein frage ich mich, wann wir eigentlich geschlafen haben.

Vielleicht fällt dir auf, dass ich auffällig viel von meiner Freundin erzähle. Das liegt daran, dass sie der Mensch war, den ich damals am meisten geliebt habe. Auch wenn ich im Eifer meiner Jugend manchmal nicht sehr aufmerksam gewesen bin und ihre Bedürfnisse übergangen habe, so war sie doch meine allerbeste Freundin. Mal war sie wie eine Schwester, mal wie eine Mutter zu mir. Aber ich schreibe von ihr auch deswegen, weil ihr Schicksal für dein Leben weitreichende Folgen haben sollte. Zu der Zeit genossen wir noch ein sorgenfreies Leben in einer Stadt, die nie schlief. In einem Rausch, der nie verging.

In einem Leben, das so intensiv war, dass es mir oft vorkam, als schwebte ich ein Stück über dem Erdboden. In meiner Naivität glaubte ich, das würde für immer so bleiben.

Da ich gerade vom Schweben spreche: Ich liebe es, die Wolken zu beobachten, die wie Himmelswesen über mir schweben. Ich kann hier an meinem Fenster sitzen und einfach nur zusehen, wie sie sich bewegen, ihre Formation ändern, heller oder dunkler werden. In meinem Leben habe ich eine ganze Menge erlebt, aber ich habe auch unzählige Stunden mit Nichtstun verbracht. Damit, die Wolken zu beobachten. Was ich gar nicht schlimm finde. Denn ich habe auf dich gewartet. Das reicht vollkommen.

Bea

Die Urlauber, die Lucys Häuschen mieteten, reisten meist nach einer Woche wieder ab. Ulrica jedoch nicht. Bea fragte sich, wie lange sie wohl noch bleiben würde. Sie seufzte. Seit sie den Umschlag für Ulrica geöffnet hatte, ließ sie der Gedanke daran nicht mehr los. Wäre ihre Nachbarin inzwischen nach Hause gefahren, hätte sie die Sache vergessen können, doch nun musste sie ständig an den gelben Zettel denken, den sie so schludrig einfach in Elsas Papprolle geworfen hatte.

Nachdem sie ein paar Stunden am Küchentisch gesessen und sich nicht vom Fleck bewegt hatte, waren ihre Beine geschwollen, und sie trat ein wenig auf der Stelle, um den Kreislauf wieder in Gang zu bringen.

Wenn sie auf andere Gedanken kommen wollte, backte sie Kuchen. Sie band die Gänseblümchen-Küchenschürze um, holte das Mehl, das sie kürzlich gekauft hatte, aus dem Schrank, dazu Butter und Sirup, schnitt die Butter in Stückchen für drei Bleche Ingwerkekse, vermischte alles mit Zucker, rührte um, vermengte den Teig mit den restlichen Zutaten, rollte ihn auf den Blechen aus, drückte ihn mit einer Gabel platt und schob das erste Blech in den Ofen. Dann atmete sie auf. Sie hatte sich so angestrengt, dass ihr der Schweiß auf der Stirn stand. Mit ihrer mehlbestäubten Hand wischte sie darüber und machte weiter.

Nachdem sie drei Bleche Kekse gebacken hatte, band sie die Schürze ab und füllte die Kaffeemaschine. Ihr Kaffee war gleichzeitig mit dem letzten Keksblech fertig. Sie legte sich vier Kekse auf einen Teller und setzte sich an den Küchentisch. Die Kaffeetasse rückte sie wieder auf die fünfte Blume von links, justierte sie, bis sie genau richtig stand, doch diesmal wollte sich kein Gefühl von Ruhe einstellen. Stattdessen bekam sie eine Gänsehaut. Sie nahm die Strickjacke, die über der Stuhllehne hing, ab und legte sie sich über die Schultern. Dann starrte sie auf die Kekse. Edvins Lieblingskekse.

Sie nahm einen in die Hand und biss ab. Aber sie kaute und kaute und brachte ihn nicht hinunter. Sie griff nach einer Serviette, spuckte den Keksbrei aus und merkte, dass sie zu schluchzen begonnen hatte. Was war eigentlich los?

Sie ließ ihren Kaffee mit den Plätzchen stehen und ging ins Schlafzimmer. Dort ließ sie die Jalousie hinunter, legt sich auf den Bettüberwurf und deckte sich mit der Strickjacke und der Häkeldecke zu. Die Tränen schossen ihr in die Augen, doch sie hatte sich hoch und heilig versprochen, nicht zu weinen. Sie presste die Hände auf die Augen. Neun Monate hatte sie durchgestanden, jetzt würde sie es doch auch schaffen. Sie wusste, wie vernichtend der Schmerz des Verlassen-Werdens war, wenn man ihn zuließ.

Bea musste an ihren achtzehnten Geburtstag denken, an den Tag, an dem ihre Mutter gegangen war. Bea hatte im Bett gelegen und auf das Geburtstagsständchen gewartet, und als niemand auftauchte, war sie aufgestanden. Ihr Vater Max hatte am Küchentisch gesessen, die

Geschenke vor sich, und Bea hatte sich sehr erschreckt, als sie in seine leeren Augen sah. Es war klar, dass etwas passiert war.

»Wo ist Mama?«, hatte sie ihn gefragt und sich in der Küche umgesehen. Ihr Vater hatte auf einen Brief gezeigt, der auf dem Tisch gelegen hatte. Er war von Olivia. Darin stand, sie habe die Insel für eine Weile verlassen müssen. Sie würde es ihnen später erklären. Sie gratulierte Bea zu ihrem großen Tag und betonte, dass sie ja jetzt erwachsen sei und allein zurechtkäme. Bea verstand kein Wort und saß wie ihr Vater fassungslos da. Völlig außerstande, einen Finger zu rühren. Und als mit der Zeit weder Olivia noch eine wirklich gute Erklärung für ihr Verschwinden auftauchten, ließ sie irgendwann ihren Tränen freien Lauf und stürzte in ein tiefes schwarzes Loch. Es war der reinste Abgrund, der sich in diesem Schmerz und dieser Sehnsucht unter ihr auftat. Alles tat weh, sogar die Haut brannte.

Genau das war der Grund, warum sie sich jetzt keine einzige Träne erlaubte. Sie wollte nicht noch einmal in dieses pechschwarze Loch fallen, das hatte sie noch zu gut in Erinnerung.

»Ich werde dir keine Träne nachweinen, Edvin, das ertrage ich nicht«, flüsterte sie. Die Müdigkeit legte sich bleischwer über sie.

Immer wieder wachte sie kurz auf und sank zurück in den Schlaf, ihr Körper fror, doch ihr Gesicht war schweißnass, sie wusste, sie sollte aufstehen, sie wusste ja nicht einmal, ob Tag oder Nacht war, doch sie brachte die Kraft einfach nicht auf.

Die Fieberträume beherrschten ihren Kopf, tauchten sie in ein Vakuum ohne Raum und Zeit. Bekannte Gesichter erschienen, ihr Vater Max, Edvin und Lucy. Sogar Klas, warum auch immer. Sie streckte die Hand zu ihnen aus, doch konnte sie nicht berühren. Nicht einen Einzigen. Alle bewegten sich an ihr vorbei, so als wäre sie unsichtbar. Plötzlich saß sie im Friseursalon ihrer Mutter. Vor ihr lagen Unmengen Papier mit ihren Notizen, was sie gesehen und gehört hatte. Sie wollte sie ihrer Mutter zeigen, ihr von den vielen Geschichten auf der Insel berichten, doch auch Olivia sah geradewegs durch sie hindurch.

Bea schreckte auf und wusste eine ganze Zeit lang überhaupt nicht, wo sie sich befand. Sie quälte sich hoch, bis sie ins Sitzen kam, ihr war schwindelig und der Mund ganz trocken.

Wie lange hatte sie wohl da gelegen und geschlafen? Sie schleppte sich ins Badezimmer und blickte in den Spiegel. Auf den Wangen waren Spuren ihrer Tränen noch sichtbar, und sie hielt die Hand mühsam an die Stirn, die brennend heiß war. Aus dem Badezimmerschrank nahm sie eine Schmerztablette und schluckte sie, dann ging sie langsam zurück in ihr Bett.

Gerade hatte sie ihren Kopf wieder auf dem Kissen abgelegt, da klopfte es an der Tür. Sie horchte auf das Geräusch, das mehrmals erklang, bevor es verstummte. Vermutlich war es Lucy, die nach ihr sehen wollte.

Doch im Moment war sie wirklich kein schöner Anblick. Besser, sie blieb einfach liegen. Kaum hatte sie die Augen wieder geschlossen, sah sie Edvin vor sich.

Er sah ein bisschen kindlich aus, hatte rundliche Wangen, erstaunlich glatte Haut, strubbeliges graues Haar und wache hellblaue Augen, die ihm auch im höheren Alter noch einen jungenhaften Charme verliehen. Auf einmal spürte sie, wie er ihre Hand ergriff. Seine schöne warme Hand. Wie hatte sie das genossen, er hatte so gern ihre Hand gehalten. Auch wenn sie unter Menschen waren. Sie wünschte, sie hätte es ihm gesagt.

Eine Träne lief ihr über die Wange und tropfte aufs Kopfkissen. Dann noch eine. Trauerte sie jetzt um ihn? Ach, sie hoffte, sie irrte sich. Trauer war doch nichts anderes als purer Schmerz.

Ulrica

In vier Tagen würde sie wieder zu Hause sein. Mit einem Mal war die Zeit, die ihr anfangs so zäh und unendlich lang vorkam, ganz schnell verstrichen. Ulrica suchte auf ihrem Handy ein Foto von einer Mohnblume heraus und schickte es Alva mit dem kurzen Kommentar: *So schön!* Dann rief sie Jacks Nummer auf und wollte schon ein Bild von der Steilküste schicken. Die letzte Nachricht an ihn hatte sie vor drei Tagen geschrieben. Sie hatte es also geschafft, ihn drei Tage lang weder anzurufen noch etwas zu mailen. Also löschte sie das Foto wieder und legte das Smartphone beiseite. Sie kam ihm näher, wenn sie sich zurückhielt. Das wusste sie genau. Und das hatte sie die letzten drei Tage getan, wenn auch unbewusst.

Sie warf einen Blick aus dem Küchenfenster. Heute hingen die Wolken tief über der Insel. Sie vermisste Bea. Sie hatte sie schon eine ganze Weile nicht mehr gesehen. Ulricas Finger fummelten wieder am Handy herum. Um der Versuchung zu widerstehen, Jack doch noch zu schreiben, zog sie Jacke und Schuhe an und ging vor die Tür. Sie würde sich die Zeit bei einem Kaffee im Café Uferschwalbe vertreiben.

Obwohl Regen in der Luft lag, war das Café wie immer gut gefüllt. Ulrica stellte sich in der Schlange an, die sich nur langsam vorwärtsbewegte, und betrachtete während des Wartens die Polaroidfotos, die an Wäscheleinen von der Decke hingen. Als sie zur Theke kam, bestellte sie eine Tasse Tee, den sie hier trinken wollte, und eine Tüte Mandelkekse zum Mitnehmen. Als sie es mit dem Tee in der Hand endlich an der Schlange vorbei ins Freie geschafft hatte, blieb sie stehen und ließ ihren Blick über Tische und Stühle im Hof wandern. Es schien wirklich keinen einzigen freien Platz zu geben. Da entdeckte sie einen ganz hinten in der Ecke, wo auch heute wieder Daniel saß, wie gewohnt mit dem Rücken zu ihr. Ulrica ging hinüber zu ihm.

»Ist hier noch frei?«, fragte sie.

Er blickte auf und nickte, sodass ihm der dunkle Pony in die Augen fiel.

»Eigentlich komme ich wegen dem Wilden Geißblatt hierher«, sagte sie, als sie sich setzte. Er grinste. Das waren seine Worte gewesen, als sie das letzte Mal hier zusammengesessen hatten, er hatte allerdings den Tee aus Cornwall gemeint.

»Ich kenne einen Ort hier auf der Insel, wo es Unmengen Wildes Geißblatt gibt«, sagte er.

»Echt? Der muss das Einzige sein, was ich bei meinen Fahrradausflügen noch übersehen habe. Ich dachte, ich kenne jetzt jeden Quadratzentimeter hier.«

»Die Stelle ist nicht gerade leicht zu finden.« Er blätterte in seiner Zeitung weiter. »Ich kann es dir zeigen, wenn du möchtest.«

Sein Angebot überrumpelte sie etwas, doch weil sie noch Lust hatte, etwas zu unternehmen, sagte sie zu. »Gern! Aber am Samstag fahre ich heim, also müsste es vorher sein.«

Er nickte und wendete sich wieder seiner Zeitung zu.

Ulrica nippte an ihrem Tee und scrollte auf ihrem Handy. Beim ersten Mal hatte sie sich in der Gesellschaft des schweigenden Daniel unwohl gefühlt, doch jetzt entspannte es sie. War das vielleicht ein Zeichen, dass sie sich langsam erholte, ein kleines bisschen?

Daniel faltete die Zeitung zusammen und stand auf. »Ich hätte am Spätnachmittag Zeit, wenn du nichts anderes vorhast.«

»Ich habe gar nichts vor, das passt super«, sagte Ulrica lächelnd.

»Wie wäre fünf Uhr? Wenn das Wetter mitspielt.«

»Gut, dann hole ich dich mit dem Fahrrad ab«, erwiderte er.

Daniel verabschiedete sich und ging gerade, als Lucy hinauskam.

»Freut mich, dass du hier bist«, sagte sie.

»Ja, ich hatte Lust auf einen richtig guten Tee. Und offenbar war ich nicht die Einzige. Trotz des bescheidenen Wetters«, sagte Ulrica und grinste.

»Stimmt. Heute hatten wir massenhaft Kundschaft, den ganzen Tag. Ich habe gesehen, dass du wieder bei Daniel gesessen hast, ich hoffe, du störst dich nicht dran, er ist nicht sehr gesellig, seit …«

Sie verstummte und Ulrica zog fragend die Augenbrauen hoch. Doch Lucy zuckte nur mit den Schultern. »Ach egal, er ist ja so ein Stadtmensch, genau wie du.«

Stadtmensch, dachte Ulrica. Was macht er dann hier auf der Insel?

Da rief das Mädchen an der Kasse nach Lucy, doch bevor sie ging, sagte sie noch: »Wie wär's, wenn du noch mal zum Abendessen kommst, bevor du wieder abreist? Am Freitag, eine Stunde nach Ladenschluss, bist du herzlich eingeladen. Da kommen nur ausgewählte Gäste.«

»Mal sehn, vielen Dank«, sagte Ulrica. Sie musste gleich an den Käse-und-Wein-Abend denken, da hatte sie sich so fehl am Platze gefühlt. Sie glaubte kaum, dass sie ihre Stolpersteine schon um so viel verrückt hatte, dass sie sich bei einem Fest unter fremden Menschen wohlfühlen würde.

»Versuch es einzurichten, ich verspreche dir, es wird dir gefallen«, sagte Lucy und zeigte zum Himmel. »Ich frage mich, wo diese dunklen Wolken eigentlich hinwollen?«

Ulrica blickte auf. Ja, sie schienen direkt auf die Insel zuzusteuern. Dann würde ihr Ausflug vermutlich ins Wasser fallen. Sie hielt die Nase noch ein letztes Mal vor die Blüten des Geißblatts, nahm die Kekstüte und radelte zurück zu ihrem Häuschen.

In Beas Küchenfenster war immer noch niemand aufgetaucht. Ulrica versuchte, etwas zu erkennen, doch sie entdeckte sie nicht. Sie überlegte kurz, doch schließlich ging sie hinüber und klopfte an die Tür. Niemand machte auf. Da fiel ihr Blick auf die Kekstüte, die sie noch in der Hand hielt, und sie stellte sie kurz entschlossen einfach auf die Treppe. Ein kühler Wind kam auf. Wieder mal typisch, dass das Wetter gerade heute umschlug, an einem Tag, an dem sie wirklich nicht allein in ihrem Häuschen hocken wollte.

Bea

Ein Klopfen an der Tür riss Bea aus dem Schlaf. Langsam setzte sie sich auf die Bettkante und streckte zitternd die Hand nach dem Wasserglas auf dem Nachttisch aus. Nach einer Weile klopfte es nicht mehr, dafür nahm Bea nun ein anderes Geräusch wahr: den Wind. Draußen schien ein echter Sturm im Gange zu sein. Wacklig stand sie auf und ging vor zum Schlafzimmerfenster, kippte die Jalousie und sah hinaus. Am Boden schlugen die Zweige der Buschrosen wild um sich und der Himmel war schmutzig grau. Es sah aus, als würde jeden Moment der Regen losbrechen, als sei das Wetter symbiotisch an ihren Gemütszustand gekoppelt. Sie drehte die Jalousie wieder zu, zog das verschwitzte Nachthemd aus, das sie sich irgendwann übergezogen haben musste; die Erinnerung daran fehlte. Dann holte sie ein neues aus dem Schrank.

Ihre Haut fühlte sich wund an, wie damals, als ihre Mutter sie verlassen hatte, und ihre Augen waren so verquollen, dass sie sie kaum offen halten konnte. Sie griff zu einer Tablette und kroch zitternd zurück unter die Decke. Aus der Küche drang nur das monotone Ticken der Uhr. Oder war das möglicherweise ihr eigener Pulsschlag? Sie kniff die Augen zu. Was auch immer es war, sie wollte es nicht mehr hören. Das war alles, was sie in diesem Moment wollte, jetzt brauchte sie Ruhe und Dunkelheit.

Bea fröstelte und zog sich die Decke bis über beide Ohren. Sie war eine gesunde Frau in den Sechzigern, da lag man doch nicht im Bett und wünschte sich, dass einem das Herz stehen bleibt? Sie war doch kein Mensch, der so einfach aufgab? Oder erging es jedem so, wenn er über eine gewisse Grenze gezwungen wurde? Sie kauerte sich zusammen und ließ die Tränen kullern. Jetzt wusste sie überhaupt nicht mehr, wer sie war. Sie wusste nur, dass sie nicht die Kraft besaß aufzustehen, dabei hätte sie diese Batterien ums Verrecken gern endlich aus der verfluchten Küchenuhr herausgenommen.

Ulrica

Langsam zogen die Wolken über die Insel und wurden dunkler und dunkler. Ulrica saß am Küchentisch und blätterte in einer Frauenzeitschrift, die sie im Dorfladen gekauft hatte. Hin und wieder blickte sie auf und sah hinaus. Keine Bea am Küchenfenster und die Kekstüte stand nach wie vor unangerührt vor der Haustür.

Ein Mann mit Hoodie und Jeans kam angeradelt. Als er vor ihrem Tor hielt, sah Ulrica, dass es Daniel war. Sie hätte nicht gedacht, dass er bei diesem Wetter kommen würde. Schnell machte sie ein Zeichen, dass sie schon auf dem Weg nach draußen sei.

»Der Sommer hat sich wohl verabschiedet«, sagte sie, als sie hinauskam. Sie zog ihre Windjacke bis unters Kinn zu und holte ihr Fahrrad. »Ich habe gedacht, bei dem Wetter wirst du kaum auftauchen.«

»Ist doch prima, da sind viel weniger Leute unterwegs«, sagte er. »Und ich glaube, wir schaffen es noch vor dem Regen.«

»Ich habe gedacht, du magst es, unter Leuten zu sein«, sagte Ulrica und stieg ordentlich in die Pedale.

»Ach, im Ernst? Warum?«, sagte Daniel und fuhr neben sie.

»Lucy hat so was gesagt, dass du ein Stadtmensch bist, so wie ich.«

»Aha …«

Das war alles, was er dazu sagte. Keine Zustimmung, kein Widerspruch. Daniel fuhr einfach wortlos weiter.

Ulrica musste den Lenker ordentlich festhalten, um vom Wind nicht umgeblasen zu werden, der über die Hochebenen der Insel fegte. Sie hoffte, dass sie bald am Ziel waren. Sie kamen zu den steilen Küstenhängen, wo das Meer donnerte, und Ulrica hob sich aus dem Sattel, um mit Daniel noch mithalten zu können.

Bald merkte sie, dass sie auf demselben Weg unterwegs waren, wo sie zuletzt die Malven gesichtet hatte.

Daniel legte sein Fahrrad im Graben vor dem Verbotsschild ab, damit der Wind es nicht umschlug. Ulrica machte es genauso. Dann liefen sie eine Weile, bis Daniel plötzlich abbog, als sich ein zugewucherter Traktorweg zwischen zwei Feldern auftat.

Ein Stückchen weiter erreichten sie ein kleines Wäldchen, und als sie darum herum gegangen waren, kamen sie zu einem alten, verfallenen Steinhaus, das vom Weg aus nicht zu sehen gewesen war, mit einem Garten, der im Windschatten lag. Ulrica roch sofort den intensiven Duft der Kletterpflanze und strahlte. »Wow!«

Im Schutze der Bäume schlängelte sich das üppig blühende Wilde Geißblatt übers Gebüsch und rund um die Baumstämme.

Ulrica streckte die Hand aus und berührte eine trompetenförmige purpurrosafarbene Blüte, die ihre hellgelbe Innenseite geöffnet hatte. Sie hielt die Nase daran.

»Am Abend duftet es noch intensiver«, sagte Daniel.

»Warum?«, fragte Ulrica.

»Das Wilde Geißblatt gehört zu den Nachtschwärmern,

die werden von nachtaktiven Insekten und Faltern bestäubt«, erklärte Daniel und bewegte sich durch das hohe, verwilderte Gras auf das Haus zu.

Er winkte ihr, ihm zu folgen.

»Wollen wir ernsthaft … ich meine, da wohnt doch sicher jemand?«, sagte Ulrica.

»Nein, ich glaube nicht. Meine Kinder haben wirklich jeden Winkel auf der Insel ausgekundschaftet, als wir hierhergezogen sind. Und sie haben erzählt, dass die Frau, die hier gewohnt hat, vor zehn Jahren schon weggezogen ist und dass das Haus seitdem leer steht.«

Er setzte sich auf die kaputte Steintreppe, an der seitlich Schneckenhäuser und Muschelschalen klebten.

Ulrica nahm neben ihm Platz.

»Hier kann man den Duft nur erahnen, es ist fast ein bisschen geheimnisvoll«, sagte er.

»Als sei das gewollt«, sagte Ulrica.

Er nickte.

»Du hast gerade gesagt, dass deine Kinder das Haus entdeckt haben. Wie alt sind sie denn?« Sie merkte im selben Moment, dass diese Frage eigentlich viel zu persönlich war. »Du musst natürlich nicht …«, sagte sie, doch Daniel begann bereits, darauf zu antworten.

»Heute sind die beiden erwachsen, zwanzig und zweiundzwanzig Jahre alt. Meine Tochter studiert in Malmö, mein Sohn in Lund. Die zwei chillen also meistens in ihren Studentenbuden.«

Er zuckte mit den Schultern. Ulrica kannte diese Gestik. Wenn die Gefühle größer waren, als die Worte es ausdrückten, dann zuckte man mit den Schultern.

»Mein Sohn studiert in Luleå«, sagte sie und staunte

darüber, dass sie das aussprechen konnte ohne einen Kloß im Hals.

»Das ist ziemlich weit weg«, sagte er und lächelte.

Sie lächelte auch. Stimmt. Eintausendfünfhundert Kilometer.

Eine Weile hockten sie schweigend da, als Daniel sich plötzlich zu Ulrica drehte. »Du hast gesagt, du wirst am Samstag abfahren?«

Sie nickte.

»Und wie hat dir die Insel gefallen?«

»Sie ist schön.« Diese Antwort war so kurz und knapp, dass sogar Daniel, der nicht zu den gesprächigsten Menschen gehörte, sie fragend ansah.

Sie überlegte, wie viel sie ihm erzählen sollte. Wenn Daniel dieses alte, verlassene Haus kannte, wusste er möglicherweise auch mehr über Familien, die früher auf Ven gelebt hatten? »Ich bin hier zwar im Urlaub …«, begann sie zögernd, »aber ich versuche auch, etwas über Gerda Eskilsson, Jahrgang 1927, in Erfahrung zu bringen. Möglicherweise kennt man sie eher unter ihrem Rufnamen Ilse.«

Wenn er jetzt stutzte, ließ er es sich zumindest nicht anmerken. »Und, ist es dir gelungen?«, fragte er.

»Ein paar Informationen hab ich tatsächlich bekommen, aber das war längst nicht so viel, wie ich mir gewünscht hätte.«

Er stand auf. »Tja, da kann ich dir leider nicht weiterhelfen. Über die Inselgeschichte und ihre Menschen weiß ich so gut wie nichts. Darin war meine Frau besser, sie ist hier aufgewachsen.«

Wo denn?, dachte Ulrica. Dann waren sie also getrennt? Wieder einmal war ihr Mundwerk schneller als jede abwägende Überlegung.

»Könntest du sie bei Gelegenheit vielleicht mal fragen? Das wäre für mich wirklich wichtig.«

Er gab keine Antwort. »Wollen wir los?«, fragte er stattdessen und wies aufs Gebüsch und den kleinen Traktorweg. »Es liegt jetzt in der Luft, gleich fängt es an zu regnen.«

Schweigend wanderten sie zurück, natürlich hätte sie sich auch diese Frage verkneifen sollen. Scheidungen waren immer ein heikles Thema. Aber er hatte sich sehr elegant aus der Affäre gezogen.

Gerade als sie zu den Fahrrädern kamen, setzte der Regen ein, und kurz darauf prasselte er erbarmungslos auf sie nieder. Ulrica legte den Kopf in den Nacken und fing die Tropfen mit ihrer Zunge auf, so wie sie es als Kind gemacht hatte. Sie lachte, als sie holpernd durch die tiefen, mit Wasser gefüllten Senken fuhr und ihre Hose klitschnass wurde. Wenn Jack sie jetzt doch nur sehen könnte! Eine völlig durchnässte, verdreckte Mutter, nach einem Ausflug zu einem Geisterhaus. Das hätte ihm gefallen. Sie spürte ihre Sehnsucht körperlich. Sie wünschte, sie könnte ihn anrufen und ihm davon erzählen, ihn zum Lachen bringen, wenn er sich vorstellte, wie seine verrückte Mama jetzt aussah. Piano, dachte sie, piano.

Als sie zum Ferienhaus zurückkamen, musste sie über Daniel schmunzeln, der im Regen wirklich wie ein patschnasser Kater aussah. »Danke für den Ausflug«, sagte sie. »Diesen Duft werde ich nie vergessen.«

»War wirklich schön, mal rauszukommen. Auch wenn es am Ende etwas feucht wurde. Dann viel Spaß an deinen letzten Tagen hier«, sagte Daniel, dann winkte er kurz, bevor er sich auf den Heimweg durch den Regen machte.

Ulrica ging ins Häuschen hinein und dachte, wenn sie jemals ein Haus mit Garten hätte, würde sie dort Wildes Geißblatt anpflanzen.

Sie nahm eine heiße Dusche und schnippelte sich dann einen griechischen Salat. Aber anstatt in der Küche zu essen, setzte sie sich auf die Rückseite des Hauses, wo sich eine kleine, überdachte Veranda befand. Dort hatte man eine schöne Aussicht über die Felder. Sie legte sich eine Wolldecke über die Schultern und lauschte dem Regen.

Kaum zu glauben, dass sie bald schon wieder zu Hause war. Sie versuchte, sich die Geräuschkulisse von Helsingborg vorzustellen. Doch eine Sehnsucht nach dem Treiben der Stadt wollte sich diesmal nicht einstellen, im Gegenteil, jetzt spürte sie, dass sie diese Insel vermissen würde. Sie würde es vermissen, aufzuwachen und als Erstes am Morgen auf diese weiten Felder zu blicken, an den verführerischen Klippen vorbeizuradeln und mit Valdemar auf seinem Steg zu sitzen und Gespräche zu führen. Sie würde das Meer vermissen, das sprechen konnte. Sie bezweifelte, dass das Meer zu Hause diese Fähigkeit besaß. Erstaunlicherweise würde sie sogar Bea da drüben in ihrem Küchenfenster ein klein wenig vermissen. Als Daniel und sie von ihrem Ausflug zurückgekommen waren, war Bea immer noch nicht am Fenster aufgetaucht, und die Mandelkekse hatten vor der Haustür in einer Pfütze gelegen.

Sie aß ihren Salat auf, faltete die Decke zusammen,

legte sie zurück ins Zimmer, rannte im Regen über die Straße und klopfte an Beas Haustür. Als niemand öffnete, klopfte sie wieder und versuchte es auch noch ein drittes Mal, bevor sie sich umdrehte, um wieder zu gehen. Genau da öffnete sich die Tür einen winzigen Spalt.

»Bea?«, fragte Ulrica und stieg wieder eine Stufe nach oben.

Der Türspalt wurde kleiner.

»Ja«, sagte Bea mit kratziger Stimme.

»Wie geht's Ihnen?«

Bea schwieg eine Weile, dann sagte sie: »Weiß ich selber nicht.«

»Darf ich reinkommen?«

»Eher nicht«, sagte Bea und wollte die Tür schon schließen, doch Ulrica schob ihren Fuß in den Spalt. »Ich habe Ihnen Mandelkekse aus dem Café Uferschwalbe mitgebracht«, sagte sie und hob die nasse Kekstüte hoch. »Obwohl sie inzwischen wohl eher Brei sind.« Bea schmunzelte und öffnete die Tür ganz langsam. Sie sah wirklich schlimm aus, wie sie da stand in ihrem ausgewaschenen Morgenmantel. Ihre Haare standen in alle Richtungen ab, das Gesicht war verquollen und ihre Wangen glänzend rot, die übrige Haut war aschfahl.

»Oje, du siehst aus, als könntest du einen starken Kaffee gebrauchen«, sagte Ulrica.

»Ach, wirklich?«, sagte Bea und wirkte irritiert.

Ulrica musterte sie unauffällig, als sie in die Küche gingen. Beas Schritten sah man die Erschöpfung an, doch sie ging sicher und fest. Körper und Sprache schienen ihr zu gehorchen. Was war bloß geschehen?

»Setz dich einfach hin«, sagte Ulrica, »ich mache das.«

Bea setzte sich artig auf einen Küchenstuhl und fuhr sich durch die Haare, um die wildesten Strubbel mit den Fingern herauszukämmen. Ulrica füllte die Kaffeemaschine und stellte zwei Tassen und ein Schälchen mit Keksen auf den Tisch, die sie in einer Dose auf der Arbeitsplatte gesichtet hatte. Sie bemerkte, wie Bea ihre Kaffeetasse so zurechtschob, dass sie genau auf einer der blauen Blumen auf der Tischdecke stand.

Sie blickte auf. »Welchen Tag haben wir heute?«

»Heute ist Mittwoch«, antwortete Ulrica. »Du siehst ziemlich krank aus. Vielleicht sollten wir einen Arzt rufen? Gibt es auf der Insel überhaupt einen?«

Bea lächelte schwach. »Ich hatte nur ein bisschen Fieber und das scheint vorbei zu sein.«

»Bist du sicher?« Ulrica schenkte den Kaffee ein.

Bea nickte und gab sich offensichtlich viel Mühe, überzeugend zu wirken.

»Hast du vielleicht Suppe im Haus oder etwas in der Art? Ich glaube, du solltest auch irgendwas essen.«

Bea zeigte auf ihren Küchenschrank. Ulrica fand eine Tüte Gemüsesuppe, die sie sofort für Bea zubereitete. Kurz darauf hatte Bea einen Teller Suppe vor sich, und Ulrica ermunterte sie, sie auch zu essen.

Beas Hand zitterte, als sie zum Löffel griff und die Suppe aß. Ulrica ließ sie ganz in Ruhe. Nach einer Weile schob Bea den leeren Teller beiseite.

»Vielen Dank«, sagte sie.

»Keine Ursache.«

Bea fuhr sich wieder mit den Fingern ins verfilzte Haar.

»Was für ein Wetter!«, sagte Ulrica und betrachtete die Rinnsale am Fenster. »Obwohl ich mich wirklich nicht beschweren kann, heute erlebe ich zum allerersten Mal Regen in meinem Urlaub.« Sie schenkte ihnen nach. »Außerdem kann man trotzdem Ausflüge machen. Hat Daniel auch gesagt, da sind viel weniger Leute auf den Straßen unterwegs.«

Bea sah sie mit großen Augen an, als der Name Daniel fiel.

»Ja, wir sind uns ein paar Mal über den Weg gelaufen«, schob Ulrica zur Erklärung hinterher. »Lucy hat zwar gesagt, er ist ein Stadtmensch, aber ich finde, er benimmt sich wie ein waschechter Insulaner.«

Sie merkte, wie sie ins Plappern geriet.

Bea legte die Hände in den Schoß und blickte aus dem Fenster. »Er ist vor sieben Jahren mit seiner Frau Anna und den zwei halbwüchsigen Kindern von Malmö hergezogen. Und dann ist sie gestorben.«

Ulrica verschluckte sich an ihrem Kaffee und begann zu husten. »Was?«

»Eine ganz tragische Geschichte«, sagte Bea. »Anna hat hier den alten Hof ihrer Großmutter geerbt und sie haben von einem neuen Leben auf der Insel geträumt. Vermutlich war sie zu dem Zeitpunkt schon nicht mehr gesund, aber da wusste sie es noch nicht, also zogen sie hierher um. Ein Jahr später war sie tot. Krebs. Es ging unglaublich schnell. Daniel und die Kinder blieben übrig. Und die Kinder sind nur noch selten da, die haben ja inzwischen ihr eigenes Leben …«

Ulrica schluckte. Worum hatte sie Daniel gebeten, als sie da vor dem Wilden Geißblatt gestanden hatten? Ob er seine Frau mal nach Gerda fragen könne. Ulrica stöhnte auf.

»Dann habe ich etwas Dummes gesagt.«

Bea lächelte müde. »Das konntest du doch nicht wissen.«

»Egal«, sagte Ulrica und ließ die Schultern hängen.

Beas Blick fiel wieder auf den menschenleeren Landsvägen. Als sie weitersprach, klang es, als würde sie eher mit sich selber reden als mit Ulrica. »Es kommt nichts Gutes dabei raus, wenn man keine Trauer zulässt.«

Ulrica musste daran denken, was Valdemar über Bea gesagt hatte. Dass sie nach der Trennung aus dem Takt geraten sei. »Ich habe gehört, dass du noch nicht lange getrennt bist«, sagte sie vorsichtig.

Bea zuckte zusammen »Na ja, ich weiß nicht, inzwischen sind es ja schon neun Monate.« Sie seufzte. »Ich war darin auch nicht besonders gut.«

»Im Getrennt-Sein?«, fragte Ulrica.

Bea nickte kaum merklich.

»Ach, wer ist das schon?«, sagte Ulrica. »Als der Vater meines Sohnes und ich uns getrennt haben, haben wir aller Welt erzählt, dass wir glücklich geschieden sind. Aber ganz ehrlich, gibt es das?« Sie schüttelte den Kopf über sich selbst. Zum einen über diese Geschichte, zum anderen über die Tatsache, dass sie hier bei Bea hockte und ihr Vertraulichkeiten erzählte, die sie bisher nie erwähnt hatte. Gegenüber keinem Menschen, nicht mal Angelika.

»Edvin, mein ehemaliger Mann, hat sich einfach kurz verabschiedet, ganz beiläufig, als würde er zur Arbeit gehen oder einkaufen, und dann verschwand er einfach aus meinem Leben … Und ich stand da wie eine blöde Ziege und hab gewunken«, sagte Bea.

Ulrica beobachtete, wie ihre Finger begannen, die Serviette zu bearbeiten.

Da saßen sie also, zwei geschiedene Frauen, dieselbe Situation, doch jede von ihnen war anders damit umgegangen. Sie selbst hatte niemanden sehen lassen, wie weh es getan hatte, verlassen zu werden, sie war den Sticheleien ihrer Mutter ausgewichen und war als alleinerziehende Mutter weiter erhobenen Hauptes durchs Leben gegangen. Bea war das ganze Gegenteil. Sie sah aus, als hätte sie jeden Schlag eingesteckt, der ausgeteilt wurde. Die Frage war nur: Was war schlimmer?

»Und wie geht es dir jetzt? Du siehst immer noch blass aus«, sagte Ulrica.

»Besser, aber ich bin schrecklich müde.«

»Dann musst du dich ausruhen«, sage Ulrica, stand auf und räumte das Geschirr ab.

»Lass es einfach stehen«, sagte Bea. »Das erledige ich später.«

»Sicher?«

»Ganz sicher«, sagte Bea und ging in den Flur. »Es geht mir jetzt schon ein bisschen besser. Danke, dass du rübergekommen bist.«

Ulrica kam hinterher und öffnete die Haustür. Bea sah nach oben, zum Himmel.

»Es wird noch eine ganze Weile regnen.«

Ulrica blickte auch zum Himmel, doch der Regen störte sie jetzt nicht mehr. Den restlichen Abend wollte sie gern in ihrem Häuschen verbringen. Die Stille und die Einsamkeit setzten ihr nicht mehr zu. Sie verabschiedete sich, rannte zu ihrem Haus und musste daran denken, was Valdemar einmal gesagt hatte, bei einem der ersten Male, an denen sie sich auf dem Steg getroffen hatten: Diese Insel kann Wunder vollbringen. Wenn ein Mensch schwere Zeiten durchlebt, kann sie ein Heilmittel sein, er muss es nur zulassen.

Bea

Nachdem Ulrica gegangen war, stand Bea da, die Stirn an der Tür, und atmete auf. Das war der reinste Albtraum gewesen. Ausgerechnet Ulrica, hier, in ihrer Küche. Sie versuchte, nicht mehr an den Umschlag zu denken, holte ein letztes Mal tief Luft und ging in die Küche, um den Abwasch zu machen. Sie besaß zwar eine Geschirrspülmaschine, doch sie benutzte sie nur selten. Wenn man alleine lebte, dauerte es lange, bis sie voll war. Bea säuberte Teller und Tassen sorgfältig, spülte sie ab, stellte sie ins Abtropfgitter und hängte das Geschirrtuch wieder auf. Dann ging sie ins Badezimmer, zog sich aus und stellte sich unter die Dusche. Langsam legte sie den Kopf in den Nacken, sodass die Wasserstrahlen direkt in ihr Gesicht schossen.

Wieder kamen ihr die Tränen. Sie hatte das so satt, doch auch jetzt fehlte ihr die Kraft, dagegen anzukämpfen. Sie ließ sie einfach mit dem Duschwasser laufen. Sie weinte über ihre Einsamkeit, um Edvin, der sie verlassen hatte, und darüber, dass sie so naiv gewesen war. Mit keinem Gedanken hatte sie daran gedacht, dass ihr jemals so etwas passieren würde. Doch am allermeisten weinte sie, weil sie keinerlei Hoffnung hatte, dass alles irgendwann wieder gut werden würde. Sie hatte nur vor Augen, wie sie am Küchenfenster saß, mit leerer Keksdose und leerem Kalender, und zusah, wie in Lucys Ferienhaus die Urlauber kamen und gingen. Noch viel schlimmer würde es werden, wenn es Herbst wurde und dann Winter, der die Insel in Kälte und Dunkelheit hüllte. Der Landsvägen war dann menschenleer. Im Oktober war Edvin gegangen. Sie wusste, wie lang die Tage in der dunklen Jahreszeit werden konnten. Wie sie das Herz in den Schwitzkasten nahm.

Bea stellte das Wasser aus, trocknete sich ab, indem sie sich mit dem Handtuch nur leicht abtupfte, denn ihre Haut war immer noch empfindlich, und dann zog sie kuschelige Jerseykleidung an. Sie ging in die Küche, kochte sich einen Ingwertee, um wenigstens etwas für ihre Gesundheit zu tun, und setzte sich an den Küchentisch. Immer wieder strich sie über die glatte Oberfläche der Wachstischdecke.

Hatte sie etwa jetzt, neun Monate später, begonnen, wirklich um Edvin zu trauern, um die kaputte Ehe und die Einsamkeit, die das für sie zur Folge hatte? Und wenn es so war, würde die Trauer sie so lange – und so schmerzhaft – quälen wie damals, als ihre Mutter aus ihrem Leben verschwunden war? In der Stille fand sie keine Antwort, das Einzige, was sie fühlte, waren Leere und eine bleierne Müdigkeit.

Auf der anderen Straßenseite setzte Ulrica sich gerade an den Küchentisch. Jetzt hob sie zum ersten Mal die Hand und grüßte. Bea winkte zaghaft zurück. Ulrica hatte erzählt, dass Daniel ihr einige Male über den Weg gelaufen war. Sie war keine typische Touristin und – wie geahnt – auch nicht nur wegen der Sehenswürdigkeiten hier. Offenbar wollte sie Informationen über eine Person sammeln und in dem Zusammenhang hatte Elsa ihr diesen Umschlag gebracht. Es sah ganz so aus, als wüsste niemand etwas davon – schließlich hatte sie auf Facebook ein Bild gepostet und behauptet, sie verbringe ihren Urlaub in Österlen. Wir haben doch alle unsere kleinen Geheimnisse.

Bea trank ihren Tee aus, der die Lebensgeister langsam zurückbrachte, und ging ins Schlafzimmer, um das Bett frisch zu beziehen. Als sie mit den Laken auf dem Weg in die Waschküche war, hielt sie im Flur inne und sah hinauf zur Dachluke. Da oben lagerten ihre alten Notizbücher. Die Bücher, in die sie den Klatsch und Tratsch im Friseursalon ihrer Mutter aufgeschrieben hatte. Konnte es möglich sein, dass darin diese Gerda aus Ulricas Stammbaum vorkam? Sehr wahrscheinlich war es nicht, denn sie gehörte einer anderen Generation an, doch man konnte ja nie wissen. Ulrica hatte ihr ja ganz offen davon erzählt, und wenn sie noch ins Gespräch kamen, bevor Ulrica wieder abreiste, und Ulrica ihr von dem Stammbaum erzählte, dann könnte Bea ihr wenigstens mit ein paar Informationen über Gerda weiterhelfen. Da würde sie sich gleich besser fühlen. Und so könnte sie wieder wettmachen, dass es ihre Schuld war, dass der gelbe Zettel untergegangen war.

Sie ging in die Waschküche, stopfte die Bettwäsche in die Trommel, füllte Waschpulver ins Hauptwäsche-Fach und schaltete das Programm ein, während ihr Blick das Regal über der Waschmaschine streifte. Genau da, zwischen Waschmittel, einem Hammer und leeren Batterien, lag der große Schlüssel für den Dachboden. Sie nahm ihn und einen Hocker mit in den Flur und sah hinauf zur Decke. Dann stieg sie vorsichtig auf den Schemel und versuchte, den Schlüssel ins Schloss zu stecken. Ihre Arme zitterten, doch beim dritten Versuch gelang es ihr, das Schlüsselloch zu treffen, und sie drehte den Schlüssel um. Die Luke sprang auf, und mit dem hakenförmigen Ende des Schlüssels zog sie die Falttreppe zu sich hinunter. Sie japste vor Anstrengung. Wie sie die Treppe später wieder verstaut bekam, würde sich zeigen.

Stufe für Stufe besah sie sich die steile Treppe. Wäre es in ihrem geschwächten Zustand möglich, da hinaufzusteigen? Unsinn, das Risiko zu stürzen, wäre viel zu groß. Doch was war die Alternative? Am Küchenfenster zu hocken, hinauszustarren und Edvin hinterherzutrauern?

Sie holte ihr Handy aus der Küche und rief sicherheitshalber Lucys Nummer auf. Mit einem Knopfdruck würde sie sie im Notfall verständigen können. Bea schob sich das Gerät in die Hosentasche, fasste sich ein Herz und setzte den Fuß auf die erste Stufe. Dann zog sie sich hoch und ließ den anderen Fuß folgen. Ihr Puls hämmerte bis an die Schläfen. Doch sie stieg weiter, ganz gemächlich, eine Stufe nach der anderen, den Blick stur geradeaus. Am schwierigsten war es, ganz oben loszulassen und auf den Dachboden zu kriechen. Als sie auch das geschafft hatte, blieb sie erschöpft eine Weile liegen und wartete, bis sich ihr Herzschlag wieder normalisiert hatte. Sie kam hoch auf alle viere, kroch vor zum Treppenloch und warf einen Blick auf die steile Treppe. Ihr Puls wurde wieder schneller. Hinaufzusteigen, war sicher ein Klacks gewesen, verglichen mit dem Abstieg, der ihr bevorstand.

Sie sah sich um und betrachtete die vielen Kartons. Auf einem stand *Fotoalben*. *Weihnachtsschmuck* auf einem anderen. Die meisten Dinge stammten aus ihren Jugendjahren. Ihre Vergangenheit, in Kisten verpackt. Bea schluckte, richtete sich auf und ging geduckt – schließlich wollte sie sich nicht den Kopf anstoßen – zu den Kartons, um nach ihren Notizbüchern zu suchen. Vor dem Dachfenster stand eine altmodische Kommode, die ihr Großvater geschreinert hatte. Wie traurig, dass sie hier oben stand und einstaubte. Aber wie sollte man das Möbelstück nach unten holen, wenn man es kaum schaffte, sich selbst hinunterzubewegen?

Sie zog die oberste Schublade auf. Darin befanden sich ein paar gerahmte Fotos von ihrem Vater als Kind. Sofort machte sich das schlechte Gewissen bemerkbar. Sie sollte dringend mal wieder im Altersheim vorbeischauen. Ihr letzter Besuch lag mehr als eineinhalb Monate zurück. Am schwedischen Nationalfeiertag war sie dort gewesen, hatte ihm eine gelb-blaue Flagge auf den Tisch gestellt und mit ihm im Garten Kaffee getrunken, aber wieder kein Wort darüber fallen lassen, dass Edvin und sie sich getrennt hatten. Sie konnte nicht sagen, warum sie das für sich behielt, doch irgendwie fühlte es sich wie persönliches Versagen an. Und sie wollte ihrem Vater keinesfalls Sorgen machen. Aber hatte er nicht auch ein Recht, es zu erfahren?

Sie seufzte schwer und legte die Fotografien zurück. Nächste Woche würde sie mit der Fähre aufs Festland fahren und ihn besuchen. Das nahm sie sich ganz fest vor – wenn es ihr jemals gelang, hier vom Dachboden wieder runterzukommen.

Sie ging an den Kartons und Papiertüten, die von der feuchten Luft schon weich geworden waren, noch einmal vorbei, duckte sich vor den kunstvollen Spinnennetzen und zog eine Tüte heraus, die hinter einer Puppenstube stand. *Beas wichtige Aufschriebe* stand darauf in sehr ordentlicher Kinderhandschrift. Sie nahm das erste Notizbuch heraus und begann, darin zu blättern. *Heute hab ich die Mathearbeit zurückgekriegt. Mathe ist mein Lieblingsfach und ich hatte eine Eins. Ich war total glücklich und bin sofort zu Mama in den Friseursalon gerannt. Da hing das Schild »Geschlossen« und drinnen saßen fünf Frauen und flüsterten. Lisen hatte gesehen, wie Marias Mann Magnus Camilla, die Frau von Kristian, beim Dorffest geküsst hat. Solche Neuigkeiten gehen immer vor. Auch vor einer Eins in der Mathe-Arbeit.*

Bea schmunzelte. Dann schleppte sie die Tüte zur Dachtreppe und sah hinunter. Niemals. An einem anderen Tag vielleicht, aber nicht heute, wo sie nach mehreren Tagen im Bett gerade wieder auf die Beine gekommen war. Allein die Mühen, hier hochzukommen, hatten sie schon alle Kraft gekostet. Der Schweiß lief ihr über den Rücken und sie taumelte leicht von der stickigen Hitze hier oben. Also setzte sie sich auf einen der Kartons und holte das Handy aus der Hosentasche. Mit zittrigen Fingern drückte sie die Tasten und rief Lucy an.

»Hallo«, meldete Lucy sich fröhlich.

»Hallo, Lucy … du, ich bräuchte mal deine Hilfe.«

»Du weißt, dass ich immer für dich da bin. Wann brauchst du mich denn?«

»Jetzt?«

»Oh. Ist was passiert?«

»Erzähl ich dir später. Wenn es geht, komm doch bitte gleich her.«

»Schon unterwegs«, rief Lucy und legte auf.

Zehn Minuten später hörte Bea ein »Hallihallo« aus dem Flur. Wie gut, dass sie die Angewohnheit besaß, ihre Haustür nicht abzuschließen.

»Hier oben!«, rief sie und ging so nah wie möglich, ohne dass ihr schwindelig wurde, an die Dachluke.

Lucy kam die Treppe hinauf und blickte hoch zum Dachstuhl. »Oh my god, was machst du denn da?«

»Ich wollte eine Reise in die Vergangenheit machen, aber das war wohl ein bisschen spontan.«

Lucy musste lachen und kletterte die ersten Stufen hinauf.

»Könntest du diese Tüte entgegennehmen?«, fragte Bea und schob die Tüte mit den Notizbüchern ganz an den Rand.

Als Lucy ganz oben war, griff sie die Tüte und beförderte sie nach unten. Dann stieg sie noch einmal hinauf, um Bea beim Abstieg zu helfen.

Das erste Stück war am schlimmsten. Bea kniete und suchte in der Luft mit einem Fuß Halt. Lucy musste so lachen, dass sie kaum noch Luft bekam. Das war ansteckend, und als Bea schließlich die Stufe fand, musste auch sie lachen, dass ihr die Tränen in den Augen standen. Es war Ewigkeiten her, dass sie so herzhaft gelacht hatte, und nun erkannte sie ihre Stimme kaum wieder. Als sie es schließlich geschafft und wieder festen Boden unter den Füßen hatte, sackte sie in sich zusammen wie ein angepikster Luftballon, und die Freudentränen gingen in Schluchzen über. Sie zitterte am ganzen Körper.

Lucy nahm sie in die Arme.

»Ach du meine Güte, Bea, du siehst ja völlig erledigt aus. Was ist los?«

»Ach«, schluchzte sie. »Ich glaube, ich habe gerade angefangen zu trauern.«

Lucy half ihr auf, dann holte sie ein Kissen, damit Bea bequem mit dem Rücken an der Wand lehnen konnte. Und dann brachte sie ihr ein großes Glas Wasser.

»Du trauerst um Edvin?«

Bea trank ein paar Schlucke, zuckte kurz mit den Schultern und sagte: »Ja, um Edvin, oder … ich kann es gar nicht sagen. Vielleicht auch um mich?«

Lucy nahm ihre Hand.

Bea hasste es, wie ein Häufen Elend dazuhocken. Sie mochte es nicht, wenn sich jemand um sie kümmern musste. Aber nach den letzten Tagen beschlich sie das Gefühl, dass jede Art von Widerstand gebrochen war.

»Diese Niedergeschlagenheit kann aber auch daran liegen, dass ich ein paar Tage hohes Fieber hatte«, sagte sie leise und lächelte. »Wer wird da nicht blöd im Kopf?«

»Du bist nicht blöd, aber es ist wohl ein bisschen blöd, auf den Dachboden zu steigen, wenn man gerade Fieber hatte. Und warum hast du dich nicht gemeldet, als es dir schlecht ging? Ich war sogar da und hab geklopft, aber dann dachte ich mir, du bist unterwegs, als du die Tür nicht aufgemacht hast.«

Ihre Stimme klang etwas barsch, wie immer, wenn Lucy sich sorgte. Bea streichelte ihr sanft über die Hand.

»Ulrica war da und hat mir Suppe und Kaffee gekocht.«

Da machte Lucy große Augen. »Ulrica? Die Ulrica aus meinem Haus?«

»Ja, wir beobachten uns gegenseitig über die Straße hinweg«, sagte Bea lächelnd und gähnte. »Wollen wir mal versuchen, ob wir diese Schabracke ins Bett kriegen? Ein Nickerchen täte mir jetzt gut.«

Lucy nickte, half ihr beim Aufstehen und begleitete sie ins Schlafzimmer. Sie bezog das Bett frisch und deckte sie zu. Dann stellte sie ihr ein Wasserglas auf den Nachttisch und legte das Handy daneben. »Bist du sicher, dass du allein zurechtkommst?«

»Ja, klar … flitz du nur zurück zu deiner Arbeit. Ich melde mich, wenn etwas ist. Ach, eins noch …« Sie zeigte auf den Flur. »Könntest du mir die Tüte vom Dachboden herbringen?«

Lucy holte sie. »Was auch immer da drin ist, ich würde sagen, das läuft nicht weg. Versuch erst mal, wieder auf die Beine zu kommen, man sieht dir nämlich an, dass du das nötig hast.«

»Versprochen.«

»Ich schaue nach der Arbeit noch einmal vorbei.«

»Danke«, sagte Bea. »Und könntest du mir noch einen kleinen Gefallen tun?«

»Ja, natürlich«, sagte Lucy.

»Würdest du bitte die Batterien aus der Küchenuhr nehmen?«

Lucy schien darauf etwas erwidern zu wollen, schluckte ihren Kommentar jedoch hinunter. Als Bea das Ticken der Uhr nicht mehr hörte, schloss sie die Augen und ließ sich von der Müdigkeit übermannen, die sie in einen tiefen Schlaf zog, einen ruhigeren Schlaf. Denn endlich war es dunkel und still.

Ulrica

Wie immer in diesem Urlaub schlug Ulrica die Augen auf und war hellwach, obwohl es so früh am Tage war. Ganze vierundzwanzig Stunden blieben ihr noch auf der Insel, denn morgen schon würde sie das Kiesgeknirsche und das Wellengeplätscher gegen die Geräusche eintauschen, die zu ihrem Leben gehörten. Die wesentlich lauter waren. Fahrstühle. Autos. Türen, die zuschlugen.

Schwungvoll stand sie auf, schlüpfte in den Morgenmantel und stieg die steile Lofttreppe hinab, um Kaffee zu kochen. In der Küche sah sie gleich, dass Bea schon am Küchenfenster gegenüber saß. Sie verspürte eine Erleichterung, doch gleichzeitig fand sie es auch traurig. Was wäre passiert, wenn sie nicht so hartnäckig angeklopft hätte? Gestern hatte Bea wirklich schlecht ausgesehen, doch nach der Suppe und der Tasse Kaffee hatte sie wieder Farbe im Gesicht bekommen.

Ulrica ging ins Badezimmer und zog sich an, dann machte sie sich Frühstück und setzte sich mit dem Kaffee an den Tisch. Sie grüßte Bea wie gewohnt, indem sie ihre Tasse hob, und Bea beantwortete dies von der anderen Seite.

Bea hatte gesagt, dass sie nicht besonders gut darin war, getrennt zu sein. Ulrica hätte von sich immer behauptet, dass sie selbst gut darin sei, aber das war gelogen. Sie war gut darin gewesen, eine Fassade aufrechtzuerhalten, was nicht dasselbe war. Sie musste an Angelika denken, die einmal bei dem Glas Whisky gesagt hatte, man zahle einen hohen Preis dafür. Hatte auch Jack einen Preis bezahlen müssen, weil sie, genau wie ihre Mutter, eine Fassade aufgebaut hatte, die gar keinen Platz für Trauer, Fragen oder Wünsche ließ? Was wäre denn ans Licht gekommen, wenn sie das nicht getan hätte? Möglicherweise die Frage, die sie tunlichst vermied – ob Jack Sehnsucht nach seinem Vater hatte?

Sie sah wieder hinüber zu Beas Haus. Sie hatte beobachtet, wie Bea darum gerungen hatte, ihre Tasse exakt auf der blauen Blume ihrer Tischdecke zu platzieren. Erst als sie perfekt da stand, wo sie hingehörte, hatte Bea sich entspannt. Ulrica seufzte. Was wäre geschehen, wenn Beas Tasse nur halb auf der Blume gestanden hätte? Sie aß ihren Joghurt auf und trank den letzten Schluck Kaffee, während sie beobachtete, wie sich das Licht draußen veränderte. Es wurde freundlicher. Der Regen war fort und nun schimmerte der frühe Morgen in warmem rosafarbenem Licht. Als wolle die Insel sich herzlich von ihr verabschieden. Sie stand auf, machte den Abwasch und beschloss, sich nicht mit weiteren Grübeleien den Tag zu verderben.

Als es zehn Uhr war, setzte Ulrica die Sonnenbrille auf, zog die Jeansjacke über und radelte mit ihrem blumenbemalten Fahrrad los. Sie würde bei Valdemar vorbeifahren, auch bei Lucy, und sich verabschieden. Die Luft duftete noch nach dem Regen der vergangenen Nacht.

Ulrica lehnte ihr Rad an Valdemars Zaun und ging auf den Steg, wo das Unwetter vom gestrigen Tage seine Spuren hinterlassen hatte. Überall fand sie Tang. Sie blickte hinunter aufs Wasser, doch heute sprach es nicht mit ihr. Keine Erinnerungen kamen hoch. Keine Fragen. In ihr war alles totenstill.

Im Augenwinkel sah sie Valdemar, der auf dem Weg auf sie zugelaufen kam, in Begleitung seines Schwans. Als Valdemar auf den Steg abbog, begab sich der Schwan ins Wasser und schwamm, er tauchte seinen Hals tief ein, kam wieder hoch und putzte sein Gefieder. Valdemar hob die Hand und winkte, Ulrica winkte zurück.

»Was für ein Tag!«, rief er schon von Weitem.

»Die Ruhe nach dem Sturm, das Meer ist still und stumm«, sagte Ulrica.

Valdemar ließ sich neben ihr nieder und lehnte seinen Stock an die Bank. »Das bedeutet in der Regel, dass sie etwas Wichtiges gesagt hat und sich nun die Zeit nimmt, ein bisschen auszuruhen, weil sie weiß, bald kommt der nächste Mensch mit den großen Lebensfragen.«

»Sie? Du meinst, das Meer ist weiblich?«, fragte Ulrica und grinste.

»Ja, natürlich«, sagte Valdemar und zwinkerte ihr zu.

Ulrica blickte wieder hinaus aufs Wasser. »Dann habe ich sie in letzter Zeit mit meinen kniffligen Fragen ganz schön auf Trab gehalten.«

»Hast du denn Antworten bekommen?«

Da musste Ulrica an die Worte denken, die ihr in den Sinn kamen, als sie den Steinturm am Strand gebaut hatte. *Lass es auf sich beruhen.* Doch Valdemar erzählte sie davon nicht, sondern zuckte nur mit den Schultern.

»Manchmal reicht auch das, was man selbst weiß«, sagte Valdemar, als könne er Gedanken lesen.

Ulrica lehnte sich zurück an die etwas unbequeme Lehne der Holzbank. Sie war aus Treibholz zusammengeschustert. Womöglich hatte er recht. Immerhin besaß Ulrica jetzt den Stammbaum ihrer Großmutter und konnte zu Hause weiterrecherchieren. Sie blickte Valdemar an. »Danke für die schöne Zeit mit dir und die Einladung auf deinen Steg. Das hat mir viel bedeutet.«

»Klingt nach Abschied«, sagte Valdemar.

Ulrica nickte. »Ja, morgen geht es nach Hause.«

»Ach wie schade, ich wollte dich noch zu meiner Fischsuppe einladen, die ist nämlich etwas Besonderes. Aber dann vielleicht beim nächsten Mal?«

»Gerne«, sagte Ulrica, obwohl sie wusste, dass sie kaum auf die Insel zurückkehren würde. Für diese Reise hatte es einen Grund gegeben, nur deshalb hatte sie es über sich gebracht, ihre Eltern und Jack anzulügen. Das würde sie kein zweites Mal tun.

Valdemar fuhr in die Brusttasche seines karierten Hemdes und angelte ein altes sepiafarbenes Foto heraus. Darauf waren viele Menschen in Sonntagskleidung abgebildet, dicht gedrängt nebeneinander, die Aufnahme stammte offensichtlich von einem Fest. Er zeigte auf einen kleinen Jungen mit einer Baskenmütze.

»Das bin ich, drei Jahre alt«, erklärte er und lächelte.

Ulrica besah sich das Bild genauer. »Du warst ein Mädchenschwarm, wie ich sehe«, sagte sie.

Er lachte. »Nachdem du mich nach einer Gerda gefragt hast, bin ich die alten Fotos noch einmal durchgegangen. Ich habe zwar keine Gerda gefunden, aber diese Reise in die Vergangenheit war trotzdem schön. Ich mache so was eher selten, bin mehr fürs Hier und Jetzt.«

Ulrica betrachtete jede einzelne Person auf dem Bild. »Inzwischen habe ich rausbekommen, dass Gerda auch Ilse genannt wurde, das war offenbar ihr Rufname, als sie jung war«, sagte sie.

»Ilse?«, sagte Valdemar und drehte das Foto um, wo die Namen der abgebildeten Personen in Schönschrift vermerkt waren. »Ja, sieh mal, das hier ist Ilse.« Er zeigte auf einen jungen Teenager, der in der ersten Reihe stand.

Ulrica nahm das Bild in die Hand und studierte das Mädchen mit dem ernsten Gesichtsausdruck, den dunklen Augen und den zusammengepressten Lippen ganz genau. Sie schluckte. War das ihre Großmutter in jungen Jahren? »Hast du irgendeine Erinnerung an sie?«

Valdemar schüttelte den Kopf. »Nein, leider nicht. Sie war ja viel älter als ich.«

Neben Ilse stand ein Mädchen, das vielleicht zehn Jahre alt war und lachend den Kopf nach hinten warf. Ein etwa gleichaltriges Mädchen stand bei ihr, es blickte auf und lächelte verstohlen hinter vorgehaltener Hand.

»Sofia und Ella«, sagte Valdemar und zeigte auf die zwei. »Die zwei haben auf der Insel weiß Gott für Drama gesorgt.« Amüsiert schüttelte er den Kopf und zeigte dann auf einen Mann mit Fliege und hochgekrempelten Ärmeln.

»Mein Vater. Ein sehr schöner Mann.«

»Genau wie du«, sagte Ulrica.

Er schmunzelte und drückte ihr das Bild in die Hand. »Das schenke ich dir. Von den vielen Festen auf der Insel habe ich noch Unmengen von Fotos.«

»Ehrlich?«

Er nickte und stand auf. »Jetzt wird es Zeit, bei meinem Kaninchenjungen den Verband zu wechseln. Die Pfote heilt ganz gut, bald hoppelt es wieder durch den Garten.«

Auch Ulrica stand auf und so schlenderten sie zusammen zurück. »Dann werde ich mich jetzt von Lucy verabschieden.«

»Richte bitte Grüße von mir aus«, sagte Valdemar und verabschiedete sich, indem er seinen Stock kurz anhob.

Ulrica winkte noch, während sie sich auf die Unterlippe biss. In ihrer Jackentasche fühlte sie das Foto. Jetzt hatte sie ein Bild von ihrer Großmutter als junges Mädchen und noch dazu ein Foto vom jungen Valdemar.

Heute hatte sie es nicht eilig, sie fuhr einfach ins Blaue. Plötzlich sah sie nicht weit entfernt Daniels Tisch, auf dem die Honiggläser standen. Sie stieg vom Fahrrad ab. Sollte sie klingeln und sich von ihm auch verabschieden oder lieber vorbeifahren?

Da sprang die Tür des Wohnhauses auf, was Ulrica die Entscheidung abnahm. Daniel kam gleich auf sie zu.

»Sorry für den nassen Ausflug – als ich nach Hause kam, waren meine Fingerspitzen vom Regen so schrumplig wie alte Rosinen.«

Sie grinste. »Kommt mir bekannt vor.«

»Willst du Honig mitnehmen?«, fragte er.

Ulrica nickte und stellte ihr Fahrrad ab. Das war ein schönes Mitbringsel für Angelika, die so lieb gewesen war, ihre Blumen zu gießen.

»Du weißt ja: kauf eins, nimm zwei.«

Ulrica packte zwei Gläser ein und überwies ihm das Geld mit dem Handy. Dann stand sie etwas betreten da. Sie hätte sich gern bei ihm entschuldigt, weil sie so unsensibel gewesen war, von seiner Frau gesprochen zu haben, ohne nachzudenken. Doch ihr fehlten die passenden Worte.

»Dann gute Heimreise«, sagte er, rückte seine Gläser zurecht und ging zurück zu seinem Haus. Sie bereute, dass sie kein Wort der Entschuldigung über die Lippen gebracht hatte, doch dann stieg sie auf ihr Fahrrad und radelte los. Bevor sie abbog, drehte sie sich noch einmal um und bemerkte, dass auch er noch dastand und ihr hinterhersah. Vielleicht verstand er ihre Geste, dann war ihre Entschuldigung angekommen.

Sie fuhr langsam weiter zum Café Uferschwalbe und hatte kaum ihr Rad angeschlossen, da kam ihr Lucy bereits armwedelnd entgegen.

»Wozu kann ich dich heute einladen?«

Ulrica hatte sich eigentlich nur verabschieden wollen, doch dann endete es damit, dass sie mit einer Tasse Kaffee und einem Schälchen mit drei kleinen Gebäckstücken im Garten saß. Lucy rief dem Mädchen, das gerade Geschirr abräumte, zu, sie solle mal kurz die Kasse übernehmen, und dann setzte sie sich zu Ulrica an den Tisch.

»Ich habe gehört, dass du dich um Bea gekümmert hast, als sie krank war, vielen Dank«, sagte sie.

»Ach, nicht der Rede wert. Es scheint ihr jetzt besser zu gehen, sie sitzt wieder am Fenster.«

»Sehr lieb, dass du nach ihr geschaut hast.«

»Das hätte doch wohl jeder getan.«

»Aber doch kein Urlauber in meinem Häuschen? Das glaube ich nicht.« Lucy beugte sich zu ihr. »Ich seh dich heute Abend nochmal bei meinem kleinen Abendessen?«

»Sorry«, sagte Ulrica. »Eigentlich wollte ich mich jetzt

von dir verabschieden. Heute Abend muss ich leider packen, denn ich fahre morgen schon ganz früh. Aber danke, dass du an mich gedacht hast.«

»Wie schade, ich hatte gehofft, dass du dabei bist. Aber versprich, dass du bald wiederkommst.«

Mit einem Grinsen im Gesicht blieb Ulrica die Antwort schuldig.

»Ach, eins noch!«, rief Lucy, verschwand im Café und kam mit einer Silberkette heraus, an der ein kleiner Anhänger in Form einer Malve baumelte. »Die hab ich auf dem Flohmarkt gefunden. Die schenke ich dir als Dankeschön, weil du Bea geholfen hast.«

Lucy legte ihr die Kette um den Hals und schloss sie. Die Länge war perfekt. »Jetzt hast du die Insel bei dir, wo immer du auch bist.«

»Danke schön«, sagte Ulrica und ließ sie durch die Finger gleiten.

Lucy warf einen besorgten Blick auf die Schlange, die sich schon wieder am Eingang gebildet hatte. »Ich muss weitermachen … aber gute Reise, und falls du es heute Abend doch noch schaffst, komm einfach spontan vorbei! Ich verspreche dir, es wird etwas Besonderes.«

Ulrica nickte.

Lucy verschwand in Richtung Kasse, Ulrica trank ihren Kaffee aus und räumte das Tablett auf, doch bevor sie den Hof verließ, ging sie noch einmal zu dem Tisch hinüber, an dem sie ein paar Mal mit Daniel gesessen hatte. Sie dachte an ihn, wie er da gehockt und in seiner Zeitung geblättert hatte. Auf gewisse Weise würde sie ihn auch vermissen. Jetzt saß an dem Tisch ein Pärchen, das gerade eine Landkarte studierte.

»Entschuldigung«, sagte Ulrica, quetschte sich hinter den Tisch, hielt die Nase vor die Sträucher und sog den schwachen Duft des Wilden Geißblatts noch einmal ganz tief ein. Diese Erinnerung würde sie mit nach Hause nehmen. Sie machte einen Schritt zurück und lächelte das Paar entschuldigend an. Die beiden wirkten irritiert.

»Das Wilde Geißblatt duftet so«, erklärte sie. »Das versteckt sich hinter den Büschen.«

»Ach so«, sagte die Frau erfreut, »ich habe mich schon gefragt, was hier so gut riecht.«

Ulrica ging zu ihrem Fahrrad zurück, aber stieg nicht auf den Sattel, sondern schob es zurück, weil sie jeden einzelnen Schritt über die Insel in vollen Zügen genießen wollte. An Lucys Häuschen stellte sie es am Zaun ab und ging über die Straße zu Beas Haus. Sie klopfte einige Male, dann ging die Tür auf.

»Hallo. Wie geht es dir heute?«, fragte Ulrica.

»Vielen Dank, schon wesentlich besser.«

Ulrica konnte nicht feststellen, dass sie viel besser aussah. Ihre Haare waren nicht mehr so zerzaust und die Wangen nicht mehr fieberrot, doch stand ihr eine große Müdigkeit ins Gesicht geschrieben.

Beas Blick blieb an ihrer Kette hängen. »Die ist aber schön«, sagte sie und zeigte darauf.

Ulrica nahm die Malve zwischen die Finger. »Ja, die hat Lucy mir geschenkt.«

»Sieh an«, sagte Bea.

Ulrica trat von einem auf den anderen Fuß. »Morgen fahre ich heim.« Ein komisches Gefühl, Bea über ihre Vorhaben zu informieren. Aber noch eigenartiger wäre es gewesen, abzureisen, ohne sich zu verabschieden.

»Ach ja, gut, dann hoffe ich, du hast von deinem Urlaub auf der Insel das bekommen, was du dir gewünscht hast.«

Ulrica lächelte. »Ja, danke, das kann ich sagen.«

»Dann gute Heimreise«, sagte Bea. »Wir werden uns heute Abend ja sicher noch begegnen.«

Ulrica ging zurück zum Ferienhaus. Am Küchenfenster würde die Zeit viel zu langsam vergehen, daher fing sie lieber gleich mit dem Putzen an. Also wienerte sie die Küche, saugte und wischte den Boden und packte all ihre Sachen, ließ nur die Wechselwäsche für den kommenden Tag draußen liegen. Als sie alles erledigt hatte, stieg sie unter die Dusche. Dann holte sie das Foto, das Valdemar ihr geschenkt hatte, hervor und setzte sich an den Küchentisch. Sie legte es vor sich hin, doch anstatt Gerda ins Visier zu nehmen, glitt ihr Blick immer wieder ab zu den beiden Mädchen neben ihr, zu der einen, die aus vollem Halse lachte, und der anderen, die sich kichernd die Hand vor den Mund hielt. Sofia und Ella.

Bea

Erst als es elf Uhr abends war, ging das Licht in Ulricas Häuschen aus. Bea sah auf die Silhouette des dunklen Hauses. Wie schön, dass sie gekommen war, um sich zu verabschieden. Die Insel hatte ihr wirklich gutgetan. Bea war auch erleichtert, dass Ulrica jetzt abreiste, so konnte sie den gelben Zettel und ihr schlechtes Gewissen wieder vergessen. Offenbar hatte Ulrica gefunden, wonach sie gesucht hatte.

Bea stand auf und ging zu der Tüte, in der ihre alten Notizbücher verstaut waren. Sie griff hinein und zog wahllos ein paar heraus, blätterte darin, las hier und da ein paar Zeilen.

Mama hat mir versprochen, mir heute das Uferschwalbennest zu zeigen, wenn der Laden geschlossen ist. Sie kennt eine Stelle an der Steilküste, wo man zu einem Felsvorsprung absteigen und die Kleinen beobachten kann. Wenn wir leise sind, können wir sogar zusehen, wie die Mutter ihre Jungen füttert. Ich musste versprechen, Papa nichts zu sagen. Er hat immer so viel Angst.

Sie bekam einen Kloß im Hals, es war berührend, ihre Stimme als junges Mädchen wieder zu hören. In jungen Jahren hatte sie den Wunsch gehabt, Schriftstellerin zu werden, und hatte sich nie vorgestellt, auf der Insel zu bleiben, ein Sommerhaus auf Ven hätte ihr vollauf gereicht. Wenn sie damals gewusst hätte, was aus ihr werden würde … Sie blätterte weiter.

Ich habe heute gehört, wie Margareta erzählt hat, dass Susannes Tochter Sandra schwanger ist. Sie ist erst sechzehn, und sie wollen aufs Festland fahren und »die Sache regeln«, bevor hier jeder weiß, was passiert ist. Aber was soll das nützen? Auf dieser Insel ist das Gerücht schon einmal rum, bevor die Fähre an Land ist.

Klatschgeschichten und Tagebucheinträge vermischten sich. Da tauchten Namen auf, die sie längst vergessen hatte, und Ereignisse, die eigentlich in Vergessenheit geraten sollten, aber hier, auf diesen Seiten verewigt, wieder ans Licht kamen.

Sie ließ sich auf den Boden sinken und fing an, ein Buch nach dem anderen durchzublättern. An einer Geschichte aus dem September 1972, sie war gerade vierzehn Jahre alt, blieb sie hängen.

Ich liebe den September. Dieser Monat, der, wenn er will, uns noch richtig schöne Spätsommertage oder schon knackig kalte Herbsttage beschert. Dieser Kontrast von gelben und roten Blättern zu dem schon vertrockneten, verschrumpelten Laub. In der Schule ist der September auch besonders schön. Wenn man die Freunde nach den Sommerferien wiedersieht und alles wieder läuft. Und ich mag den Friseursalon im September. Wie man gegen den Wind ankämpfen muss, um erst mal die Tür zu öffnen, und dann die Schlacht gewinnt, während es draußen weiter weht und pfeift, und man ins Warme kommt, in die stickige Luft voller Haarspray und Festiger.

Bea zog die Augenbrauen hoch. Wie schön sie damals geschrieben hatte, vielleicht hätte sie doch Schriftstellerin werden sollen? Sie lehnte sich an die Wand und las laut weiter:

Heute haben sie da drinnen geflüstert, und alle sind zusammengezuckt, als ich die Türe geöffnet habe. Mama wollte, dass ich das Schild »Geschlossen« ins Fenster hänge, während sie Kakao gekocht hat. In meine Tasse hat sie extra viel Sahne getan, und dann sollte ich mich an den Tisch setzen und meine Hausaufgaben machen, während die Frauen sich unterhalten haben. In ihre Gläser kam noch ein ordentlicher Schuss Alkohol, der ziemlich süß roch. Ich habe meine Bücher rausgeholt und so getan, als würde ich einen Text über Gustav Vasa lesen. Aber insgeheim habe ich nur den Frauen gelauscht, die die Frisierstühle einfach umgedreht haben, sodass sie alle in die Mitte des Ladens geschaut haben, wo Mama ein paar Stühle zusammengerückt hatte. Sie haben angestoßen und dann genussvoll ihren Kakao getrunken. Im Flüsterton haben sie über eine Frau, die auf die Insel zurückgekommen war, hergezogen. Sie haben gesagt, sie ist in ihr Elternhaus gezogen, nachdem ihr Vater gestorben ist. Eine von ihnen, ich glaube, es war Berit, hat erzählt, sie ist da vorbeigeradelt, hat sich in den Büschen versteckt und sie heimlich beobachtet. Sie hat viel älter ausgesehen als vierzig, kein Wunder bei diesem Lebenswandel. Sünden hinterlassen Spuren, haben sie gesagt. Mama hat gemeint, sie sollen nicht so hart mit ihr ins Gericht gehen, sie hat für ihren Weg einen sehr hohen Preis bezahlt. Dann wurde ziemlich viel getuschelt, und sie haben sich nachgeschenkt, diesmal aber nur diese bernsteinfarbene Flüssigkeit, keinen Kakao, und dann haben sie sich über andere Dinge unterhalten und angefangen, hysterisch zu lachen. Ich habe Gustav Vasa darüber vollkommen vergessen und nur noch an diese Frau denken müssen, die wieder hergezogen ist, aber überhaupt nicht willkommen zu sein schien.

Bea blickte von ihrem Tagebuch auf, erhob sich mit steifen Gliedern und ging in die Küche. Sie nahm Sahne und Milch aus dem Kühlschrank und kochte sich mit Kakaopulver eine heiße Schokolade. Dann holte sie Edvins Cognac aus dem Wohnzimmer, goss einen Schuss in ihren Becher und setzte sich mit ihrem Kakao und dem Notizbuch ans Küchenfenster. An den betreffenden Tag konnte sie sich noch vage erinnern. Möglicherweise mehr an die heiße Schokolade als an die Gespräche, allerdings hatten sie immerhin bewirkt, dass auch sie sich damals aufs Fahrrad geschwungen hatte und zu diesem Haus gefahren war, genau wie Berit. Sie hatte sich auch im Gebüsch versteckt und die fremde Frau beobachtet.

Bea trank einen Schluck, leckte sich die Sahne von der Oberlippe und blätterte vor. Eine gute Woche später war dies zu lesen:

Heute bin ich nach der Schule nicht direkt in den Laden gefahren, sondern habe dieses Haus gesucht, von dem beim letzten Mal alle gesprochen haben. Ich habe eine ganze Weile suchen müssen, es liegt allein mitten in den Feldern und von einem kleinen Wäldchen verdeckt. Ich habe mich hinter einem Busch versteckt und zugeschaut, wie sie die Wäsche aufgehängt hat. Ich fand sie ganz normal. Die Haare hatte sie zu einem Knoten gebunden, sie trug ein dunkelblaues Kleid und eine geblümte Schürze. Vielleicht war sie etwas langsam in ihren Bewegungen, als hätte die Zeit in ihrem abgelegenen Häuschen einen ganz eigenen Takt. Plötzlich hörte sie auf, stellte den Wäschekorb hin und kam in meine Richtung. Mir blieb die Luft weg. Hatte sie mich entdeckt?

Was konnte ich zur Entschuldigung vorbringen, dass ich ihr hier auflauerte? Als sie ganz dicht vor meinem Busch stand, kniff ich die Augen ganz fest zu und hielt die Luft an. Als nichts geschah, öffnete ich sie wieder und sah, dass sie sich zu den Blüten beugte und ihren Duft einsog. Sie hat geseufzt, und dann ist sie wieder zu ihrem Wäschekorb gegangen. Das Wilde Geißblatt hat sie angelockt! Noch nie habe ich auf einer Stelle so viel Wildes Geißblatt gesehen oder den Duft dieser Pflanze so intensiv wahrgenommen wie an diesem Ort.

Bea blätterte weiter in ihrem Buch, aber fand keine Beschreibungen des Hauses oder der Frau mehr, die darin wohnte. Wie die meisten Dramen, die sich auf der Insel abgespielt hatten, war wohl auch ihre Geschichte im Sande verlaufen. Sie trank den letzten Schluck Kakao. Eine spannende Geschichte über ein altes Haus, wo das Wilde Geißblatt in Unmengen blüht, wäre das vielleicht etwas für die nächste Ausgabe des Inselblättchens? Vorsichtig riss sie die Seiten heraus, ging ins Büro und pinnte die Zettel an ihre Pinnwand. Sie konnte sich noch dunkel erinnern, dass das Haus irgendwo am südlichsten Zipfel der Insel stand. Wenn sie wieder bei Kräften war, würde sie mal feststellen, ob sie es wiederfand. Sie gähnte, die Uhr hatte schon vor einiger Zeit Mitternacht geschlagen, und nun war es wirklich höchste Zeit, ins Bett zu gehen. Als sie die Tür zum Büro hinter sich schloss, war sie erschöpft, doch voller Freude: Sie hatte wieder einen neuen Eintrag für ihren Kalender. Und ihre Tränen, die sie um Edvin geweint hatte, waren getrocknet.

5. Brief, 1. November 2012

Ich frage mich, ob Chérie immer davon ausgegangen ist, dass wir irgendwann wieder nach Ven zurückkehren. Ob unsere Reise für sie nur ein kleines Abenteuer war, das irgendwann ein Ende haben würde, später, wenn wir älter waren. Für mich war Paris mein Zuhause, und ich hatte nicht vor, jemals wieder auf die Insel zurückzukehren. Aber es war dennoch ein ungewöhnlicher Ort zum Leben. Besonders für uns, die von so einem stillen Inselchen kamen. Im Frankreich der Nachkriegsjahre brodelte es unter der Oberfläche. Die Stadt war ein politischer Schmelztiegel. Es gab viele verschiedene Strömungen, manche Menschen hatten eine Heidenangst vor einer erneuten Besatzung, allerdings durch die Rote Armee, andere vertraten die Ansicht, dass nur die Sowjetunion Verbrechen wie die der Nazis verhindern könne. Mitten in alledem war Paris eine Hochburg der Touristen und kulturelles Mekka für Künstler, Philosophen und Schriftsteller.

Bei den politischen Diskussionen hielt ich mich raus. Die kulturellen Einflüsse faszinierten mich und ich trat grundsätzlich immer engagiert für Gleichberechtigung und Frauenrechte ein. In dieser Zeit war die Vorstellung von der Frau als Hausfrau noch sehr ausgeprägt und die Mutterschaft wurde als ihre wichtigste Aufgabe betrachtet. Trotzdem wurde es ihr vorenthalten, Vormund für ihre Kinder zu sein, sie hatte weder Zugang zu Verhütungsmitteln, noch erhielt sie eine Kreditkarte fürs Konto. Meine Bibel, Simone de Beauvoirs *Das andere Geschlecht*, war natürlich radikal darin, dass nur eigenständige Arbeit der Frau eine echte Selbstständigkeit gewährleisten könne. Immer wieder las ich diesen Text, und ich war mir absolut sicher, dass ich hier am richtigen Ort war, um die großen Taten im Sinne meiner Mutter zu vollbringen.

Mit meinem Vater Arvid habe ich sehr schnell Kontakt aufgenommen, nachdem wir uns in der französischen Hauptstadt einigermaßen zurechtgefunden hatten. Ich war ja nur heimlich abgereist, damit er mich nicht davon abhalten konnte, aber ich wollte nicht, dass er sich Sorgen machte. Wir haben uns in der Zeit immer geschrieben. Als er die verwitwete Lill kennenlernte, gab ich ihm meinen Segen, noch einmal ein neues Leben zu beginnen, und er wiederum gab mir seinen, das Leben zu leben, für das ich mich entschieden hatte. Und wie ich lebte!

Ich lebte in Cafés und in Kellerbars, diskutierte die Nächte durch, kippte Wein wie Wasser hinunter und atmete Nikotin wie Sauerstoff. Es war wunderbar und gleichzeitig völlig verrückt. In Saint-Germain saß ich an demselben Tisch, an dem Sartre gesessen und geschrieben hatte, und ich weiß nicht mehr, wie oft ich Simone de Beauvoir auf der Straße getroffen habe. So intellektuell, so mutig, so elegant ihr Auftreten, so selbstbewusst. Wir bewegten uns in denselben Kreisen, zumindest gab es Kontakte. Als wir einmal auf demselben Fest waren, flüsterte ich meiner Mutter zu, ich hoffte, sie könne mich jetzt sehen.

An Simone de Beauvoir bewunderte ich alles, und würde ich nur ein winziges bisschen so werden wie sie, dann hätte ich mein Lebensziel schon erreicht.

Doch es kam anders. Die großen Worte, die in der Nacht solche Kraft besaßen, waren am Tag verschwommen und leer. Dieser Lebenswandel zehrte an mir, und Chérie entschied sich irgendwann, nur noch an den Wochenenden auszugehen und sich unter der Woche auf die Arbeit zu konzentrieren. Sie hatte einen neuen Job gefunden und arbeitete jetzt in einer Boutique, was ihr richtig Spaß machte. Die Familie, der der Laden gehörte, war sehr nett, und bald behandelten sie Chérie wie ein Familienmitglied und luden sie sogar zum Abendessen und zu Geburtstagsfeiern ein.

Ich glaube, sie konnte meine flammenden Reden irgendwann auch nicht mehr hören, alles drehte sich nur noch im Kreis. Sie sagte, ich bräuchte eine Pause, ich verausgabte mich bei diesem Lebensstil total. Aber ich hörte nicht auf sie, sondern machte mit den Partys unbeeindruckt weiter, während ich arbeitete und einen großen Freundeskreis um mich scharte, der ständig wuchs. Und als ich mich verliebte, sagte ich zu ihr, dass wir uns eine Beziehung vorstellten wie de Beauvoir und Sartre. Eine Beziehung fürs ganze Leben, offen und kinderlos. Chérie sagte nur, dafür, dass ich so intelligent sei, sei ich unglaublich naiv. Und wie recht sie hatte!

Jetzt habe ich die Hälfte der zehn Briefe an dich geschrieben. Ich weiß immer noch nicht, ob ich sie wirklich abschicken soll. Es ist schwierig zu beurteilen, was richtig und was falsch ist, wenn man Entscheidungen in Echtzeit trifft. Wenn man zurückblickt, ist es leicht, da erkennt man die eigenen Fehler sofort. Gleichzeitig ist mir klar, dass man mit sich selbst auch nicht zu hart sein darf. Und Liebe kann doch eigentlich nie ganz und gar falsch sein?

Ulrica

Es war sieben Uhr morgens, als Ulrica die Augen aufschlug. Wesentlich später als sonst auf der Insel. Außerdem erwachte sie heute anders, ihr Puls schlug schnell, er pochte heftig, genau wie zu Hause. Sie hatte sich kaum Zeit genommen, aus dem Fenster zu sehen, da stieg sie schon die Treppe hinunter. Im Flur standen Trolley und Reisetasche bereits fertig gepackt. Die ersten Schiffe aufs Festland gingen schon frühmorgens, doch sie hatte erst ein Ticket für eine Verbindung um neun Uhr. Wie ärgerlich! Sie wäre jetzt viel lieber sofort losmarschiert, ohne noch hier sitzen und warten zu müssen.

Sie ging ins Badezimmer, putzte sich die Zähne und packte dann ihr Zahnputzzeug in den Kulturbeutel. Plötzlich klopfte es bei ihr an der Tür.

»Lucy«, rief sie überrascht, als sie öffnete.

»Ja hallo, tut mir leid, dass ich dich so früh schon überfalle. Ich wusste nicht, welche Fähre du gebucht hast.« Ihr Blick fiel auf das Gepäck und dann sagte sie strahlend: »Ich habe gerade einen Anruf von dem Paar bekommen, das das Haus nach dir gebucht hat. Sie sind krank geworden und haben abgesagt. Das heißt … also … wenn du noch eine Woche bleiben magst, kannst du das tun.«

Ulrica starrte Lucy entgeistert an. Das ging doch nicht.

Oder vielleicht doch? Schließlich hatte sie noch zwei Wochen Urlaub. Jack war in Luleå und Angelika mit ihrer Familie auf dem Weg nach Griechenland in den Urlaub. Was wartete dann eigentlich zu Hause auf sie?

»Du kriegst es zum halben Preis.«

Der Preis gab nicht den Ausschlag, doch Ulrica nickte stumm. »Ja, ich glaube schon, ich könnte noch um eine Woche verlängern.«

»Lovely!«, rief Lucy und klatschte erfreut in die Hände. »Und weißt du was? Das Abendessen gestern haben wir auf heute verschoben! Hast du Lust?«

Ulrica wusste nicht, was sie sagen sollte. Sie hatte ja noch gar nicht richtig begriffen, dass sie länger blieb. »Äh … ja, vielen Dank, also, ich denke schon«, sagte sie.

»Das freut mich total! Sieben Uhr. Und es ist nur für geladene Gäste, so don't spread the word. Bis dann! Tschüs!«

»Tschüs«, sagte Ulrica, schloss hinter Lucy die Tür und lehnte sich dagegen. Also noch ein paar Tage auf Ven. Sie lachte und begann, ihre Koffer wieder auszupacken.

Nach dem Frühstück rief sie Angelika an.

»Bist du schon auf dem Heimweg?«, fragte die Freundin gähnend.

»Nein, es gab eine Planänderung. Ich bleibe noch eine Woche hier. Kannst du meine Blumen noch einmal gießen, bevor ihr nach Samos fliegt?«

»Ja, klar, kein Problem. Und wie läuft's so?«

»Gut. Ich habe doch von der Heimatkundlerin den Stammbaum von Gerdas Familie bekommen, und jetzt habe ich auch noch ein Foto von ihr, auf dem sie ein Teenager ist«, sagte Ulrica.

»Echt? Ist ja spannend. Wie sah sie denn aus?«, fragte Angelika.

»Ernst, ganz dunkle Augen.«

»So wie bei introvertierten Menschen?«, fragte Angelika.

»Nein, so wie bei verbitterten Menschen«, antwortete Ulrica.

Es klang, als würde Angelika erschauern. Dann sagte sie: »Du bleibst also offiziell in Österlen?«

»Ja, genau«, antwortete Ulrica.

»Ich würde mich über mehr Posts von dir auf Facebook freuen«, sagte Angelika. »Mir gefällt Österlen nämlich ziemlich gut.«

»Scherzkeks«, sagte Ulrica und schüttelte amüsiert den Kopf. »Bis bald. Und viel Spaß auf Samos. Ist sicher ein Traum.«

»Danke, werde ich haben. Und du hältst weiterhin die Augen offen, vielleicht entdeckst du noch mehr.«

»Ich weiß, ich denk dran …«

Heute war die Luft etwas kühler, und Ulrica zog eine Strickjacke über und wickelte sich ein leichtes Tuch um den Hals, bevor sie sich aufs Fahrrad setzte und gemächlich über die Insel fuhr. Bald überkam sie ein Gefühl von Freiheit, dieser Stresspuls, mit dem sie am Morgen aufgewacht war, war wie weggeblasen. Sie radelte am Jachthafen vorbei, wo die Menschen auf den Booten den ruhigen Vormittag genossen, und dann weiter die Steilküste hinauf. Dieses Mal kam sie etwas weiter als bei ihrem ersten Ausflug hierher, doch es würde dauern, bis sie auf dem Rad den ganzen Anstieg schaffte. Sie stellte das Fahrrad an der abgesicherten Aussichtsplattform ab, wo sie an ihrem zweiten Urlaubstag über die Absperrung geklettert war, lehnte sich nun gegen den Zaun und blickte hinaus aufs Meer. Da klingelte plötzlich das Telefon.

»Jack«, rief sie überrascht. Sie holte tief Luft und versuchte, die Ruhe zu bewahren. »Wie schön, dass du anrufst.«

»Ja, *du* hast dich echt lange nicht gemeldet«, erwiderte er.

Ulrica schmunzelte. »Die Tage vergehen hier wie im Flug. Ich habe übrigens um eine Woche verlängert. Die Gäste, die nach mir gekommen wären, haben storniert.«

»Okay …« Jack staunte. »Dann ist alles in Ordnung?«

»Ach, viel besser. Es gefällt mir extrem gut. Und wie läuft's bei dir?«

»Prima«, sagte er und erzählte ihr von ein paar neuen Freunden.

Seine Stimme klang sanft und ein wenig zögerlich. Als ob er spürte, dass sich etwas verändert hatte. Dass sie sich verändert hatte. Sie hatte ihn nicht mehr zweimal täglich angerufen, nicht mit SMS zugespamt, Nachrichten auf der Mobilbox hinterlassen, sich über jedes kleine bisschen Gedanken gemacht. Als ihr das klar wurde, überkam sie eine Art Glücksrausch, und sie musste sich anstrengen, konzentriert und gelassen zu bleiben. Zum ersten Mal seit Langem unterhielt sie sich mit ihrem Sohn, ohne dass er das Gespräch so schnell wie möglich beenden wollte, das durfte sie auf keinen Fall kaputt machen.

Als sie schließlich aufgelegt hatten, ließ sie alle angestaute Luft aus der Lunge, sank auf die Knie und verneigte sich vor diesem Fleckchen Erde. »Danke für alles, was du mit mir anstellst«, flüsterte sie.

Als sie wieder auf die Füße kam, stand Daniel auf dem Weg hinter ihr, die Arme verschränkt und mit einem amüsierten Lächeln im Gesicht.

Etwas geniert lächelte sie zurück. »Ich wollte nur …« Sie zuckte mit den Schultern. Wie sollte sie dafür Worte finden?

Er trat auf die Aussichtsplattform, stellte sich neben sie und lehnte sich an den Zaun.

»Es gibt Menschen, die überzeugt sind, dass diese Insel eine ganz besondere Kraft besitzt. Es ist dieses Licht hier …«, sagte er.

Ulrica wischte sich den Dreck von den Knien. »Nimmst du das auch wahr … dieses besondere Licht?«, fragte sie.

Er blickte sie an. »Das brauche ich nicht.«

Langsam nickte sie und machte einen Schritt neben ihn. »Es tut mir sehr leid, was ich über deine Frau gesagt habe«, sagte sie. »Ich wusste nicht, dass sie gestorben ist.«

Daniel zuckte mit den Schultern. »Das konntest du auch nicht wissen.« Er legte den Kopf leicht schräg. »Wolltest du nicht heute wieder nach Hause fahren?«

»Stimmt, aber jetzt habe ich um eine Woche verlängert.«

Daniel lächelte. »Dann sehen wir uns noch. Sieht ganz so aus, als laufen wir uns von ganz allein über den Weg.«

Ulrica nickte. Das hoffte sie. Sie sah ihm hinterher, wie er zurück zu seinem Fahrrad ging.

»Und bleib bitte auf der richtigen Seite der Absperrung!«, rief er, dann ließ er sich den Hügel hinabrollen.

Sie grinste und blickte noch einmal hinaus aufs Meer. Das Licht. Ja, sie hatte von Anfang an über das Licht gestaunt – jeden Morgen, wenn über den Feldern der Tag anbrach. Was würde die Insel wohl mit ihr machen, wenn sie noch ganze sieben Tage hierblieb?

Sie holte ihr Handy aus der Tasche und schickte Alva eine SMS: *Hoffe, dir und Papa geht es gut. Ich bleibe noch eine Woche länger. Melde mich demnächst. Hab euch lieb. Liebe Grüße*

Bea

Ulrica hatte sich zwar von ihr verabschiedet, doch offensichtlich hatten sich ihre Pläne geändert. Bea hatte beobachtet, wie sie mit dem Fahrrad weggefahren und ein paar Stunden später mit vollen Einkaufstüten zurückgekehrt war.

Sie reckte und streckte sich. Heute ging es ihr schon viel besser. Keine Fieberträume mehr und keine Tränen. Im Kalender vor ihr stand im Kästchen für den heutigen Tag *Das Haus mit dem Wilden Geißblatt suchen*.

Sie blickte hinaus zum Landsvägen und sah Lucy mit energischen Schritten auf sie zukommen. Sie öffnete das Gartentor und winkte wild, als sie sie am Küchenfenster sitzen sah. Bea stand auf und ging zur Haustür.

»Hallo, Bea!«, rief Lucy und hielt ihr eine Tüte Kekse hin.

Misstrauisch beäugte Bea die Tüte. »Das riecht sehr nach Bestechung.«

Lucy musste lachen. »Kann schon sein. Ich will dich heute zu einem ganz besonderen Abendessen einladen.«

»Oh, leider habe ich keine Zeit«, wiegelte Bea ab. »Ich muss die nächste Ausgabe des Inselblättchens schreiben.«

Lucy warf einen Blick auf ihre Armbanduhr. »Well, das Essen ist um neunzehn Uhr, du hast also noch ein paar Stunden Zeit zum Schreiben.«

Bea druckste herum. »Und von diesem Fieber bin ich auch noch ganz müde, deswegen bleibe ich heute lieber daheim. Aber vielen Dank für die Einladung.«

Lucy beäugte sie genau. »Du siehst mir aber gar nicht mehr krank aus. Es wird ein ganz gemütliches Essen, ich habe nur ganz wenige Gäste eingeladen. Du musst unbedingt kommen, essen musst du so oder so.«

»Tut mir wirklich leid«, sagte Bea.

»Okay, dann will ich mal so sagen … wenn ich dir in Zukunft bei irgendwelchen Katastrophen, wie kürzlich auf dem Dachboden, behilflich sein soll, dann solltest du dich heute Abend aufraffen und ins Café kommen. Mir zuliebe.«

Bea presste die Lippen aufeinander und starrte auf das Biskuitgebäck in ihrer Hand. »Das ist also gar keine Bestechung, das ist Erpressung.«

»Ja, genau«, sagte Lucy und grinste breit.

Unten auf dem Fußweg spazierte Klas mit seinem Hund Pappi vorbei. Er warf einen Tennisball in die Luft, fing ihn wieder auf und hob dann die Hand und winkte ihnen zu.

»Wie geht's?«, rief er im Vorbeigehen.

»Gut«, antwortete Bea kurz und bündig.

»Prima. Vielleicht hast du irgendwann mal Lust, uns beim Spazierengehen zu begleiten. Pappi und ich freuen uns immer über Gesellschaft.«

Bea gab keine Antwort, und Klas warf den Ball für Pappi fort, der sofort hinterherjagte, um ihn zu holen.

Als sie verschwunden waren, hob Lucy fragend die Augenbrauen.

»Was denn?«, fragte Bea.

»Wie läuft's denn mit deiner Schicksalszahl? Stand da nicht, du sollst lernen, anderen zu vertrauen und deine Ängste zu überwinden?«

Bea schnaubte. »Ich würde sagen, da stand auch, dass ich ein eher zurückhaltender Mensch bin und mich anderen nicht so schnell anvertraue.«

Amüsiert schüttelte Lucy den Kopf. »Schon, aber ich denke, der Sinn hinter dieser Zahl ist, dass man sich selbst mal unter die Lupe nimmt und offen wird für Veränderungen.« Sie stieg eine Stufe die Treppe hinab. »Gut, dann bis heute Abend.«

»Ja, ja … ich denke schon«, sagte Bea.

Lucy lächelte zufrieden und ging.

Bea setzte sich wieder ans Küchenfenster, öffnete die Tüte und probierte einen Keks. Köstlich, wie immer. Dann griff sie zu einem Stift, strich ihren Eintrag im Kalender für den heutigen Tag durch und schrieb daneben: *Abendessen bei Lucy.*

Da hüpfte ein Tennisball über die Straße. Wahrscheinlich waren Klas und Pappi jetzt auf dem Rückweg. Langsam zog sie die Gardine zu. Sie hatte keine Lust, ihm schon wieder zu winken.

Ulrica

Eine Stunde bevor Lucys Abendessen stattfinden sollte, stand Ulrica im Flur und sah in den Spiegel. Sie hatte ihr lavendelblaues Kleid angezogen, die Haare locker zusammengebunden und sehr viel weniger Make-up aufgelegt, als wenn sie zu Hause ausging. Sie drehte sich hin und her, fingerte an ihrer Kette, an der die Malve baumelte, und gefiel sich. Sie war rechtzeitig dran, daher war noch Zeit für ein Schlückchen Wein.

Sie ging in die Küche und öffnete den Kühlschrank. Da stand noch die Chardonnayflasche, die sie im Dorfladen bestellt hatte und eigentlich im Haus stehen lassen wollte. Sie schenkte sich ein Glas ein, hockte sich an den Küchentisch und wartete. Ein paar Minuten später konnte sie sehen, wie Bea an ihrem Küchentisch auftauchte, diesmal allerdings ohne Kaffeetasse in der Hand. Ulrica versuchte zu erkennen, was das war. Sah das nicht aus wie ein Cognacglas? Sie hob ihr Weinglas zur Begrüßung, und Bea antwortete auf die übliche Art.

Auf wen würde sie heute Abend wohl bei Lucy treffen? Ob Bea geladen war? Saß sie deshalb jetzt mit einem Cognac am Fenster? Ulrica lehnte sich zurück. Sie hätte nichts dagegen. Bei ihrem Besuch bei Bea hatte sie sich davon überzeugen können, dass ihre Nachbarin keineswegs so sonderlich war, wie es anfangs den Anschein gehabt hatte, sie schien nur ziemlich einsam zu sein. Und wenn Ulrica sich mit etwas auskannte, dann damit: Einsamkeit. Sie nippte noch einmal an ihrem Glas und ließ es halb voll stehen, als sie einen Blick auf die Uhr warf. Halb sieben. Wenn sie sich langsam auf den Weg machte, würde sie nicht allzu früh dort sein.

Sie stand auf, trank noch schnell ein Glas Wasser, zog ihre Sandaletten an, hängte sich die Handtasche über die Schulter und ging hinaus. Dann schlenderte sie ganz gemächlich den Landsvägen entlang. Wie gut es tat, zu Fuß zu gehen, da sah man viel mehr von der Umgebung. Rechts und links der Straße die sich rankenden Stockrosen und grüne Fensterläden an den Häuschen. Knorrige Apfelbäume und Keramikfiguren in den Gärten. Als sie den Dorfladen passiert hatte, war es zum Café nur noch ein Katzensprung, einfach den kleinen Hügel hinab. Ein wenig spürte sie die Nervosität in ihrem Magen zwicken. Das war lächerlich, Small Talk war sie gewohnt, doch hier auf der Insel wurde alles sehr schnell persönlich. Vor ihr lag nicht irgendein Abendessen. Es war Lucys Abendessen und nur wenige Gäste waren geladen.

Der Garten war leer, doch im Café brannte Licht. Als Ulrica an die Tür klopfte, schlug ihr sofort Lucys strahlendstes Lächeln entgegen, bis in die Lockenspitzen sprühte sie vor Energie.

»Hereinspaziert«, sagte sie. »Ich freue mich riesig, dass du bleibst und heute Abend dabei bist.«

Sie drückte Ulrica einen grünen Drink in die Hand. Daniel saß bereits mit einem ebensolchen Getränk in einem weinroten Sessel. Ulrica ließ sich im zweiten Sessel daneben nieder.

»Tja, so sieht man sich wieder«, sagte sie und grinste.

»Ja. Eigentlich sage ich bei solchen Einladungen grundsätzlich ab …«

Die Tür sprang auf und Bea trat ein. Auch sie bekam einen Drink in die Hand gedrückt, blickte sich etwas verlegen um und kam dann auf Ulrica und Daniel zu.

»… aber man könnte fast sagen, sie hat mich gezwungen herzukommen«, fuhr er fort und sah Lucy scharf an.

Ulrica stand auf, um Bea Platz zu machen.

»Ich bin noch keine hundert«, sagte Bea, doch sie setzte sich trotzdem.

Ulrica hockte sich auf einen wackligen Schemel. »Wie meinst du das, du bist gezwungen worden?«, fragte sie Daniel.

»Fast alles auf meinem Hof sieht noch aus wie zu Zeiten von Annas Großmutter. Lucy hat mir versprochen, mir zu helfen, Haus und Hof neu einzurichten, in einem ländlichen, aber etwas moderneren Stil, wie sie es nennt. Aber nur, wenn ich zu diesem Abendessen komme. Sonst zieht sie ihr Angebot zurück. Deshalb bin ich also hier – gezwungenermaßen.«

»Ich auch«, rief Bea. »Mich hat sie auch erpresst. Gestern kam ich vom Dachboden nicht mehr runter.« Als sie Daniels und Ulricas erstaunte Blicke sah, fügte sie hinzu: »Lange Geschichte. Jedenfalls hat Lucy mir geholfen hinabzusteigen und dann damit gedroht, wenn ich heute Abend nicht zu ihrem Essen komme, wird sie künftig nicht mehr für mich da sein, wenn Not am Mann ist.«

Lucy kam zu ihnen hinüber und stieß mit ihnen an, dass die Gläser klirrten. »Wir warten nur noch auf einen Gast«, verkündete sie.

Exakt in dem Moment bimmelte es an der Tür und Valdemar stand da. Erstaunt zog Daniel die Augenbrauen hoch. Offenbar war es nicht üblich, dass Valdemar an solchen Veranstaltungen teilnahm. Ulrica nippte an ihrem Drink und sah von einem zum anderen. Lucy, Daniel, Bea und Valdemar. Fast hatte es den Anschein, als würde Lucy dieses Abendessen nur für sie ausrichten.

Valdemar kam zu ihnen, begrüßte sie und erhielt auch den Willkommensdrink. Er lächelte Ulrica an und erhob sein Glas. Offenbar wunderte er sich überhaupt nicht, dass sie noch hier war, da sie doch noch am Morgen hatte abreisen wollen. Diese Neuigkeit war vermutlich in der Zwischenzeit bis zum Hakenstigen vorgedrungen. Sie prostete ihm zu.

Lucy pochte mit einem Löffelchen gegen ihr Glas. »Heute auf den Tag genau ist es sechs Jahre her, dass ich den Kaufvertrag für diesen Hof unterschrieben habe. Damals war er noch ein vegetarisches Restaurant und hieß ›Speisekammer der Geheimnisse‹. Ich hatte immer schon davon geträumt, meine eigenen Ideen zu verwirklichen, und so nahm das Café Uferschwalbe mit Flohmarkt, Cafébetrieb und Spezialitäten von Ven und aus Cornwall langsam Gestalt an. Aber eins habe ich bislang noch geheim gehalten.«

Valdemar grinste. »Die Speisekammer.«

Lucy nickte. »Stimmt genau. Meine Vorgängerin, Liv, hatte eine geheime Speisekammer, in die sie wenige, ausgewählte Gäste einlud, um mit ihnen zu essen und … ja, ihr werdet es gleich sehen.« Lucy sprang auf und umrundete die Theke. »Kommt mal mit«, sagte sie.

Daniel, Bea, Valdemar und Ulrica folgten ihr in ein

Nebenzimmer, in dem sie einen Haufen alter Gegenstände vom Flohmarkt lagerte, für die im Café kein Platz war. An einer Wand standen ein Schreibtisch, vollgepackt mit Unterlagen, und ein Computer. Auf der anderen Seite versperrte eine alte, massive Holztür mit schmiedeeisernen Beschlägen besagte Speisekammer.

Lucy drehte den großen verrosteten Schlüssel um und schloss auf. Daniel und Valdemar mussten sich etwas ducken, als sie über die hohe Schwelle stiegen.

In der Speisekammer stand ein abgenutzter Tisch aus Walnussholz mit einem großen Leuchter in der Mitte. Lucy zündete die Kerzen an, die sofort mit ihrem warmen Lichtschein den dunklen Raum erhellten. Brokkoliquiche, Oliven, Käse, Weintrauben und Rotwein hatte sie schon vorbereitet. »Lasst euch nieder und schlagt zu.«

Ulrica setzte sich neben Bea, gegenüber von Valdemar. An seiner Seite nahm Daniel Platz und Lucy ließ sich an der Stirnseite nieder.

»Ist es hier nicht so richtig cosy?«, fragte sie.

»Ja, absolut«, erwiderte Bea, spürbar besänftigt, seit sie die alte Speisekammer betreten hatte.

»Und was sagst du, Daniel?«, fragte Lucy.

»Klaustrophobie sollte man besser nicht haben, aber dagegen hilft das hier«, sagte er und begann, den Wein auszuschenken.

»In diesem Raum haben schon ganz besondere Gespräche stattgefunden«, sagte Valdemar, nahm sich Oliven und Käse und legte beides auf seinen Teller. »Gespräche, die lebensentscheidend waren.«

Ulrica schielte durch den Raum und erschauerte leicht. Die Wände bestanden aus Felsbrocken und auf dem

Boden lagen Flickenteppiche. Die Luft war klamm und die Kerzen in den Wandhaltern warfen unheimliche Schatten. Ulrica schnitt sich ein Stück Quiche ab.

In diesem schummrigen Licht kam nach und nach ein Gespräch in Gang. Daniel erzählte Lucy von der Imkerei und Valdemar gab Geschichten von seinen Tieren und den Menschen auf der Insel zum Besten.

»Viele mussten die Insel verlassen, weil sie hier keine Arbeit fanden, aber …«, sagte er und lächelte. »Hat man an Ven einmal sein Herz verloren, kehrt man auf die ein oder andere Art immer wieder zurück.«

Ulrica nickte. »Das glaube ich dir gern.«

Lucy schoss ein paar Fotos mit ihrer Polaroidkamera. Ulrica nahm an, dass die Bilder fürs Café gedacht waren, wo ja auch andere Aufnahmen von Festen mit Wäscheklammern an einer langen Wäscheleine hingen.

Als sie mit dem Essen fertig waren und der Wein fast leer, war es in der Speisekammer von den vielen Kerzen angenehm warm geworden, und die Stimmung wurde gedämpfter.

»Hier ist leider nicht genug Platz, um die Beine auszustrecken«, sagte Lucy. »Deswegen wollen wir den Abend jetzt langsam ausklingen lassen. Und behaltet gern für euch, dass es diese Speisekammer gibt, das ist ein kleines Geheimnis«, sagte sie und zwinkerte ihnen zu.

Daniel rückte den Stuhl ab und wollte aufstehen.

»Einen Moment noch«, sagte Lucy. »Noch ist es nicht so weit.«

Er setzte sich wieder.

»Zu Livs Zeiten hatte diese Speisekammer eine ganz bestimmte Aufgabe.«

Valdemar nickte lächelnd.

Lucy ging zu einem Regal, in dem unzählige kleine Gläser mit Schraubverschluss standen, in Stoff gewickelt, sodass deren Inhalt verhüllt war. Sie schloss die Augen, holte einmal ganz tief Luft, öffnete sie wieder, griff zu einem Glas und überreichte es Bea. Dann wiederholte sie die Prozedur und gab Daniel ein Glas, eins reichte sie Ulrica und das letzte Valdemar.

»Würdest du mit mir tauschen? Grün ist meine Lieblingsfarbe«, flüsterte Daniel Ulrica zu und hielt ihr sein rotes Glas hin.

Doch Lucy schüttelte energisch den Kopf. »Kein Gläsertauschen bitte. In den Gläsern befindet sich ein ganz bestimmter Duft, der eine Erinnerung bei dir hervorrufen soll, die dir jetzt in deinem Leben weiterhelfen könnte. Das Schicksal hat bestimmt, welches Glas für dich ist, deshalb darf man sie nicht einfach tauschen.«

»Du meinst, der Zufall«, korrigierte Daniel.

Lucy schnaubte. »Schraubt das Glas auf, schließt die Augen, nehmt den Duft langsam über die Nase in euch auf. Vermutlich wird er euch an etwas erinnern. Diese Erinnerung kann besonders schön sein oder wichtig, oder sie ruft euch ins Gedächtnis, was ihr schon lange vergessen habt.«

Daniel öffnete sein Glas und roch daran, ohne die Augen zu schließen. Ulrica machte es genau, wie Lucy gesagt hatte, schraubte das Glas auf, schloss die Augen, hielt sich das Glas unter die Nase und vernahm sofort einen starken Zimtgeruch. Und tatsächlich, fast im selben Augenblick kam eine Erinnerung hoch. Ulrica, etwa neun Jahre alt, hatte in der Schule ein Bild für ihre Mutter zu Weihnachten gemalt. Unermüdlich hatte sie in den Kunststunden und den Pausen daran gemalt und war von den Lehrern sehr dafür gelobt worden. Ihr Motiv war die Insel, die sie von ihrem Kinderzimmer aus sah: Ven. Auf ihrem Bild hatte sie alles richtig gut hinbekommen, die Steilküste, den Hafen, die winzigen Häuschen, auch die Farben – grün und gelb – stimmten. Der Himmel war hellblau, doch wurde er zum Rand hin dunkler und floss mit den Farben des Meeres ineinander. Ihre Lehrerin hatte sie für diese besonders schöne Gestaltung sehr gelobt.

Doch als der Weihnachtstag bevorstand, bekam Ulrica die Grippe. Sie war todtraurig, dass sie nicht gemeinsam mit den Cousinen von der Verwandtschaft ihres Vaters feiern durfte. Doch Alva hatte sich überlegt, dass Ulrica, Urban und sie trotz der Erkrankung ein wunderschönes Weihnachtsfest haben sollten. Schon früh am Morgen begann sie, fürs Weihnachtsessen zu kochen, und am Vormittag bereitete sie Ulrica ein Bett auf dem Sofa und servierte ihr frisch gebackene Schürzkuchen und Glögg. Als Ulrica dann noch ein bisschen schlief, machten ihre Eltern einen Spaziergang ins Dorf, und als sie wieder zurückkamen, wurde ein kleines Büfett mit dem traditionellen Weihnachtsessen aufgebaut. Normalerweise durfte man den Milchreis erst essen, wenn alle Geschenke ausgepackt waren, doch in diesem Jahr kam Ulrica um den Laugenfisch und den Schinkenbraten drum herum und durfte gleich den Nachtisch verspeisen. Als es sechs Uhr schlug, kam ihr Vater im Weihnachtsmannkostüm herein, zog sich den Sessel an den Weihnachtsbaum und nahm Platz. Unter der Tanne lagen sieben Päckchen. Fünf für Ulrica und von Ulrica jeweils eins für Mama und eins für Papa. Voller Vorfreude drängte sie darauf, dass ihre Mutter ihr Geschenk als Erstes auspackte. Alva bedankte sich schon, als sie sich das große, flache Päckchen auf den Schoß legte. Papa sah Ulrica an und lächelte, als Alva das Papier entfernte. Ulrica hielt die Luft an, in freudiger Erwartung ihres Lobes, doch Alva verschlug es die Sprache, und die rosigen Wangen wurden mit einem Mal totenbleich. Nach einer Weile, die sich wie eine ganze Ewigkeit anfühlte, brachte sie zwanghaft ein Lächeln hervor und flüsterte ein Dankeschön, doch als sie aufstand, um das Bild zur Seite zu stellen, taumelte sie und ließ es fallen. Das Glas zersplitterte.

Ulrica schlug die Augen auf und schluckte. Als sie bemerkte, dass Lucy sie beobachtete, lächelte sie gequält.

»Roggen«, sagte Daniel und grinste verschmitzt. »Damit verbinde ich keine Erinnerungen, aber vielleicht will mir das Schicksal ja mitteilen, dass es an der Zeit ist, mit den großen Feldern hinter dem Hof endlich etwas Vernünftiges anzufangen.« Er zwinkerte Lucy zu.

»Ich bin sicher, wenn du dich konzentrierst, wird dir etwas einfallen.«

Daniel überlegte. »Stimmt«, sagte er kurz darauf. »Als ich zum allerersten Mal auf dieser Insel war, hatten die Bauern gerade die Ernte eingefahren, und ich kann mich erinnern, dass da genau dieser Duft in der Luft lag.«

»Siehst du!«, sagte Lucy, und ihr Blick wanderte weiter zu Valdemar.

»Erdbeeren«, sagte er und strahlte. »Dabei muss ich auf Anhieb an Iris denken.« Er wandte sich an Ulrica. »Meine Frau, sie ist vor fünfzehn Jahren gestorben. Ihr Erdbeerkuchen war großartig. In der Zeit hatte ich ein paar Kilos mehr auf den Rippen«, sagte er, klopfte sich auf seinen platten Bauch und lachte. Dann sah er Lucy an. »Was für eine wundervolle Idee, mit Düften alte Erinnerungen wachzurufen! Wie lange habe ich schon nicht mehr an Iris' Erdbeerkuchen gedacht.«

»Gibt es das Rezept denn noch?«, fragte Lucy.

Valdemar überlegte. »Ich glaube schon. Ich habe nach ihrem Tod ja kaum etwas weggeworfen.«

»Dann dürfte ich es vielleicht einmal ausprobieren? Stell dir vor, auf meiner Karte steht irgendwann ›Iris' Erdbeerkuchen‹!«

»Das wäre eine große Ehre«, sagt Valdemar erfreut.

Lucy sah nun Bea an.

»Mein Duft war Bergamotte. Aber er hat keine Erinnerungen hervorgerufen. Leider«, sagte Bea und strich mit der Hand über den Tisch, obwohl da gar keine Tischdecke lag.

»Ich hatte Zimt im Glas. Aber damit verbinde ich auch nichts Besonderes«, sagte Ulrica. »Außer natürlich die Weihnachtszeit.«

Lucy sah skeptisch aus, aber nickte. »Wenn ein Duft uns an einen Menschen oder ein Ereignis erinnert, dann liegt das daran, dass wir damit ein Gefühl verknüpfen. So wird das autobiografische Gedächtnis aktiviert. Damit kann man emotionale Ereignisse hervorragend bearbeiten.«

Sie heftete ihren Blick an Bea und Ulrica. »So«, sagte sie. »Danke, dass ihr gekommen seid, und danke, dass ihr mir erlaubt habt, *a little bit crazy* zu sein. Aber macht das Leben so nicht gleich viel mehr Spaß?«

Da waren sich alle einig und sie bedankten sich für

den schönen Abend. Als sie in den Garten hinauskamen, atmeten Bea und Ulrica einmal tief durch, was Liam, der gerade kam, um Lucy abzuholen, zum Lachen brachte.

»Wie ich sehe, habt ihr die verrückten Ideen meiner Frau überlebt«, sagte er.

»Das war ein wunderbarer Abend«, sagte Valdemar. »Eine kleine Dosis Lucys verrückter Ideen tut hin und wieder sehr gut.«

Valdemar, der mit Liam mitfahren sollte, blieb stehen und verabschiedete sich von Daniel, der einen anderen Heimweg hatte als Bea und Ulrica.

»Was für ein Abend!«, sagte Ulrica, als sie eine Weile gegangen waren.

»Ja, und die Speisekammer ist wirklich einzigartig. Und diese Duftgläser …«, sagte Bea. »Davon habe ich noch nie etwas gehört.«

»Lucy hatte bestimmt die Erwartung, dass wir alle eine Erinnerung aktivieren und mit etwas nach Hause gehen, was uns weiterbringt«, sagte Ulrica.

»Tja, bei mir kam einfach nichts«, sagte Bea.

»Bei mir dasselbe«, sagte Ulrica.

Schweigend liefen sie weiter, verabschiedeten sich kurz auf der Straße und verschwanden in ihren Häusern.

Ulrica streifte die Sandaletten ab, atmete den gemütlichen Holzhäuschenduft tief ein, schenkte sich noch ein Glas Weißwein ein und setzte sich aufs Sofa, damit Bea sie nicht sah. Sie trank einen ordentlichen Schluck, legte den Kopf in den Nacken und schloss die Augen.

Der Anblick von Papas Gesicht an diesem Heiligabend. Traurig, und ein bisschen enttäuscht. »Mein kleines Mädchen. Warum musste es unbedingt Ven sein?«, sagte er und strich ihr zärtlich über den Kopf. Ulrica kämpfte mit den Tränen. Am schlimmsten fand sie, dass das Bild, an dem sie so lange gemalt hatte, jetzt kaputt war. Aber sie war auch sehr traurig, dass sie jetzt ihr ganzes Weihnachtsfest zerstört hatte. Mama hatte nur gesagt, sie habe es jetzt wohl auch erwischt, und dann war sie ins Bett gegangen, und alle Geschenke waren bis zum ersten Weihnachtstag unter dem Weihnachtsbaum liegen geblieben.

Sie nahm noch einen Schluck und kniff die Augen zu. Lucy konnte sagen, was sie wollte, doch manche Erinnerungen hielt man besser unter Verschluss. In Gläsern mit fest verschraubten Deckeln.

Bea

Drei Gläser Wein hatte sie am Vorabend getrunken. Genug, um mit stechendem Kopfschmerz zu erwachen. Bea massierte sich kreisend die Schläfen, jetzt half wohl nur Pfefferminztee. Lucy hatte ihr das mal empfohlen, und ob es nun ein Placeboeffekt war oder dem Heilkraut selbst zuzuschreiben, bislang hatte er jedenfalls bei ihr immer gewirkt. Sie schlich hinters Haus in ihren Garten, schnitt eine Handvoll Minzblätter vom Strauch und ging zurück in die Küche, wo das Wasser bereits kochte. Sie gab die Blätter in den Topf, ließ den Sud zehn Minuten ziehen und goss den Tee durch ein Sieb. Dann setzte sie sich an den Küchentisch und dachte über den gestrigen Abend nach. Lucy hatte ihre Gäste in der Speisekammer wild zusammengewürfelt, doch erstaunlicherweise hatte es gut funktioniert. In der Regel wusste Lucy, was sie tat.

Doch Bea musste zugeben, dass sie nicht ehrlich gewesen war. Ihr Glas hatte nach Bergamotte geduftet. Dabei musste sie sofort an ihren Vater Max denken. Als ihre Mutter von einem auf den anderen Tag verschwand und ihr Leben komplett auseinanderbrach, hatte sie mit dem Duft von Bergamotte und Orange im Rasierwasser ihres Vaters Trost und Geborgenheit aufgesogen.

Sie blickte aus dem Fenster. All die Jahre hatte er für sie alles getan, was er konnte. Ihm zuliebe war sie geblieben, obwohl das Leben auf der Insel sie schon lange anwiderte.

Jetzt muss ich ihn wirklich besuchen, dachte sie. Ihr letzter Ausflug ins Heim lag schon viel zu lange zurück.

Sie griff zu ihrem Smartphone und fragte ihn per SMS, ob er Lust auf etwas Selbstgebackenes zu seinem Vormittagskaffee hätte. Die Ingwerkekse, die sie kürzlich gebacken hatte, lagerten noch in der Tiefkühltruhe. Die Antwort kam schnell. *Sehr gern!* Bea trank noch einen Schluck Tee und stellte fest, dass es ihr langsam besser ging.

Ein paar Stunden später radelte sie zum Bäckviken-Hafen, um die Zehn-Uhr-Fähre zu erwischen. Einige Übernachtungsgäste mit großem Gepäck waren auch dabei. Sie setzte sich aufs Sonnendeck und stellte die Kekstüte auf den Stuhl neben sich, dann streckte sie das Gesicht der Sonne entgegen und atmete tief ein. Kaum auszudenken, es war noch gar nicht lange her, da war sie täglich mit der Fähre gefahren, bei Wind und Wetter, zur Arbeit hin und wieder zurück. Das war kaum ein halbes Jahr her, doch wenn sie daran dachte, kam es ihr vor, als wäre es in einem anderen Leben gewesen. Inzwischen fuhr sie nur noch aufs Festland, wenn sie etwas zu erledigen hatte.

Die Fähre legte ab und ihr strömte der Duft des Meeres in die Nase. Wenn ihr Vater mit seinem kleinen Motorboot unterwegs sein konnte, war er selig gewesen. Das Tuckern seines Boots konnte man ganz früh am Morgen und noch spät am Abend draußen vor der Insel hören. Manchmal hatte Bea ihn begleitet, doch ihr war fester Boden unter den Füßen lieber. Vor drei Jahren, nach einem Schlaganfall, war er in das Seniorenheim Haus Magnolie in Landskrona umgezogen.

Sie kniff die Augen zu. Eigentlich müsste er es dort furchtbar finden. Es war zwar keine schlechte Einrichtung, das Personal war nett und die Räumlichkeiten waren ganz hübsch, doch er gehörte dort einfach nicht hin. Ihr Vater gehörte hierher, auf die Insel. Dennoch hatte sie ihn nie klagen hören, im Gegenteil, es war sogar seine Idee gewesen, als sich abzeichnete, dass er im Alltag zu viel Hilfe benötigte. Mit geschlossenen Augen saß sie da, bis die Fähre in Landskrona anlegte.

Fünf Autos fuhren vom Schiff, dann ging Bea an Land und hinter ihr folgten die übrigen Reisenden. Sie ging am Wasser entlang und bog nach einem kurzen Spaziergang ab zum Haus Magnolie. Dort angekommen, ging sie durch die Eingangstür, begrüßte die Pflegerinnen und steuerte einen Raum im hinteren Teil des Flurs an, wo man einen schönen Blick auf den Garten hatte. Sie klopfte zaghaft, dann öffnete sie die Tür.

Ihr Vater lächelte, als er sie erblickte, und stemmte sich mit seinem Stock hoch, um sie zu begrüßen und in den Arm zu nehmen.

»Wo ist dein Rollator?«, fragte Bea überrascht.

Er zeigte in die Zimmerecke. »Bei längeren Spaziergängen nehme ich ihn noch. Ansonsten komme ich gut ohne ihn zurecht.«

Hatte er bei ihrem letzten Besuch auch schon so vital gewirkt, oder lag es an ihrem eigenen Verfall, dass sie fand, die anderen um sie herum sähen so auffällig gut aus?

»Wollen wir im Garten Kaffee trinken?«, fragte er.

»Ja, gerne.«

»Ich habe das Geschirr schon auf ein Tablett gestellt. Würdest du es hinaustragen?«

Bea nickte und legte die Kekstüte darauf. Ihr Vater hatte sich schon in Bewegung gesetzt. Er lief gut, brauchte den Stock eher zur Sicherheit und ging viel aufrechter als beim letzten Mal, als er sich noch über den Rollator gebeugt hatte. Seine Wangen waren sonnengebräunt und das dichte graue Haar glänzte.

Sie setzten sich auf die Gartenstühle unter dem großen Apfelbaum und nahmen sich Kaffee und Kekse.

»Ich habe angefangen, Krafttraining zu machen«, erzählte er und lächelte verschmitzt. »Hier im Haus bietet eine Frau jetzt neben den üblichen Freizeitaktivitäten Übungen für Senioren an. Ich fühle mich wie neugeboren.«

»Sieht man dir an«, sagte Bea und musterte ihn von oben bis unten. »Ich hatte schon gedacht, du hättest dich verliebt.«

Er grinste. Ob das ja oder nein bedeuten sollte? Bea fragte lieber nicht nach.

Er beugte sich vor und legte seine Hand auf ihre. »Aber wie geht's *dir* denn?«

»Gut«, antwortete sie wie auf Knopfdruck. »Das heißt … wir haben uns getrennt.«

Sie spürte ein Zucken in seiner Hand. »Wie bitte?«

»Das ist eigentlich gar nichts Neues. Edvin ist schon vor neun Monaten ausgezogen, letztes Jahr im Oktober.«

»Aber …« Max schien irritiert.

»Ich weiß. Ich hätte es dir erzählen sollen. Aber ich war genauso überrumpelt wie du, dass er sich trennen wollte. Er hat eine Neue. Ich habe ziemlich viel Zeit gebraucht, um das zu verdauen. Genauer gesagt hat es eigentlich bis jetzt gedauert, ich habe jetzt erst begriffen, was passiert ist.«

»Aber wie geht es dir, du siehst ein bisschen …«

Sie grinste. »… mitgenommen aus?« Bea fiel wieder diese Radiosendung über die Geheimnisse der Menschen ein, in der es hieß, dass Grübeln das Wohlbefinden am stärksten beeinträchtige. Und wie sie gegrübelt hatte! »Vielleicht sollte ich mich zu deinem Seniorensport anmelden, schließlich bin ich jetzt auch in Rente. Der scheint ja wahre Wunder zu vollbringen.«

Auf seiner Stirn war aber immer noch diese Sorgenfalte.

»Ich meine natürlich, wenn der Sport der einzige Faktor war, der dich wieder so gut in Form gebracht hat!«, spaßte sie, um seine Gesichtszüge wieder zu entspannen.

Er nahm einen Schluck Kaffee. »Na ja, ich habe wirklich eine sehr nette Frau kennengelernt. Margret. Sie nimmt bei uns im Haus immer wieder an Aktivitäten teil und ist auch in dieser Seniorensportgruppe. Es tut gut, sich gegenseitig ein bisschen anzufeuern. Aber sie ist viel zu jung für mich, keine achtzig«, sagte er und zwinkerte ihr zu.

Gerade wollte Bea lachen, da schossen ihr die Tränen in die Augen. Sie zwinkerte hektisch.

Max betrachtete sie besorgt, als sie sich mit dem Handrücken über die Augen fuhr.

»Um mich musst du dir keine Sorgen machen«, sagte sie. »Das sind nur Tränen der Erleichterung. Ich hatte so ein schlechtes Gewissen, weil ich so lange nicht zu Besuch gekommen bin und weil ich dir nichts von der Trennung erzählt habe.«

»Aber jetzt bist du hier und hast es mir gesagt«, erwiderte er und reichte ihr eine Serviette. »Und mir geht's gut, es gibt also keinen Grund für ein schlechtes Gewissen. Aber dass er sich von dir getrennt hat …« Er schüttelte den Kopf und schob sich den nächsten Keks in den Mund. »Jetzt muss Edvin auf deine wunderbaren Plätzchen verzichten.«

»Ja, genau.« Sie blickte ihn an. »Magst du uns nicht auf der Insel besuchen, solange wir noch Sommer haben? Vermutlich klinge ich am Telefon immer gestresst und hektisch, aber ich habe ehrlich gesagt massenhaft Zeit. Wenn es dir nicht zu anstrengend wird?«

»Sehr gern. Wenn es *dir* mit deinem alten Vater nicht zu anstrengend wird?«

»Ach was. Ich würde mich wirklich freuen.«

»Dann machen wir es so. Lass uns mal im Kalender nachsehen, welcher Tag uns beiden gut passt.«

Dann unterhielten sie sich ein bisschen über das Leben auf Ven. Bea erzählte ihm von dem Abendessen bei Lucy, von der Frau im Ferienhaus gegenüber und vom Inselblättchen. Dabei fiel ihr auf, dass ihr Leben eigentlich gar nicht so leer und ereignislos war, wie sie gedacht hatte.

Eine Stunde später trugen sie das Tablett wieder zurück ins Zimmer ihres Vaters. Bea spülte die Tassen ab. Da fiel ihr Blick auf seinen Kalender, der an der Wand hing. Es war vollgepackt mit Terminen.

»So«, sagte sie, nahm ihre Handtasche und war schon auf dem Sprung.

»Hab mich sehr gefreut, dass du da warst«, sagte er. »Jetzt mache ich ein kleines Päuschen, dann treffen wir uns zum Boulespielen.«

Bea schüttelte schmunzelnd den Kopf und öffnete die Tür. Da fiel ihr noch etwas ein. »Ach, eins noch, kannst du dich an eine Gerda oder auch Ilse erinnern? Sie soll auf der Insel gewohnt haben.«

Er überlegte. »Ja, irgendwie kommt mir der Name bekannt vor. Aber ich hatte keinen Kontakt zu ihr. Warum fragst du?«

»Die Frau in Lucys Ferienhaus ist auf der Suche nach ihr.«

»Ach so. Wenn mir noch etwas einfällt, gebe ich dir Bescheid.«

»Danke«, sagte sie. »Dann sprechen wir uns demnächst noch mal und verabreden ganz genau, wann du zu Besuch kommst.«

»Darauf freue ich mich.«

Als Bea das Seniorenheim verließ, hatte sie ein ganz eigenartiges Gefühl. Sie hatte erwartet, einen müden, einsamen Mann anzutreffen, der nur vorgab, es ginge ihm gut. So wie er es immer getan hatte. So wie *sie* es immer getan hatte. Doch jetzt hatte sie einen vollkommen anderen Menschen vorgefunden. Wenn er, der immerhin auf die neunzig zuging, noch einen Sinn im Leben finden konnte, dann musste ihr das doch auch gelingen?

Sie kam an ihrem alten Arbeitsplatz vorbei, wo jetzt ein Maklerbüro eingezogen war, dann lief sie durch die Gassen, die zum Hafen hinunterführten, und da blieb sie vor einem Friseursalon stehen. Im Schaufenster stand ein Spiegel, auf dem geschrieben stand *Zeit für eine neue Frisur?* Bea stand reglos davor und betrachtete ihr Spiegelbild. Obwohl es im Sommer schon viel Sonne gegeben hatte, war ihr Gesicht käseweiß. Die Augenringe waren tief und die Haare fielen platt neben ihrem Gesicht auf die Schultern. Sie öffnete die Ladentür.

»Hallo«, begrüßte die junge Friseurin hinter der Theke sie freundlich.

»Hallo, ich glaube, es wäre an der Zeit für eine neue Frisur«, sagte Bea und sah zu einem großen Poster, auf dem drei junge Models mit fransigen Kurzhaarschnitten abgebildet waren.

»Das ist Glück, ich habe im Moment Zeit.«

Bea nickte und setzte sich auf einen freien Stuhl. Die Friseurin legte ihr einen schwarzen Frisierumhang über die Schultern, fuhr mit den Fingern durch Beas Haar und fragte: »Wie hätten Sie es denn gern?«

»Kurz«, sagte Bea, obwohl sie noch nie im Leben mit einer Kurzhaarfrisur geliebäugelt hatte.

»Wunderbar«, sagte die Friseurin. »Ein bisschen was Flotteres?«

Bea nickte. Als die junge Frau ihr die Haare gewaschen hatte und die Schere ansetzte, schloss sie die Augen.

»Ich sehe nicht hin, erst wenn Sie fertig sind. Sie haben vollkommen freie Hand«, sagte sie.

Als sie eine Dreiviertelstunde später die Augen wieder aufschlug, sah ihr im Spiegel eine ganz neue Frau entgegen.

»Ich habe beim Schneiden erst gemerkt, dass Sie so schöne Wirbel im Haar haben, deshalb habe ich mich für einen anderen Schnitt entschieden.«

Bea fuhr sich mit der Hand durchs Haar. Die kürzeren Strähnen wellten sich wie die Wellen im Meer.

»Klassisch, sophisticated … ein Hauch Dreißigerjahre, aber modern interpretiert«, erläuterte die Friseurin.

Bea drehte den Kopf hin und her, während die Frau ihr einen Handspiegel hinhielt, damit sie einen Blick in den Nacken werfen konnte. »Sehr schön.«

Nachdem sie bezahlt hatte, musste sie rennen, um die Fähre noch zu kriegen. Sie schaffte es auf den allerletzten Drücker. Ihr Herz schlug heftig, als sie sich aufs Sonnendeck sinken ließ. Wieder griff sie sich ins Haar. Ein eigenartiges Gefühl. Seit sie Teenager war, hatte sie immer die gleiche Frisur gehabt. Edvin hatte sie ihr all die Jahre, die sie zusammen waren, geschnitten. Immer dieselbe Länge, gerade, bis auf die Schultern. Damit war es jetzt vorbei. Sie beugte den Kopf vor, damit keiner sah, wie sie rot wurde. Ab sofort war sie klassisch. Und sophisticated.

Ulrica

Ulrica konnte es kaum fassen. Jetzt hatte sie tatsächlich noch eine ganze Woche auf dieser Insel. So viel freie Zeit, allein für sich und ihre Recherchen. Sie hatte am Morgen noch lange in ihrem Bett im Loft gelegen und das Meer bestaunt, wie es mit dem Himmel verschmolz. Dann hatte sie ganz in Ruhe gefrühstückt, sich gewundert, Bea nicht im Fenster gegenüber zu sehen, ein Telefonat mit Alva geführt und sich schließlich auf den Weg zum Café Uferschwalbe gemacht, um sich für den gestrigen Abend zu bedanken.

Wie immer waren viele Gäste dort, doch einige Tische waren noch frei. Ulrica stellte sich in die Schlange vor der Theke und ging die Polaroidfotos, die an der Wäscheleine hingen, durch. Genau über ihr baumelten zwei von ihrem Abend in der geheimen Speisekammer. Auf einem prosteten Valdemar und Bea sich zu, und das zweite Foto war ein Selfie von Lucy mit Daniel und Ulrica im Hintergrund. Alle drei lachten.

»Entschuldigung«, sagte jemand von hinten. »Sie sind jetzt dran.«

»Oh.« Ulrica hatte sich so in die Fotos vertieft, dass ihr völlig entgangen war, dass sich die Schlange vor ihr aufgelöst hatte.

Lucy strahlte. »Es war so schön, dass du gestern noch

gekommen bist. Was für ein toller Abend! So hatte ich mir das vorgestellt.«

»Aber hast du die Gäste wirklich zufällig ausgewählt?«, fragte Ulrica und grinste.

Lucy lachte. »In meinem Café überlasse ich nichts dem Zufall, *you know*.«

»Egal, es war sehr gemütlich bei dir, und ich habe mich gefreut, alle wiederzutreffen, die ich hier in meinem Urlaub kennengelernt habe«, sagte Ulrica.

»Worauf hast du heute denn Lust?«, fragte Lucy und zeigte auf ihre Schiefertafel.

»Ich würde sagen, ich nehme einen Kaffee und … ein Bananenbrot.«

»Genau das war auch meine Idee. Banane tut gut *the day after*«, sagte sie zwinkernd.

»Ach ja?«, sagte Ulrica. »Zwei Kopfschmerztabletten auch.«

Lucy musste lachen. »Such dir einen Platz, dann bringe ich dir beides gleich an den Tisch.«

Diesmal setzte Ulrica sich unter die große Eiche. Rundherum hörte sie Stimmen in verschiedenen Sprachen. Hier war sie zwar auch Touristin, aber in einer Sache unterschieden sie sich. Ihre Großmutter stammte schließlich von der Insel. Vielleicht war der tiefere Sinn dieser Reise gar nicht, alte Geschichten über Gerda auszugraben, sondern selbst eine Beziehung zu Ven zu entwickeln. In ihren Genen war ja bereits etwas angelegt. Sie streckte den Rücken durch. Konnte man sagen, dass der gestrige Abend einen Anfang gemacht hatte, den sie ausschließlich mit Menschen von der Insel verbracht hatte? Und würde sich das fortsetzen in der kommenden Woche?

Lucy kam mit dem Tablett in der Hand hinaus. »Da hast du Beas Lieblingsplatz erwischt«, sagte sie.

Ulrica lächelte. »Das kann ich mir denken, hier sitzt man etwas geschützt und hat gleichzeitig einen guten Überblick. Der perfekte Platz für Bea.«

Neben dem Kaffee und dem Bananenbrot lag auch ein Polaroidfoto auf dem Tablett.

»Das habe ich in der Speisekammer gemacht. Kriegst du geschenkt«, sagte Lucy.

Ulrica nahm es in die Hand. Auf dem Bild lachte sie über irgendetwas, und es war eindeutig, dass sie in dem Moment die Kamera gar nicht wahrgenommen hatte.

»Danke, das ist ja lieb. Was für eine schöne Erinnerung.«

Lucy lächelte und sagte, sie solle bald wiederkommen, dann flitzte sie weiter zu ihrer Kundschaft. Ulrica fotografierte das Bild neben Kaffeetasse und Bananenbrot mit ihrem Smartphone und postete es auf Facebook mit dem Text: *Bin ganz verliebt in diesen Ort. Österlen tut einfach gut. Und was pures Glück ist: Ich kann verlängern!* Genüsslich verspeiste sie ihren Kuchen, und als sie ins Ferienhaus zurückradelte, machte sich ein ganz neues Gefühl bemerkbar, eine gewisse Beschwingtheit, die sie im ganzen Körper spüren konnte.

Bea kam gerade aus dem Haus, als Ulrica bremste und abstieg. Sie erkannte sie fast nicht wieder.

»Du warst beim Friseur!«, rief sie begeistert.

Instinktiv griff Bea sich ins Haar und lächelte. »Ja, ich weiß gar nicht, was in mich gefahren ist. Vormittags habe ich meinen Vater in Landskrona besucht und dann bin ich zufällig an einem Friseur vorbeigekommen und habe mir ganz spontan die Haare abschneiden lassen. Aber es war auch wirklich Zeit!« Sie trat von einem auf den anderen Fuß.

»Das ist megahübsch!«, sagte Ulrica und nickte überzeugt. »Aber jetzt will ich nicht weiter stören, du bist ja gerade auf dem Sprung.«

Bea blickte auf den Landsvägen. »Als ich klein war, gab es irgendwo im südlichen Teil der Insel ein Haus, wo Unmengen vom Wilden Geißblatt blühten. Ich wollte mal nachschauen, ob es das noch gibt. Vielleicht wäre das eine schöne Geschichte fürs Inselblättchen. Alte Häuser sind genauso interessant wie alte Familien.«

»Das ist ja ein Zufall! Mir hat Daniel vor ein paar Tagen genau so was gezeigt: ein Haus mit unglaublich dicht gewuchertem Wildem Geißblatt. Das Haus sah unbewohnt und etwas verfallen aus. Aber trotzdem noch sehr schön«, sagte Ulrica.

Bea hob die Augenbrauen.

»Ich kann dir den Weg dorthin auch zeigen. Ich habe sowieso nichts anderes vor.«

»Wirklich?«, fragte Bea.

»Ja, klar, ich habe auch Lust auf einen Fahrradausflug. Ich hoffe nur, ich finde den Weg noch.«

Kurz darauf fuhren sie beide am Tycho-Brahe-Museum vorbei, den Liebespfad entlang, bis zur Steilküste und den Feldern, wo irgendwann das Schild *Fahrradfahren verboten* stand. Dort stiegen sie ab.

»Ja, hier sind wir richtig«, sagte Ulrica.

»Komisch, hier bin ich früher oft spazieren gegangen«, sagte Bea. »Und hier soll ein Haus sein?«

»Ja, man muss wissen, dass es zwar mitten in den

Feldern, aber hinter einem kleinen Wäldchen versteckt liegt, man kann es vom Weg aus gar nicht sehen. Und der kleine Trampelpfad, der dorthin führt, ist fast zugewachsen.«

Sie liefen noch ein Stückchen weiter, dann bog Ulrica nach links ab, wo man nur die Traktorenspuren erkennen konnte. Genau hier entlang war sie mit Daniel gegangen. Als sie um das Wäldchen herumgingen, kam das Steinhaus zum Vorschein. Hier und da war der Putz abgeblättert, das Dach war von Moos überwuchert und die eine Dachrinne lose, doch obwohl es so verfallen war, merkte man ihm die alte Schönheit noch an. Ulrica wies auf die Bäume, hinter denen sich riesige Büsche des Wilden Geißblatts erhoben.

»Oh«, rief Bea und machte große Augen. Staunend blickte sie sich um. »Ich kann mich tatsächlich an dieses Haus erinnern. Dass diese Blumen noch immer blühen!«

»Wenn man auf der Treppe sitzt, ist der Duft am intensivsten«, sagte Ulrica und ging zum Hauseingang, wo sie mit Daniel gehockt hatte.

Kurz darauf setzte Bea sich neben sie. »Woher kannte Daniel dieses Haus eigentlich?«, fragte sie.

»Das haben seine Kinder entdeckt, als sie die Insel erkundet haben.«

Bea drehte sich um und blickte hoch zum Fenster. »Bist du sicher, dass es leer steht?«

»Der Besitzer ist vor zehn Jahren gestorben und seitdem wohnt da keiner mehr. So sieht es ja auch aus«, sagte Ulrica und wies auf das meterhohe Gras, das nun mehr nach Wiese aussah als nach einer angelegten Rasenfläche.

Sie lehnte sich gegen die Tür. »Apropos Duft: Hast du

dich bei Lucy gestern wirklich an nichts erinnert, als du den Bergamotteduft in der Nase hattest?«

Bea druckste ein bisschen herum. »Doch. Aber das war keine so nette kleine Geschichte wie die von Valdemar, vom Erdbeerkuchen seiner Frau. Ich musste das selbst erst mal verdauen, bevor ich darüber sprechen konnte.«

»Ging mir genauso«, sagte Ulrica.

Bea lächelte. »Ach ja?«

Ulrica stand auf, schirmte mit der Hand die Augen ab, weil die Sonne so stark blendete, und linste durch das Fenster. Innen standen noch Möbel, in einem Bücherregal konnte sie sogar ordentlich einsortierte Bücher erkennen. Als hätte jemand das Haus überstürzt verlassen.

»Da drinnen steht noch ganz viel Mobiliar.« Im Augenwinkel nahm sie wahr, wie Bea erschauerte.

»Wollen wir vielleicht langsam zurückfahren?«, fragte Bea und stand auf.

»Okay … dann hast du schon alles für deinen Artikel im Blättchen?«

»Denke schon«, sagte Bea. »Sonst komme ich einfach noch mal her.«

Sie gingen zu den Rädern und strampelten schweigend zurück.

»Weißt du was«, sagte Ulrica, als sie angekommen waren. »Wie wäre es … hast du Lust, zum Abendessen zu mir rüberzukommen? Man kann sich ja an einem Tisch genauso zuprosten wie über die Straße. Natürlich nur, wenn du willst«, schob sie hinterher.

Sie merkte Bea an, wie sie zögerte. Doch schließlich sagte sie zu.

»Gegen sieben?«, fragte Ulrica.

»Passt«, erwiderte Bea, winkte kurz und ging in ihr Haus.

Ulrica schob das Rad hinters Haus, doch anstatt hineinzugehen, setzte sie sich auf die Veranda und beobachtete die Fasane, wie sie quer übers Feld rannten. Jetzt hatte sie Bea ganz spontan zum Essen eingeladen und darauf freute sie sich. Ihre neue Woche hatte gut begonnen. Sie hatte es im Gefühl. Endlich gelang es ihr, diese Stolpersteine aus dem Weg zu schaffen.

Bea

Sie zog ihre Schuhe aus, ging in die Küche und setzte sich an den Tisch. Was für ein Tag! Für so viele Aktivitäten hätte das Kästchen in ihrem Kalender gar nicht ausgereicht. Erst der Ausflug zu ihrem Vater nach Landskrona, dann ein Besuch beim Friseur und schließlich die Fahrradtour mit Ulrica zu dem Steinhaus, wo das Wilde Geißblatt blühte. Und noch war der Tag nicht zu Ende.

Bea sah aus dem Fenster. Selbstverständlich hatte sie es wiedererkannt. Das Haus, das sie damals als Vierzehnjährige nach der Schule gesucht hatte, nur um diese Frau, über die im Laden so hergezogen wurde, mit eigenen Augen zu sehen.

Sie hatte die Bilder von der Frau noch im Kopf. Ihre Art, sich zu bewegen. Ihre Statur, schlank, aufrecht. Diese gelassene, würdevolle Art, auch noch im höheren Alter. Bei Veranstaltungen auf der Insel sah man sie nur selten, so wie die meisten älteren Einwohner. Sie lebten in der Regel zurückgezogen. Bea erinnerte sich an ein Geschwisterpaar, das sein Leben lang zusammengewohnt hatte und den Hof im Großen und Ganzen nur einmal in der Woche verließ, wenn der Einkauf anstand. Die zwei waren jetzt auch schon lange nicht mehr da. Genau wie die Frau in dem Steinhaus.

Auf dem Landsvägen radelte eine Familie vorbei und

das Kind im Fahrradanhänger winkte Bea enthusiastisch zu, sie winkte zaghaft zurück. Auf der Insel gab es sicherlich eine ganze Reihe neu zugezogener Familien, die keine Ahnung hatten, wer sie war. Vielleicht wurde auch über sie geredet, über die sonderliche Frau, die immer allein am Fenster saß. Ja ja … das Leben war eigenartig. Manchmal kam und ging es wie ein kurzer Lufthauch. Diese Frau hatte unauffällig gelebt und war unauffällig gestorben. Nun war es vielleicht wirklich an der Zeit, einen Artikel im Inselblättchen über ihr schönes Haus zu schreiben?

Punkt sieben klopfte sie bei ihrer Nachbarin an die Tür. Ulrica öffnete und bat sie hinein.

»Lass die Schuhe an, ich dachte, wir könnten draußen auf der Veranda einen Drink nehmen, dann gehen wir einfach außenrum.«

Bea sah sich um. Sie hatte noch nie in Lucys Ferienhaus gestanden, sich aber immer gefragt, wie es wohl innen aussehen mochte. Die Einrichtung überraschte sie überhaupt nicht. Es war gemütlich und gepflegt, mit großen Wolldecken, Stumpenkerzen und massiven Möbeln in Pastelltönen.

Ulrica stand schon auf der Terrasse, Bea folgte ihr und nahm Platz. Ulrica platzierte einen knallig orangefarbenen Drink mit Orangenscheibe und Eiswürfeln vor ihr auf dem Tisch.

»Aperol Spritz. Ist ein klein wenig bitter, aber schmeckt schön frisch«, erklärte Ulrica.

Bea nahm ihr Glas und nippte daran. Behutsam stellte sie es wieder ab. »Stimmt. Schmeckt wirklich gut.«

Sie saßen eine Weile still da und betrachteten eine

pyramidenförmige Wolke, die von der untergehenden Sonne beleuchtet wurde.

»Diese Abendsonne auf der Insel ist so unglaublich schön«, sagte Ulrica.

Bea nickte.

»Und wie ist es hier im Winter?«, fragte Ulrica.

Bea zuckte mit den Schultern. »Als ich klein war und es geschneit hat, habe ich mir immer vorgestellt, dass es sich so anfühlen muss, wenn man auf einer Wolke wohnt. Das Meer war der Himmel und die Insel eine weiße kleine Wolke. Ich hab mir gedacht, wenn es sich so anfühlt, wenn man im Himmel ist, dann kann es nicht so schlimm sein zu sterben.« Sie wurde rot.

»Oh«, sagte Ulrica. »Was für eine schöne Vorstellung.«

Bea ließ unerwähnt, dass diese fluffige Wolke mit zunehmenden Jahren verschwand. Wenn man erwachsen war und zudem noch allein, bedeutete der Winter hier etwas vollkommen anderes. Grabesstille, schier unendliche Finsternis, das Gefühl, von jeglichem Leben auf der Erde abgeschnitten zu sein.

Sie erschauerte. Genau das stand ihr bevor.

»Möchtest du eine Decke?«, fragte Ulrica.

»Nein, danke … alles gut«, sagte Bea und lächelte gequält.

»Ich kann mir vorstellen, dass Lucys Café dann der reinste Wintertraum wird, mit jeder Menge Weihnachtsduft und -gewürzen«, sagte Ulrica. »Vielleicht sollte ich dann wieder herkommen«, fuhr sie fort und ging ins Haus, um Besteck und frische Weingläser zu holen. »Wollen wir draußen essen? So kalt ist es noch nicht, oder?«

»Ja, sehr gern. Kann ich dir helfen?«, fragte Bea und wollte schon aufstehen.

»Nein, nein … bleib einfach sitzen.«

Bea sank wieder zurück auf ihren Stuhl und fingerte an der Gabel, bis sie perfekt parallel zum Messer lag.

Da kam Ulrica mit zwei Tellern Risotto wieder hinaus. Es duftete wunderbar nach Fenchel und Zitrone.

»Guten Appetit«, sagte Ulrica.

Bea bedankte sich und probierte. Das Risotto war perfekt, schön cremig, und der Reis hatte noch Biss. »Sehr lecker«, sagte sie.

»Es macht doch gleich viel mehr Spaß, für zwei zu kochen«, sagte Ulrica.

Bea nickte. Da waren sie einer Meinung. Wann hatte sie eigentlich das letzte Mal richtig gekocht? Seit Edvin ausgezogen war, hatte sie sich fast nur von Fertiggerichten und Konservendosen ernährt. Manchmal von Nudeln. Tja, und von viel zu vielen Keksen.

Ulrica legte das Besteck hin und wischte sich den Mund ab. »Mein Sohn Jack ist gerade fürs Studium nach Luleå umgezogen. Ich hoffe, dass ich mich nach diesem Urlaub mit dem Alleine-Leben so angefreundet habe, dass es mir nichts mehr ausmacht, für eine Person zu kochen.«

Bea trank einen Schluck Wein. »Ich bin auch noch dabei herauszufinden, wie das geht. Seit meiner Scheidung.«

Ulrica lächelte. »Es müsste eine Überlebensstrategie für verlassene Seelen geben.«

Bea blickte in den Himmel und überlegte. »Eigentlich könnte man sonntags für die komplette Woche vorkochen.«

Ulrica legte den Kopf schräg. »Und dann?«

»Zum einen wäre man dann sonntags gut beschäftigt, es ist nämlich furchtbar, nur herumzusitzen, und zum anderen könnte man auf die Art umgehen, an jedem Wochentag für nur *eine* Person kochen zu müssen. Das finde ich so deprimierend.«

»Gute Idee«, sagte Ulrica. »Hast du vielleicht auch noch einen Vorschlag für eine Überlebensstrategie, wenn es um einen herum ganz still wird? Wie kriegt man es hin, dass sich die Stille immer so anfühlt wie auf Valdemars Steg – so angenehm und friedvoll?«

Bea kaute fertig. »Leider nicht. Das habe ich auch noch nicht rausgekriegt. Mal ärgere ich mich über Geräusche, mal lähmt mich die Stille komplett.« Dabei riss sie demonstrativ die Augen auf und erstarrte.

Ulrica musste lachen. »Willst du sagen, das passiert mit dir, wenn du am Küchentisch sitzt und auf die Straße schaust?«

Bea lächelte und zuckte mit den Schultern. »Vermutlich. Zumindest im Winterhalbjahr, im Sommer gefällt es mir auch, die Leute zu beobachten und meiner Fantasie freien Lauf zu lassen. Ich überlege mir, was das wohl für Menschen sind, die hier ihren Urlaub verbringen und mit ihrem Gepäck an mir vorbeistiefeln. So viele verschiedene Leben.«

Ulrica beugte sich vor. »Und was hast du von mir gedacht?«

Bea rutschte auf ihrem Stuhl hin und her und merkte, dass sie rot anlief.

»Ganz ehrlich«, sagte Ulrica.

»Du bist allein angereist, mit einer tiefen Falte zwischen den Augenbrauen – das ist bei den normalen Urlaubern eher nicht so.« Sie dachte nach, wie sie es formulieren sollte. »Na ja, ich habe mir gedacht, vielleicht gehörst du ja zu den Stadtmenschen, die einen Burn-out hatten.«

Ulrica lächelte. »Ganz nah dran, meine Freundin ist überzeugt davon, dass ich mich in einer akuten Lebenskrise befinde.« Sie zuckte mit den Schultern, so ernst wollte sie gar nicht klingen, und stand auf, um die Teller abzuräumen. »Bleib sitzen, du bist heute Gast«, sagte sie, als Bea Anstalten machte, ihr zu helfen.

»Möchtest du jetzt einen Kaffee oder noch ein Gläschen Wein?«, rief sie aus der Küche.

»Kaffee trinke ich zu Hause bis zum Umfallen, lieber noch ein Glas Wein«, rief Bea, obwohl sie besser nur Wasser getrunken hätte.

»Gute Entscheidung«, sagte Ulrica, als sie aus der Küche zurückkam. Sie hob ihr Glas, und dann unterhielten sie sich über unverfängliche Dinge wie Vens Sehenswürdigkeiten und besonders schöne Ecken auf der Insel.

Als sie ausgetrunken hatten, musste Bea ein Gähnen unterdrücken. Zeit, diesen langen Tag zu beenden. Sie standen auf und Ulrica begleitete sie noch bis zum Gartentor.

»Herzlichen Dank für dieses leckere Essen«, sagte Bea.

»Danke für deine Gesellschaft«, sagte Ulrica. »Es macht nicht nur viel mehr Spaß, für zwei zu kochen, es ist auch viel schöner, zu zweit zu essen.«

»Stimmt«, sagte Bea und lächelte.

Sie ging in ihr Haus und schwankte leicht, als sie sich im Flur die Schuhe auszog. Jetzt spürte sie die Müdigkeit im ganzen Körper. Auf dem Weg zum Badezimmer lief sie am Büro vorbei und blieb stehen. Die Tür stand offen und die Pinnwand war zu sehen. Die Zettel mit Namen und kurzen Sätzen, die Geschichten aus ihren Notizbüchern und dann ganz oben der Zettel, auf dem stand, dass jeder von uns dreizehn Geheimnisse habe. Sie sah aus wie die Pinnwand in ihrem Kinderzimmer, auf der sie damals alle Geheimnisse verewigt hatte, die sie in Olivias Friseursalon aufgeschnappt hatte. Bea musste spontan an die Whiteboards der Polizeibeamten in den Krimis denken, die ihnen bei komplizierten Fällen halfen, den Überblick zu behalten.

Vielleicht sollte sie einfach die Pinnwand abhängen und den Raum in einer hübschen Farbe streichen, einen eigenen Sessel hineinstellen und deckenhohe Bücherregale? Eine Leseecke war schon immer ihr Traum gewesen, jetzt konnte sie sogar einen ganzen Raum für sich haben. Ein Lesezimmer. Sie gähnte. Die Idee gefiel ihr gut. Nicht zuletzt würde dieses Vorhaben bedeuten, dass gleich mehrere Kästchen in ihrem Kalender belegt waren.

Ulrica

Als Ulrica vor dem Spiegel im Flur stand, stellte sie fest, dass die Tage auf der Insel auch äußerlich Spuren hinterlassen hatten. Anstelle ihres Make-ups waren kleine Sommersprossen getreten, ihr Haar, das sie zu Hause mit dem Glätteisen in Form presste, wellte sich jetzt ganz natürlich, und auch ihre Körperhaltung war anders. Viel entspannter. Aber sie hatte Angst, dass sie sich vielleicht etwas vormachte. Womöglich sah sie nur hier, in diesem Spiegel, so aus.

Sie ging aus dem Haus, stieg auf das blumenbemalte Fahrrad, winkte Bea, die am Küchenfenster saß, zu und machte sich auf zu der Steilküste hinter dem Liebespfad, an der sie bislang immer nur vorbeigeradelt war, aber nie gehalten hatte.

Das Hochplateau ragte hier in die Luft, unter ihm waren die Klippen ausgehöhlt und stürzten mindestens vierzig Meter tief ins Meer. Ulrica hatte ein flaues Gefühl im Magen, als sie ganz vorsichtig über die Absperrung kletterte und sich bis ganz an die Kante vorwagte. Die Wellen schlugen gegen die Felsen, als wollten sie wieder eine Schicht abtragen, und heute zog Nebel über dem Meer auf. Ulrica lief ein kalter Schauer über den Rücken. Fast meinte sie, die Natur erscheine ihr hier als lebendige Wesen.

»Von Weitem dachte ich, wie komisch, dich einfach still stehen und aufs Meer schauen zu sehen«, sagte Daniel, der mit einem Mal hinter ihr bremste. »Erst als ich näher kam, habe ich gemerkt, dass du mal wieder auf der falschen Seite vom Zaun stehst. Du spielst wirklich mit dem Tod.«

Ulrica lächelte betreten und kletterte wieder zurück. »Vielleicht bin ich besonders abenteuerlustig …«

Er grinste. »Wenn du Lust auf Abenteuer hast, dann komm morgen früh um zehn bei mir vorbei. Ich habe auch Imkeranzüge.«

Sie sagte zu, obwohl sie verstand, was er da vorschlug. Einen Ausflug zu seinen Bienenstöcken. Sie hatte für Insekten eigentlich nicht viel übrig, insbesondere nicht für die, die stachen.

Er verabschiedete sich grinsend und fuhr weiter.

Ulrica sah ihm kopfschüttelnd hinterher. Kaum zu glauben, dass Daniel immer dann auftauchte, wenn sie an einer Steilküste herumkletterte. Er musste ja denken, dass sie den ganzen Tag nichts anderes tat.

Ihre ersten Stunden auf der Insel kamen ihr in den Sinn, als sie am Jachthafen auf dem Steg hockte und er sich mit seinem Baguette neben sie gesetzt hatte. Da hatte sie sich in seiner Gesellschaft überhaupt nicht wohlgefühlt. Den Wein aus dem Plastikglas fand sie stillos, Daniel musste man jedes Wort aus der Nase ziehen und Heimweh hatte sie auch. Doch danach war noch manches geschehen. Jetzt freute sie sich auf den morgigen Tag, wenn sie Daniel wiedersah, Heimweh hatte sie definitiv nicht mehr und … Vielleicht war es eine gute Idee, den Kreis zu schließen und heute Abend noch einmal am Jachthafen Makrele vom Pappteller zu essen und Wein aus dem Plastikglas zu trinken? Jetzt wusste sie immerhin, dass es ein Genuss war. Wie die Dinge sich ändern konnten!

Sie fuhr zurück und lehnte das Fahrrad kurz gegen den Zaun, dabei summte sie vor sich hin, was sie sonst nicht tat. Im Ferienhaus wollte sie nur schnell ihr Portemonnaie holen, denn sie hatte vor, am Dorfladen vorbeizufahren, da im Kühlschrank gähnende Leere herrschte. Sie kramte in ihrer Handtasche, da fiel ihr ein, dass ihr Portemonnaie vermutlich noch in der Küche lag.

Als sie die Küche betrat, bemerkte sie etwas draußen auf der Terrasse. Sie zuckte zusammen und sah genauer hin. Tatsächlich, da saß jemand.

Sie ging ein paar Schritte in Richtung Tür. Bea war es nicht, das sah sie an den Haaren, die unter dem Sonnenhut zum Vorschein kamen. In dem Moment, als sie die Tür öffnete, drehte die Person sich zu ihr um.

Vor Schreck ließ Ulrica den Geldbeutel fallen.

»Mama!«

Alvas Gesicht war verstimmt, als sie sich wieder wegdrehte und auf die Felder blickte.

Ulrica wurde auf der Stelle ganz übel. Sie ging hinaus und nahm auf einem der Stühle Platz. In ihrem Kopf drehte sich alles, es pfiff in den Ohren und Schweiß trat ihr auf die Stirn. Sie wischte mit dem Handrücken darüber.

Alva blickte sie an, beugte sich zu ihr und nahm den kleinen Anhänger ihrer Kette in die Hand.

Da begriff Ulrica, was geschehen war. Sie hatte die Kette an dem Abend in der Speisekammer getragen, und sie war auf dem Foto, das sie auf Facebook gepostet hatte, zu sehen. Auf dem Polaroidfoto, das Lucy geschossen hatte. Wie konnte sie nur so dumm sein?

»Die Inselblume, eine Malve«, sagte Alva kurz und knapp.

Ulrica rang um Luft. »Und wie hast du das Ferienhaus ausfindig gemacht?«, fragte sie leise.

»Du hast ja auch Bilder mit einem Fahrrad gepostet, also habe ich die Frau in dem kleinen Lädchen am Hafen unten gefragt, ob sie weiß, zu welchem Haus das blumenbemalte Rad gehört. Besonders schwierig war es nicht.«

Ulrica hatte das Gefühl, als bliebe ihr die Luft weg, mit betont tiefen Atemzügen kämpfte sie dagegen an, in Ohnmacht zu fallen.

»Warum bist du hierher gefahren, obwohl du behauptet hast, du machst Urlaub in Österlen?«, fragte Alva.

Ulrica schluckte. Die ein oder andere Ausrede fiel ihr zwar ein, doch am Ende kam sie zu dem Schluss, dass jetzt die Wahrheit auf den Tisch musste und sie ihrer Mutter eine Erklärung schuldete. Sie stand auf und ging mit weichen Knien ins Haus, um die Ansichtskarte zu holen, die sie in ihrem Kinderzimmer aus der Kommode genommen hatte.

Alva schlug sich die Hand vor den Mund, als ihr Blick auf die getrocknete Malve fiel. Fassungslos starrte sie ihre Tochter an. »Meine Postkarte?«

»Ja …«, flüsterte Ulrica. »Aber deine Geschichte ist auch meine.«

»Ist sie *nicht*«, fuhr Alva sie an und wischte sich schnell die Augen trocken. »Du hast ja keine Ahnung! Auf dieser Insel ist Schreckliches passiert. Das habe ich dir hundertmal gesagt, ich wollte nie wieder herkommen und du solltest es auch nicht. Ich weiß, dass das radikal klingt, aber für mich ist es … lebenswichtig.« Ihre Stimme brach, Alva sprang auf und hängte sich die Handtasche über die Schulter.

Ulrica blickte ihr ins Gesicht. Da war wieder dieser besorgte Ausdruck, den sie aus ihrer Kindheit nur allzu gut kannte. Die Lust auf ein Abendessen im Jachthafen und die Verabredung mit Daniel am kommenden Tag war wie weggeblasen. »Warte kurz, ich packe meine Sachen«, sagte sie.

Drinnen ging Ulrica in die Knie und krümmte sich. Ihr war, als würde ihr das Herz zerspringen. Sie holte Koffer und Reisetasche hervor und schmiss all ihre Sachen hinein, kreuz und quer. Nichts wurde zusammengefaltet oder eingetütet. Dann schrieb sie Lucy einen Zettel. Ihre Handschrift spiegelte, wie es ihr ging: *Danke für eine wunderschöne Zeit. Ich überweise dir einen Betrag für die Endreinigung. Noch mal ganz lieben Dank.* Wenn sie auf dem Festland war, konnte sie ja noch eine SMS mit einer Erklärung hinterherschicken und mitteilen, dass sie ihren Aufenthalt aufgrund einer dringenden Familienangelegenheit überraschend beenden musste. So wie sie es sich schon am ersten Tag auf der Insel überlegt hatte, doch dieses Mal entsprach es der Wahrheit.

Sie zwinkerte schnell, um die Tränen in den Augen aufzuhalten, nickte ihrer Mutter zu, sie sei fertig, schloss die Tür ab und ging schweigend neben Alva her zum Hafen in Bäckviken.

Der Nebel, den sie schon gesehen hatte, hatte nun die Steilküste erklommen und griff mit kalten Fingern nach der Insel. Ulrica fror und blieb kurz stehen, um ihre Jeansjacke zuzuknöpfen.

Als sie am Hafen ankamen, gingen bereits die ersten Fahrgäste an Bord. Ulrica und Alva stellten sich am Ende der Schlange an und setzten sich an Bord in den Salon, mit der Insel im Rücken.

Als die Fähre ablegte, konnte Ulrica sehen, wie Alvas Schultern sich langsam entspannten. Wie klein und zerbrechlich sie aussah.

»Jetzt ist es zu spät, viel zu spät«, flüsterte Alva vor sich hin.

Ulrica verstand nicht, ob sie das zu ihr gesagt hatte oder vielmehr zu sich selbst, aber sie nickte leicht, fasste ihre Mutter an der Hand und spürte Alvas klammernden Händedruck. War das nicht genau das gewesen, was das Meer ihr geraten hatte, als sie mit ihm gesprochen hatte? *Lass es auf sich beruhen.*

Ulrica warf einen Blick zurück auf Ven. Der Nebel verwandelte die Insel in etwas Wolkenartiges, *Beas Wolke*. Sie hoffte, Bea würde ihr verzeihen, dass sie so sang- und klanglos verschwunden war.

6. Brief, 2. November 2012

Ich glaube, nirgendwo anders auf der ganzen Welt hätte man mehr Nachtklubs aufgetrieben als in Paris im Jahr 1949. Die Auswahl war schier unerschöpflich. Während Chérie sich immer mehr zu Hause verkroch, erweiterte ich meinen Horizont beständig. Jetzt reizten mich nicht nur die Keller- und Jazzklubs, sondern auch Lokale, in denen atemberaubende Vorführungen und exzentrische Menschen präsentiert wurden, die all meine Moralvorstellungen sprengten. Wie gebannt starrte ich auf die Künstler, Tänzer, Musiker, Zirkusartisten, Schriftsteller und Schauspieler, die ihr Leben völlig frei von bürgerlichen Konventionen lebten. Ich hatte zwar immer heißblütig dafür argumentiert, wie wichtig ein selbstbestimmtes Leben und Gleichberechtigung von Mann und Frau waren, doch diese Menschen zeigten mir, wie man auf Worte Taten folgen ließ. Wäre ich schon erwachsen gewesen, hätte ich mit großer Wahrscheinlichkeit auch bemerkt, wie viele der Menschen, die ich so bewunderte, im Grunde verirrte Seelen waren, doch damals sah ich nur die Freiheit, die sie in vollen Zügen auslebten.

Ich werde nie vergessen, wie ich zum ersten Mal im Le Lagon Bleu war. Es schien ein ganz normales Restaurant zu sein, mit runden Tischen in einem großen Raum. Doch zu einer bestimmten Stunde wurde das Licht gelöscht und dann verwandelte sich das Lokal in eine Art Varieté mit Trapez, Zirkustieren, Spiegeltricks und Cancanmädchen. Es war wie im Traum. Und hier begegnete ich Marcel Durant. Er war Trapezkünstler und zog mich ganz in seinen Bann, wenn er durch die Luft flog. Er war ein Mensch, der intensiv liebte, und das fand ich so anziehend an ihm. Er liebte seine Kunst, das Adrenalin, die Herausforderung. Er liebte Frauen – und Männer –, die ihn bewunderten. Er liebte seine Zirkusfamilie, denn die eigene Familie hatte ihn verstoßen. Mir war noch nie ein Mann mit einer so großen Leidenschaft für das Leben begegnet. Ich wurde von seinem Magnetfeld magisch angezogen und saß fest. Er war meine erste große Liebe, und als wir uns zwei Wochen lang jeden Tag gesehen hatten, versprachen wir uns an einem Morgen in einem Café beim Frühstück dasselbe, was ich mir immer gewünscht hatte – das ganze Leben miteinander zu verbringen, in freier und offener Liebe zu leben und kinderlos zu bleiben.

Innerhalb von nur vier Monaten war ich in jeder Hinsicht gescheitert. Meine Eifersucht allen Menschen gegenüber, die auch ein Stück von ihm bekamen, schlug ihn in die Flucht. Und als ich ihm beichtete, dass ich schwanger sei, behauptete er, das Kind sei nicht von ihm. Ich kann es ihm nicht mal verübeln. Wir hatten eine Abmachung und ich habe sie gebrochen. Wie Chérie schon gesagt hatte: Dafür, dass ich so intelligent war, war ich schrecklich naiv. Was du jetzt vermutest, stimmt. Er war dein Vater.

Chérie war während der ganzen Schwangerschaft an meiner Seite. Sie machte mir mit den Worten Mut, die jahrelang mein eigenes Mantra gewesen waren: Du schaffst das, du brauchst keinen Mann. Sie war auch in der Klinik dabei, als du zur Welt kamst. Niemand sonst hätte das besser gemacht als sie. Als ich zum ersten Mal in deine dunklen Augen gesehen habe und du meinen kleinen Finger mit deiner erstaunlich starken, kleinen Hand ergriffen hast, habe ich sofort eine unglaublich tiefe Liebe für dich empfunden. Und das hat sich nie mehr geändert.

Aber mit der Liebe kam auch die Trauer. Ich trauerte nicht nur um Marcel und die Tatsache, dass ich jetzt, im Alter von zwanzig Jahren, eine alleinerziehende Mutter war, sondern auch darum, dass alles, an das ich geglaubt, wofür ich so hart gekämpft hatte und was ich mir und meiner Mutter versprochen hatte, jetzt zerstört war. Ich schämte mich sehr, dass ich so jäh gescheitert war. Chérie wollte davon nichts wissen. Sie sagte, ich komme von einer stürmischen Insel mit einer Steilküste, die den tapfersten Menschen Angst einjagt. Sie sagte, es sei an der Zeit, dass ich mich auf meine Urkraft besinne und neuen Mut fasse. Meine große Tat würde es sein, dich alleine aufzuziehen. Was hätte ich nur ohne sie gemacht? Jahre später erst erfuhr ich, dass sie das viele Geld, das sie zusammengespart hatte, zur Seite gelegt hatte, um wieder nach Hause fahren zu können. Doch in der Situation gab sie alles her und kaufte Kinderwagen, Kleider, Windeln und Brei für dich. Ich hatte ja keinerlei Ersparnisse. Wir haben uns wirklich um alles gemeinsam gekümmert. Und als wir einmal alle drei an einem Sonntagmorgen zusammen im Bett lagen und die Herbstsonne durch das Fenster fiel und mit deinen langen, dunklen Wimpern spielte, da wusste ich, dass dies einer der wunderbarsten

Momente meines Lebens war. Und ich war mir nicht sicher, ob ich solche Augenblicke überhaupt verdient hatte.

Ich wünschte, mein Lied von Paris wäre in derselben Tonart weitergegangen. Aber die Nächte in Paris waren voller Versuchungen und ich konnte nicht widerstehen. Dafür würde ich eines Tages teuer bezahlen und alles verlieren, was mir am Herzen lag. In meinem ersten Brief habe ich geschrieben, dass ich mich nicht an dich wende, weil ich meine Sünden bereue, sondern weil ich sie angenommen habe – aber eigentlich ist das nicht wahr. Ich bedaure zutiefst, wie aufgeblasen und selbstverliebt ich damals gewesen bin, und würde alles darum geben, das ungeschehen zu machen, was dann geschah.

Der November ist eindeutig der schlimmste Monat im Jahr. So grau und düster. Nicht gerade passend, genau jetzt über das dunkelste Kapitel meines Lebens zu erzählen. Vor Kummer kann ich weder essen noch schlafen. Ich glaube, ich werde mir eine Pause gönnen und dir dann den siebten Brief schreiben. Um für die richtigen Worte Kraft zu schöpfen. Und dann will ich dir noch sagen, dass ich dich immer geliebt habe, auch wenn es vielleicht nicht immer so aussah.

Ulrica

Eigentlich war alles beim Alten, als Ulrica in ihrem Mehrfamilienhaus in der Kullagatan aus dem Fahrstuhl stieg. Vor Familie Sehlstedts Wohnungstür standen die Schuhe ordentlich aufgereiht auf der Fußmatte und das ganze Treppenhaus duftete nach Alströms Eintopf. Doch Ulrica selbst war irgendwie verändert. Sie schreckte zusammen, als unten die Haustür ins Schloss fiel, und ihr Herzschlag beschleunigte sich, als Schritte auf der Treppe erklangen, die ihr fremd vorkamen. Sie huschte in ihre Wohnung und schloss die Tür gleich hinter sich. Ihre Wohnung empfing sie mit Stille. Doch sie war keineswegs so angenehm wie auf Valdemars Steg, hier fühlte sie sich ganz anders an, beklemmend, fast abweisend. Als wollte sie fragen: Wer bist du denn?

Ulrica stellte ihr Gepäck ab. Ging durch den Flur, an Jacks Zimmer schnurstracks vorbei, gleich weiter in die Küche. Die Blumen auf der Fensterbank waren gegossen und neben einer Flasche Sekt hatte Angelika einen Zettel auf dem Küchentisch deponiert. *Willkommen zu Hause!*

Ulrica sah aus dem Küchenfenster auf die Fußgängerzone und den kleinen Marktplatz, wo die Leute am Imbiss Schlange standen und die Kinder übers Klettergerüst turnten. Viele Menschen tummelten sich dort, Einheimische und Touristen. Normalerweise atmete Ulrica im

Takt der pulsierenden Stadt, doch nun reckte sie sich über ihren Küchentisch, um mit einem Schwung die Vorhänge zuzuziehen. Dann ließ sie sich auf einen Stuhl plumpsen und stieß einen tiefen Seufzer aus. Ihr Blick fiel auf die Flasche Sekt, sie pfriemelte die Folie ab, entfernte den Draht und drehte die Flasche, bis der Korken sich löste. Dann holte sie sich ein Sektglas, schenkte sich etwas ein und nahm wieder Platz. Die Kohlensäure kitzelte ihren Gaumen und da schossen ihr die Tränen in die Augen. Sie kippte den Sekt schnell hinunter und schenkte sich wieder nach. Nach dem dritten Glas ließ sie ihren Gedanken freien Lauf.

Es war ein Schock, dass ihre Mutter tatsächlich herausbekommen hatte, dass sie nicht in Österlen, sondern auf Ven gewesen war, und plötzlich vor Lucys Ferienhaustür gestanden hatte. Ulrica erschauerte noch beim Gedanken an den Blick ihrer Mutter, als sie sie mit ihrem Gepäck zu Hause abgesetzt hatte. Tief verletzt und betont distanziert.

Die ganze Heimreise über hatte Alva kein einziges Wort mit ihr gesprochen. Wenn sie doch wenigstens mit ihr geschimpft oder sie angeschrien hätte, dann hätte Ulrica sich verteidigen können, schließlich war sie ein freier Mensch und konnte da Urlaub machen, wo sie wollte. Wie es Alva zustand, die eigene Geschichte unter den Teppich zu kehren, besaß Ulrica ebenso das Recht, diese Insel in ihr Herz zu schließen. Aber das Schweigen der Mutter kroch ihr unter die Haut und verursachte dort vor Scham einen brennenden Schmerz. Was sollte sie jetzt tun?

Sie stand auf und ging ins Wohnzimmer, legte sich

dort aufs Sofa und presste die Augenlider zu, bis sie ermattet einschlief.

Es war noch nachtdunkel im Zimmer, als sie die Augen schlaftrunken wieder öffnete. Sie sah auf ihr Handy auf dem Couchtisch: 5.35 Uhr. »Oh nein«, stöhnte sie. In ihrem Kopf hämmerte es, als sie sich aufsetzte.

Sie trippelte in die Küche, ließ Wasser in ein Glas laufen und warf eine Kopfschmerztablette hinein, dann setzte sie sich an den Küchentisch und zog die Vorhänge auf.

Hier war der Himmel nicht so dramatisch wie auf Ven, die Farben waren blasser. Hier und da war die Dunkelheit vom künstlichen Licht der Straßenlaternen etwas heller. In der Bäckerei war schon einiges los und ein Müllwagen fuhr vorbei, die Mülltonnen wurden geleert. Einige Leute unternahmen den ersten Spaziergang des Tages und führten ihre Hunde Gassi und mancher schien schon auf dem Weg zur Arbeit zu sein.

Ulrica trank schnell aus und griff zum Handy. Ihr Vater hatte am Vorabend eine Nachricht hinterlassen und vorgeschlagen, einen Spaziergang zu machen. Jetzt schrieb sie ihm sofort zurück, schließlich war er ein Morgenmensch, und fragte, ob er sie um acht Uhr am Espresso House treffen wolle.

Die Antwort kam umgehend: *Gern!*

Ulrica ging duschen, stellte Fernseher und Radio gleichzeitig an, schloss die Tür zu Jacks Zimmer und zwang sich, wenigstens ein Knäckebrot hinunterzuwürgen. Pünktlich verließ sie die Wohnung.

Ihr Vater war schon da und hielt zwei Pappbecher Kaffee in den Händen. Trotz allem, was passiert war, sah er ganz fröhlich aus. Sie lächelte verlegen, drückte ihn kurz zur Begrüßung, nahm ihm dann einen Becher ab, und so setzten sie sich in Bewegung, spazierten gemütlich den Kai entlang.

»Wie geht's Mama?«, fragte sie leise.

»Als sie zurück war, hat sie sich den ganzen Nachmittag im Schlafzimmer eingeschlossen. Dann ist sie wieder rausgekommen und hat so getan, als wäre nichts passiert. Und jetzt putzt sie die Fenster.«

Als sie an Dunkers Kulturhaus und dem Ångfärjepark vorbeikamen, setzten sie sich auf eine Bank. Von dort konnten sie die Fähre von Dänemark beobachten, die gerade Kurs auf den Hafen nahm.

»Ich kann immer noch nicht fassen, wie sie darauf kommen konnte, dass ich auf Ven bin. Nur durch die Kette auf dem Foto?«, sagte Ulrica.

Urban rutschte auf seinem Stuhl hin und her.

»Oder?«, fragte Ulrica und sah ihn scharf an.

»Sie hat die Kette mit der Malve bemerkt und gesagt, die kennt sie nicht, die muss neu sein. Und das fand sie merkwürdig, schließlich ist die Malve die Blume von Ven. Ich habe ihr gesagt, dass es überall Malven gibt und dass ich das gar nicht so merkwürdig finde.« Er holte tief Luft und fuhr fort: »Aber es hat ihr keine Ruhe gelassen, und sie hat gemeint, du würdest doch sicher nicht auf die Insel fahren, ohne ein Wort zu sagen? Darin habe ich sie natürlich bestärkt, aber du kennst ihren Blick. Sie durchschaut alle Lügen. Und mir fiel auf der Stelle ein, was du bei deinem Besuch vor dem Urlaub zu mir gesagt hast – dass du dir die Insel so gern anschauen würdest.« Er zuckte resigniert mit den Schultern. »Als du gesagt hast, dass du allein in einem Ferienhaus wohnen wirst, hatte ich sofort den Verdacht, dass du nach Ven fahren könntest. Aber gab es denn einen konkreten Grund dafür?«

Sie sah ihm in die Augen. »Ich habe eine Postkarte gefunden, die wohl von ihrer Mutter stammt …«

»Die mit der Malve«, sagte er.

»Du kennst sie?«

Ihr Vater nickte.

Ulrica presste die Lippen aufeinander. »Ich wollte wissen, was für ein Mensch meine Großmutter war. Ich wollte verstehen, warum Mama so ist, wie sie ist. In der letzten Zeit habe ich begriffen, dass ihre Art sich ganz stark auf mich ausgewirkt hat und ich deshalb so bin, wie *ich* bin – was mir ehrlich gesagt überhaupt nicht gefällt.« Sie seufzte. »Ich will nicht so werden wie sie.«

Urban nahm ihre Hand und tätschelte sie. »Das wirst du auch nicht.«

»Vielleicht nicht bis ins letzte Detail, aber ich habe Eigenarten von ihr übernommen, wie ihr zwanghaftes Bedürfnis, sich andauernd mit etwas zu beschäftigen, diese auffällige Rastlosigkeit. Und ich mische mich ständig ein und will die Menschen, die ich liebe, kontrollieren.«

Er ließ ihre Hand los und fingerte an seinem Kaffeebecher. »Das würde ich nicht sagen. Du bist pflichtbewusst, ordentlich, zielstrebig und fürsorglich. Das sind doch sehr gute Eigenschaften, als Frau und als Mutter?«

»Wenn man es damit nicht übertreibt, schon. Ich gehe fünf Mal in der Woche ins Sportstudio, arbeite mehr als Vollzeit, verabrede mich jedes Wochenende mit Freunden und behandele Jack wie einen Hund mit Würgehalsband …« Ihre Stimme versagte. »Und jetzt hat er sich losgerissen und ist abgehauen.«

Urban blickte sie an und lächelte tröstend. »Aber Ulrica … das stimmt doch gar nicht. Er ist so jung, das ist das Alter, in dem er seine Flügel testen muss. So viele junge Leute studieren woanders und gehen weit weg.«

»Er ist nicht gegangen, er ist geflohen«, sagte Ulrica voller Überzeugung.

Ihr Vater boxte sie leicht an die Schulter. »Okay, jetzt klingst du wirklich wie deine Mutter.«

Ulrica lächelte und wischte sich die Tränen weg. »Warum habe ich nicht ein bisschen mehr von dir?«

Er schloss sie in die Arme. »Wie war es denn für dich, nach Ven zu reisen?«

»Zuerst ist es mir wirklich an die Nieren gegangen, aber mit der Zeit wurde es richtig schön. Wenn ich es recht überlege, war ich auf der Insel viel mehr so wie du.«

»Siehst du, du trägst viele verschiedene Anlagen in dir.«

»Mag sein.«

»Wollen wir umdrehen?«, fragte er und zeigte auf den Weg zurück.

»Und was machen wir jetzt mit Mama?«, fragte sie, als sie wieder am Espresso House standen.

»Nichts. Irgendwann wird sie einen Schlussstrich unter die Sache ziehen. Und ehrlich gesagt hast du ja nur Urlaub auf einer Insel gemacht, das ist doch nicht so schlimm.«

Ulrica drückte ihn ganz fast. »Obwohl du weißt, dass das nicht ganz stimmt.«

Er zuckte mit den Schultern und lächelte nur.

Als er gegangen war, stand sie noch ein Weilchen da und atmete die Meeresluft ein. Es war immerhin ein kleiner Trost, dass es hier dasselbe Meer war wie unter Valdemars Steg. Sie schlug die Augen nieder und ging langsam nach Hause.

Bea

Durch ihr Küchenfenster beobachtete Bea, wie Lucy das blumenbemalte Fahrrad, das seit gestern am Zaun lehnte, durch den Vorgarten schob und hinter dem Haus abstellte. Dann ging sie hinein und ließ die Haustür offen stehen. Bea machte einen langen Hals. Ein paar Minuten später sah sie, wie Lucy mit einem Armvoll Bettzeug wieder herauskam und die Wäsche auf der Treppe deponierte.

Ihr Stuhl schrappte über den Boden, als Bea aufstand. Sie ging in den Flur, schlüpfte in die Holzclogs und lief über die Straße.

Lucy kam gerade wieder heraus, eine Mülltüte in der Hand. »Hallo, Bea!«, rief sie.

»Hallo, Lucy … was ist los?«

»Ulrica musste überraschend nach Hause fahren. Ich mache jetzt die Endreinigung, dann ist das erledigt.«

»Sie ist abgereist?«

»Ja.«

»Das kam aber plötzlich.«

Lucy nickte. »Ja, irgendwelche Familienangelegenheiten.«

Bea war irritiert und wusste nicht recht, was sie erwidern sollte. »Dann hoffe ich, du kannst dein Haus bald wieder vermieten«, sagte sie schließlich.

»Ich führe eine Warteliste«, sagte Lucy und grinste.

Sie schien es eilig zu haben, daher verabschiedete sich Bea. »Dann werde ich mal …«

»Bis bald«, sagte Lucy.

Bea nickte und ging.

Wieder einmal setzte sie sich an den Küchentisch. Der Kaffee war inzwischen kalt geworden. Sie trank ihn trotzdem. Was mochte der Grund dafür sein, dass Ulrica die Insel so plötzlich verlassen hatte? Noch bei ihrem Abendessen schien sie sich doch auf die nächsten Tage sehr zu freuen.

Bea stellte ihre Kaffeetasse auf der blauen Blume ab, rückte sie auf den perfekten Platz und holte ihren Kalender. Alle Artikel für das Inselblättchen waren weggeschickt, und jetzt wartete sie auf Nachricht, wann die nächste Ausgabe erscheinen würde. Doch sie hatte beschlossen, lieber nichts über das Haus neben dem Wilden Geißblatt zu schreiben. Die Frau, die darin gewohnt hatte, hatte viel Wert auf ihre Privatsphäre gelegt und sich aus der Öffentlichkeit zurückgezogen, es hätte ihr bestimmt nicht gefallen. Stattdessen würde sie einen Artikel über eine der Familien von den historischen Ziegeleien schreiben.

Der Tag verging wie im Flug. Der darauffolgende Tag ebenso, und der danach auch.

Noch immer brannte kein Licht im Ferienhaus gegenüber.

Am Sonntag erhielt Bea eine Mail von Lennart aus dem Dorfverein. Er bedankte sich für ihren Einsatz fürs Inselblättchen und fand ihre Arbeit auch ganz prima, doch er schrieb, Sussie brauche jetzt etwas Abwechslung, sie habe genug vom Babygeschrei und würde ihren Job gern wieder übernehmen.

Bea biss sich auf die Unterlippe. Nein!, wollte sie schreien. Ich brauche die Abwechslung auch. Die Termine in meinem Kalender. Wesentlich dringender als Sussie, ihr Kalender ist vermutlich proppevoll. Bea biss heftiger zu, ihre Lippe schwoll an, dann formulierte sie eine Antwortmail. Die löschte sie gleich wieder und setzte noch einmal neu an. Nach vier Entwürfen hatte sie die Verbitterung rauskorrigiert und schickte ihre wenigen Zeilen ab. *Danke, dass ich einspringen durfte, als Not am Mann war. Bin jederzeit wieder zur Stelle. Bis zur nächsten Sitzung.*

Es war für sie nicht leicht gewesen, das Blättchen zu schreiben, aber rückblickend wurde ihr klar, dass es ihr Rettungsanker gewesen war. Was tat sie jetzt ohne ihn?

Sie stand auf und schnürte die Wanderschuhe, warf eine leichte Jacke über und ging hinaus in die frische Nachmittagsluft.

Es war nicht zu übersehen, dass der Sommer an diesem letzten Tag im Juli schon in Richtung anderer Breitengrade schielte.

Tagelang war sie nicht vor die Haustür gegangen und ihr Körper wehrte sich. Doch diesmal ließ sie nicht locker. Ihr war klar, dass sie aktiv sein, einen neuen Rettungsanker suchen musste, was auch immer. Und wenn es ein Spaziergang war.

Sie ging so schnell sie konnte, ließ die Arme vor- und zurückschwingen und spürte bald, wie die Wangen glühten und ihr Herz schon nach wenigen Hundert Metern stärker pumpen musste. Früher war sie viel in Bewegung gewesen, hatte gejoggt, war zur Gymnastik gegangen und hatte sich fit gehalten. Aber seit Edvin aus ihrem Leben verschwunden war, war es mit ihrer Fitness vorbei.

Sie keuchte, doch sie setzte ihr Tempo fort. Eisern marschierte sie den Landsvägen voran.

Schon von Weitem erkannte sie Daniel, wie er gerade sein Fahrrad vor Lucys Café abstellte. »Gut, dass ich dich sehe. Weißt du, was mit Ulrica los ist? Sie hat doch gegenüber von dir gewohnt. Eigentlich waren wir verabredet, um die Bienenstöcke anzuschauen, aber sie ist nie aufgetaucht, und als ich bei ihr war und angeklopft habe, hat keiner geöffnet.«

Obwohl sie nur einen kurzen Weg zurückgelegt hatte, lief Bea der Schweiß über den Rücken. Ihre Kondition war inzwischen wirklich schlecht. Bea zog die Jacke aus und band sie sich um die Taille.

»Sie ist am Montag abgereist – ganz überstürzt. Irgendwas ist in der Familie passiert.«

»Ach so«, sagte er, schob die Hände in die Hosentaschen und zuckte nur mit den Schultern. Doch Bea, die ein Auge dafür hatte, sah ihm die Enttäuschung an.

»Wolltest du gerade einkehren?«, fragte sie ihn.

Er warf einen Blick zum Café. »Eigentlich nicht. Ich wollte nur Lucy fragen, ob sie etwas von Ulrica weiß. Aber das hat sich ja jetzt erledigt.«

»Stimmt. Doch verkehrt wäre es nicht. Ich könnte mal eine Pause gebrauchen und was Kaltes trinken. Wollen wir uns nicht einfach an einen Tisch setzen?«, fragte sie.

Er überlegte kurz, dann nickte er, öffnete das Tor und ließ Bea den Vortritt.

Sie bestellten sich beide Rhabarberkuchen, dazu nahm

Daniel eine Tasse Kaffee und Bea eine Limonade. Dann setzten sie sich an den Tisch unter der Eiche, Beas Lieblingsplatz.

»Habt ihr euch öfter getroffen, Ulrica und du?«, fragte sie und nippte an ihrem kühlen Getränk,

»Nicht direkt, wir sind uns zufällig immer wieder über den Weg gelaufen und sie hat ein paar Mal bei mir Honig gekauft.«

Bea nahm noch einen Schluck. »Aber du hast ihr auch mal ein altes, verlassenes Haus gezeigt?«

Erstaunt sah er sie an. »Ja, stimmt. Ulrica hat öfter dort drüben gesessen, wo das Wilde Geißblatt so stark duftet.« Er drehte sich um und zeigte auf die Büsche in der Ecke, wo jetzt eine Familie saß. »Und an dem Haus, das ich ihr gezeigt habe, wachsen Unmengen davon. Meine Kinder haben das vor ein paar Jahren ausfindig gemacht.«

Bea nickte und schob sich ein Stück Kuchen in den Mund. Der saure Rhabarber vermischte sich köstlich mit dem süßen Vanillearoma. Dieser Rettungsanker war definitiv besser als der Spaziergang. »Apropos Haus, wie geht es denn mit der Modernisierung deines Hofes voran?«, fragte sie.

»Gut. Ich werde ihn bestimmt bald los.« Er zuckte zusammen, als die Worte über seine Lippen kamen. »Oder besser gesagt, bald ist er so schön renoviert, dass man ihn gut verkaufen könnte …«

Bea zog fragend die Augenbrauen hoch.

»Okay«, er hielt die Hände hoch, als wolle er sich ergeben. »Ich habe Anna versprochen, dass wir ihren Traum verwirklichen. Das ist aber nie mein Traum gewesen.

Unser gemeinsames Leben geht für mich nicht einfach alleine weiter. Ich halte es hier echt nicht aus.«

»Kann ich verstehen«, sagte Bea. Sie sah, wie er kämpfte und die Kiefer aufeinanderpresste.

»Bitte versprich mir, es nicht weiterzuerzählen, das ist für alle hier so ein heikles Thema. Die meisten finden, dass ich jetzt zur Insel gehöre. Ich komme mir wie ein Verräter vor, der heimlich plant abzuhauen.«

»Ach was«, sagte Bea. »Wir haben doch alle unsere kleinen Geheimnisse.« Sie blickte hoch zur Krone der Eiche. »Um genau zu sein, dreizehn Stück. Fünf davon sind so geheim, dass wir mit niemandem darüber sprechen.«

Daniel sah sie mit großen Augen an.

Bea fuhr fort: »Das hat irgendein Wissenschaftler herausgefunden.« Sie verzog das Gesicht. »Ich tue zum Beispiel immer so, als wäre ich mordsmäßig beschäftigt, aber in Wahrheit ist in meinem Kalender totale Ebbe. Das ist eins meiner Geheimnisse.«

Da entspannten sich Daniels Schultern. Bea hatte inzwischen aufgegessen und stellte den blitzblank geputzten Teller auf dem Tablett ab. Auch Daniel nahm seinen letzten Bissen. Sie standen auf, Bea trug das Tablett zum Geschirrwagen und sie gingen zusammen über den Hof.

»Machst du jetzt weiter mit deinem Power Walk?«, fragte er.

»Nein, mir ist klar geworden, dass ein schneller Spaziergang mit Kaffeepause eher meine Art von Sport ist, ich habe mein Training für heute abgehakt, könnte man sagen.«

Daniel musste lachen, und Bea kam der Gedanke, dass er richtig nett aussah dabei. Er sollte das viel öfter tun, schließlich stand er mitten im Leben. Vielleicht musste er die Insel wirklich verlassen, um wieder fröhlicher sein zu können.

»Danke für deine Gesellschaft. War echt nett. Wenn du mal wieder zu viele leere Seiten im Kalender hast, meld dich gern, dann gehen wir wieder Kaffee trinken«, sagte er.

»Versprochen«, erwiderte Bea schmunzelnd.

Die Schritte zurück waren leichter. Was so ein Stückchen Rhabarberkuchen doch bewirken konnte! Als sie auf ihr Haus zuging, sah Bea, wie ein Pärchen in Lucys Haus einzog. Sie wirkten genauso gespannt wie alle Gäste, die diese Tür zum ersten Mal aufschlossen. Ja, alle außer Ulrica. Aber sie hatte ja auch ihre Gründe gehabt.

Bea ging ins Haus, in diese Stille, die sie gleichzeitig liebte und hasste, und sie musste daran denken, was Ulrica bei ihrem Abendessen gesagt hatte, dass sie lernen wolle, sich mit dem Alleine-Leben anzufreunden – und mit der Stille. Ob ihr das gelungen war?

Sie setzte sich an den Küchentisch und sah, wie ihr das Pärchen von der anderen Seite zuwinkte. Bea lächelte und winkte zurück, dann nahm sie ihr Smartphone und rief Ulricas Facebook-Profil auf. Ulrica hatte gerade ein Bild gepostet, auf dem ein fertig gekochtes Gericht und mehrere Tupperschüsseln standen: *Vorgekocht für die ganze Woche. Öfter mal was Neues.*

Bea blickte auf ihren Wandkalender. Sonntag. Sie lächelte vor sich hin. Ulrica versuchte es also mit Beas Überlebensstrategie für einsame Seelen. Hoffentlich konnte sie ihr helfen.

Ulrica

Eigentlich hatte Ulrica noch eine Woche Urlaub, doch ihr Chef hatte ihr das Okay gegeben, schon früher wieder anzufangen. Es gab sehr viel zu tun, daher sagte er auf der Stelle zu, dass sie am Montag wieder ins Büro kommen könne. Vor Erleichterung wäre sie beinahe in Tränen ausgebrochen. Hier in der Stadt kam sie mit der Einsamkeit nicht gut zurecht, ganz anders als auf Ven. Ihre Tupperdose mit der vegetarischen WOK-Pfanne, die sie gestern vorgekocht hatte, stand schon im Kühlschrank der Personalküche, und obwohl es noch sehr früh war, hatte sie Jack schon geschrieben. Jetzt blieb er die Antwort wieder schuldig. Sie wusste, es lag daran, dass sie viel zu viele und viel zu intime Fragen stellte.

Sie fuhr den Computer hoch und buchte parallel über ihre Handy-App einen Spinningkurs für den Abend. Wie schnell sie wieder in die alten Gewohnheiten verfiel! Die Kollegen kamen herein und erkundigten sich, ob sie einen schönen Urlaub gehabt habe, oder klärten sie über die neuen Aufträge ihrer Kunden auf. Ihr Alltag lief wieder genau so ab wie vor dem Urlaub. Sie hetzte von einem Termin zum nächsten, völlig unter Stress. Beim Mittagessen unterhielt sie sich nebenbei und scrollte auf dem Handy herum. Sie arbeitete in Hektik, machte eine Stunde später Feierabend als die Kollegen und fuhr direkt weiter ins Fitnessstudio. Als sie nach Hause kam, schaltete sie eine Playlist auf Spotify *und* den Fernseher ein, nur damit sie die Stille nicht ertragen musste, dabei briet sie sich ein Omelett, das sie im Stehen aß, während sie aus dem Küchenfenster sah. Als sie mit dem Essen fertig war und Jack noch einmal geschrieben hatte, stellte sie fest, dass sie noch viel zu sehr unter Strom stand, um ins Bett zu gehen, und so streifte sie ein Hoodie über, schlüpfte in die Turnschuhe und verließ die Wohnung.

Sie spazierte runter zum Hafen und zur Liegewiese Gröningen, wo sie sich auf dem Holzdeck hinter dem Restaurant, das in einem alten Eisenbahnwaggon eingerichtet war, niederließ. Vor ihr fielen die großen Felsbrocken steil ab ins Meer. Wäre sie jetzt auf Ven gewesen, dann hätte sie garantiert versucht, über sie hinabzuklettern, und vermutlich wäre Daniel aufgetaucht und hätte sie mit besorgtem Blick laut und deutlich gewarnt. Fast hätte sie gelächelt, doch ihre Mundwinkel bewegten sich nicht.

Sie verfolgte die Wellen, die ganz gleichmäßig auf die Klippen schlugen, und lauschte. Sie hatte nicht erwartet, dass das Meer jetzt mit ihr sprechen würde, natürlich hatte Valdemar sich das alles nur ausgedacht, doch das Schweigen war dennoch enttäuschend. Hatte sie sich nichts bewahrt von ihrer Zeit auf Ven, nichts gelernt? Konnte das möglich sein? Dort war sie doch so authentisch gewesen.

Sie griff zu ihrem Smartphone und rief Angelika an, die gerade von ihrem Urlaub auf Samos zurückgekommen war und von Ulricas verfrühter Heimkehr noch gar nichts wusste.

»Hallo! Bist du wieder zu Hause?«, fragte Ulrica. Im Hintergrund hörte sie Lachen und Musik.

»Ja, jetzt sind wir da. Der Urlaub war ein Traum, aber diese Hitze … Und du bist gerade von Ven zurück?«

»Nicht ganz, ich bin schon seit fast einer Woche wieder zu Hause«, erklärte sie.

»Was? Bist du doch früher heimgefahren?«

»Ja …«

»Ich höre dich schlecht, da ist so ein Windgeräusch, bist du draußen?«

»Ich sitze unten am Hafen.«

»Und was machst du da?«

Ulrica zuckte mit den Schultern. »Stelle mir vor, ich hätte wieder ein Plastikglas mit Wein in der Hand …« Bei dem Gedanken daran, dass sie gar nicht mehr am Jachthafen gewesen war, um den Wein im Plastikglas zu feiern, brach ihre Stimme. Sie hatte sich von Ven gar nicht verabschieden können.

»Weißt du was … ich schwinge mich aufs Rad und komm runter.«

Bevor Ulrica reagieren konnte, hatte Angelika aufgelegt. Eine Viertelstunde später bremste ihre Freundin abrupt an der Uferpromenade und nahm eine Stofftasche aus dem Fahrradkorb. Es kamen eine Flasche Weißwein und zwei Plastikbecher zum Vorschein.

»Wir haben Montag …«, entgegnete Ulrica, als sie das sah.

»Wir haben Montag und offensichtlich eine Krise«, sagte Angelika und schenkte ihnen ein.

Nachdem sie den ersten Schluck getrunken hatten, seufzten sie beide.

»Erzähl mal«, sagte Angelika, »warum hocken wir jetzt hier und trinken Wein aus Plastikbechern?«

Ulrica beobachtete eine Sturmmöwe, die über ihnen kreiste. Sie hatte den Eindruck, das heisere Lachen des Vogels galt ihr. »Kannst du dich an das Bild erinnern, das ich dir zu Beginn meines Urlaubs geschickt habe, als ich da am Steg saß und Makrele gegessen und Wein getrunken habe?«

»Ja, ich erinnere mich.«

»Ich hatte mir überlegt, dort zum Abschied noch einmal hinzufahren, bevor es wieder nach Hause geht. Es wäre wichtig für mich gewesen, dieses einfache Essen noch mal richtig zu genießen. Um mir quasi selbst zu beweisen, dass ich einen Schritt weiter bin – dass ich die Stolpersteine verrückt habe.«

Angelika nickte, sie sollte weitererzählen.

»Und dann stand plötzlich Mama da.«

Angelika verschluckte sich und musste husten. Sie fuhr mit der Hand in ihre Stofftasche und suchte nach einer Serviette. »Was sagst du?«

»Mama ist nach Ven gekommen.«

»Wie bitte? Du hast ihr doch erzählt, du bist in Österlen?«

»Stimmt. Aber erinnerst du dich an das Foto, das ich auf Facebook gepostet habe? Das Polaroidbild? Da habe ich eine Kette mit einem Malvenanhänger getragen, die ich von Lucy geschenkt bekommen hatte. Meine Mutter hat die Blume gesehen und eins und eins zusammengezählt.«

»Wie verrückt«, sagte Angelika. »Aber als sie dann da war, was hat sie dann gesagt?«

»Sie war total entsetzt, verletzt, schockiert … wütend, so könnte man es wohl zusammenfassen.«

»Aber hat sie immer noch keine Erklärung abgegeben, warum dein Urlaub bei ihr solche Gefühlsstürme ausgelöst hat?«

»Nein. Sie hat nur wieder gesagt, dass die Insel für sie mit ganz schrecklichen Erlebnissen verbunden ist.«

»Darüber sollte sie mal mit einem Psychotherapeuten reden«, sagte Angelika.

»Sie sollte mit dir mal ein Glas Wein aus dem Plastikbecher trinken«, sagte Ulrica und grinste. »Das tut immer gut.«

Ulrica lehnte sich auf der wellenförmigen Bank gemütlich zurück. »Weißt du, was an der Geschichte am traurigsten ist?« Sie ließ Angelika keinen Raum für eine Antwort. »Ich habe gedacht, ich hätte mich verändert. Doch kaum bin ich wieder zu Hause gewesen, bin ich sofort in die alten Muster verfallen. Der einzige Unterschied ist, dass ich jetzt kapiere, was ich da tue.«

»Willst du ganz ehrlich meine Meinung dazu hören?«, fragte Angelika.

»Ob ich mich das traue …?«

Angelika wollte gerade nachschenken, da hielt Ulrica die flache Hand über ihr Glas. Morgen war wieder ein Arbeitstag.

»Ich würde sagen, du brauchst einen Mann«, sagte Angelika.

Spontan hielt Ulrica ihr das Glas wieder hin. »Einen Mann? So was Blödes habe ich ja noch nie gehört.«

»Alleinsein ist nicht gerade deine Stärke«, sagte Angelika und stieß mit ihr an.

»Stimmt, dann sollte ich das endlich lernen. Anstatt das Leben noch komplizierter zu machen.«

Seit ihrer Scheidung hatte Ulrica nie ernsthaft daran gedacht, einem neuen Mann Zutritt zu ihrem Leben zu gewähren. Es hatte ein paar kürzere Affären gegeben, aber nichts wirklich Ernstes. Schließlich hatte sie Jack. Allerdings … hätte ihm ein Stiefvater womöglich gutgetan, da er seinen leiblichen Vater doch so selten sah?

»Okay, wenn du davon nichts hältst, dann habe ich zwei Tipps für dich: Fang mit Yoga an und übe dich in Akzeptanz.«

»Akzeptanz?«

»Ja, finde das, was du über die Frauen in deiner Familie wissen willst, heraus und finde dich mit ihrem Schicksal ab. Dann kannst du dich wieder um dich kümmern und dein Leben selbst in die Hand nehmen.«

Ulrica lächelte. »Warum arbeitest du eigentlich im Kfz-Betrieb deines Mannes und nicht als freiberufliche Therapeutin?«

Angelika brach in Lachen aus. »Dann hab ich wohl recht?«

»Weiß ich noch nicht, aber ich nehme mal an, dass Menschen wie ich, die wie ein Blatt im Wind sind, ziemlich leicht in die eine oder andere Richtung zu bewegen sind.«

»Für mich bist du überhaupt kein Blatt im Wind«, sagte Angelika. »Und deshalb wirst du auch einen Weg aus diesem Schlamassel finden. Eine Lebenskrise bietet immer die Möglichkeit, dass etwas Neues, etwas viel Besseres entsteht.«

Ulrica verdrehte die Augen. Sie verstauten die leeren

Plastikbecher wieder in der Stofftüte, die Angelika in ihrem Fahrradkorb zusammenknüllte.

»Danke für das Krisengespräch«, sagte Ulrica.

»Wenn es um dich geht, erreichst du mich 24/7. Nur dass du's weißt.«

Sie verabschiedeten sich mit einer Umarmung, und dann sah Ulrica ihrer Freundin hinterher, wie sie zur Tågagatan radelte. Langsam machte sie sich auf den Heimweg.

Im Flur knipste sie das Licht an und sah in den Spiegel. Streckte den Rücken durch. Morgen würde sie nicht wieder eine Stunde früher als üblich anfangen zu arbeiten und ihren Spinningkurs würde sie canceln. Unter der Woche würde sie mit ihren Eltern Kaffee trinken, ohne die Vergangenheit wieder heraufzubeschwören, und versuchen zu akzeptieren, dass Alva ihre Entscheidung getroffen hatte und sie selbst vermutlich nie erfahren wird, was auf der Insel passiert ist. Sie würde aufhören, Jack zu verfolgen, egal, wie es sie quälte, nicht zu wissen, wie es ihm ging. Und vielleicht würde sie sich sogar zu einem Yogakurs anmelden. Wenn Angelika recht hatte, dass sie sich im Moment in einer Lebenskrise befand, dann würde sie sie meistern. Aber zwar allein, dafür brauchte sie keinen Mann.

Bea

Noch war August, doch vor Beas Fenster ging es bereits herbstlich zu. Hin und wieder fuhr ein Einheimischer mit dem Wagen vorbei, ansonsten war der Landsvägen verlassen und leer. Das Pärchen in Lucys Ferienhaus hatte Kerzen angezündet und fand das Wetter offenbar sehr gemütlich. Bea schaltete das Radio ein, laut genug, dass es für eine Geräuschkulisse sorgte, aber so leise, dass sie vom Wortlaut nichts verstehen konnte. Vor ihr auf dem Küchentisch lag ihr Kalender und sie schlug die Seite um und las das Zitat für den Monat September. Auf dem Foto war ein Kiesweg zu sehen, der durch die Felder lief. Das Zitat lautete: *Das Leben ist wie eine lange Reise, doch nicht das Ankommen, sondern der Weg ist das Ziel.* Bea schnaubte und griff zu einem Stift. Sie strich die Worte mehrfach durch und schrieb darunter: *Das Leben ist wie eine Zwiebel: Du schälst eine Schicht nach der anderen ab und manchmal musst du weinen.*

Sie schluckte. Nicht einmal das Zitat konnte sie aufmuntern. Was sollte sie mit so einem grauen Tag anstellen? Im Augenwinkel nahm sie wahr, dass in ihrem Posteingang eine Mail auftauchte. Sie zog das Notebook zu sich heran. Post von Lennart. *Hallo, Bea, ich hoffe, es geht dir gut. Sussie und ich haben noch mal über das Inselblättchen gesprochen und wollten dich fragen, ob du nicht die*

Artikel über die Familien der Insel fortführen möchtest. Das haben viele so gern gelesen. Die anderen Texte würde Sussie übernehmen.

Bea las die Mail immer und immer wieder. Hieß das, sie könnte diese Familiengeschichten weiterschreiben und hätte auch künftig etwas, womit sie ihren Kalender füllen konnte? Ihr Herz schlug höher, als sie die Hände auf die Tastatur legte, um eine Antwort zu formulieren. Vier Versuche benötigte sie wieder einmal, bis sie endlich den richtigen Ton traf, nicht zu überschwänglich, aber trotzdem freudig überrascht. *Danke euch, ich schreibe gern noch mehr Familiengeschichten, wenn das bei den Lesern so gut ankommt.*

Kaum hatte sie die Antwort abgeschickt, begann sie in ihren Notizen von ihrem Besuch bei Elsa im Heimatmuseum zu kramen. Sie wusste, dass sie etwas über einen gewissen Per Olander aufgeschrieben hatte, der einst einen der großen Ziegeleibetriebe auf Ven geführt hatte. Doch dann hielt sie mit einem Mal inne.

Ihr schoss das Bild von dem Haus am Wilden Geißblatt in den Kopf. Für welche Geschichte sollte sie sich entscheiden? Welche war richtig? Ihr Herz plädierte für das verlassene Haus, ihr Kopf stimmte für die Ziegelei. Eine Weile saß sie noch grübelnd da und kam zu keiner Lösung, also zog sie Windjacke und Turnschuhe an und ging aus dem Haus. Sie schwang sich aufs Fahrrad und kämpfte mit hartnäckigem Gegenwind. Sie mühte sich ab und keuchte. Unterwegs lief ihr kaum ein Mensch über den Weg, nur Klas, der mit Pappi Gassi ging. Es sah fast aus, als würde der Wind den kleinen Hund von der Straße fegen.

»Sei vorsichtig!«, rief er ihr zu.

»Ja, danke!«, schrie sie zurück, aber fragte sich selbst, ob sie bei diesem Sturm wohl heile am Häuschen ankommen würde.

Nachdem sie mehrmals kurz davor gewesen war umzudrehen, gelangte sie schließlich doch an die Stelle, wo sie das Fahrrad am Wegesrand abstellen musste. Sie hörte, wie der Wind es umschlug, doch sie ließ es einfach im Graben liegen und folgte der Traktorspur, die zu dem verlassenen Haus führte. Als sie über die Felder lief, zerrte der Wind an ihren Haaren und an ihrer Jacke, als wolle er sie davon abhalten weiterzugehen. Die staubige Erde wirbelte hoch und drang ihr in die Augen, sie blinzelte und versuchte, noch schneller zum Ziel zu kommen.

Als sie das kleine Wäldchen erreicht hatte und etwas geschützter stand, atmete sie auf, und da lag auch schon der Duft des Wilden Geißblatts in der Luft. Sie ging auf das Haus zu und stellte sich vor das Fenster, in das Ulrica bei ihrem gemeinsamen Besuch geguckt hatte. Sie schirmte die Augen mit der Hand ab und linste hinein. Da stand noch eine ganze Menge Mobiliar. Altmodische Möbel, die Lucy in ihrem Café sicher im Handumdrehen verkauft hätte. Bea ging einmal um das Haus herum, rüttelte an Türen und Fenstern. Alles war verschlossen wie erwartet.

Bea stieg die Stufen zum Eingang hinauf, wo sie mit Ulrica gesessen hatte, und hielt Ausschau nach dem Wilden Geißblatt, das vom Sturm hin- und hergepeitscht wurde. Sie erschauerte. Sie hatte gehofft, hier eine Antwort auf ihre Frage zu finden, welche Geschichte die richtige war. Sollte sie über dieses Haus schreiben? Nun erschien es ihr, es sei besser, die Finger davonzulassen.

Dieser Ort war gespenstisch, vielleicht lag es heute auch am Wetter. Oder daran, dass sie ganz alleine hier stand.

Sie zog die Kapuze hoch und lief zurück zu dem Traktorweg. Sie wollte so schnell wie möglich wieder nach Hause kommen und lieber mit dem Artikel über die Ziegelei beginnen, doch kaum war sie wieder an dem Wäldchen angekommen, hielt sie an und blickte über die Schulter. Dann drehte sie um und ging zurück. Vor der Terrassentür befand sich ein gesprungener Tontopf. Sie kippte ihn leicht, um nachzusehen, ob darunter vielleicht ein Schlüssel versteckt war. Nein, da war nichts. Sie stand wieder auf, wischte sich die Hände ab und ging um das Haus herum. Vor der Eingangstür lag eine alte, verschlissene Fußmatte. Sie zog eine Ecke hoch. Das Adrenalin schoss ihr in den Körper, als ein rostiger Schlüssel zum Vorschein kam. Sie nahm ihn in die Hand, blickte sich kurz um, schob ihn ins Türschloss und schloss auf.

Die Tür sprang auf und fiel vom starken Wind hinter ihr gleich wieder laut krachend ins Schloss, sodass ihr fast das Herz stehen blieb. Sie schnappte nach Luft. Es war ihr tatsächlich gelungen hineinzukommen.

»Hallo«, sagte sie kaum hörbar.

Eine mächtige Stille schlug ihr entgegen. Langsam schritt sie durch den Flur, blickte in die kleine Küche und ging weiter ins Wohnzimmer. Die Luft war klamm, es roch muffig. Nein, hier hatte schon lange keiner mehr gewohnt.

Bea sah sich um. Die Räume waren sparsam möbliert. Nirgendwo Fotos. Ein paar Bilder mit Motiven von Ven. Sie erkannte einige. Auf einem kleinen Aquarell war etwas anderes zu sehen. Sie trat näher. Das sah mehr nach einer Straße in einer Stadt aus. Sie nahm das Bild vom Haken. Auf der Rückseite stand: *Montmartre, Paris.* Behutsam hängte sie es wieder an seinen Platz und bewegte sich weiter durchs Haus.

Sie öffnete eine Tür, die zu einem Schlafzimmer führte. Die Luft entwich aus dem Raum, als würde er ausatmen, alles war sauber und ordentlich und das Bett gemacht. Das Zimmer daneben war jenes, in das sie schon durchs Fenster gelugt hatte. Von der Größe her erinnerte es Bea an ihr Büro, doch hier befanden sich Unmengen von Büchern. Nicht nur im Bücherregal, auch vor der Wand hohe Stapel und auf dem Sekretär, der am Fenster stand. Bea ging zum Regal und las wahllos ein paar der Buchrückentitel. *Die Sekretärinnen, Schreibliesel* und *Der Wecker* von Elin Wägner, *Das Jahrhundert des Kindes* von Ellen Key und *Das Tagebuch der Selma Ottilia Lovisa Lagerlöf* von Selma Lagerlöf.

Als sie das Buch von Ellen Key aus dem Regal zog, segelte ein Foto zu Boden. Es mochte vielleicht aus den späten Vierzigern stammen, vielleicht auch aus den frühen Fünfzigerjahren. Das Umfeld glich dem des Aquarells, es war offensichtlich in Paris aufgenommen. Auf dem Bild sah man zwei junge Frauen in einem Café, die rechte hielt ein Baby im Arm, das sicher kaum älter als ein halbes Jahr sein mochte. Sie herzte das Kind, während die andere Frau den Kopf abwandte und über etwas lachte. Bea las auf der Rückseite: *Uns liegt die Welt zu Füßen. Die ganze Welt. Von links: Sofia, Ella und Alva. Paris.*

Bea hielt die Luft an. Alva. Der Name von Ulricas Postkarte und Gerdas Stammbaum, dünn mit Bleistift geschrieben. Sie ließ sich in einen Sessel fallen. Der Staub vieler Jahre schoss aus der Polsterung und hüllte sie in eine Wolke. Wieder sah sie das Foto an. Eine echte Momentaufnahme. Der Betrachter wurde geradezu ins Bild hineingezogen, man konnte den Straßenlärm hören, die Gespräche am Nachbartisch, man spürte die stickige Sommerluft, ebenso die tiefe Verbundenheit der drei. Sie strich mit den Fingern über die Fotografie, stand auf, um sie wieder zurückzulegen, doch dann überlegte sie es sich anders und steckte sie ein. Danach verließ sie das Haus rasch mit dem unangenehmen Gefühl, beobachtet zu werden, sie schloss hinter sich ab, kontrollierte die Tür mehrmals und legte den Schlüssel zurück unter die Matte.

Vor Anspannung pumpte ihr Herz schwer auf dem Weg nach Hause, und Bea keuchte wie nie zuvor, als sie endlich in ihrem Haus stand. Sie holte das Foto aus der Jackentasche, ging ins Büro und pinnte es an die Wand.

Noch einmal besah sie sich die beiden Frauen ganz genau. Die etwas größere mit dem Kurzhaarschnitt und dem fröhlichen Lachen und die niedliche, die so herzensgut aussah und das Kind, Alva, so innig hielt.

Ulrica

Am Mittwoch fuhr Ulrica gleich nach der Arbeit zum Kaffeetrinken zu ihren Eltern. Es war eine Gewohnheit, dort unter der Woche vorbeizuschauen, doch sie spürte eine pochende Unruhe auf dem Weg. Zu viel war passiert in der letzten Zeit, als dass sich alles normal anfühlen konnte. Sie klopfte an die Tür und öffnete sie.

»Hallo!«, rief sie in den Flur.

Ihr Vater kam angelaufen. »Wie schön, dich zu sehen. Ist lange her«, sagte er und schloss sie in die Arme.

Ulrica hängte ihre Jacke an der Garderobe auf.

»Lass die Schuhe an«, sagte er, »ich will dir gleich meine Beete zeigen.«

Ulrica folgte ihm durch den Flur, begrüßte ihre Mutter, die in der Küche stand, flüchtig und ging weiter durchs Wohnzimmer hinaus auf die Terrasse. Im Halbkreis standen da lauter Töpfe mit Tomaten, Physalis und Salat. Ihr Vater wies auf ein Gewächs und erklärte voller Stolz: »Purple Teepee, eine lila Buschbohne.«

»Nie gehört«, sagte Ulrica.

Er zog eine gelbe Kirschtomate vom Strauch und hielt sie ihr hin.

Ulrica schob sie sich in den Mund und sofort verteilte sich das süße Aroma an ihrem Gaumen. Sie nickte. »Sehr lecker!«

»Du könntest auf deinem Balkon auch Gemüse ziehen«, sagte ihr Vater und steckte sich eine Tomate in den Mund.

»Du weißt doch, damit hab ich's nicht so.«

»Bevor man es nicht versucht hat, kann man das gar nicht wissen.«

Dann zeigte sie auf die gelb-grünen Blüten der Physalis. »Das sieht sehr professionell aus.«

»Gute Erde, Wasser, Dünger und viel Liebe. Kinderleicht«, sagte er grinsend.

Sie musste lachen, doch wurde sie schnell wieder ernst. »Wie geht es Mama?«, fragte sie.

»Alles gut. Nach vorn zu blicken, ist ja ihre Superkraft.«

»Du meinst wohl eher, Dinge unter den Teppich zu kehren und den Kopf in den Sand zu stecken«, sagte Ulrica und seufzte.

»Das auch.« Er lachte, hakte sich bei ihr ein und führte sie zurück ins Haus.

Alva hatte soeben Tee und frisch gebackene Scones im Wohnzimmer auf den Tisch gestellt. Es duftete wunderbar. »Macht es euch bequem«, sagte sie und band sich die Schürze ab.

Ihre Stimme klang fest, doch ihr Blick flackerte ein wenig. Ulrica nahm Platz, gab Gebäck, eine Scheibe Käse und selbst gemachte Himbeermarmelade auf einen Teller und schenkte den Tee ein. Ihre Eltern machten zu Hause fast nie Musik an, jetzt war es so still, dass man hören konnte, wie jeder kaute.

»Arbeitest du inzwischen wieder?«, fragte Alva, ohne sie wirklich anzusehen.

»Ja. Ich arbeite wieder.«

Das Schweigen zwischen den kurzen Sätzen juckte auf der Haut.

»Und was macht Jack?«, fragte ihr Vater.

»Dem geht's gut.« Sie nahm noch einmal Nachschlag von der Marmelade. »Ich habe Angelika übrigens kürzlich getroffen.«

»Ach, wie schön«, sagte ihr Vater. »Dass ihr immer noch so guten Kontakt habt. Als Kinder wart ihr ja ein Herz und eine Seele.«

»Sie meinte, ich soll es mal mit Yoga probieren – und mir einen Mann zulegen«, sagte sie scherzend, um die Stimmung etwas aufzuhellen.

Urban musste lachen. Alva wendete den Blick ab. Ulrica sammelte ein paar Krümel vom Teller auf und schielte zu ihrer Mutter hinüber.

Dann berichtete Urban von seinen Gärtnerplänen. Sie plauderten noch ein Weilchen, und als sie mit dem Essen fertig waren, sprang Alva auf und räumte ab.

»Ich möchte mir ein Gewächshaus anschaffen und Wein ziehen. Und wenn ich darin sitze, kann ich zusehen, wie er nach oben klettert.« Jetzt hatte Urban einen ganz verträumten Blick. »Zitronen, Limetten, Feigen und Oliven.«

Ulrica schmunzelte. »Ja, du sollst deine kleine Oase bekommen, dann kannst du dich fühlen, als wärst du am Mittelmeer.«

»Ja, und du sollst mit Yoga anfangen und dir einen Mann zulegen«, sagte er zwinkernd. »Vielleicht triffst du ja einen im Yogakurs!«

Ulrica schüttelte lachend den Kopf und stand auf. »Ich gehe mal kurz hoch«, sagte sie und ging zur Treppe.

»Tu das«, erwiderte Urban und stand auf, um seiner Frau in der Küche zu helfen.

In der Tasche hatte Ulrica die Karte mit der getrockneten Malve. Sie zog die Schublade des Schreibtischs auf, legte die Karte zurück unter die drei Notizbücher, stellte sich dann wie gewohnt ans Fenster und sah hinaus auf die hügelige Landschaft von Ven. Doch diesmal ging ihr Blick weiter zum Bücherregal, weg von der schönen Aussicht.

Sie betrachtete die Buchrücken und die Aktenordner, die ordentlich im Regal standen. Es waren mehr Ordner als Bücher. Wichtige Unterlagen aus den letzten Jahrzehnten. Ihre Eltern waren beide sehr ordentliche Menschen. Ganz unten befanden sich die Fotoalben mit den Bildern von Ulricas Kindheit, und daneben war ein dünnes, in Leder gefasstes Album aus Alvas Jugend und der Zeit, bevor sie Urban kennengelernt hatte. Ulrica hatte es schon oft angeschaut, als sie klein war.

Sie beugte sich hinunter und zog es heraus. Behutsam blätterte sie eine Seite nach der anderen um, zwischen ihnen war dünnes Seidenpapier. Gerda erkannte sie sofort von der Fotografie, die Valdemar ihr geschenkt hatte. Auf allen Bildern wirkte sie etwas stur, aber stolz und Alva ängstlich und klein.

Ulrica seufzte und wollte das Album gerade zurückstellen, als eine Fotografie zur Seite rutschte und entblößte, dass darunter noch ein Bild versteckt war. Auf dem Foto saß ein kleines Mädchen auf einer Decke im Garten. *Alva, 1,5 Jahre*, stand auf der Rückseite. Der Hintergrund war unscharf, doch Ulrica konnte ein Haus erkennen. Als sie Schritte auf der Treppe hörte, nahm sie rasch ihr Handy und fotografierte es ab. Sie hatte das Album gerade zurück ins Regal geschoben, da stand Urban in der Tür.

»Ich bin schon auf dem Weg«, sagte sie.

»Gut, dann gehen wir gemeinsam runter«, sagte er und bot ihr den Arm an. Sie gingen hinab und Ulrica zog sich zum Gehen an. Beim Blick in den Spiegel bemerkte sie hektische Flecken an ihrem Hals. Warum konnte sie nicht einfach ihre Eltern besuchen und nur mit ihnen Kaffee trinken, wie sie es vorgehabt hatte? Warum musste sie wieder in der Vergangenheit wühlen?

»Danke für die leckeren Scones!«, rief sie Alva zu.

»Gern geschehen!«, kam eine beschwingte Antwort aus der Küche, aber an der Tatsache, dass ihre Mutter nicht zum Verabschieden in den Flur kam und Ulricas Haare oder ihren Jackenkragen zurechtzupfte, konnte sie ablesen, dass sie noch keinen Schlussstrich unter ihren Streit gezogen hatte.

»Magst du am Sonntag wiederkommen und mit uns Steak essen?«, fragte Urban.

Ulrica nickte, obwohl ihr klar war, dass es eine Herausforderung werden würde, eine ganze Mittagsmahlzeit lang mit ihrer Mutter zusammenzusitzen. Waren sie wirklich schon so weit?

Zu Hause angekommen, setzte sie sich auf ihren kleinen Balkon, der zum Hof hinausging. Vielleicht würde sie es nächsten Sommer mal versuchen, hier etwas anzupflanzen, so wie ihr Vater es vorgeschlagen hatte. Sie nahm ihr Handy in die Hand und schrieb Jack eine SMS. *War gerade bei Oma und Opa. Sie lassen grüßen.* Das war schon die sechste SMS, auf die keine Antwort gekommen war. Doch das hatte sie sich selbst zuzuschreiben. Auf Ven hatte sie beschlossen, ihm Zeit zu lassen und sich in Geduld zu üben. Seit sie wieder daheim war, waren alle guten Vorsätze vergessen.

Sie schüttelte über sich selbst den Kopf und blätterte zu dem Bild vor, das sie gerade abfotografiert hatte. Alva als Kleinkind, im Hintergrund dieses Haus. Es kam ihr irgendwie bekannt vor, doch über der Tür stand in geschwungenen Buchstaben: *Villa Nova*. Sie konnte sich nicht erinnern, diese Inschrift an irgendeinem Haus gesehen zu haben.

Sie steckte das Handy wieder ein und ging zurück ins Zimmer, stellte den Fernseher an, damit es nicht so still in der Wohnung war, und räumte die Küche auf. Dann hielt sie mit einem Mal inne, lehnte sich an die Arbeitsplatte und kniff die Augen zu. Wem wollte sie eigentlich etwas vormachen? Sie musste zurück nach Ven und sich dieses Haus noch einmal ansehen. Das Haus am Wilden Geißblatt.

Bea

Bea hatte kaum Schlaf gefunden, nachdem sie das Foto von dem leer stehenden Haus eingesteckt hatte. Jemandem musste es doch gehören, bestimmt gab es einen Erben? In dem Fall konnte man ihr vielleicht sogar Hausfriedensbruch vorwerfen. Das Schlimmste war, dass sie das Foto wieder zurückbringen musste, also machte sie sich noch einmal schuldig. Allein bei dem Gedanken an die klamme, abgestandene Luft und die Möbel in diesen leblosen Zimmern lief ihr ein Schauer über den Rücken. Sie hatte das Gefühl, nur der Atem der Menschen hauchte einem Haus Leben ein. Auch ihr Heim fühlte sich ohne Edvins Atemzüge anders an. Als Bea das Gedankenkarussell nicht mehr ertragen konnte, zog sie die Wanderschuhe an und ging vor die Tür. Ihr zweiter Anlauf für einen Power Walk.

Beim letzten Mal war sie in Lucys Café gelandet, mit einem Stück Rhabarberkuchen vor sich auf dem Tisch, jetzt ging sie gleich in die andere Richtung, um den Versuchungen zu widerstehen. Sie schwang die Arme hoch und machte große Schritte. Schon nach ein paar Minuten erhöhte sich ihr Pulsschlag deutlich. Sie kam an Klas' Haus vorbei und sah ihn gerade am Gartentor stehen, auf dem Sprung zur Gassirunde mit Pappi. Er winkte ihr zu.

»Legst du wieder eine Runde Sport ein?«, rief er und grinste.

Bea hatte eigentlich in ihrem schnellen Schritt weitergehen wollen, doch nun fühlte sie sich gezwungen, stehen zu bleiben. Sie schnappte nach Luft und legte sich die Hände auf die glühenden Wangen.

»Eigentlich wollte ich nur einen Spaziergang machen, doch für meinen Körper ist es wohl eher eine Art Marathon.«

»Dann war es wohl höchste Zeit – für den Spaziergang«, sagte Klas schmunzelnd.

»Es war längst höchste Zeit«, erwiderte Bea, »doch irgendwie haben meine Beine protestiert. Oder besser gesagt, mein ganzer Körper.«

»Gegen einen Spaziergang?«, fragte Klas belustigt.

Bea hockte sich hin und streichelte Pappi, der desinteressiert den Kopf abwandte. »Eher gegen das Leben an sich. Und gegen Edvin«, schob sie hinterher. Sie erhob sich und zuckte mit den Schultern. Was redete sie da eigentlich? Doch merkte sie auch, dass es guttat, die Wahrheit einfach mal auszusprechen. Keinem mehr etwas vorzugaukeln. Wenigstens eines ihrer Geheimnisse zu lüften, im Moment hatte sie nämlich das Gefühl, sie hüte deutlich mehr als dreizehn. »Mistkerle«, sagte sie und war selbst erstaunt, dass sie soeben laut geflucht hatte. Das musste das erste Mal in ihrem ganzen Leben gewesen sein. Und ehrlich gesagt, tat auch das gut.

Klas brach in Lachen aus.

Seine Lache war wirklich witzig. Hell und blubberig, das war überraschend, wenn man seinen umfangreichen, großen Körperpanzer vor sich sah. Bea fand, dass sein

Lachen genauso wenig zu ihm passte wie der kleine Schoßhund. Bei Klas dachte man eher an einen Rottweiler oder auch an einen Schäferhund. Jedenfalls nicht an so einen kleinen, vornehmen Papillonhund mit Schmetterlingsohren, wie man sie im sechzehnten Jahrhundert an den europäischen Höfen gern hielt.

»Du bist damit natürlich nicht gemeint«, erklärte Bea und blickte auf das Hündchen, das sich demonstrativ wegdrehte und Hilfe bei seinem Herrchen suchte. Pappi schien sich der Tradition bewusst zu sein – Klas war eindeutig sein König.

»Mich lässt das ehrlich gesagt kalt. Aber wie geht es dir denn jetzt, nachdem dieser *Mistkerl* abgehauen ist? Abgesehen davon, dass es dir schwerfällt, das Haus zu verlassen?«, fragte Klas.

Bea schielte zu ihm hinüber. Jetzt gab es kein Zurück mehr. »Ganz ehrlich?«, sagte sie. »Es kommt mir vor, als hätte er allen Sauerstoff mitgenommen. Ich zappele wie ein Fisch auf dem Trockenen und kriege kaum Luft.«

Klas musste wieder lachen, doch jetzt klang er erstaunt. »Dann sieh zu, dass du regelmäßig spazieren gehst, ich verspreche, das wirkt Wunder gegen Sauerstoffmangel. Wenn es dir hilft, dich zu motivieren, leihe ich dir Pappi aus.«

Bea blickte auf den Hund, der witternd seine Nase in den Wind hielt. Sie lächelte. »Danke, das behalte ich im Hinterkopf.«

Sie verabschiedete sich und ging weiter, achtete jetzt besonders auf ihre Schritte. Doch ihre Wangen wurden wieder heiß. War ihr das wirklich über die Lippen gekommen? Hatte sie von Mistkerlen gesprochen und dass sie wie ein Fisch auf dem Trockenen sei? Ausgerechnet Klas gegenüber, den sie doch überhaupt nicht kannte! Sie konnte nur den Kopf schütteln, doch in dem Moment stieg aus ihrem Bauch eine ganz neue Art von Lachen auf, und die Schritte wurden mit einem Mal viel leichter, sogar leichter als nach einem Stück Rhabarberkuchen. Wieder musste sie an die Radiosendung denken, in der es um die Geheimnisse gegangen war. Vielleicht hatten die Wissenschaftler wirklich recht, dass man diese Gefühle von Scham, die Geheimnisse auslösten, nur loswurde, indem man davon erzählte? Jetzt hatte sie sowohl Daniel als auch Klas gegenüber angedeutet, dass ihr Leben eine Lüge war, und ihrem Vater hatte sie endlich reinen Wein eingeschenkt. Es fühlte sich an, als gebe der Druck auf ihren Schultern langsam nach.

Sie legte einen Zahn zu und schwang energiegeladen die Arme nach vorn. Wenn sie wieder zu Hause war, würde sie sich an den Artikel über die Ziegeleifamilie setzen. Und wenn das erledigt war, musste sie das Foto zurückbringen. Aber zuallererst würde sie etwas backen. Und zwar zur Abwechslung mal etwas Gesundes. Gab es nicht auch Rezepte für Vollwertmuffins?

Ulrica

Gleich am Tag nach dem Besuch bei ihren Eltern saß Ulrica auf dem Sonnendeck der M/S Uraniborg. Da sie noch Überstunden abzubummeln hatte, hatte sie sich spontan freigenommen. In ihrem Bauch kribbelte es. Schließlich hatte sie nicht geglaubt, dass sie die Steilküste so schnell wiedersehen würde. Auf dem Boden neben ihr stand ihr Rucksack mit Nudelsalat, Handy-Ladegerät und der Regenjacke. Eigentlich war es kein Wetter, um draußen zu sitzen, Regen hing in der Luft, und der Augustwind war kühl. Doch Ulrica wollte spüren, wie der Wind ihr in die Wangen kniff, und zusehen, wie sie der Insel langsam näher kam.

Sie legten gerade an, da fielen die ersten Regentropfen. Ulrica zog die Regenjacke über und stieg die steile Treppe zum Autodeck hinunter, stellte sich in die Warteschlange hinter eine Schulklasse und sah zu, wie die Bugklappe geöffnet wurde. Der Hafenbereich sah in diesem Grau in Grau ganz ungewohnt aus. Weniger einladend als sonst.

Sie stieg den Hügel bis zum Fahrradverleih hoch, legte ihren Rucksack dann in den Korb des Leihfahrrads und strampelte den Landsvägen entlang in Richtung Inselmitte. Sie blinzelte durch den Nieselregen.

An der Steilküste, wo sie Daniel zuletzt getroffen und versprochen hatte, mit ihm die Bienenstöcke anzusehen, stoppte sie und ließ ihren Blick über die Küste schweifen. Sie hatte ein mulmiges Gefühl im Bauch. Was hatte er sich wohl gedacht, als sie nicht aufgetaucht war? Eine Windböe puffte Ulrica in den Rücken. Als wollte sie sie zur Steilküste locken. Ulrica hielt sich am Lenker krampfhaft fest und radelte weiter, doch sie wurde das ungute Gefühl nicht los, dass sie die Insel dieses Mal nicht auf ihrer Seite hatte. Vielleicht weil sie so überstürzt abgereist war?

Sie stellte das Fahrrad am Straßengraben ab und ging zu Fuß auf der Traktorenspur weiter. Ihre Turnschuhe wurden patschnass. Als sie in die Nähe des Wäldchens kam, fuhr ihr sofort der Duft des Wilden Geißblatts in die Nase. Aber sie ging nicht zu den Büschen hin, sondern stellte sich mitten in den Garten, wo das Gestrüpp bis zu den Knien reichte, und betrachtete das Haus. Dann griff sie zum Handy.

Sie verspürte einen Stich im Magen. Ihr war eigentlich schon klar, dass es dasselbe Haus sein musste, das sie auf der Fotografie im Fotoalbum ihrer Mutter gefunden hatte. Über der Haustür konnte sie noch schemenhaft die sonnenverblichenen Buchstaben Villa Nova entziffern, die sie beide Male übersehen hatte, als sie mit Daniel und Bea hier gewesen war. Sie hielt ihr Handy in die Luft und verglich das Haus mit dem abfotografierten Bild. Das kleine Mädchen auf dem Foto war ihre Mutter, und sie hatte exakt da gesessen, wo Ulrica jetzt stand, hier vor dem Haus, das Villa Nova hieß. Konnte man daraus schließen, dass Gerda hier gewohnt hatte, oder war sie nur zu Besuch gewesen? Wie immer gab es mehr Fragen als Antworten.

Sie ging zum Haus, legte ihre Wange an die kühle Steinwand und schloss die Augen. Von ihren regennassen Haaren tropfte ihr das Wasser auf die Augenbrauen. Plötzlich überkam sie eine heftige Sehnsucht nach Jack. Wie gern würde sie ihm von der Insel erzählen, ihm berichten, dass man dort mit dem Meer sprechen konnte. Ihm sagen, dass sie alles nur aus Liebe getan hatte.

Sie seufzte, machte einen Schritt zurück, betrachtete das Haus ein letztes Mal und trat den Rückweg zu ihrem Fahrrad an. Es war gerade erst halb vier. Ihre Jeans und die Schuhe waren völlig durchnässt. Sie zitterte vor Kälte. Was sollte sie jetzt machen, bei diesem Wetter? Es war noch Zeit, bis ihre Fähre zurückfuhr.

Bea. Sie hatte sich bestimmt gewundert, dass Ulrica so fluchtartig abgereist war. Auf dem Handy googelte sie Beas Handynummer, Bea Lundblad. Sie fand sie und schrieb ihr eine SMS: *Hallo, Bea, ich hatte auf der Insel noch was zu erledigen und mein Schiff geht erst um fünf. Krieg ich bei dir einen Kaffee? / Ulrica »die Nachbarin«.*

Sie steckte das Handy wieder in die feuchte Jeanstasche, aber kaum hatte sie den Fuß aufs Pedal gesetzt, da plingte es auch schon. *Wie schön. Kaufe grad ein, aber bin gleich zurück! / Bea*

Ulrica stieg auf den Sattel und fuhr, so schnell es ging, an der Steilküste vorbei, wo die Böen dumpf grollend hohe Wellen auf die Klippen zutrieben.

Als sie vor Beas Haus zum Stehen kam, regnete es in Strömen. Sie warf einen Blick auf Lucys Ferienhaus, in dem es dunkel aussah, und klopfte dann an Beas Tür. Doch niemand öffnete. Vom kalten Regen begann Ulrica jetzt richtig zu frieren, und kurz darauf war ihr so kalt, dass ihre Zähne klapperten. Sie wusste, dass Bea die Angewohnheit hatte, ihre Haustür nicht abzuschließen. Bea würde doch sicher nichts dagegen haben, wenn sie schon hineinging und im Flur auf sie wartete? Vorsichtig drückte sie die Klinke herunter und machte einen Schritt in den Flur. Herrlicher Kuchenduft drang ihr in die Nase.

Sie sah auf die Uhr. Bea musste jede Minute zurück sein. Sie zog die Regenjacke aus und hängte sie an einen Haken, als ihr Blick auf eine Tür fiel, die einen Spalt offen stand.

Ulrica linste durch die Tür. An einer Pinnwand hingen Unmengen Notizen. Eine davon sah aus wie ein Stammbaum und ähnelte dem, den sie von Elsa aus dem Heimatmuseum bekommen hatte.

Sie machte einen Schritt vor, obwohl es noch von ihren Kleidern tropfte. Dann noch einen. Und noch einen. Schließlich öffnete sie die Tür ganz, betrat das Zimmer und ging auf diese Pinnwand zu. Jetzt schlug sie sich die Hand vor den Mund. Es war *tatsächlich* Gerdas Stammbaum. Gerda Ilse Eskilssons. Der Stammbaum ihrer Großmutter. Ihr Blick streifte die anderen Zettel. *Dreizehn Geheimnisse* stand auf einem. *Ven – Malve – Alva* auf einem anderen. Ulrica stand wie versteinert da. Was hatte das zu bedeuten?

In dem Moment sprang die Haustür auf und Ulrica fuhr herum.

Langsam stellte Bea die Einkaufstüte ab, zog ihre nassen Schuhe und das Regenzeug aus und kam auf sie zu.

Ulrica tippte auf Gerdas Stammbaum. »Was ist das denn?«

»Als Erstes brauchst du ein Handtuch und trockene

Kleider«, sagte Bea und ging, aber kam kurz darauf mit einem Stapel Kleidung und einem großen Badetuch zurück. Sie hielt es Ulrica hin. »Ich werde es dir erklären. Aber zuerst musst du dich umziehen.«

Wut, eine sonderbare Angst und ungläubiges Staunen überkamen Ulrica wie Sturzwellen. Sie griff nach dem Handtuch, doch ließ Bea mit den Kleidern einfach stehen, dann drängelte sie sich an ihr vorbei und rannte zur Haustür. Ihr war schlecht, und sie wollte nur noch raus, weg von diesem Haus und dieser eigenartigen Frau, die an ihrer Pinnwand Zettel über Ulricas Familie sammelte. Hätte sie doch auf ihr Bauchgefühl gehört, wie es Angelika immer riet! Von Anfang an hatte sie das Gefühl gehabt, dass es bei dieser Frau besser war, auf Abstand zu gehen. Nachdem sie sich mit dem Handtuch kurz übers Haar gefahren war und ihr Gesicht trocken gerieben hatte, legte sie es auf der Kommode im Flur ab und nahm ihre Regenjacke vom Haken.

Behutsam nahm Bea sie am Arm und streichelte sie leicht. »Bitte, geh nicht.«

Ulrica schüttelte die Hand ab. »Genau diesen Stammbaum hat Elsa mir gebracht. Das ist die Familie meiner Großmutter«, keifte sie. »Warum um alles in der Welt hängt er bei dir an der Wand?«

Bea wies auf ihre Küche. Ulrica zögerte, doch dann hängte sie ihre Jacke zurück, zog die Schuhe aus und ging zähneknirschend mit in die Küche, wo sie sich auf den Stuhl fallen ließ, auf dem Bea für gewöhnlich saß.

Bea stellte Kaffeebecher und Muffins auf den Tisch und setzte sich ihr gegenüber hin. Sie schob ihr die Schale mit den Muffins hin. »Die sind vollwertig.«

Ulrica schüttelte den Kopf. Wie konnte sie jetzt an Muffins denken?! »So, jetzt sprich, warum hängt der Stammbaum meiner Großmutter bei dir an der Pinnwand?«

Bea sah Ulrica nicht ins Gesicht, als sie antwortete. »Ich wusste nicht, dass es der Stammbaum deiner Großmutter war. Das war reiner Zufall. Als ich im Heimatmuseum war, habe ich mir eine Familie von ganz vielen ausgesucht, weil ich fürs Inselblättchen Geschichten über die Familien auf Ven schreibe.«

Doch Ulrica schüttelte den Kopf. »Und was soll der Zettel *Ven – Malve – Alva*? Alva ist meine Mutter. Das geht dich doch überhaupt nichts an!«

»Der Name Alva war auf dem Stammbaum bei Elsa an den Rand geschrieben, ich hab mir das gemerkt, weil du doch mal diese Ansichtskarte verloren hattest, auf der dieser Name stand …« Bea fingerte an ihrer Tasse und schob sie exakt auf die Tischdeckenblume.

Am liebsten hätte Ulrica ihr Handgelenk festgehalten, um diese Bewegung zu unterbinden. Als sie diese Ansichtskarte verloren und Bea sie gefunden hatte, hatte sie gleich gewusst, dass das Folgen haben würde.

»Dann war es also doch kein Zufall?«, sagte Ulrica. »Du hast den Stammbaum abgezeichnet, weil du die Postkarte gelesen hast und wusstest, dass es um meine Familie geht.«

Sie sprang auf, noch bevor Bea antworten konnte, und ging hinüber ins Büro. Auf einem Stück Papier stand geschrieben: *Was macht Ulrica hier eigentlich?*

Sie wollte gerade wieder in die Küche zurückgehen, um Bea darauf anzusprechen, da blieb ihr Blick an einem

Foto hängen. Sie zog die Pinnnadel ab und betrachtete es genau. Darauf waren zwei junge Frauen und ein kleines Kind in einem Café zu sehen.

Mit zittriger Hand holte sie ihr Smartphone aus der Tasche und scrollte vor bis zu dem Bild von Alva vor der Villa Nova. Da trug sie eine Kappe mit aufgestickten Blumen. Das Kind auf diesem Foto hatte genau dieselbe Kappe auf.

Sie fuhr herum. Bea stand in der Tür. Ihr Gesicht war kreidebleich.

»Auf der Rückseite steht, dass sie Sofia und Ella heißen. Und der Name des Kindes ist … Alva«, sagte Bea betreten. »Viel mehr weiß ich auch nicht. Doch, eins noch, das Foto wurde in Paris aufgenommen.«

Ulrica starrte wieder auf das Bild. Die eine junge Frau warf den Kopf in den Nacken und lachte aus vollem Hals, die andere hielt das Kind eng am Körper. Sofia und Ella. Die beiden Mädchen, die neben Gerda auf dem Foto von Valdemar standen, nun allerdings erwachsen. Ob Gerda das Foto gemacht hatte? Ulrica ließ das Bild fallen, rannte an Bea vorbei, doch stoppte sie kurz im Flur und sah die alte Frau eindringlich an.

»Dich geht unsere Geschichte nichts an«, fauchte sie. Dann riss sie ihre Regenjacke vom Haken, nahm ihren Rucksack und rannte aus dem Haus. Diesmal hielt Bea sie nicht zurück.

Sie fuhr mit dem Rad los, hob sich aus dem Sattel und trat mit aller Kraft in die Pedale, um so schnell wie möglich Beas Haus hinter sich zu lassen. Selbst wenn Bea die Wahrheit gesagt hatte und sie zufällig bei der Recherche für ihre Artikel auf Ulricas Familiengeschichte gestoßen war, hätte sie doch wenigstens etwas sagen können. Sie legte noch einen Zahn zu, wollte einfach nur weg, weg von diesem Ort und zurück in ihr Zuhause und in ihr Leben. Sie hatte noch das Bild aus Paris vor Augen, die jungen unbeschwerten Frauen mit dem Kind, und ihr kamen die Tränen, als sie begriff, dass sie das Foto hätte mitnehmen sollen, denn es war das einzige Foto, auf dem sie ihre Mutter als Kind fröhlich lachen sah.

Bea

Gähnende Leere auf dem Landsvägen. So wie in Beas Kalender. Ihren Text über die Ziegeleifamilie Olander hatte sie abgegeben, und jetzt würde es seine Zeit dauern, bis die nächste Ausgabe des Inselblättchens erschien. Die Stille piesackte sie wie Mückenstiche. Jetzt tat es ihr fast leid, dass sie Lucy gebeten hatte, die Batterien aus der Küchenuhr zu nehmen. Das Ticken des Sekundenzeigers hatte sie zwar genervt, doch immerhin hatte es sie daran erinnert, dass sie noch am Leben war.

Sie schaltete ihr Radio ein und bemerkte, dass Klas gerade mit Pappi an ihrem Haus vorbeilief. Neuerdings tauchte er immer öfter vor ihrem Haus auf, wenn er mit seinem Hund Gassi ging. Jedes Mal sah er zu ihrem Küchenfenster, lächelte und schnaufte, als wolle er demonstrieren, wie sportlich er unterwegs war. Sie vermutete, dass er auf die Art versuchte, sie vor die Tür zu locken. Verlegen hob sie die Hand, dann zog sie ihre Häkelgardine schnell wieder zu.

In letzter Zeit war sie kaum noch spazieren gegangen. Dieses Fünkchen Lebenslust, das sie gerade gezündet hatte, war mit Ulricas Besuch jäh erloschen. Bea ärgerte sich maßlos, dass die Tür zu ihrem Büro offen gestanden hatte. Tatsächlich hatte sie noch viel mehr Grund, sich zu ärgern. Sie hatte nicht nur beobachtet, so wie sie es sonst zu tun pflegte, sie hatte sich eingemischt. Hatte begonnen, ein bisschen Gott zu spielen.

Bea stellte ihre Kaffeetasse auf die blaue Blume. Jetzt stand sie perfekt, doch besser ging es ihr davon nicht. Sie seufzte, sortierte wahllos ihre Stifte im Glas, das auf dem Fensterbrett stand, blätterte durch ihren gähnend leeren Kalender und rückte schließlich den Stuhl vom Tisch und legte die Stirn auf die Tischplatte. Sie war erschöpft. Erschöpft, völlig aus der Form und eine graue Maus. Hätte sie doch bloß keine hundert Bleche Kekse gebacken. Hätte sie doch bloß nicht neunzig Prozent ihrer wachen Zeit am Küchentisch zugebracht. Und hätte sie sich doch nur nicht in das Leben eines anderen Menschen eingemischt. Sie seufzte wieder und musste an Lucy denken, die einmal behauptet hatte, dass jeder Mensch eine farbige Aura besäße. Sie konnte sich nicht mehr erinnern, welche Farbe Lucy bei ihr gesehen hatte, doch ihr gefiel die Vorstellung von einer jadegrünen Aura, die stand nämlich für Freundlichkeit. Die Realität war jedoch eher etwas Farbloses, Durchsichtiges. Womöglich noch grau gesprenkelt, grau wie alt und grau …

Ein Mensch mit einer farbenfrohen Aura hätte ausgiebige Spaziergänge unternommen, Salat zubereitet, die Wände frisch gestrichen, Edvins Möbel aus dem Wohnzimmer rausgeschmissen und bei Lucy neue gekauft. Doch Beas Aura war durchsichtig. Und deshalb war ihr Leben wohl so, wie es war.

Die Tage flossen ineinander, bis am Ende nur noch etwas wie Dürre herrschte, so wie nach zu vielen geweinten Tränen. Bea brachte ihre Tage herum, indem sie auf Autopilot schaltete. Je weniger sie nachdachte, desto weniger spürte sie, und so hielt sie es aus. Als ihr Telefon eines Tages durchdringend klingelte, war es, als erwache sie aus einem Dornröschenschlaf.

»Hallo …«, meldete sie sich. Sie hatte gar nicht nachgesehen, wer in der Leitung war.

»Bea?« Ihr Vater klang besorgt.

Bea räusperte sich. »Ja, ich bin dran.«

»Wie geht's dir?«, fragte er.

»Gut.«

»Das Wetter ist zwar heute nicht gerade berauschend, aber wir hatten doch neulich besprochen, dass ich bei dir mal vorbeikommen könnte.«

Zögerlich zupfte Bea an einem Zipfel ihrer Gardine und linste hinaus. Er hatte recht. Der Himmel war bedeckt.

»Das Personal im Haus könnte mich zur Elf-Uhr-Fähre begleiten, und dann würde ich Bosse anrufen, dass er mich mit dem Taxi abholt.«

»Okay …«, sagte Bea.

»Natürlich nur, wenn es dir passt.«

»Passt gut«, sagte sie und blickte sich in ihrer Küche um. Alles war sauber und ordentlich und die Plätzchendose gut gefüllt. Wenn auch nicht gerade mit Vollwertkeksen.

Sie legten auf. Bea griff zum Stift und schrieb mit zittriger Hand in ihren Kalender: *Papa zu Besuch.* Dann ging sie unter die Dusche und rührte schon den Teig für einen Eierpfannkuchen.

Zwei Stunden später fuhr Bosses Taxi vor ihrem Haus vor. Ihr Vater stieg aus, aufrecht und ganz adrett, den Stock fest in der Hand. Bosse half ihm noch bis ans Gartentor, wo Bea schon stand und wartete.

»Ich habe den Rollator zu Hause gelassen, das war vielleicht nicht so schlau.«

»Kein Problem. Wir wurschteln uns schon durch«, sagte Bea.

Sie deckte den Küchentisch und nahm den Pfannkuchen aus dem Ofen. Ihr Vater ließ sich auf einem Stuhl nieder und strahlte.

»Ein herrliches Gefühl, wieder auf Ven zu sein«, sagte er. »Aber es fühlt sich ein kleines bisschen so an, wie wenn man als Erwachsener an die Orte der Kindheit zurückkehrt – mir kommt alles so klein vor.«

Bea lächelte. Sie hatte alte Fotos von seiner Zeit auf Ven herausgesucht, das tat sie immer, wenn er zu Besuch kam. Dann konzentrierte er sich ganz auf die Bilder und seine Erinnerungen, tauchte tief ein und träumte sich zurück zu seinen Bootstouren rund um die Insel, und dann fing er an, eine Anekdote nach der anderen zu erzählen. Doch heute wollte er Bea offenbar nur einen Gefallen tun, er blätterte die Fotos höflich einmal durch und schob sie dann wieder beiseite. Lieber widmete er sich dem Ofenpfannkuchen.

»So, jetzt lass mal hören. Was gibt's Neues von hier? Übrigens, eine hübsche Frisur«, sagte er.

Bea fuhr sich mit den Fingerspitzen durchs Haar. Sie hatte ganz vergessen, dass sie beim Friseur gewesen war. Jetzt war sie doch eigentlich klassisch und sophisticated. So fühlte sie sich gar nicht mehr.

»Tja, was soll ich sagen … hier geht alles seinen Gang«, antwortete sie.

Er sah sie mit großen Augen an, als hätte er Zweifel daran.

»Und bei dir?«, fragte Bea.

»Ach, nichts Besonderes, diese Alterswehwehchen. Aber damit kommt man zurecht.«

»Und wie machst du das?«

Er lachte. »Indem ich im Hier und Jetzt lebe und mir keinen Kopf mache.«

Bea nickte. Sie würde wohl eines schönen Tages vor Alterswehwehchen vom Stuhl kippen. Im Hier und Jetzt leben – das gelang ihr einfach gar nicht.

»In Gesellschaft geht es wirklich viel leichter«, sagte er.

»Meinst du die Dame, die du beim Training kennengelernt hast?«, fragte Bea.

»Ja, aber auch Freunde, die ich bei anderen Freizeitbeschäftigungen gefunden habe. Es tut einfach gut, jeden Tag mit jemandem zu lachen.«

Bea konzentrierte sich auf ihren Pfannkuchen. »Und womit beschäftigst du dich im Moment? Hast du für deine Tochter vielleicht ein paar gute Tipps? Langsam sehe ich älter aus als mein fitter Papa«, sagte sie.

Er schmunzelte und erzählte von Bridge, Zirkeltraining und Boule. Sie hörte nur mit halbem Ohr hin, ihre Gedanken kreisten weiter darum, was er über das Leben im Hier und Jetzt gesagt hatte und dass man sich keinen Kopf machen solle. Ob sie das auch lernen konnte?

»Vielleicht sollte ich mir einen Hund zulegen«, sagte sie aus heiterem Himmel, während er gerade berichtete, wie er das letzte Boule-Turnier gewonnen hatte. Auf diese Idee war sie noch gar nicht gekommen, aber als Hundebesitzerin würde sie auf jeden Fall regelmäßig vor die Tür kommen und mit anderen Menschen, die auch Hunde besaßen, ins Gespräch, und dann wäre sie nicht so allein.

Ihr Vater schob sich einen Bissen Pfannkuchen in den Mund und nickte. »Ja, die Idee ist doch nicht schlecht.«

»Findest du?«, sagte Bea, und ihr fiel Klas ein, der im Dorfladen gesagt hatte, dass sie ein Katzenmensch und er ein Hundemensch seien. »Kann ein Katzenmensch zum Hundemenschen werden, indem er sich einen Hund anschafft?«

Max wischte sich den Mund mit der Serviette ab und lächelte. »Tja, keine Ahnung, aber man kommt raus, hat einen geregelten Tagesablauf, jemanden, um den man sich kümmern muss und so. Je mehr ich darüber nachdenke, desto besser gefällt mir deine Idee.«

Bea stand auf, räumte die Teller ab und kochte Kaffee. Ihr Blick fiel auf ihre randvollen Keksdosen. Wenn sie künftig mit einem Hund rausgehen würde, hätte dieses pausenlose Backen ein Ende. Sie füllte ein paar Plätzchen in Tüten. Die sollte ihr Vater dem Personal und seinen Freunden im Haus Magnolie mitbringen.

Ein paar Stunden später hielt Bosses Taxi wieder vor der Tür und holte die beiden ab. Bea trug die Kekstüten. Als sie am Hafen waren, kam sie auf die Idee, ihn bis zu seinem Seniorenheim zu begleiten – sie hatte ja sowieso nichts Besseres zu tun. Also rief Max im Haus Magnolie an und teilte mit, dass er nicht abgeholt werden müsse, und dann nahmen sie im Salon der Fähre Platz. Er verfolgte durchs Fenster, wie die Insel immer winziger wurde. Bea strich ihm über den Arm.

»Wie ist dir jetzt zumute?«, fragte sie vorsichtig.

»Ein bisschen wehmütig«, sagte er lächelnd. »Aber so wird es immer sein. Ein Teil meines Herzens bleibt hier zurück.«

»Aber könntest du nicht wieder zurückkommen? Es geht dir doch jetzt viel besser. Von dem Schlaganfall hast du dich grandios erholt und ich arbeite nicht mehr und könnte dir problemlos helfen.«

Er tätschelte ihre Hand. »Nein. Der Winter steht vor der Tür und da verkomme ich nur zu einem einsamen Eigenbrötler.«

Bea lief ein Schauer über den Rücken. Ein einsamer Eigenbrötler. Sie wusste, wovon er sprach.

Den Rest der Fährfahrt saßen sie schweigend beieinander, und als Bea ihm schließlich an Land ins Taxi half, merkte sie, wie viel Kraft ihn die Reise gekostet hatte. Der Weg zum Haus Magnolie war kurz und ein paar Minuten später waren sie dort. Eine Pflegerin empfing sie, machte Späßchen mit Max und bedankte sich für die Kekse. Dann halfen sie dem alten Mann gemeinsam ins Bett. Die Pflegerin zog ihm die Schuhe aus und legte den Alarmknopf neben ihn. Er schlief auf der Stelle ein. Bea betrachtete ihn mit Sorge.

»Von diesem Ausflug wird er noch lange zehren. Er hat sich sehr auf die Insel gefreut. Doch er ist nicht mehr der Jüngste, und so ein Tag kostet Kraft. Was nicht heißen soll, dass er die Mühen nicht wert wäre. Ein kleines Nickerchen, dann ist er wieder der Alte«, sagte die Pflegerin leise, legte Bea die Hand auf die Schulter und lächelte herzlich.

Bea nickte. Sie zog einen Stuhl zum Bett, setzte sich und griff nach der Hand ihres Vaters. Sie spürte seine Wärme und roch den dezenten Duft seines Rasierwassers, dieses Aroma von Bergamotte, nahm es langsam in sich auf, und das starke Gefühl von Geborgenheit stellte sich wieder ein, so wie es immer gewesen war. Schnell zwinkerte sie die Tränen weg, die ihr in die Augen traten. In ihrem Leben gab es im Moment wirklich nicht viel, doch immerhin hatte sie ihren Vater noch. Wie lange das noch so sein würde, wusste niemand, doch nun würde sie es mehr wertschätzen als bisher und die ihnen verbleibende Zeit ganz bewusst genießen.

»Danke, ich hatte schon lange keinen so schönen Tag mehr«, sagte er plötzlich.

»Ach, bist du wieder wach? Ich habe zu danken. Ich würde sagen, ich hatte diesen Tag nötiger als du.«

Er lächelte und schloss erneut die Augen. Bea blieb sitzen, hielt noch immer seine Hand, und sie dachte, es war höchste Zeit, sich an ihrem Vater ein Beispiel zu nehmen und sich keine Gedanken zu machen. Aber bevor sie das versuchen wollte, musste sie ein paar Dinge klären, die ihr nicht aus dem Kopf wollten.

»Papa«, sagte sie. »Ich habe auf dem Dachboden vor Kurzem meine alten Tagebücher gefunden. Unter anderem habe ich da etwas über ein Haus am Südkap der Insel aufgeschrieben, in das in den Siebzigerjahren eine Frau eingezogen war, die nicht gerade willkommen war.«

Matt schlug ihr Vater die Augen wieder auf. »Sprichst du von Sofia?«

Bea schluckte. Sofia, Ella, Gerda … Dann war es Sofias Haus?

»Ich spiele mit dem Gedanken, darüber etwas fürs Inselblättchen zu schreiben. Es hat den Anschein, als hätte sich niemand mehr um das Haus gekümmert, nachdem sie gestorben ist. Eigentlich schade, der Garten ist ein Traum«, sagte sie, doch Max fielen wieder die Augen zu, und er atmete ganz entspannt. Sie drückte seine Hand und machte Anstalten zu gehen. »Ruf mich doch einfach an, wenn du wieder wach bist.«

»Weißt du was …«, sagte er da. »Ich meine, Sofia lebt noch.«

»Wie bitte?«

»Vielleicht bringe ich die Dinge jetzt durcheinander, aber ist das nicht die Frau, die von Station zwei vor ein paar Wochen runtergezogen ist? Ich würde sagen ja, aber ganz sicher bin ich mir nicht.«

Bea blickte zur Tür. »Du meinst, hier im Haus?«

Max atmete immer schwerer und kurz darauf erklang ein lautes Schnarchen.

Das konnte doch kaum wahr sein? Vermutlich irrte er sich.

Sie verließ Max' Zimmer, doch anstatt zum Ausgang zu gehen, steuerte sie in die entgegengesetzte Richtung. Sie las die Namensschilder an den Türen und blieb vor einem Zimmer stehen, an dem tatsächlich Sofia C. angeschrieben stand. Beas Puls schnellte hoch. Sie klopfte. Als niemand antwortete, drückte sie ganz vorsichtig die Klinke hinunter, warf noch kurz einen Blick über die Schulter, und als niemand kam, öffnete sie die Tür.

Am Fenster saß eine Frau im Rollstuhl. Sie sah schmächtig, fast zerbrechlich aus, aber ihr graues Haar war immer noch dick und lang und wellte sich über die Rückenlehne. Sie trug ein blaues Kleid und eine weiße Häkelstola um die Schultern, die Hände hatte sie im Schoß gefaltet. Das Kinn war auf den Brustkorb gesackt. Sie schlief.

Vorsichtig schloss sie die Tür wieder, atmete tief durch

und konzentrierte sich darauf, sich zu beruhigen. Dann verließ sie das Haus. Sofia C., der Name auf dem gelben Post-it-Zettel.

Ulrica

Es juckte sie in den Fingern, doch Ulrica hatte sich geschworen zu lernen, mit der Stille zurechtzukommen und auf die Gedanken zu hören, die ihr von allein in den Sinn kamen. Keine Musik und kein Fernsehen. Immer wieder blickte sie hinunter auf die Straße. An den Sonntagen folgte das Leben in der Stadt einem ganz eigenen Takt. Es war viel Betrieb auf den Straßen, doch heute waren die Menschen aus freien Stücken unterwegs und gingen spazieren, nicht weil sie etwas zu erledigen hatten wie unter der Woche. Ihr Tempo war gemächlicher.

Auf dem Küchentisch lag eine Frauenzeitschrift. Langsam blätterte Ulrica die Seiten um, dann stach ihr ein Artikel ins Auge, in dem es um sogenannte Bucket Lists ging. Es hieß, ein Mensch, der so eine Liste führe, empfinde sein Leben als sinnvoller. Was würde auf ihrer Bucket List ganz oben stehen? Vielleicht eine Reise mit Jack. Ein kleines Abenteuer, so was liebte er, aber ohne die gut gemeinten Tipps und besorgt-mütterlichen Ratschläge. Vielleicht den Kebnekaise, Schwedens höchsten Berg, besteigen. Das war wohl Abenteuer genug. Vielleicht wäre das eine Idee für ein Weihnachtsgeschenk?

Sie schlug die Zeitschrift zu. Überlegungen, wie sie sich ihrem Sohn wieder annähern könnte, stellte sie häufig an, wenn sie in ihrer stillen Wohnung saß. Nach viel

Kopfzerbrechen war sie zu dem Schluss gekommen, dass es die beste Strategie war, nicht viele Worte zu machen, sondern sich ab jetzt einfach anders zu verhalten. Und wenn das von Dauer war, dann würde es vermutlich einfach zur Normalität werden. Sie nahm ihr Smartphone in die Hand, klickte Jacks Namen an und wartete. Nach vier Klingeltönen ging er ran.

»Hallo«, sagte er. »Ich weiß, du hast schon ein paar SMS geschrieben, aber ich hab es noch nicht geschafft …«

Sie fiel ihm ins Wort: »Kein Problem. Ich wollte nur mal hören …«, normalerweise fragte sie dann, wie es ihm ging, und er antwortete jedes Mal genervt, es ginge ihm gut, »… was du so vorhast in nächster Zeit, irgendwas Cooles?«

Er schwieg einen Moment. »Ja. Am Freitag gehe ich zu einem Konzert von einer Band hier aus der Gegend. Ein paar Freunde kommen mit.«

»Klingt super«, sagte Ulrica, anstatt ihn zu fragen, wie er da hinfahren wolle und wieder nach Hause käme und ihn vor K.-o.-Tropfen in den Getränken zu warnen. »Ich spiele mit dem Gedanken, mit Angelika nach Göteborg zu einem Konzert von Mustasch zu fahren. Ich hab gehört, die treten in einem Monat da auf«, sagte sie.

Wieder Schweigen in der Leitung. »Das ist Hardrock«, sagte Jack schließlich.

»Ich mag Hardrock.« Ulrica lachte. »Kannst du mir glauben.«

Sie konnte förmlich sehen, wie er die Augenbrauen hochzog.

»Und ich würde dich im Herbst echt gern besuchen kommen«, sagte sie zaghaft und schob schnell hinterher:

»Aber ich würde mir dann ein Hotelzimmer buchen, ich habe nämlich eine Menge auf meiner Liste, was ich mir anschauen will, denn ich war ja noch nie in Luleå, das heißt, ich habe gar nicht so viel Zeit, aber mal mit dir essen zu gehen oder Kaffee zu trinken wäre schön.«

»Okay …« Er klang immer noch vollkommen verdutzt. »Kannst du gern machen.«

»Schau doch mal in deinen Kalender, wann es dir passen würde, und meld dich, dann würde ich nach Flügen suchen.« Ulrica warf einen Blick auf die Uhr. »Oh, jetzt muss ich los zu deinen lieben Großeltern zum Sonntagsessen. Ich hab wirklich was bei dir gut, weil ich das jetzt immer allein ertragen muss«, sagte sie scherzend.

Er musste lachen. Oh Gott, wie hatte sie dieses sprudelnde Lachen vermisst!

»Grüß sie von mir«, sagte er. »Und du kannst Oma sagen, dass ich Moltebeerenmarmelade gekauft habe, die kannst du für sie mitnehmen, wenn du zu Besuch kommst.«

Ulrica blinzelte. »Klar, mache ich.«

Als sie das Gespräch beendet hatten, legte sie das Telefon auf den Tisch und war überzeugt, dass sie auf dem richtigen Weg war, nicht nur was das Verhältnis zu Jack anging, sondern auch im Umgang mit ihrer Mutter.

Sie hatte viel über das, was Bea an ihrer Pinnwand hängen hatte, nachgedacht. Es lag nahe, dass Gerda, Sofia und Ella in jungen Jahren trotz des Altersunterschiedes enge Freundinnen gewesen waren. Vielleicht hatte eine von ihnen in der Villa Nova gewohnt. Immerhin hatten sie gemeinsam diese Reise nach Paris unternommen. Und sich später möglicherweise aus den Augen verloren, wie es vorkam, wenn man noch jung war, weshalb Alva vielleicht ihr Lachen und ihre Leichtigkeit, die auf den Fotos von Paris noch sichtbar waren, verloren hatte. Über allen Bildern aus späteren Jahren, die Ulrica von Gerda und Alva gesehen hatte, lag eine gewisse Düsterheit. Auf der anderen Seite … wahrscheinlich hatten sie es auch nicht leicht gehabt. Weder Gerda, die ihre Tochter allein großziehen musste, noch Alva, deren Mama schon als junge Frau so dunkle Ringe unter den Augen gehabt hatte.

Ulrica holte tief Luft und ließ sie langsam wieder ausströmen. Eines Tages würde sie Bea schreiben und sie um dieses Foto bitten. Vielleicht würde sie es sogar wagen, es Alva zu zeigen, um ihr zu demonstrieren, dass es in ihrer Kindheit auch schöne Zeiten gegeben hatte. Aber im Moment würde sie es auf sich beruhen lassen. Sie wollte mit Alva künftig genauso umgehen wie mit Jack – sie so nehmen, wie sie war, und nicht an allem herummäkeln.

Etwas später stand sie vor dem Haus ihrer Eltern. In der Hand eine Grünpflanze. Was das für eine Blume war, konnte sie gar nicht sagen, sie hatte sie im Blumenladen gekauft, weil sie ihr mit den runden grünen Blättern und den langen Stielen so gut gefallen hatte.

Ihr Vater hatte Ulrica bereits durch Fenster erspäht und stand schon in der Tür. »Oh, wie schön, dass du da bist!«, rief er fröhlich in seiner gewohnt impulsiven Art.

Ulrica grinste und hielt ihm die Pflanze hin.

»Oh, ein chinesischer Geldbaum. Meine Lieblingspflanze.«

Amüsiert schüttelte Ulrica den Kopf und zog die

Schuhe aus. Sein Kommentar war immer der gleiche, wenn sie Blumen mitbrachte.

Alva kam an die Tür, hatte die Schürze noch um. »Hereinspaziert«, sagte sie, nahm Ulrica die Jacke ab und hängte sie auf einen Bügel, zog sie ein wenig glatt und drückte ihre Tochter kurz, während sie ihr eine Haarsträhne aus dem Gesicht strich. Dann ging sie wieder in die Küche, um die letzten Vorbereitungen fürs Essen zu treffen. Jetzt hatten sie sich schon ein paar Mal nach dem Streit gesehen und es wurde immer entspannter.

Ihr Vater nahm sie am Arm und geleitete sie zum Wohnzimmertisch, auf dem er eine Zeichnung eines Gewächshauses ausgebreitet hatte.

»Du machst diesen Traum wirklich wahr«, sagte Ulrica.

»Ja, das hab ich vor. Worauf soll ich noch warten?«

Ulrica zuckte mit den Schultern. »Da hast du vollkommen recht.«

Alva servierte Rumpsteak mit Sahnesoße, Kartoffelpüree und Johannisbeergelee. Sie nahmen Platz und reichten sich Schüsseln und Platten, und beim ersten Bissen schon lachten sie, weil jeder genussvoll das Gesicht verzog.

»Im Herbst werde ich Jack besuchen«, teilte Ulrica mit.

Es tat gut, endlich von ihm erzählen zu können, ohne diesen Schmerz zu spüren. Sie wusste, dass er sich in Luleå wohlfühlte. Endlich hatte sie das Gefühl, es richtig zu machen und die Mutter zu sein, die ihr Sohn, der gerade erwachsen wurde, brauchte.

Alva wischte sich mit der Stoffserviette den Mund ab. »Das sind ja gute Neuigkeiten.«

»Und für dich hat er Moltebeerenmarmelade gekauft, die gibt er mir mit«, sagte Ulrica.

»Es wird ja immer besser.«

Ihre Unterhaltung war entspannt und so wurde dies das netteste Sonntagsessen seit geraumer Zeit. Sie trugen gemeinsam das Geschirr in die Küche, und dann kam Ulrica auf die Idee, ein Selfie für Jack zu machen.

»Ach was, ich mache lieber ein Foto von euch beiden«, schlug ihre Mutter vor, die sich ungern fotografieren ließ.

»Ich glaube, er würde sich richtig freuen, wenn du mit drauf wärst«, sagte Ulrica.

Ihre Mutter stöhnte demonstrativ, doch sie stellte sich schräg hinter Ulrica, die ihr Smartphone in die richtige Position brachte. Urban und sie setzten ihr Fotolächeln auf, während Alva die Lippen aufeinanderpresste.

Ulrica lachte. »Mama, du kannst doch nicht so ein Gesicht ziehen.«

Sie machten noch einen zweiten Versuch, doch dieses Mal sah Alva noch komischer aus. Ihre Bemühungen zu lächeln, waren völlig misslungen, Ulrica und Urban lachten sich schlapp. Das war ansteckend und nun fiel sogar Alva in ihr Lachen ein. Schnell drückte Ulrica auf den Auslöser und wischte sich die Tränen aus den Augen.

Urban bekam kaum noch Luft vor Lachen. »Ist das lange her, dass ich so gelacht habe. Morgen werde ich Muskelkater im Bauch haben.«

»Freut mich, dass ich für ein bisschen Endorphinausschüttung sorgen konnte, das soll sehr gesund sein«, sagte Ulricas Mutter. »Kaffee?«, fragte sie, tat ganz unbeteiligt und ging in die Küche, doch Ulrica bemerkte ihr Lächeln in den Mundwinkeln.

»Sehr gern«, sagte Ulrica, die noch immer glucksen musste und nun das Selfie an Jack verschickte.

Als ihre Eltern den Kaffeetisch deckten, ergriff sie die Gelegenheit beim Schopfe und ging nach oben. Da stellte sie sich wieder ans Fenster, wie sie es immer tat, und sah hinüber zur Insel, die heute klein und weitab vom Festland aussah. Während sie da stand, plingte ihr Handy. Eine Nachricht von Jack, er hatte einen Screenshot von seinem Smartphone mitgeschickt, auf dem man sehen konnte, dass er ihr Selfie als Hintergrundbild abgespeichert hatte. *Ihr seht echt super aus, aber Oma toppt euch alle beide!* stand darunter.

Sie strich mit dem Zeigefinger über das Display und freute sich. Es war ein gutes Foto, aber einer fehlte: Jack. Wenn er das nächste Mal zu Besuch kam, mussten sie das nachholen und ein neues Foto schießen.

Bea

»Heute bewegst du dich viel leichter«, sagte Klas, als Bea sich seinem Haus im Marschschritt näherte. Er harkte gerade seinen Garten. Sie ging davon aus, dass er einfach etwas Nettes sagen wollte. Denn ihr fiel es keineswegs leichter. Ihr Puls raste nicht weniger als beim letzten Mal und ihre Wangen fühlten sich auch nicht weniger heiß an.

»Keine Ahnung«, keuchte sie. »Aber wenn ich stehen bleibe, komme ich nicht wieder in Gang, wir können uns ein andermal wieder unterhalten«, sagte sie und winkte.

Darauf hörte sie ihn nur lachen.

Dieses Lachen ging ihr noch eine ganze Weile im Kopf herum. Man kam leicht auf die Idee, jeder wisse alles von jedem auf dieser kleinen Insel, doch da täuschte man sich gewaltig. Bea wusste von Klas wirklich nicht viel, obwohl auch er sein ganzes Leben auf Ven zugebracht hatte. Ihr war nur bekannt, dass er keine eigene Familie hatte und im Haus neben seiner Mutter wohnte, mit der ihn ein inniges Verhältnis verband. Das war alles. Wäre er nicht Mitglied im Dorfverein gewesen, hätte sie seinen Namen wohl nur raten können. Er sah aus, als sei er mit seinem Leben sehr zufrieden, er hatte freundliche Augen und brach gern in ein polterndes Lachen aus … Auf der anderen Seite: War das nicht alles nur Spekulation? Bea schüttelte den Kopf und setzte ihren Power Walk zielstrebig fort.

Als sie wieder nach Hause kam, lief ihr der Schweiß übers Gesicht, den Rücken und den Bauch. Dreihundertdreißig Kalorien verbrannte man angeblich bei schnellem Spazierengehen in einer Stunde, das hatte sie irgendwo gelesen. Das entsprach in etwa zwei kleinen Zimtschnecken. Sie schielte auf die Tüten mit den frisch gebackenen Schnecken. Sie hatte es sich nicht verkneifen können, diese zu backen. Um diese Kalorien abzuarbeiten, würde sie viele Power Walks brauchen. Seufzend ging sie ins Badezimmer und stellte sich unter die Dusche. Als ihr das Wasser über die Wangen lief, musste sie daran denken, wie sie nach dem Fieber unter der Dusche gestanden hatte. Diese wirren Tage, die der Auslöser gewesen waren, dass sie schließlich doch ihren Tränen freien Lauf gelassen hatte. Es hatte wehgetan, aber nicht so vernichtend wie damals, als ihre Mutter sie verlassen hatte. Zumindest hatte sich der Schmerz schneller wieder gelegt. Und tatsächlich konnte sie feststellen, dass sie viel seltener an Edvin dachte, nachdem diese Tränen geflossen waren. Sie sah ihn nicht mehr jeden Morgen auf dem Stuhl gegenüber sitzen, sie fragte sich nicht mehr permanent, was er wohl gerade tat, während sie tatenlos dahockte. In ihrem Leben, mit dem sie immer noch fremdelte, war das ein guter erster Schritt.

Bea schaltete das Wasser aus, trocknete sich ab und schlüpfte in frische Unterwäsche, eine bequeme Jogginghose und ein T-Shirt und setzte sich mit einem Glas Milch und einer halben Zimtschnecke an den Küchentisch. Sie biss einmal ab und blickte aus dem Fenster. Sie konnte noch so weit und so schnell gehen, wie sie wollte. Sie kam nicht umhin zu tun, was sie tun musste. Langsam streckte sie den Arm aus, griff nach dem Smartphone, suchte Ulricas Nummer in den Kontakten und begann, ihr zu schreiben.

Ulrica

Seit dem Sonntagsessen bei ihren Eltern war Ulrica so gut gelaunt wie lange nicht. Ihr Plan, sich anders zu verhalten, um ihre Beziehungen zu verändern, ging offenbar auf. Jetzt saß sie in der Küche des Personalraums und scrollte durch ihr Smartphone, vor sich eine Tasse Kaffee. Sie hatte sich abgewöhnt, während der Arbeit zu essen, heute genoss sie ihre Mittagspause ganz in Ruhe mit einer zweiten Tasse Kaffee. Manchmal machte sie auch einen kleinen Spaziergang.

Ihr Handy plingte, eine SMS. Sie erstarrte, als sie den Absender las.

Hallo, Ulrica, es tut mir leid, was passiert ist. Ich will dir etwas erzählen. Wenn du magst, komm mit der Fähre um vier, und wir treffen uns vor dem Haus am Wilden Geißblatt. Wenn dir das nicht passt, schlag gern etwas anderes vor / Bea

Spontan dachte Ulrica: Nie im Leben! Doch dann fiel ihr das Foto aus Paris ein mit Alva als Kleinkind. Sie bereute, dass sie das Bild nicht eingesteckt hatte, als sie so plötzlich aus Beas Haus gestürzt war. Sie stand auf und fragte ihren Chef, ob sie heute noch ein paar Überstunden abbummeln könne, und dann antwortete sie kurz und bündig: *Ja, passt. Nehme das Schiff um vier.*

Wieder einmal stieg sie den Hügel hinauf zum Fahrradverleih. Doch diesmal hatte sie keinen Rucksack mit Salat und Regenjacke dabei, nur die Handtasche, die ihr über die Schulter hing. Sie setzte die Sonnenbrille auf, eher als Schutz vor der Insel als vor der Sonne, mietete sich ein Fahrrad und radelte langsam zur Villa Nova.

Sie hatte gehofft, als Erste dort zu sein, doch Beas Fahrrad lag schon am Wegesrand, als Ulrica zu der Traktorspur kam. Aus dem mulmigen Gefühl im Bauch, das sie auf der ganzen Fahrt begleitet hatte, wurde nun echte Übelkeit.

Bea saß auf der Außentreppe und wartete. Als sie Ulrica erblickte, hob sie die Hand und winkte zaghaft. Ulrica ging auf sie zu und setzte sich neben sie.

»Hallo«, sagte sie.

»Hallo«, sagte Bea. Sie schien nervös zu sein, denn ihre Hand war zittrig, als sie den Kragen ihrer Jacke geradezog. Das beruhigte Ulrica irgendwie, es gab ihr Kraft und das flaue Gefühl im Bauch verschwand. Schweigend saßen sie eine Weile so da.

»Ich weiß nicht recht, wie ich anfangen soll …«, sagte Bea.

»Vielleicht damit, warum ich eigentlich hier bin«, erwiderte Ulrica.

Bea räusperte sich. »Nein, zuerst will ich mich noch mal bei dir entschuldigen. Mir ist klar, dass das alles einen sonderbaren Eindruck auf dich gemacht haben muss … Aber … du hast dieses Foto bei mir gesehen, mit Sofia, Ella und Alva.«

Ulrica nickte. »Das aus Paris.«

»Genau. Ich habe erfahren, dass Sofia hier gewohnt hat.«

Ulrica fuhr herum und sah auf das Haus. Sie hatte ja dieses Foto von ihrer Mutter als Kind hier im Garten. Dann muss Alva also damals mit ihrer Mutter Gerda bei Sofia zu Besuch gewesen sein. Sie atmete auf. Das waren doch gar keine schlimmen Erinnerungen, sondern schöne. Schließlich wollte sie nur Erinnerungsbilder sammeln, die man gerne ansah.

Bea heftete ihren Blick auf das Wilde Geißblatt, als sie fortfuhr: »Das Haus scheint schon lange leer zu stehen, zumindest sagt Daniel das«, und dann sah sie Ulrica an, »aber es ist gar nicht sicher, dass Sofia wirklich gestorben ist … es könnte sein, dass sie im selben Seniorenheim wie mein Vater lebt, nämlich im Haus Magnolie in Landskrona. Ich dachte mir, wenn du noch etwas über deine Großmutter Gerda erfahren willst, dann weiß sie vielleicht mehr.«

Bea schob die Hand in die Jackentasche und holte einen Zettel heraus, auf dem sie die Adresse notiert hatte. Ulrica starrte nur auf die Buchstaben. Sie nahm kaum wahr, wie Bea aufstand und sich leise verabschiedete. Erst als Bea schon ein ganzes Stück gegangen war, blickte Ulrica auf. Sie hatte doch gerade erst beschlossen, sich nicht mehr mit Alvas Geschichte zu befassen. Hatte ihre Entscheidung, nicht an der Vergangenheit zu rühren, getroffen. Ulrica sah wieder auf den Zettel in ihrer Hand und spürte, wie in ihrem Körper die Hitze aufstieg, während sie begriff, was Bea gerade erzählt hatte. Womöglich gab es einen Menschen, der die Antworten auf ihre Fragen kannte.

Ganz gemächlich stand sie auf und ging zurück, doch bevor sie das Wäldchen umrundete, ging sie noch zu einem Strauch des Wilden Geißblatts, riss einen Zweig ab und steckte ihn in ihre Handtasche.

Eine Stunde später stand sie wieder am Fähranleger von Landskrona. Sie stieg in ihr Auto, lehnte den Kopf an die Nackenstütze und atmete eine Weile tief durch. Sie gab in ihr Navi die Adresse vom Seniorenheim ein und startete ihren Wagen. Was sie dort wollte, war ihr noch nicht ganz klar, doch auf jeden Fall wollte sie es sehen.

Nach drei Minuten schaltete sie den Motor aus und blickte auf das große hellgelbe Gebäude. Ein älterer Herr kam in Gesellschaft einer Pflegerin hinaus, die zwei Tassen trug. Sie nahmen in den Gartensesseln Platz und legten sich Wolldecken um die Schultern. Ulrica konnte sehen, wie sie miteinander lachten. Sie schluckte, wollte eigentlich den Wagen schon wieder anlassen, doch sie blieb regungslos sitzen. Als ob ihre Hand eingefroren wäre. Langsam öffnete sie die Wagentür, stieg aus und verriegelte den Wagen mit der Fernbedienung, dann ging sie in Richtung Eingang.

Ihr Mund war trocken, als sie die schwere Tür aufzog und eintrat. In der Luft hing der Geruch von Desinfektionsmittel und Essen. Eine Pflegerin kam mit schnellen Schritten vorbei, gerade auf dem Weg zu einem Bewohner. Als sie Ulrica sah, blieb sie stehen.

»Kann ich Ihnen irgendwie helfen?«

»Ich würde gern Sofia besuchen.«

»Wie ist der Nachname?«, fragte die Frau, während sie ein Formular aus dem Büro holte, das Ulrica ausfüllen sollte.

Sofias Nachnamen kannte sie nicht.

»Sie sagten Sofie?«, fragte die Frau.

»Nein, Sofia«, korrigierte Ulrica. »Mit a am Ende.«

»Ach so, da gibt es bei uns nur eine.« Sie blickte auf. »Sind Sie eine Angehörige?«

»Eine Freundin«, antwortete Ulrica und versuchte, ihre Nervosität zu überspielen.

Die Pflegerin blickte über den Rand ihrer Lesebrille und sah ihr ins Gesicht, dann ließ sie sie das Formular ausfüllen. Danach sollte sie ihr folgen. Sie liefen über einen langen Gang, in dem ein paar ältere Mitbewohner auf ihren Rollatoren saßen und sich unterhielten. Im Aufenthaltsraum lief der Fernseher, doch niemand schien sich dafür zu interessieren.

»Ich habe Sie hier noch nie gesehen«, sagte die Pflegerin.

Ulrica räusperte sich. »Nein, das ist etwas kompliziert zu erklären. Man könnte wohl so sagen: Ich bin eine Bekannte einer alten Freundin«, murmelte sie und heftete ihren Blick an den Flur.

Die Pflegerin blieb stehen, klopfte an eine Tür, an der auf dem Schild der Name Sofia C. geschrieben stand, und ließ Ulrica hinein. »Sie ist nicht sehr gesprächig«, sagte sie leise.

Eine Frau mit hübschem langen grauen Haar saß in einem Rollstuhl, den Blick zum Fenster in den Garten gerichtet. Als die Pflegerin sie sanft an der Schulter fasste, drehte sie den Kopf um und lächelte.

»Sofia, Sie haben Besuch bekommen.«

Ob die Frau im Rollstuhl wirklich begriff, was sie sagte, war schwer auszumachen, und als sie sie dann allein ließ, musste Ulrica sich zwingen, sich in Bewegung zu setzen. Langsam zog sie einen Stuhl vom Tisch und setzte sich ein Stückchen vom Rollstuhl entfernt. Bea war ja nicht hundertprozentig sicher gewesen, dass dies wirklich dieselbe Sofia war wie auf dem Foto. Und wenn es so war, wie gut würde sie sich erinnern können?

»Hallo«, sagte Ulrica. Es fiel ihr nicht leicht.

Die Frau lächelte nur, antwortete aber nicht.

»Ich heiße Ulrica.« Was sollte sie jetzt sagen? Die alte Frau sah so fragil aus. »Ich komme gerade von Ven.«

Das klang irgendwie dumm und die Frau reagierte auch überhaupt nicht. Ulrica erzählte ein bisschen von der Insel und stellte ganz einfache Fragen, doch Sofia schien gar nicht richtig zuzuhören. Sie nickte nur und lächelte. Irgendwie kam ihr das merkwürdig vor. Ulrica konnte auch keine Ähnlichkeit zu der Sofia auf dem Foto feststellen. Wahrscheinlich hatte Bea sich geirrt.

Sie schielte zur Tür. Jetzt war sie gerade einmal fünf Minuten zu Besuch, da konnte sie schlecht schon wieder gehen. Sie räusperte sich. »Das Haus Magnolie ist wirklich schön. Wohnen Sie hier schon lange?«

Die Frau nickte und zupfte an ihrer Strickjacke. Ulrica sah sich im Zimmer um. Es war schrecklich unpersönlich. »Und Ihr Zimmer ist schön«, sagte sie.

Sofia blickte auf und zuckte mit den Schultern.

»Wobei mir der Ausblick am besten gefällt«, fuhr Ulrica fort. »Wie wunderbar der Garten um diese Jahreszeit blüht!«

Sofias Rollstuhl stand so, dass sie hinaussehen konnte, doch es war kaum festzustellen, ob sie den Garten wirklich wahrnahm. Es war, als befinde sie sich in ihrer eigenen Welt.

Da drang Kaffeeduft in ihr Zimmer und Ulrica hielt die Nase in die Luft. »Gibt es nachmittags hier immer eine Tasse Kaffee?«, fragte sie. »Es duftet schon danach.«

Die alte Frau nickte und lächelte höflich. Da klopfte es an der Tür und die Pflegerin steckte den Kopf hinein.

»Wir würden Sofia jetzt gern in den Aufenthaltsraum fahren, da gibt es jetzt Kaffee«, teilte sie mit. »Möchten Sie vielleicht mitkommen?«

»Nein, nein … vielen Dank. Ich bin schon auf dem Sprung.«

»Dann bin ich in ein paar Minuten wieder da, damit Sie sich noch in Ruhe verabschieden können.«

Als die Tür wieder zufiel, stand Ulrica auf und tätschelte Sofias Hand. Ihre Haut war dünn wie Reispapier. Da fiel Ulrica ein, dass sie den Zweig vom Wilden Geißblatt in ihrer Tasche hatte. Hier in diesem kahlen Raum war er viel besser aufgehoben als in ihrem Wohnzimmer. Sie holte ihn aus der Tasche, um ihn für Sofia in eine Vase zu stellen. Sofort verteilte sich der Duft im Zimmer und mit einem Mal richtete die alte Frau sich auf, und ihre hellblauen Augen, die während des ganzen Gesprächs so trüb und abwesend ausgesehen hatten, wurden wieder lebendig. Ihre Pupillen weiteten sich, als käme sie wieder zu Bewusstsein.

»Wildes Geißblatt«, sagte sie mit brüchiger Stimme.

»Ja«, sagte Ulrica. »Von einem Haus auf Ven, von der Villa Nova.«

Langsam drehte sich Sofia zu Ulrica um und legte den Kopf auf die Seite. »Von meinem Haus?«

Ulrica schnürte sich der Hals zu. »Von Ihrem Haus.«

Bea hatte doch recht gehabt. Sofia hatte in der Villa

Nova gewohnt. Sofia, die auf dem Foto mit ihrer Mutter als Kind abgebildet war, aufgenommen in Paris. Ulrica blinzelte schnell, ein Gedanke jagte den nächsten.

Die Tür sprang auf und die Pflegerin kam zurück.

»Entschuldigen Sie«, sagte Ulrica und räusperte sich. »Könnte ich bitte noch ein paar Minuten bekommen?«

Die Pflegerin blickte zu Sofia, nickte und ging wieder hinaus.

Ulricas holte tief Luft. Eigentlich wollte sie eine ganz andere Frage stellen, mehr über Gerda erfahren, doch aus ihrem Mund kamen mit einem Mal völlig andere Worte, und sie flüsterte still: »Ich bin auf der Malveninsel geboren und diese zarte Blume stand Pate für deinen Namen – Alva. Der Malve sagt man als Heilpflanze eine lindernde Wirkung nach, und du, mein kleines Mädchen, warst für mich Linderung in einer schlimmen Welt.«

Sofias Augen wurden groß und sie schlug sich die Hand vor den Mund. »Wo die Blumen blühen, da warte ich auf dich«, sprach sie die Zeilen zu Ende.

Ulrica nahm ihre Hand, hielt sie zärtlich und nickte. Tränen rollten ihr über die Wangen.

»Alva?«, sagte Sofia.

»Alva ist meine Mama. Ich bin deine Enkeltochter.«

»Ja, natürlich«, sagte Sofia und lächelte.

7. Brief, 1. Dezember 2012

Jetzt habe ich mir wirklich viel Zeit genommen, um diesen Brief zu schreiben. Lange habe ich darüber nachgegrübelt, wie ich mich davor drücken oder die Wahrheit beschönigen könnte. Aber ich habe dir versprochen, ehrlich zu sein. Und das Versprechen werde ich halten. Egal, wie sehr mich die Wahrheit quält. In meinem letzten Brief habe dir von den Versuchungen von Paris erzählt. Ich liebte es sehr, wie sich die Stadt nachts verwandelte, wie all diese Menschen, die tagsüber nicht in Erscheinung traten, aus ihren Löchern krochen und Farbe in die Dunkelheit brachten. Ich habe oft zu tief in die Flasche geschaut, denn so angetrunken konnte ich mir vorgaukeln, keine Versagerin zu sein, nur ein bisschen unverstanden. In diesem Zustand fiel es mir immer leicht, einen Weg für mich zu finden. Am Tag danach, wenn ich aufwachte, im Tageslicht die Augen zusammenkniff und mein Kopf dröhnte, merkte ich wieder, dass mich jeder Weg nur in Sackgassen führte.

Mein einziges wahres Glück warst du. Wie habe ich es geliebt, mit dir auf dem Boden zu hocken und mit Bauklötzen zu spielen und dir Bücher vorzulesen! Allerdings … tat ich das viel zu selten. Und Chérie wurde langsam ärgerlich, zum allerersten Mal. Sie fand, ich müsse endlich Verantwortung übernehmen. Ich habe es ihr hoch und heilig versprochen – und sie jedes Mal enttäuscht. Schließlich musste sie noch mehr arbeiten, um genug Geld heimzubringen, und konnte im Haushalt nicht mehr so viel helfen. Tagsüber war ich nun also allein mit dir. Was mich nicht davon abhielt, trotzdem nachts immer wieder auf die Piste zu gehen, doch es hat unglaublich gezehrt, wenn ich morgens erst nach Hause kam, genau dann, wenn du aufgewacht bist und schön ausgeschlafen warst.

An jenem Tag, der alles verändern sollte, war ich ein Wrack. Ich hatte zu viel getrunken und die Nacht durchgemacht. Ich stöhnte laut, als Chérie sich fertig machte, um aus dem Haus zu gehen. Sie klapperte mit Töpfen und knallte Türen extra laut, damit ich aufwachte. Als ich schließlich aus dem Bett hochkam, griff ich zu einer Zigarette, und da stellte sie sich vor mich hin, nahm die ganze Schachtel und knüllte sie zusammen. Ihr Blick war finster. *Bei der Kleinen wird nicht geraucht, das weißt du.* Ich wusste es.

Ein paar Stunden später war nichts anderes greifbar, was diese Kopfschmerzen gelindert hätte. Du schliefst, und ich suchte nach einer Schachtel Zigaretten, die ich versteckt hatte, ich legte mich aufs Sofa und genoss das Gefühl, wie das Nikotin mich wieder zur Ruhe brachte. In dem Moment nahm ich mir ganz fest vor, mich zusammenzureißen. Ich wollte die Wohnung putzen, bevor Chérie von der Arbeit kam, Gemüse einkaufen und uns eine richtig leckere Suppe kochen und auf dem Tisch Kerzen anzünden. Ich wollte sie wieder fröhlich sehen.

Das Schicksal wollte es anders. Das Schicksal war der Meinung, ich hätte genug Chancen gehabt. Meine Frist war abgelaufen.

Als ich aufwachte, war die Wohnung so voller Rauch, dass ich hustete und dachte, ich würde ersticken. Ich wusste nicht, ob ich noch träumte oder wach war. Mit der einen Hand tastete ich um mich herum, um zu begreifen, wo ich war, mit der anderen hielt ich mir Mund und Nase zu. Um mich herum züngelten die Flammen über den Boden und die Hitze brannte auf meiner Haut. Wie gelähmt saß ich da und hustete nur, als meine geliebte Freundin durch die Flammen auf mich zukam. Sie erschien mir wie eine optische Täuschung und da und dort wurde es plötzlich sonderbar still. Ich hörte das Knistern der Flammen nicht mehr, nahm nicht mehr wahr, wie die Holzbalken einstürzten. In dieser totalen Stille kam sie auf mich zu und ich lächelte nur. Ich weiß noch genau, wie blöd ich einfach lächelte, während alles um mich herum niederbrannte. Sie packte mich an den Schultern, sah mir in die Augen und schrie: »Kriech aus der Wohnung! Ich muss die Kleine retten!«

Ich wollte schon zu ihr sagen, sie muss doch nicht schreien, auch wenn die Töne bei mir gar nicht richtig ankamen, doch da sah ich die Panik in ihrem Gesicht, und als sie dem Feuer entgegenrannte, war die Welt mit ihren Geräuschen zurück, und ich befand mich in einem Chaos, mitten im schlimmsten Inferno. Meine Lunge fühlte sich an, als wäre sie voll spitzer Nadeln, und ich begriff, dass ich nicht in der Lage war, irgendwen zu retten, also tat ich, was sie sagte. Ich kroch, bis ich nicht mehr konnte. Als ich auf dem Boden zusammensackte und merkte, wie mich die Dunkelheit einholte, hatte ich vor dem Tod gar keine Angst mehr. In dem Moment hätte ich mich ergeben. Ich wusste ja, wer auf der anderen Seite auf mich wartete: meine Mutter Cecilia. Und ich sehnte mich so nach ihr. Doch ein Feuerwehrmann ließ es nicht zu und trug mich aus der Wohnung, die nun lichterloh brannte.

Als ich wieder Sauerstoff in die Lunge bekam und aufhörte zu husten, flüsterte ich ihren Namen – Ella. Kurz darauf kam ein Feuerwehrmann mit ihr aus der Wohnung gerannt. Sie wurde sofort in den Krankenwagen gebracht und in die Klinik gefahren. In ihren Armen hielt sie dich, in eine Decke gewickelt. Mit ihrem eigenen Körper hat sie dich vor dem Feuer geschützt. Und das hat ihr den Tod beschert und dir das Leben.

Danach brach für mich eine Zeit an, in der ich nur eine lebende Tote war.

An die Wochen direkt danach habe ich überhaupt keine Erinnerung mehr. Sie sind in meinem Kopf wie ausradiert. Die einzige Szene, an die ich mich erinnern kann, ist, wie ich auf der Polizeiwache sitze und mir jemand erklärt, dass der Brand von einer Zigarette verursacht worden ist. Ich sitze da und schweige, alles in meinem Kopf dreht sich darum, dass ich jetzt meine Strafe bekommen werde. Ich denke, es gibt sowieso nichts mehr zu verlieren. Und da taucht Ella vor meinem inneren Auge auf, so deutlich wie in der Wohnung zwischen den Flammen. Sie sieht ganz ruhig aus und sagt zu mir, jetzt stehe alles auf dem Spiel. *Sei nicht dumm. Sei einmal so schlau, wie du es sein kannst, und kümmere dich um unser Mädchen.*

Ich beiße mir auf die Unterlippe, versuche nicht in Tränen auszubrechen und blicke zu dir, du liegst in meinen Armen. Merke, dass deine Augen in letzter Zeit so ernst sind und dass ich dich seit dem Brand nicht mehr lachen gehört habe. Ich drücke dich ganz fest und höre mich sagen, ich hätte versucht, Ella das Rauchen abzugewöhnen, seit das Kind auf der Welt ist. Ich sei einkaufen gewesen, und sie habe sich wohl gleichzeitig mit der Kleinen hingelegt. Ich habe allerdings auch zu Protokoll gegeben, dass sie diejenige gewesen ist, die dich gerettet hat.

Der Beamte schrieb alles nieder und ließ mich dann gehen. Dasselbe tat Paris. Es fühlte sich an, als verpasste mir die Stadt einen Tritt nach dem anderen, als sei meine Zeit dort abgelaufen. Also kehrte ich heim, denn ich hätte nicht gewusst, wohin ich sonst hätte gehen sollen. Im Mai 1953 stieg ich im Alter von 21 Jahren von der Fähre, setzte meinen Fuß wieder auf die Insel, die meiner Meinung nach viel zu klein für mich gewesen war, und fühlte mich, als wäre ich neunzig Jahre alt. Mein Vater schreckte zusammen, als ich mit dir im Arm vor seiner Tür stand und alles Hab und Gut in meinen Taschen bei mir trug. Er fing dich auf, als ich zusammenbrach. Bis ich wieder aufwachte, sollte viel Zeit vergehen.

Welche ist deine Lieblingsjahreszeit? Entschuldige bitte meinen eigenartigen Gedankensprung an dieser Stelle, aber ich habe gelernt, dass Balance sehr wichtig für die Seele ist. Die dunkelsten Stunden meines Lebens in diesem Brief noch einmal zu erleben, fordert seinen Tribut. Da tut es gut, sich auch andere, schönere Dinge vor Augen zu halten. Ich unterhalte mich gern über den Herbst, denn meiner Meinung nach ist das die herrlichste Jahreszeit. Ist es nicht pure Magie, wie die grünen Blätter plötzlich knallrot und orange leuchten? Wie sie vor Leben sprühen, als wollten sie in ihrer schönsten Pracht noch einmal aufblühen, bevor sie zu Boden fallen und sterben. Wenn ich es mir recht überlege, wünsche ich mir, dass du den Frühling lieber magst. Wenn die Blätter sich auffalten und beginnen, voller Leben zu sprießen, ohne einen Gedanken daran, was danach kommt. Ich hoffe, eines Tages werde ich erfahren, welche deine Lieblingsjahreszeit ist.

Bea

Dem Kalender nach war es der letzte Tag im August. Ein Hauch von Herbst lag in der Luft, Bea konnte ihn schon riechen. Und bald kam der Winter. Wie sollte sie diese dunkle, kalte Jahreszeit noch einmal so allein überleben?

Sie stand vom Küchentisch auf und drehte langsam eine Runde ums Haus. Es war ein kleines Häuschen, es gab nur Küche, Wohnzimmer, Schlafzimmer und Büro. Seit Edvin ausgezogen war, hatte sie genau genommen nur Schlafzimmer und Küche bewohnt. Sie ging ins Wohnzimmer, das mit den Überbleibseln ihres Ehelebens möbliert war, Erinnerungen an die gemeinsamen Jahre. Bea strich über die Vitrine, den Sessel, das Sofa, die Stehlampe und ließ sich schließlich in Edvins abgewetzten Sessel fallen. War es überhaupt möglich, in der Gegenwart anzukommen, wenn man sich mit Dingen umgab, die der Vergangenheit angehörten? Was wäre, wenn sie sich von diesen Möbeln befreien würde, das Band durchschnitt, das noch fest an ihrem alten Leben hing – dieses Leben, das sie nie zurückbekäme, egal wie krampfhaft sie daran festhielt?

Eine Träne lief ihr über die Wange. Instinktiv wischte sie sie weg. Nein, jetzt war Schluss mit dem Geheule. Das hatte sie weiß Gott hinter sich. Jetzt brauchte sie etwas anderes. Eine Veränderung. Langsam stand sie auf, nahm ihr Handy und fotografierte alle Möbel in ihrem Wohnzimmer. Dann rief sie die Ven-Gruppe auf Facebook auf, lud die Bilder hoch und schrieb darunter *Zu verschenken, einfach vorbeikommen und abholen*. Sie tastete nach der Armstütze des Sessels, setzte sich wieder und wartete.

Es dauerte keine fünfundvierzig Minuten, da klopfte es an ihrer Haustür. Auf der Treppe stand Klas. Er trug einen Strickpullover mit Rollkragen und seine Haare waren vom Wind zerzaust. Wie immer schien er gut gelaunt.

»Hallo, Bea. Ich habe gesehen, dass du eine Vitrine zu verschenken hast, die meiner Mutter sehr gefällt. Ist sie noch zu haben?«

»Ja, ist sie«, sagte Bea und öffnete ihm die Tür. »Du kannst die Schuhe anlassen.«

Sie bemerkte, wie Klas sich interessiert umsah, als sie durchs Haus gingen. Das war ihr peinlich. Ein Haus verriet so vieles über seine Bewohner, und auch wenn sie nicht recht wusste, warum eigentlich, ging es ihr gegen den Strich, dass er jetzt sah, wie blitzeblank alles war und wie trostlos.

»In deiner Anzeige klang es, als würdest du all deine Möbel verschenken«, sagte er.

»Na ja, nur die Möbel aus dem Wohnzimmer«, sagte Bea und ging zur Vitrine und räumte Kaffeegeschirr, Vasen, Kerzenständer und ein paar Kristallgläser aus.

»Du hast aber nicht vor umzuziehen?«, fragte Klas und half ihr bei der Arbeit.

Bea musste lachen. Sowohl über seine Frage, die – was eigentlich traurig war – völlig abwegig war, als auch über seinen besorgten Tonfall. Wen interessierte es schon, ob sie wegzog oder dablieb?

»Nein, nein, ich miste nur aus«, sagte sie.

»Gut«, sagte er erleichtert.

Die Vitrine war schmal und so leicht, dass sie es ohne Hilfe schaffen würden, sie gemeinsam in seinen Lieferwagen zu tragen. Im unteren Fach lag noch Edvins halb volle Cognac-Flasche. Sie rollte hin und her, als sie das Möbelstück durch den Flur bugsierten.

Klas blieb stehen. »Du hast da was vergessen«, sagte er.

»Ich weiß, aber das geb ich dir mit«, sagte sie.

Sie trugen die Vitrine aus dem Haus und Klas hob sie allein in seinen Wagen. »Und du bist sicher, dass du kein Geld dafür haben willst?«, fragte er, als er die Kofferraumtüren schloss.

»Ganz sicher. Mit Gruß an deine Mutter«, sagte Bea.

»Richte ich aus«, sagte er. »Und eins noch … wenn du mal gern Gesellschaft bei einem Spaziergang hättest, sag Bescheid!«

Sie lächelte und nickte.

Ihr Puls schlug schnell, als sie wieder ins Haus ging und die Tür hinter sich schloss. Doch ihre Gedanken, die noch um die Begegnung mit Klas kreisten, wurden jäh unterbrochen, weil nun das Telefon nicht mehr stillstand. Viele hatten Interesse an ihren Möbeln. Innerhalb von vier Stunden war ihr Wohnzimmer weitgehend ausgeräumt bis auf Edvins alten Sessel. Den hatte sie nicht annonciert. Sie ließ sich noch einmal hineinfallen, tastete über den abgescheuerten Stoff, schluckte und sagte zu sich selbst: »Weiter geht's. Was du brauchst, ist Veränderung.«

Sie wusste genau, dass das stimmte. Dennoch fiel es

ihr schwer. Ihr Blick wanderte durch den leer gefegten Raum. Jetzt brauchte sie neue Möbel. Sie überlegte kurz, dann schrieb sie Daniel eine SMS und erkundigte sich, ob er ihr bei einer Angelegenheit helfen könne. Gern, antwortete er. *Dann treffen wir uns in der Uferschwalbe,* schrieb Bea. *Und bitte komm mit dem Traktor plus Anhänger.* Er antwortete mit dem Daumen hoch und einem fragenden Smiley.

Eine Stunde später stand Bea in Lucys Räumlichkeiten und zeigte noch etwas unentschlossen auf eine Kommode. Doch der mintgrüne Korbstuhl aus den Fünfzigerjahren, der an ihrem Lieblingsplatz unter der Eiche stand, musste auf jeden Fall mit, obwohl Lucy zu bedenken gegeben hatte, dass er rund ums Jahr draußen stand und man ihm das auch ansah.

»Wenn du die Kommode kaufen willst, dann würde dieser Esstisch doch gut dazu passen«, schlug Lucy vor und lief auf einen massiven, alten hellblauen Holztisch zu. Genau diese Art von Möbelstück, mit denen Bea nichts anfangen konnte. Doch jetzt brauchte sie etwas anderes als diese elegante weiße Esstischgruppe, die sie mit Edvin zusammen angeschafft hatte. Also nickte sie.

»Den nehme ich«, sagte sie.

Zu diesem Tisch gab es sogar passende Stühle. Als Nächstes suchten sie noch eine Stehlampe, ein Sofa und ein zierliches Bücherregal aus. Liam, der gerade hereingeschneit war, half ihnen, die Möbel auf den Anhänger zu laden.

Daniel wischte sich den Schweiß von der Stirn. »Ist das jetzt alles?«, fragte er.

Bea überlegte kurz. Irgendwie hatte sie das Gefühl,

etwas fehlte noch. Sie bat Daniel und Lucy, ihr ins Café zu folgen, und zeigte auf einen Flipperautomaten.

»Du willst jetzt nicht sagen, dass du den haben willst?«, fragte Daniel und warf Lucy einen entsetzten Blick zu.

Bea zuckte mit den Schultern. »Doch, könnte ich mir vorstellen …«

»Und wie sollen wir den auf den Hänger kriegen?«, fragte Daniel und versuchte, ihn an einem Fuß anzuheben.

Lucy ging zu ein paar Gästen, die beim Kaffee saßen, und fragte die Männer, ob sie mal kurz anpacken würden. Als Dankeschön versprach sie eine Tüte Kekse. Ein paar Minuten später war der Flipperautomat verladen.

Bea konnte es kaum fassen. Würde sie das wirklich alles kaufen?

Lucy fasste sie am Arm. »Jetzt zähl mal, wie viele Möbelstücke hast du eingekauft?«

Wenn man die Esstischgruppe komplett als ein Möbelstück zählte, kam man auf sieben. Sieben, ihre Schicksalszahl.

»Danke, Lucy«, sagte sie, bezahlte alles mit dem Bargeld, das Edvin und sie in einer Keksdose für unvorhergesehene Ausgaben zurückgelegt hatten, und ging zu Daniel, der schon auf dem Traktor saß.

»Ich habe zu danken«, sagte Lucy und lächelte, während sie sich die Scheine in die Tasche steckte. »Ich hab immer gedacht, diesen elenden Flipperautomaten werde ich nie los.« Sie zwinkerte ihr zu, winkte und verschwand wieder in ihrem Café.

Daniel und Bea saßen still auf dem Traktor, der sich nun in Bewegung setzte und mit dem voll beladenen Anhänger langsam vorwärtsrumpelte.

Als Daniel vor Beas Haus vorgefahren war, sah er sie amüsiert an. »So, jetzt haben wir das nächste Problem. Wie kriegen wir die Möbel ins Haus?«

So weit hatte sie nicht gedacht. »Ich könnte Klas anrufen«, sagte sie und griff zum Telefon.

Zehn Minuten später stand er mit Pappi vor der Tür. Klas, der ja groß und stark war, packte ordentlich an, und so schafften sie die Möbel gemeinsam hinein. Sogar den Flipperautomaten brachten sie an seinen neuen Platz. Klas gab keinen Kommentar ab, er grinste nur.

Als sie fertig waren, lehnte sich Daniel an seinen Traktor und schnaufte. »Du bist wirklich für Überraschungen gut«, sagte er und schüttelte lächelnd den Kopf.

»Ich wundere mich ehrlich gesagt über mich selbst«, gab Bea zu und schenkte ihm und Klas zwei frisch gebackene Roggenbrote als kleines Dankeschön für ihre Hilfe.

Als sie wieder weg waren, stellte Bea den Korbstuhl neben Edvins alten Sessel und nahm Platz. Sie war mit ihren Kräften am Ende und nun kamen die Tränen von ganz allein. Was wäre gewesen, wenn sie sich einen eigenen Sessel zugelegt hätte, als sie noch zusammengelebt hatten? Und dann abends hier nebeneinandergesessen hätten? Dann wäre Edvin mit ihrem Leben vielleicht zufriedener gewesen und hätte sie nicht verlassen? Langsam fuhr sie über die harten Armlehnen des Korbstuhls und blickte auf Edvins alten Sessel mit seinem weichen, abgewetzten Stoff. Sie streckte die Hand aus und strich behutsam darüber. Es war vorbei. Nie wieder würde er hier vor dem Fernseher sitzen. Jetzt ließ sie den Gedanken zu, zum ersten Mal dachte sie, dass die Zeit reif war, etwas Neues auf die Beine zu stellen. Und zwar ohne ihn.

Als Bea am darauffolgenden Tag erwachte, spürte sie unmittelbar, dass etwas anders war als sonst. Es war die Uhrzeit. Es war nicht halb fünf, sondern um acht. Sie fühlte sich richtig ausgeschlafen. Sie schlüpfte in den Morgenmantel und ging ins Wohnzimmer. Mit einem Kribbeln im Bauch betastete sie ein Möbelstück nach dem anderen, roch am alten Holz der Möbel und legte ihren Finger auf die Knöpfe am Flipperautomaten. Es fühlte sich ungewohnt an, aber gut.

Sie ging in die Küche, schmierte sich ein Brot und setzte sich an den Tisch. Während sie aß und ihren Blick über den öden Landsvägen schweifen ließ, kam sie auf die Idee, heute etwas in ihren Kalender zu schreiben. Um sich daran zu erinnern, dass dies ein besonderer Tag war. Der erste Tag ihres neuen Lebens. Doch was sollte sie schreiben? Veränderung? Sie überlegte. Das klang kitschig. Auf dem Handy googelte sie nach Synonymen für das Wort. Transformation, Umgestaltung … Wandlung. Das Wort gefiel ihr. Es klang ein bisschen feierlich, das passte zu diesem Tag.

Sie streckte den Rücken durch und sagte laut und deutlich: »Es ist an der Zeit für eine Wandlung.« Sie ließ sich das Wort auf der Zunge zergehen. Wie diese Wandlung genau aussehen sollte, wusste sie nicht, nur dass sie geschehen musste, sie war nämlich nötig. Behutsam stellte sie ihre Kaffeetasse genau zwischen zwei Blumen auf die Tischdecke und nicht auf die fünfte Blume wie gewohnt und dann sah sie sich das eine Zeit lang an. Ihre Tasse stand nach wie vor am falschen Platz, doch das hatte keine Auswirkung auf ihren Ruhepuls. Sie trank aus, legte den Kalender auf die Küchenarbeitsplatte, faltete die Wachstischdecke langsam zusammen und verstaute sie im Küchenschrank.

Als sie am Nachmittag in ihrem Garten stand und das Laub zusammenharkte, hielt plötzlich ein weißer Lieferwagen vor ihrem Zaun. Klas steckte seinen Kopf aus dem Fenster und fragte: »Hast du deinen Flipperautomaten eigentlich schon mal ausprobiert?«

»Nein, noch nicht«, antwortete Bea grinsend. »Fährst du aufs Festland?«

»Ja, ich muss neue Giebelbretter besorgen, erste Vorbereitungen für den Winter«, erklärte er.

Bea nickte. Gute Idee.

»Brauchst du irgendwas?«, fragte er.

Sie überlegte, bat ihn kurz zu warten, ging schnell ins Haus, schrieb eine Einkaufsliste und händigte sie ihm durch die heruntergekurbelte Seitenscheibe aus.

»Aber nur, wenn es dir keine Umstände macht.«

Er warf einen Blick auf den Zettel. »Gar kein Problem«, erwiderte er.

»Ach, Moment mal«, sagte Bea. »Würdest du mir noch einen ganz großen Gefallen tun? Du kannst natürlich auch Nein sagen.«

»Dir könnte ich nie was abschlagen«, sagte er und grinste.

Sie bat ihn auszusteigen und ihr ins Haus zu folgen.

»Den Sessel?«, fragte er, als sie in ihrem Wohnzimmer standen. »Ach, das machst du, du mistest deinen *Mistkerl* aus!«

Bea kniff die Lippen zusammen und nickte.

»Längst überfällig, wenn du mich fragst«, sagte Klas.

»Ich habe das Gefühl, der Raum kann jetzt endlich wieder atmen. Ab jetzt kriegst du hier wieder Luft.«

Er lächelte und kurz darauf schleppten sie zu zweit Edvins Sessel zu Klas' Lieferwagen. Bea hatte einen Zettel daran befestigt, auf dem Edvins Name und seine Telefonnummer standen.

»Stell ihn bitte einfach an der Paketübergabe am Fährhafen ab, dann sorge ich dafür, dass sie ihn anrufen und er seinen Sessel abholen kommt.«

Klas lachte. »Wie Daniel gestern schon sagte, du bist echt gut für Überraschungen.«

»Und wie ich gestern schon geantwortet habe, ich wundere mich selbst am meisten darüber.«

Er tätschelte ihr die Schulter und lächelte.

Ein paar Stunden später hielt der Lieferwagen wieder vor Beas Haus. Klas stieg aus und überreichte ihr eine Tüte. Er gluckste, als er ihr erzählte, wie er und das Fährpersonal Edvins Sessel abgeladen und an der Paketübergabe deponiert hatten. »Gelinde gesagt hast du für einen echten Brüller gesorgt.«

Bea wollte lachen, doch es blieb ihr im Hals stecken. Kleine Gemeinheiten mochten die Leute amüsieren, doch weniger weh tat es deswegen noch lange nicht.

Klas lachte immer noch, als er wieder in den Wagen stieg, so fuhr er nach Hause. Bea blickte auf ihre Hand, mit der sie die Einkaufstüte hielt. Sie zitterte. Mit zusammengebissenen Zähnen ging sie in die Küche, holte die jadegrüne Wandfarbe aus der Tüte und stellte die Dose auf den Küchentisch. War Wandlung vielleicht nur ein anderes Wort für Wahnsinn?

Sie stieß einen tiefen Seufzer aus, sank am Küchentisch auf einen Stuhl und fuhr über den etwas verkratzten Kieferntisch. Würde sie es schaffen ohne die blaue Blume in der zweiten Reihe, die fünfte von links?

Ulrica

Eine hellblaue, perfekt gebügelte und taillierte Bluse, dazu eine weiße Hose war kein Outfit, das Ulrica einfach so ausgewählt hätte, als sie zum Sonntagsessen bei ihren Eltern fuhr. Es war genau der Kleidungsstil, der ihrer Mutter gefiel.

Sie parkte an der Einfahrt vor dem Elternhaus und blieb noch ein paar Sekunden sitzen. Ihr Puls war beschleunigt, das Haar im Nacken klebrig verschwitzt. Sie holte ihr Handy heraus und sah sich das Foto noch einmal an, das sie Jack geschickt hatte, den Schnappschuss von ihr mit den Eltern. Jack hatte sich besonders über die Aufnahme seiner Oma gefreut, weil sie eigentlich nie so lachte, es war gelinde gesagt eine echte Seltenheit.

Ulrica schloss die Augen, atmete tief durch und öffnete die Wagentür. Es war kein Stammbaum nötig, um zu erkennen, wem Alva auf dem Foto ähnlich sah. Gerda war es jedenfalls nicht.

Ihr Vater war schon an der Tür, bevor sie klingeln konnte. »Der Höhepunkt der Woche!«, rief er und strahlte. »Schön, dass du da bist.«

Ulrica versuchte zu lächeln, doch im Flurspiegel begegnete ihr nur ein gequälter Gesichtsausdruck.

Ihre Mutter kam in den Flur, wie immer in Kleid und Schürze, und hängte ihre Jacke auf. Zufrieden nahm sie

Notiz von Ulricas Kleidung, doch sie verkniff sich jeden Kommentar.

Ulrica fingerte am obersten Knopf ihrer Bluse und ging mit ihren Eltern ins Wohnzimmer. Heute gab es Filet Wellington vom Schwein, dazu Reis.

»Das sieht sehr lecker aus«, sagte Ulrica.

»Nehmt Platz«, sagte ihre Mutter und ging zurück in die Küche, um die Schürze abzulegen und Preiselbeersaft zu holen.

Sie reichten die Schüsseln herum und genossen den herrlichen Duft des Essens.

Genau wie beim letzten Mal plätscherte das Gespräch dahin wie das Meer an Valdemars Steg. Doch Ulrica war klar, dass es bald Fahrt aufnehmen und stürmisch werden würde. Sie schnitt das Filet in kleine Stückchen, um es runterzukriegen, doch bei jedem Bissen kämpfte sie mit diesem Kloß im Hals.

»Du bist heute so still«, sagte Urban, als sie mit dem Essen fertig waren und Alva den Nachtisch holte.

Ulrica zuckte mit den Schultern. »Bei der Arbeit ist gerade unheimlich viel los. Es fällt mir schwer, am Wochenende richtig abzuschalten.«

»Pass gut auf dich auf, nicht dass du einen Burn-out bekommst.«

»Ich weiß«, sagte Ulrica und lächelte angestrengt. Vor ihr stand jetzt eine beachtliche Portion Schokoladenpudding mit Sahne. Ihr Magen rebellierte. Sie entschuldigte sich und ging ins Badezimmer, beugte sich übers Waschbecken und versuchte, die Übelkeit mit tiefen Atemzügen zu bekämpfen. Dann blickte sie auf und betrachtete ihr Spiegelbild. Bring es hinter dich, dachte sie, drehte den Wasserhahn eine Zeit lang auf, dann ging sie zurück zu ihrem Dessert.

Als sie aufgegessen hatten, rieb sich ihr Vater den Bauch und grinste. »Fresskoma.«

»Das war alles wirklich sehr, sehr lecker«, sagte Ulrica.

Alva bedankte sich mit einem Lächeln und räumte mit Urban den Tisch ab.

»Wenn es okay ist, gehe ich mal kurz hoch«, sagte Ulrica und zeigte auf die Treppe.

»Tu das«, erwiderte Urban und stapelte die Teller aufeinander.

»Nimm sie lieber einzeln, in jede Hand einen, nicht dass du sie fallen lässt«, hörte Ulrica noch auf der Treppe, wie Alva ihrem Mann Anweisungen gab.

Wie immer stellte Ulrica sich ans Fenster und blickte auf den Öresund und die Insel. Heute lag Ven fast ganz im Nebel verborgen. Sie zuckte zusammen, als Urban etwas später plötzlich neben ihr stand.

»Was ist los?«, fragte er und legte ihr den Arm um die Schultern. »Du bist mit den Gedanken woanders.«

Ulrica sah ihn an. »Sorry, es ist gar nicht der Job. Meine Gedanken drehen sich gerade um etwas ganz anderes. Ich habe etwas Neues erfahren … über Mama.«

Er ließ sie los. »Ich dachte, du hättest jetzt mit der Vergangenheit deinen Frieden gemacht?«

»War auch so, aber dann habe ich erfahren …«

Er legte den Finger auf den Mund.

»Man kann auch etwas auf sich beruhen lassen, obwohl man neue Dinge erfährt.«

»Stimmt. Aber bei so einer Information nicht.«

Er seufzte und blickte aus dem Fenster.

Ulrica sprach leise weiter: »Du weißt, dass Mama von ihrer Kindheit ein Trauma davongetragen hat. Und dass ihr Verhältnis zu Gerda so schwierig war.«

Er nickte.

»Aber … Gerda war in Wirklichkeit gar nicht ihre Mutter. Sondern eine Frau namens Sofia.«

Urban erstarrte.

»Du hast das nicht gewusst?«, fragte sie ihn.

Er schüttelte den Kopf.

»Dann muss ich es ihr doch erzählen«, sagte sie.

Er sah sie an. »Meinst du wirklich? Was hätte das jetzt noch für einen Sinn? Würde sie das nicht wieder in ein tiefes Loch stürzen, wenn all die schlimmen Erinnerungen wieder hochkommen? Ich finde, man sollte das Schicksal nicht herausfordern, gerade jetzt, da sich alles gerade beruhigt hat!«

In seiner Stimme lag Verzweiflung, Ulrica hätte ihn am liebsten sofort in den Arm genommen. Und recht hatte er ja. Gerade war es wieder gut. Besser als seit langer Zeit. Gerade spross etwas Neues, etwas wie Akzeptanz. Eine Art Respekt, der aus Zuneigung entstand und der jetzt wachsen konnte. Auf der anderen Seite … hatte ihre Mutter nicht ein Recht darauf, die Wahrheit über sich zu erfahren?

»Wir müssen ja nichts überstürzen, denk doch noch mal in Ruhe drüber nach«, bat er sie und streichelte ihr über den Arm. Dann ging er wieder nach unten.

Ulrica sah ratlos auf die Insel und hoffte auf ein Zeichen, doch Ven blieb still und stumm in der Nebelwolke und überließ die Entscheidung ihr allein. Sie seufzte, stieg die Treppe hinunter und bedankte sich noch einmal für das gute Essen, dann ging sie in den Flur. Ihr Vater atmete erleichtert auf.

Alva nahm Ulricas Jacke vom Bügel und hielt sie ihr hin.

»Mama«, sagte Ulrica.

Urban stellte sich fürsorglich an Alvas Seite und sah Ulrica ins Gesicht.

Sie zog die Jacke an und sah weg. »Ich habe da etwas erfahren … was mit Ven zu tun hat, könnte man sagen.«

Alva blinzelte. »Ach ja?«

»Du weißt ja, dass ich auf die Insel gefahren bin, um mehr über unsere Familiengeschichte zu erfahren, über Oma Gerda.« Ihre Stimme war dünn. Allein diesen Satz auszusprechen, war ein Drahtseilakt. Das war ihr vollkommen klar.

Alva stand noch immer still da.

»Nun scheint es allerdings so zu sein …« Urban schüttelte leicht den Kopf. Ulrica schlug die Augen nieder. »… dass Gerda gar nicht deine richtige Mutter war.«

Eisernes Schweigen. Als befänden sie sich in einem Vakuum, in das kein einziger Laut vordringen konnte. Bis Alva sich schließlich räusperte und mit erstaunlich klarer Stimme erwiderte: »Ich weiß.«

Ulrica blickte auf und ihr Vater drehte sich zu seiner Frau um.

»Du weißt es?«, fragte Ulrica.

»Ja.«

»Aber weißt du dann auch, wer deine leibliche Mutter war?«

»Nein.«

»Möchtest du es wissen?«

Alva lachte trocken. »Nein, ganz ehrlich … das will ich wirklich nicht. Das ist doch nur Biologie. Gerda war meine Mutter, ich hätte mir sicher gewünscht, dass es anders gewesen wäre, aber so war es nun mal. Punkt, aus.«

Ulrica sah, wie Urbans Blick zwischen Alva und ihr hin- und herflackerte.

»Aber die Karte mit der Malve …«, sagte Ulrica. »Wo die Blumen blühen, da warte ich auf dich.«

»Sie hat mich weggegeben. Als die Karte kam, war es längst zu spät.«

Ulrica wollte noch etwas sagen, doch sie kam nicht mehr dazu. Alva öffnete schon die Haustür.

»Es war sehr schön, dass du da warst. Aber ich merke gerade, dass diese Migräne wieder losgeht, ich lege mich besser gleich hin.«

Ulrica ging hinaus, doch drehte sie sich noch einmal um und stellte ihren Fuß in die Tür, als Alva sie zuziehen wollte. Ihre Mutter stand drinnen, die Hand an der Klinke, Ulrica stand draußen. Als balancierten sie beide hoch oben am äußersten Rand der Steilküste. Wenn sie jetzt den Fuß wegzog und es auf sich beruhen ließe, kämen sie noch mit dem Schrecken davon und hätten in absehbarer Zeit wieder festen Boden unter den Füßen. Wenn sie jedoch das ausspräche, was sie beschlossen hatte, würden sie hinunterstürzen.

»Sie lebt noch«, sagte Ulrica, doch sie konnte nicht mehr sehen, wie ihre Mutter reagierte, denn Urban knallte die Tür mit einem Mal zu. Ulrica schlug sich die Hand vor den Mund. Jetzt hatte sie sie beide hinuntergestürzt.

An den darauffolgenden Tagen funktionierte Ulrica einfach nur. Sie ging zur Arbeit, kochte Essen, ging einkaufen und ins Sportstudio wie immer, doch wenn sie sich abends schlafen legte, hatte sie nicht die geringste Ahnung, wie alles gekommen war, sie wusste nur, sie hatte es tatsächlich getan. Am fünften Tag nach dem Sonntagsessen tauchte das erste Lebenszeichen von Alva auf, eine SMS: *Möchtest du am Sonntag zu Besuch kommen? Allerdings gibt es bei den Gesprächsthemen ein Tabu, alles, was Ven und meine Familiengeschichte betrifft. Meine Mutter ist für mich gestorben. Ich gehe davon aus, dass sie das für dich auch ist.*

Ulrica unterdrückte die Tränen und musste an das Gespräch mit Angelika vor ein paar Tagen denken. Völlig enthusiastisch hatte ihre Freundin über die Neuigkeit gejubelt. »Ich hab doch gesagt, es ist eine gute Idee, nach Ven zu fahren«, sagte sie. »Da findest du Antworten auf deine Fragen – und das wird dir helfen, endlich der Mensch zu werden, der du sein möchtest.«

Ulrica dachte bei sich, ganz so einfach war es nicht. Es bedeutete nach wie vor, dass sie diese unschönen Geschichten gegen den Willen ihrer Mutter ans Licht brachte. In dieser SMS hatte sie ihr unmissverständlich zu verstehen gegeben, dass Ulrica sich entscheiden musste. Und zwar zwischen Sofia und ihr.

Eine Weile hatte sie dagesessen und sich die Dinge in Ruhe durch den Kopf gehen lassen. Dann verließ sie ihre Wohnung. Sie stieg ins Auto und fuhr zum Haus Magnolie in Landskrona.

Auf dem Parkplatz blieb sie noch eine Zeit lang im Wagen sitzen. Alva würde es ihr nie verzeihen, dass sie die

Frau besuchte, die ihre Tochter einem so schlimmen Schicksal überlassen hatte. Dennoch öffnete sie die Wagentür und ging in die Einrichtung. Wenn es eine Gelegenheit gäbe, eine Antwort auf die Frage zu erhalten, warum Sofia Alva abgegeben hatte, dann musste sie sie nutzen. Danach könnte sie es machen wie ihre Mutter – und die Familiengeschichte ad acta legen.

Dieselbe Pflegerin wie beim letzten Mal begrüßte sie in den Gängen. Sie lächelte und führte sie zu Sofias Zimmer. »Ihr Besuch hat bei Sofia Wunder gewirkt.«

»Ach wirklich?«, sagte Ulrica und hörte, wie angespannt sie klang.

»Ja, sie ist jetzt viel aufgeweckter. Das freut uns hier im Haus so. Wir geben uns ja wirklich Mühe mit unseren alten Leutchen, aber das ist kein Vergleich dazu, wie gut ihnen Familie und Freunde tun.«

Ulrica nickte.

Die Pflegerin klopfte leise an Sofias Tür und teilte ihr mit, dass sie Besuch habe. Auch dieses Mal saß Sofia in ihrem Rollstuhl vor dem Fenster. Jemand hatte ihr die Haare zum Zopf geflochten. Sie fuhr herum und strahlte, als sie Ulrica erkannte.

Ulrica zwinkerte schnell und lächelte sie an. »Wollen wir einen Ausflug in den Garten machen?«, fragte sie.

»Ach ja, wenn du magst?«

»Sehr gern«, antwortete Ulrica, half ihr, eine Strickjacke überzuziehen, und legte ihr eine dicke Wolldecke über die Beine. Dann löste sie die Bremse und schob den Rollstuhl durch die Gänge zur Terrassentür. Sie schob sie über die Kieswege und blieb vor einem Beet mit Herbstanemonen und Hortensien stehen.

Ulrica pflückte ein paar bunte Blumen zu einem kleinen Strauß. »Die können wir zu dir ins Zimmer stellen«, sagte sie.

Sofia kicherte. »Ich glaube, es ist verboten, hier Blumen zu pflücken.« Sie zeigte auf ein Verbotsschild.

Ulrica musste lachen. »Oh, dann musst du sagen, ich bin schuld.«

Sie unterhielten sich über dies und das. Über den Herbst und das Wetter und die Blumen. Sofia konnte dem Gespräch problemlos folgen und ihre Augen sahen heute richtig wach aus.

Etwas später stoppte Ulrica an einer Bank, stellte den Rollstuhl daneben und nahm Platz. Unzählige Fragen schwirrten ihr durch den Kopf. Wem das Haus jetzt gehörte, ob es noch Dinge gab, die sie gern bei sich hätte und die Ulrica ihr holen sollte? Sofias Zimmer hier im Haus war so nüchtern eingerichtet, dass man den Eindruck hatte, sie wäre hier nur vorübergehend untergebracht. Und natürlich wollte Ulrica sie fragen, warum sie Alva fortgegeben hatte und nie mehr Kontakt zu ihr oder Ulrica gesucht hatte.

Plötzlich streckte Sofia den Arm aus und ergriff Ulricas Hand. Ulrica spürte die Tränen kommen. Offenbar hatte die alte Frau ebenso viele Fragen im Kopf, doch auch sie schwieg lieber, und so saßen sie nur beide still da.

»Gefällt es dir hier?«, fragte Ulrica schließlich.

Sofia zog ihre Hand zurück. »Doch, doch, das Personal ist sehr freundlich …«

»Aber?«, fragte Ulrica, die spürte, dass Sofia etwas fehlte.

»Man kann es natürlich nicht mit der Villa Nova am Wilden Geißblatt vergleichen«, sagte Sofia wehmütig, und Ulrica konnte sehen, wie ihr die Tränen in die Augen traten, als sie sich an ihr Zuhause erinnerte. Ulrica wusste nicht, wie sie darauf reagieren sollte. Sofia wurde mit einem Mal ganz klein.

»Möchtest du wieder rein?«, fragte sie.

Sofia nickte und schloss die Augen, als Ulrica den Rollstuhl zurückschob. In ihrem Zimmer half eine Pflegerin Sofia aus ihrer Strickjacke und legte sie ins Bett für den Nachmittagsschlaf. Sie schien leicht zu sein wie ein Vogeljunges.

Als die Pflegerin wieder gegangen war, legte Ulrica die Jacke zusammen und räumte sie zurück in den Kleiderschrank. Dann drehte sie sich wieder um und wollte sich verabschieden, doch da sah sie, dass Sofia energisch auf etwas am Schrank zeigte.

»Liegt die Strickjacke da falsch?«

»Nein, nein«, sagte Sofia. Aber sie streckte den Arm immer noch durch die Luft.

Ulrica öffnete die Tür und sah sie fragend an.

»Das Kästchen«, sagte Sofia leise.

Ganz unten lag eine Lederschachtel. Sie holte sie heraus.

Sofia nickte. »Mach sie bitte auf«, sagte sie.

Ulrica öffnete sie. Darin fand sie einen Stapel Briefe. Alle frankiert und adressiert an Alva. Ulrica hielt die Luft an und zählte. Es waren neun Stück.

»Die habe ich vor zehn Jahren geschrieben. Als ich wusste, dass ich die Villa Nova verlassen muss und hierherkommen werde. In den Briefen erzähle ich die ganze Geschichte von Anfang an.«

Ulrica schluckte.

»Könntest du die deiner Mutter geben?«, fragte Sofia leise.

»Ja, sicher«, sagte Ulrica, doch sie bezweifelte, dass Alva sie annehmen würde.

»Danke«, sagte Sofia und schloss die Augen.

Ulrica stand noch eine Zeit lang da, die Briefe in der Hand, und betrachtete die Frau, die im Bett lag. Ihr Gesicht hatte etwas Entspanntes und Friedvolles. Sie biss sich auf die Unterlippe und musste daran denken, was Alva auf der Fähre von Ven nach Hause gesagt hatte. *Jetzt ist es viel zu spät.* In den Briefen stand die Antwort, fragte sich nur, ob es jetzt nicht wirklich zu spät dafür war.

Sie ging aus dem Zimmer, lief durch die langen Gänge hinaus und kam wieder an die frische Luft. Ihr Blick fiel auf die Briefe. Die Versuchung war groß, sie mit nach Hause zu nehmen und zu lesen. Sie wollte ja wissen, was in der Vergangenheit passiert war. Auf der anderen Seite … Es war Alvas Geschichte. Sie sah einen Kiosk, ein Stückchen entfernt, daneben war ein Briefkasten. Und wenn sie die Briefe einfach mit der Post schickte? Dann könnte sie den Ärger umgehen, der unvermeidlich wäre, wenn sie versuchte, Alva die Briefe zu überreichen.

Langsam ging sie auf den Briefkasten zu. Hatte sie im Portemonnaie nicht noch einen Bogen Briefmarken? Sicherheitshalber versah sie jeden Brief mit neuen Marken. Ihre Hand zitterte, als sie die Klappe am Briefkasten hochhielt. Ihre Enthüllungen vom letzten Sonntag waren nichts gegen das, was sie jetzt tat. Jetzt *stieß* sie Alva geradezu hinab. Sie schob die Briefe durch den Schlitz, aber hielt sie noch fest, ihr Herz raste, doch dann ließ sie sie los. Ihr Magen krampfte kurz, als sie hörte, wie sie sanft auf der übrigen Post landeten. Ach, sie wünschte, Sofias Worte würden das auch bewirken. Dass Alvas Landung sanft war.

Bea

Klas hatte Bea bei den Malerarbeiten geholfen und jetzt erstrahlte ihre Küche in Jadegrün. Heute hatte sie ihn als Dankeschön zum Abendessen eingeladen. Auf ihrem hellblauen Esstisch lag keine Tischdecke, das war eine therapeutische Entscheidung. Sie wollte sich abgewöhnen, ständig Stoff glatt zu streichen oder ihre Tasse an einer exakt definierten Stelle zu platzieren. Dafür hatte sie Kerzen auf den Tisch gestellt und die brannten schon.

Als es klopfte, ging Bea zur Tür.

»Mhhh, das riecht draußen schon herrlich!«, rief Klas und trat ein, dicht gefolgt von seinem Schoßhund.

Sie bat ihn ins Wohnzimmer und führte ihm stolz ihre neue Einrichtung vor: Mit Kissen, Decken und Kerzenständern aus Lucys Café hatte sie die Möbel dekoriert, ein Spiegel mit einem dicken Goldrahmen hing an der Wand.

»Wie hübsch!«

Bea lächelte und servierte das Essen. Falscher Hase mit Bratkartoffeln. Sie wusste, dass Klas einfache Hausmannskost bevorzugte, und sie hatte die Vollwertküche satt, die bei ihr jetzt anstelle von Zimtschnecken auf dem Speiseplan stand.

»Mach es dir bequem«, sagte sie und füllte seinen Teller. Er setzte sich ihr gegenüber und Pappi machte einen

Satz auf den Stuhl neben ihn. Der Hund gewöhnte sich mit jedem Mal mehr an sie. Sie begannen zu essen und Klas war schon vom ersten Bissen an ganz entzückt. »Unglaublich! Was bist du nur für eine hervorragende Köchin!«

»Ich koche wirklich gern … allerdings nicht für eine Person«, sagte sie und lächelte.

»Nein, der Mensch ist wohl nicht dafür gemacht. Allein zu essen, meine ich.«

»Du lebst schon lange alleine«, sagte Bea. Das war gleichermaßen Behauptung wie auch Frage.

Klas nickte. »Das hat sich so ergeben. Ich hatte ein paar Beziehungen, aber, na ja, wie es so ist, irgendwann wurde es immer kompliziert. Aber ich habe ja meine Kollegen und Freunde und Pappi natürlich, und dann noch meine Mutter nebenan. Wir verbringen die Abende miteinander, spielen Karten oder trinken ein Gläschen Cognac.« Er grinste. »Es könnte wirklich schlimmer sein.«

»Dann hast du dich an die Einsamkeit gewöhnt?«

»Darf ich das jetzt als Einladung verstehen, bei dir einzuziehen?«, fragte er und zwinkerte mit einem Auge.

Sie schmunzelte. »Ach, ich glaube, es ist nach so vielen Ehejahren immer noch ungewohnt für mich, allein zu sein. Das setzt einem doch zu.«

»Was war für dich am schlimmsten, als dein Mann ausgezogen ist?«, fragte Klas und schob sich eine Gabel voll Hackbraten in den Mund.

Bea überlegte. »Allein einzuschlafen. Da kriegt man solche Wahnvorstellungen, dass man vielleicht nie wieder aufwacht und es keiner merken wird. Erst wenn die Leichenstarre eingetreten ist.«

Klas lachte herzhaft. »Du bist wirklich eine Marke, Bea. So kenne ich dich ja gar nicht.«

Sie schnaubte, aber grinste ihn dabei an.

Klas aß seinen Teller leer und legte sein Besteck hin. »Aber um auf deine Frage zu antworten. Ja, ich habe mich an die Einsamkeit gewöhnt, und heute gefällt es mir, so wie es ist. Der Trick dabei ist, Möglichkeiten zu finden, Gemeinschaft mit anderen Menschen zu erleben, wenn man sie braucht. Dass man sich fürs Alleinsein frei entscheiden kann und es nicht zwangsläufig sein muss. Genau wie jetzt: Es gibt nichts, was ich heute lieber tun würde, als hier an deinem Tisch zu sitzen und mit dir zu essen. Und das wiederum hat zur Folge, dass es mir hinterher überhaupt nichts ausmachen wird, wieder in mein leeres Haus zu kommen.«

Bea nickte: »Wenn man sich vorstellt, dass wir …« Sie sah ihm ins Gesicht.

Er grinste und ergänzte ihren Satz: »Dass wir beide schon so lange auf dieser Insel leben und uns nie richtig kennengelernt haben. Was wir alles verpasst haben!«

»Aber davon hatten wir es schon, jetzt ist es gut«, sagte Bea.

Er hob sein Weinglas. »Dann Prost auf … wie hast du gesagt, was war dein Wort dafür?«

»Die Wandlung!«, sagte Bea, woraufhin er wieder so polternd lachte.

Sie stießen an und lehnten sich entspannt zurück. Klas teilte mit Pappi sein letztes Stück Fleisch, und Bea erhob sich, um abzuräumen.

»Bleib sitzen«, sagte er. »Du hast schon gekocht. Den Abwasch mache ich.«

»Okay, aber dann koche ich in der Zwischenzeit schon mal Kaffee.«

Sie gingen in die Küche. Klas band sich Beas viel zu enge Gänseblümchen-Schürze mit dem Volant um und pfiff beim Abwaschen eine kleine Melodie. Bea wurde ganz warm ums Herz, und sie spürte, wie recht er hatte. Nach diesem gemeinsamen Abend würde es ihr viel leichter fallen, alleine einzuschlafen. Sie pfiff mit ihm mit und füllte gerade Kaffee in den Filter, als sie jemanden auf dem Landsvägen kommen sah. Sie ging zum Küchentisch und beugte sich zum Fenster. Ulrica? Sie zog wieder ihren Trolley hinter sich her, blieb vor Lucys Ferienhaus stehen, öffnete das Gartentor, hob den Topf an, nahm den Schlüssel in die Hand und schloss auf. Beas Puls schnellte hoch.

Sie hörte auch nicht, was Klas sagte. Doch dann stellte er sich neben sie: »Was ist los?«

Bea räusperte sich. »Ach, nichts Besonderes … da ist nur gerade die Frau zurückgekommen, die im Sommer Lucys Häuschen gemietet hatte.«

»Wie nett, die Herbstgäste sind die besten.«

Möge er recht haben, dachte sie.

Der Kaffee war inzwischen durchgelaufen, und Klas trug die Tassen ins Wohnzimmer, wo sie sich aufs Sofa setzten. Er griff zu seinem Smartphone und sah nach, was es im Kino gab. Als er hörte, dass Bea seit zehn Jahren nicht mehr im Kino gewesen war, bestand er darauf, gleich am Wochenende mit ihr nach Landskrona zu fahren und einen Film anzusehen.

»Du wirkst irgendwie abwesend«, sagte er, nachdem er drei Kinofilme vorgeschlagen hatte und sie einfach nur nickte.

»Entschuldigung«, sagte Bea. »Ich frage mich nur, was Ulrica da jetzt wieder macht. Sie hat im Sommer hier gewohnt, wir haben uns mehrmals gesehen, und dann ist sie verschwunden, ohne ein Wort. Es irritiert mich etwas, dass sie jetzt wieder da ist.«

Die ganze Wahrheit war das natürlich nicht. Doch die war viel zu kompliziert. Selbst für Klas, bei dem sie eigentlich das Gefühl hatte, dass er ein Mensch war, mit dem man über vieles reden konnte.

Kaum hatten sie den Kaffee ausgetrunken, stand Pappi auf wie auf Knopfdruck. Klas lachte. »Da findet wohl jemand, dass es langsam an der Zeit ist, nach Hause zu gehen.«

»Ich könnte euch noch ein Stückchen begleiten«, sagte Bea. »Meine tausend Schritte, das kennst du ja schon.« Sie verdrehte die Augen. Sie zogen sich etwas über und gingen hinaus.

Klas atmete die kühle Septemberluft tief ein und sah Bea in die Augen. »Danke für diesen wunderschönen Abend. Das war das Highlight der Woche!«

»Für mich auch«, sagte Bea und lächelte. »Wir sind ein gutes Team.«

»Sind wir«, sagte Klas.

Bea zog sich den Reißverschluss bis unters Kinn. Die Luft war kühl, der Sternenhimmel gestochen scharf. Sie blickte nach oben. »So ein Anblick ist doch ein Grund mehr, trotz allem auf dieser Insel zu bleiben, nicht wahr?«

Klas sah hinauf und nickte.

Als sie vor seinem Haus angekommen waren, umarmte er Bea und rief Pappi, der gerade den Hasen auf dem Feld nachjagte. Bea beobachtete amüsiert, wie Klas auf jede erdenkliche Art versuchte, seinen Hund zurückzurufen; erst lieb, dann autoritär, er probierte jede Tonlage. Am Ende gab er auf und ging einfach ins Haus, und da kam Pappi angeflitzt. Bea schüttelte lächelnd den Kopf und ging wieder nach Hause.

Im Ferienhäuschen brannte Licht und Ulrica saß am Fenster und blickte hinaus. Sie nickten sich kurz zu, dann schloss Bea ihre Haustür auf. Sie war irritiert. Warum war Ulrica wohl zurück? Was hatte es zu bedeuten, dass sie wieder hier war? Hatte sie mehr über ihre Großmutter Gerda erfahren? Vielleicht von Sofia? Sei nicht so neugierig, ermahnte sie sich selbst. Ist doch nicht deine Sache.

Um sich irgendwie abzulenken, räumte sie ein bisschen auf und wischte die Spüle sauber, obwohl Klas alles picobello hinterlassen hatte, dann schüttelte sie die Dekokissen auf dem Sofa auf. Schließlich gab sie auf und setzte sich doch ans Küchenfenster. Ulrica hatte die Vorhänge jetzt etwas zugezogen. Genau so, wie sie es in den ersten Tagen hier gemacht hatte.

Bea blickte sich um. Sie hockte zwar auch wieder an ihrem Küchenfenster, aber ansonsten hatte sich viel getan. Sie hatte die Wachstischdecke weggepackt, alle schmerzhaften Erinnerungen aus dem Haus entfernt, sie hatte die Küche frisch gestrichen, und zwar in einer Farbe, die sie beflügelte, und sie hatte, dank ihrer neuen Freundschaft mit Klas, auch keine Angst mehr vor dem Winter.

In zwei Wochen war sie bei einer ehemaligen Kollegin zum sechzigsten Geburtstag in Landskrona eingeladen – und sie hatte zugesagt – und in der Woche danach würde sie wieder zu den Chorproben gehen. Das hatte sie der

Frau an der Kasse im Dorfladen fest versprochen. Die versuchte schon so lange, sie dazu zu überreden. Bea vermutete, dass auch in Ulricas Leben einiges passiert war; sie fragte sich nur, ob es eine gute oder schlechte Entwicklung genommen hatte. Sie meinte, Ulrica hatte mit hängenden Schultern vor der Haustür gestanden, als sie das Ferienhäuschen gerade wieder bezog. Genau wie damals, bei ihrem ersten Besuch.

Ulrica

Es war noch dunkel, als Ulrica in dem Schlafloft in Lucys Ferienhaus auf Ven erwachte. Sie musste nicht auf die Uhr sehen, um zu wissen, wie spät es war. Hier wachte sie immer um fünf auf. Sie füllte ihre Lunge voll mit Luft und atmete sie langsam wieder aus. Tränen schossen ihr in die Augen. Das geschah zurzeit häufiger.

Zwei Wochen war es jetzt her, dass sie Sofias Brief in den Briefkasten geworfen hatte. Mit ihrer Mutter hatte sie seitdem keinen Kontakt mehr gehabt. Ulrica war zwar danach noch einmal bei ihren Eltern zum Kaffeetrinken gewesen, doch Alva hatte sich im Schlafzimmer eingeschlossen und Migräne vorgeschoben. Ulrica hatte ihren Vater gefragt, ob sie die Briefe gelesen habe. Er hatte nur den Kopf geschüttelt und geantwortet, kaum dass sie gesehen hatte, von wem sie stammten, hätte sie sie weggeworfen. Nun war es also zu spät. Genau, wie Ulrica befürchtet hatte.

In zwei Tagen würde Ulrica fünfundvierzig werden. Und das war der Grund, warum sie hergekommen war. Sie war auf der Flucht vor diesem Tag. Zum Feiern war ihr nicht zumute, und hier würde sie ihren Geburtstag unbemerkt verstreichen lassen können, sie würde Rad fahren, mit dem Meer reden und das Schauspiel am Himmel beobachten. Das war alles, was sie sich wünschte.

Sie stieg die steile Lofttreppe hinab in die Küche. Auch dieses Mal hatte Lucy den Kühlschrank mit ein paar Grundnahrungsmitteln gefüllt. Lucy hatte sich richtig gefreut, als Ulrica sie angerufen und gefragt hatte, ob das Häuschen frei sei. Sie hatte sich auch jede Frage verkniffen, warum sie beim letzten Mal so überstürzt abgereist war oder wieso sie jetzt zurückkäme. Ulrica kochte Kaffee, schmierte sich ein Brot und setzte sich an den Küchentisch. Ehrlich gesagt war sie nicht nur hier, um vor ihrem Geburtstagsfest wegzulaufen – es gab noch einen anderen Grund. Sie hatte viel über Alva, Sofia und die Beziehung zu Ven nachgedacht und war zu dem Schluss gekommen, dass Alva ihr am wichtigsten von allem war. Sie wusste, dass ihre Mutter und sie lange Zeit brauchen würden, um ihre Beziehung wieder zu kitten und das Vertrauen neu aufzubauen, und das hatte zur Folge, dass sie für eine lange Zeit nicht mehr auf die Insel reisen konnte. Dennoch war Ven für sie ein ganz besonderer Ort, und wenn sie sich schon verabschieden musste, wollte sie es auf ihre Art tun.

Ulrica blickte aus dem Fenster und prägte sich das Bild vom Landsvägen ganz fest ein, um es in ihrem Herzen fest zu verwahren. Genau das hatte sie vor. Momente zu sammeln, die ihr Kraft gaben, wenn sie ins Taumeln geriet. Sie ging davon aus, dass sie davon einige brauchen würde, um sich treu zu bleiben, wenn sie wieder nach Hause kam.

Erst gegen acht Uhr tauchte Bea in ihrer Küche auf. Ulrica zog die Vorhänge zu. Zwar hatte Bea einen entscheidenden Anteil daran, dass die Wahrheit über Alvas Mutter ans Tageslicht gekommen war, doch das hatte sie hinter Ulricas Rücken herausgefunden. Aus ihrer Sicht war es immer noch eine Grenzüberschreitung gewesen, auch wenn Bea fürs Inselblättchen recherchieren wollte.

Sie blätterte ein paar Zeitungen durch, doch sie las nicht einmal die Überschriften. Stattdessen fuhr sie den Laptop hoch und arbeitete ein paar Stunden. Das war die einzige Möglichkeit, auf andere Gedanken zu kommen. Als sie die Gardine etwas zur Seite schob, bemerkte sie, dass Bea fort war und die warme Herbstsonne durch die Wolken guckte. Ulrica kochte sich noch einen Kaffee, packte ein paar Kekse ein, wickelte sich ihr Tuch um den Hals, zog Windjacke und Turnschuhe an und begab sich auf eine Fahrradtour mit Proviant in der Jutetüte.

In ihrem Herbstkleid war die Insel eine andere. Nicht nur wegen der Farben, da war noch etwas anderes, es lag in der Luft. So eine entspannte Ruhe. Vielleicht auch weil die Straßen nicht mehr voller Urlauber waren. Ulrica spürte, wie sich die Verspannungen der letzten Wochen, die sich im Nacken und im Bauch angesammelt hatten, mit jedem Meter, den sie strampelte, lösten. Ihr standen die Tränen in den Augen, doch sie lächelte und fuhr einfach ziellos weiter.

Als sie eine Stunde später vor Valdemars Steg hielt, dachte Ulrica, dass sie unbewusst möglicherweise doch ein Ziel im Sinn gehabt hatte. Sie setzte sich ganz vorn auf dem Steg auf die Bank, und ein paar Minuten später kam Valdemar anspaziert, ohne seinen Stock. Er trug einen dunkelblauen Pullover und neben ihm hoppelte ein Hase. Ulrica wurde ganz warm ums Herz.

»Darf ich dir Hoppel vorstellen«, sagte er und wies auf den Hasen, der gerade ein Ohr packte und eifrig putzte.

Ulrica schmunzelte. »Schön, dass du da bist.« Dann blickte sie Valdemar an. »Und du auch.«

Er nahm neben ihr Platz. »Ich habe mir gedacht, dass du wiederkommen würdest. Früher oder später.«

»Warum wusstest du das?«

»Das war nur so ein Gefühl. Du weißt ja …« Er zwinkerte ihr mit einem Auge zu. »Das Meer spricht ja nicht mit jedem.«

»Dann gehöre ich zu den Auserwählten?«, fragte sie und grinste.

»Ganz offensichtlich.«

Sie zwinkerte schnell. Diese blöden Tränen. »Magst du Kaffee?«

Er nickte und nahm die Tassen, die sie ihm hinhielt. Ulrica schenkte den dampfenden Kaffee aus ihrer Thermoskanne ein und öffnete die Plastikdose, in der die Kekse lagen.

»Ist das das Hasenkind vom Sommer, mit dem verletzten Fuß?«, fragte sie und zeigte auf das kleine Tier.

Valdemar nickte. »Die Pfote ist gut verheilt. Sie ist jetzt immer häufiger auf der Wiese unterwegs und kann wieder rennen. So, wie es sein soll.«

»Und du gehst jetzt ganz ohne Stock, Valdemar«, sagte Ulrica.

Er musste lachen. »Ja, wir werden beide wieder gesund, wir heilen gleichzeitig.«

Sie nippten an ihrem Kaffee. Ulrica linste zu Valdemar hinüber. Dieser Mensch wirkte in jeder Hinsicht beruhigend auf ihre rastlose Seele. Sie schloss die Augen und nahm auch diesen Moment ganz bewusst in sich auf. »Als wir das letzte Mal hier saßen, hast du etwas von einer

Fischsuppe gesagt«, meinte sie, als sie die Augen wieder geöffnet hatte.

Valdemar strahlte. »Ja, meine legendäre Fischsuppe. Die kannst du ja jetzt doch noch probieren. Wann darf ich für dich kochen, morgen vielleicht?«

»Würde es auch übermorgen gehen?«, fragte Ulrica.

»Ja, kein Problem, hast du morgen schon etwas vor?« Er knuffte sie leicht an die Schulter.

»Nein, eigentlich nicht. Aber am Freitag … werde ich fünfundvierzig.«

»Oh, da vergnügst du dich doch besser anders, als mit einem alten Mann Fischsuppe zu essen?«

»Fischsuppe mit einem alten Mann klingt absolut traumhaft. Ich würde mich ehrlich gesagt riesig darüber freuen.«

»Dann ist es abgemacht«, sagte er. »Dann gibt es Fischsuppe.«

Ulrica nahm ihre Kaffeetassen, kippte die letzten Tropfen aus und steckte sich wieder in die Stofftasche. »Jetzt werde ich mal den Heimweg antreten.«

»Wohnst du wieder in Lucys Häuschen?«, fragte Valdemar.

Ulrica nickte.

»Falls es dir langweilig wird, es heißt, deine Nachbarin hat sich einen Flipperautomaten zugelegt. Soll im Wohnzimmer stehen. Da kannst du ja jederzeit anklopfen und eine Runde flippern.«

»Bea hat sich einen Flipperautomaten gekauft?«

Er nickte belustigt. »Wie ich schon sagte, diese Insel hat eine besondere Kraft, uns zu heilen. Wir müssen es nur zulassen. Manchmal ist die Medizin, die wirklich hilft, so etwas Verrücktes wie ein Flipperautomat.« Er gluckste und begleitete sie zurück über den Steg, wo ihr Fahrrad lag. Der Hase hoppelte mit ihnen.

»Dann bis zum Freitag«, sagte er. »Passt sechs Uhr?«

»Perfekt. Darauf freue ich mich wirklich sehr«, sagte Ulrica und sprang aufs Fahrrad.

Die Zeit mit Valdemar auf seinem Steg wirkte noch genau wie im Sommer. Als sie zurückradelte, war sie vollkommen ruhig.

Die Fischsuppe bei Valdemar war genau das Richtige, um ihren Geburtstag zu feiern, und auch der Höhepunkt ihrer Zeit hier auf der Insel, da war sie sich sicher.

Als sie wieder an ihrem Ferienhaus war, stellte sie das Fahrrad ab, legte die Stofftüte auf der Treppe vor dem Eingang ab und schielte rüber zu Beas Haus. Auch jetzt saß niemand am Fenster. Ob sie wirklich einen Flipperautomaten gekauft hatte? Das klang ziemlich schräg. Ulrica hatte sich vorgenommen, sich nicht wieder auf Bea einzulassen, doch nach dem Gespräch mit Valdemar fragte sie sich, ob es nicht auch richtig sei, sich auch von ihr ganz bewusst zu verabschieden. Sie könnte einfach rübergehen und sich etwas von ihr leihen.

Als sie an Beas inzwischen verdorrtem Lavendel vorbeischlich, spürte sie, wie nervös sie war. Sie klingelte.

»Ulrica?« Bea war überrascht, als sie die Haustür öffnete.

»Ja, ich hab wieder mal das Häuschen gemietet«, sagte Ulrica. Dieser Satz war eigentlich überflüssig, denn sie hatten sich ja bereits gesehen. »Ich wollte fragen, ob du mir vielleicht einen Kaffeefilter leihen könntest? Die Filter im Haus sind leider alle und ich habe so einen Kaffeedurst.«

Es war offensichtlich, dass es nur ein Vorwand war. Der Dorfladen war nur wenige Minuten entfernt. Ulrica spürte, wie ihre Wangen immer heißer wurden.

»Ja, natürlich. Komm rein«, sagte Bea und ging schon in den Flur.

Ulrica trat ein und schloss die Tür hinter sich. Ihr Blick fiel gleich auf die frisch gestrichene Küche. »Du hast die Wand neu gestrichen«, sagte sie überrascht.

»Jadegrün, die Farbe der Freundlichkeit«, sagte Bea leicht ironisch und verdrehte dabei die Augen. Dann holte sie ein paar Filtertüten und hielt sie Ulrica hin. »Ich weiß nicht mehr, ob du überhaupt schon mal in meinem Wohnzimmer warst, aber ich habe alle Möbel entsorgt und mich auf Lucys Flohmarkt neu eingerichtet«, sagte sie und bedeutete ihr mitzukommen.

Ulrica steckte die Filter in ihre Jackentasche, zog die Schuhe aus, ging am Büro vorbei, dessen Tür jetzt geschlossen war, und folgte Bea ins Wohnzimmer.

»Oh, wie schön«, sagte Ulrica und fuhr mit der Hand staunend über den hellblauen Esstisch. »Ein bisschen Farbe ist richtig hübsch.«

Bea knipste von einer Blume, die auf dem Tisch stand, ein vertrocknetes Blatt ab und lächelte. »Man könnte vielleicht sagen, dass ich versucht habe, mit ein paar Veränderungen gegen die Einsamkeit und die Stille vorzugehen.«

»Ich habe deine Idee ausprobiert und sonntags das Essen für die ganze Woche vorgekocht. Das hat auch ganz gut funktioniert«, sagte Ulrica und ging dann auf den Flipperautomaten zu. Bea schaltete ihn an und sofort flackerte das Licht auf. Ulrica zog am Knauf der Abschussstange und die Metallkugel flog nach oben. Es plingte und dudelte und dann erschienen auf dem Display ihre Punkte. Ulrica las die Top-Spieler-Liste vor. Dreimal der Name Klas.

»Diesen Klas würde man ja gerne mal auf die Plätze verweisen«, sagte Ulrica.

Bea grinste. »Ich bin für dich.«

Nach einigen Versuchen gelang es Ulrica immerhin, sich den dritten Platz zu erobern. Von der Anstrengung wurde ihr ganz heiß.

»Nicht schlecht«, sagte Bea.

»Ungeahnte Talente«, sagte Ulrica.

Sie drucksten ein bisschen herum. Schließlich ging Ulrica wieder zur Haustür und zog die Schuhe an. Mit der Hand an der Klinke stand sie da.

»Entschuldige, ich …«, sagte Bea gleichzeitig mit Ulrica, die ansetzte: »Danke, dass du …« Da überkam sie ganz plötzlich ein ganz neues Gefühl. Ohne Bea hätte Ulrica die Wahrheit nie erfahren und ihre leibliche Großmutter niemals kennengelernt. Und obwohl ihr immer wieder die Tränen kamen und sie oft Schuldgefühle plagten, hatte sie doch jetzt eine innere Ruhe gefunden. Die hatte nichts mit Glücksgefühlen zu tun, es war eine Ruhe der Gewissheit. Und wenn es etwas gab, was sie ihr Leben lang vermisst hatte, dann war es genau das. Innere Ruhe. Sie sagte nichts mehr, das war nicht nötig, sie lächelte nur und nickte zum Abschied.

Zaghaft erwiderte Bea ihr Lächeln.

Bea

Gerade hatte sie ihre Haustür hinter Ulrica zugezogen, da klingelte das Telefon. Sie warf einen Blick aufs Display. Edvin? Ihr Herz, das eben schon schneller geschlagen hatte, weil Ulrica aus dem Nichts wieder aufgetaucht war, schien auf der Stelle stehen zu bleiben. Sie presste eine Hand auf den Brustkorb, um sicherzugehen, dass ihr Herz noch pumpte, und nahm mit der anderen das Gespräch an.

»Hallo?«, sagte sie.

Warum meldete sie sich so komisch, wenn er anrief, und nicht wie normale Menschen: Hallo, hier ist Bea.

»Hallo, Bea, hier ist Edvin.«

»Sehe ich«, erwiderte sie.

»Wie geht's dir?«

Was sollte das? Er fragt, wie es ihr geht?

»Gut«, antwortete sie.

»Das ist schön.«

Ihr Mund war total trocken. Sie goss sich ein Glas Wasser ein. Während sie etwas trank, hörte sie Edvin reden, doch sie verstand nichts von dem, was er sagte. Seine Worte gingen ohne Anfang und Ende ineinander über.

»Wir sind wohl doch etwas zu früh zusammengezogen. Jetzt haben wir uns wieder für zwei eigene Wohnungen entschieden, dann werden wir sehen, ob das besser klappt.«

Bea ging zum Küchentisch, ihre Hand suchte nach einem Stuhl. Mit einem Plumps ließ sie sich fallen. »Aha.«

»Ich wollte dich nur fragen, ob du vielleicht noch Wohnzimmermöbel übrig hast, die Vitrine gehörte ja meiner Mutter und das Sideboard auch.«

Bea schluckte und tastete mit der Hand über den Tisch. Jetzt hätte sie die Wachstischdecke wirklich gebraucht. »Nein, Edvin, das ist alles weg.«

»Alles? Du meinst, alle Möbel?«

»Ja.«

»Ach so …« Er klang eher überrascht als wütend. Ein bisschen enttäuscht vielleicht. »Aber vielleicht steht noch etwas auf dem Dachboden, was ich haben könnte?«, fragte er.

Ging es ihm tatsächlich um die alten Möbel, oder hatte sein Anruf einen ganz anderen Grund? Bea stellte ihr Wasserglas exakt da ab, wo die blaue Blume gewesen wäre, hätte sie die Tischdecke aufgelegt. Sie rückte es mehrfach hin und her, bis es perfekt stand, und musste an Klas' Worte denken, als sie Edvins Sessel rausgeschmissen hatte – dass das längst überfällig gewesen sei.

»Ich kann mal nachschauen. Wenn ich etwas finde, bringe ich es zur Fähre, dann kannst du es am Fährhafen abholen.«

Stille in der Leitung.

»Okay … oder ich komme rüber und sehe selbst mal nach«, sagte er. »Dann könnten wir zusammen Kaffee trinken, das wäre doch schön.«

Bea kniff die Lippen aufeinander. Er ruft gar nicht wegen der Möbel an. Er will wieder nach Hause.

»Nein, ich möchte lieber selbst nachschauen. Und jetzt müsstest du mich entschuldigen«, sagte sie, »aber ich bekomme gleich Besuch von einem Freund und muss noch ein paar Dinge vorbereiten.«

»Ja, natürlich«, sagte Edvin. Die Enttäuschung war ihm deutlich anzuhören. »Dann viel Spaß. Bis bald.«

»Wohl eher nicht, Edvin, aber ich wünsche dir alles Gute.«

Als sie aufgelegt hatte, zitterten ihre Hände. Hatte sie das tatsächlich gesagt? Dass sie keinen Kontakt mehr wollte?

Auf der Straße sah sie, wie Klas mit Pappi vorbeispazierte. Sie würde ihn auf einen Kaffee einladen und dann ein paar Stunden auf seinen Hund aufpassen.

Er winkte und lächelte.

Bea blinzelte die Tränen weg und winkte zurück.

Ihr Herz war immer noch traurig. Doch sie spürte jetzt etwas ganz Neues, eine Art Entschlossenheit.

So lange hatte sie an dieser Weggabelung ausgeharrt und getrauert, dass Edvin einfach ohne sie abgebogen war. Jetzt hatte sie endlich einen neuen Weg gefunden, ihren eigenen Weg. Noch lief es etwas holperig, doch hier würde es für sie weitergehen. Und zwar ohne ihn.

Ulrica

Als Ulrica aufwachte, gingen ihr der vergangene Tag und der Besuch bei Bea mit dem Flipperspiel durch den Kopf. Es war ein gutes Gefühl, sich auch von ihr im Guten verabschiedet zu haben, doch sie spürte, dass da noch ein Mensch war, den sie besuchen musste. Daniel. Der Vorwand mit dem Kaffeefilter hatte gestern gut funktioniert, doch heute musste sie sich etwas Neues ausdenken.

Sie zog sich schnell an, ging aus dem Haus und machte sich mit dem Fahrrad auf den Weg.

Der Tisch mit den Honiggläsern stand nicht mehr da. Prima, da hatte sie doch gleich einen Grund zu klingeln.

Sie sprang vom Rad und schob es zum Wohnhaus des Hofes. Die Nervosität, die sie gestern vor ihrem Besuch bei Bea gespürt hatte, war nichts im Vergleich zu der Aufregung, die sie jetzt empfand.

Sie hatte gerade beschlossen, es doch lieber zu lassen und wieder umzukehren, da hörte sie, wie ein Wagen näher kam. Daniel bog auf den Hof ein und ließ die Scheibe hinunter.

»Hallo«, sagte sie. »Ich wollte eigentlich Honig kaufen.« Wie kindisch das jetzt klang.

Daniel parkte, stieg aus dem Wagen, nahm seine Einkaufstüten in die Hand und bat sie mitzukommen. Wenn er überrascht war, sie zu sehen, dann ließ er es sich keinesfalls anmerken.

»Jetzt sind ja kaum noch Urlauber mit dem Fahrrad unterwegs, da verkaufe ich den Honig nur noch in Geschäften«, erklärte er und schloss die Tür auf. »Du kannst die Schuhe anlassen«, sagte er, und als sie in die Küche kamen, stellte er seine Tüten hin und wies auf eine Anrichte. »Pack so viele Gläser ein, wie du willst.« In der Zwischenzeit verstaute er seine Lebensmittel ordentlich in den verschiedenen Küchenschränken.

»Kann ich dir helfen?«, fragte sie.

»Nein, alles gut«, sagte er.

Ulrica blickte sich um. Seine Einrichtung bestand aus Kiefernmöbeln und einem altmodischen Küchensofa, an der Wand hingen Aquarelle mit Blumenwiesen und vor der Fensterscheibe war eine Häkelgardine wie bei Bea. Hier hatte Lucy mit Sicherheit noch kein Wörtchen mitgeredet. Bei dem Abendessen in der geheimen Speisekammer hatte er ihr ja davon erzählt, dass sie ihm helfen wollte. Doch jetzt stand Ulrica in einer Küche, die zu einer älteren Dame gepasst hätte, nicht zu einem Mann Mitte vierzig.

Sie ging zur Anrichte, nahm zwei Gläser Honig heraus und wollte das Geld gerade mit dem Handy überweisen, als Daniel den Kopf schüttelte.

»Die kriegst du umsonst. Kleines Geschenk von mir.«

Sie wollte den Honig eigentlich nicht geschenkt bekommen, doch inzwischen wusste sie, dass er Widerrede nicht mochte. »Okay, aber dann lade ich dich heute Abend zum Essen ein. Als Dankeschön«, sagte sie und hielt die Gläser hoch. »Um fünf am Jachthafen?«

Daniel zuckte mit den Schultern. »Okay … warum nicht?«

Sie nahm den Honig und er begleitete sie zur Tür.

»Hast du es eilig?«, fragte er sie.

»Nein«, antwortete Ulrica zögernd.

Im Flur hingen zwei weiße Schutzanzüge. Er hielt ihr einen hin. »Neulich hast du ja gekniffen.«

Sie grinste. »Ich kneife nie. Ich hatte einen guten Grund.«

»Haben wir alle«, sagte er. »Zieh ihn drüber.«

Sie nahm einen Anzug, stieg hinein, zog den Reißverschluss zu, setzte sich den Hut mit dem Bienennetz auf den Kopf und streifte die Handschuhe über. In diesem Aufzug kam sie sich wie eine Astronautin vor.

Daniel war schon losgegangen, und sie versuchte, ihm mit großen, schwerfälligen Schritten zu folgen.

»Der September ist der letzte Monat, in dem man Honig erntet, und der arbeitsintensivste. Jetzt muss man die Honigräume entfernen, den letzten Honig schleudern, abseihen und abfüllen, die Bienen für den Winter einfüttern und die Honigwaben, wenn nötig, erneuern.«

Ulrica verstand kein Wort von dem, was er sagte, doch nickte unter ihrem Schutznetz.

»Als Erstes muss man die Honigräume entfernen, die oberen Bereiche der Bienenbeute, in denen die Bienen ihre Honigvorräte anlegen«, sagte Daniel und bat Ulrica, ihm zu folgen.

»Haben sie dich schon mal gestochen?«, fragte sie.

Daniel musste lachen. »Ja klar, aber weißt du … das ist schon in Ordnung, schließlich ist man selber schuld, wenn man seinen Schutzanzug nicht richtig anzieht.«

Ulrica nickte. Sie stellte sich vor, das Leben wäre ein Bienenstock und man würde nur gestochen, wenn man selbst Mist gebaut hatte? Oder funktionierte das Leben tatsächlich so?

»Gib acht«, sagte Daniel und wies sie an, die erste Wabe herauszuziehen und bei der letzten Honigernte dieses Jahres zu helfen.

Ulrica überstand ihren Besuch bei den Bienen, ohne gestochen zu werden, und war ganz aufgekratzt, als sie mit dem Fahrrad zurück in ihr Ferienhäuschen fuhr. Es war faszinierend gewesen zuzusehen, wie diese kleinen Tierchen sich so ins Zeug legten, um den Honig herzustellen, den sie sich später aufs Brot streichen würde. Nachdem sie die Honigernte miterlebt hatte, würde sie den wunderbaren Geschmack beim nächsten Teelöffel Honig, den sie in ihren Tee rührte, noch mehr schätzen. Ebenso faszinierend war es gewesen, Daniel zu beobachten, wie er in seiner Rolle als Imker total aufging. Anfangs hatte Ulrica noch ein paar Witze gerissen, doch ziemlich schnell gemerkt, dass das nicht gut ankam. Daniel nahm seine Arbeit mit den Bienen sehr ernst und das hatte etwas Außergewöhnliches. Da zeigte sich, dass er wirklich kein Stadtmensch war, wie Lucy ihn genannt hatte. Er gehörte zu seinen Bienen, das war eindeutig.

Den restlichen Tag las Ulrica die Zeitungen und löste Sudokos, dann machte sie sich fertig und radelte zum Jachthafen in Kyrkbacken. Sie war mit Absicht eine halbe Stunde früher da, um noch allein eine Weile am Kai sitzen zu können und den Booten zuzusehen. Den Duft des Meeres in sich aufzusaugen. Doch Daniel war bereits da.

»Da hatten wir wohl die gleiche Idee«, sagte er schmunzelnd.

»Offensichtlich.« Sie stellte das Fahrrad hin und schloss es an.

»Jetzt freu ich mich aufs Essen«, sagte er und stand vom Bootssteg auf.

Gemeinsam gingen sie zum Anleger hinaus. Daniel blieb an einer größeren Fischerhütte stehen, die zu einem Restaurant umgebaut war. Durch die Fenster waren Kerzen und weiße Stoffservietten zu sehen. Doch Ulrica steuerte das Bootshaus an, wo das Essen durch eine Luke in der Wand verkauft wurde, sie freute sich auf die Makrele auf dem Pappteller und Wein im Plastikglas, so wie im Sommer.

Daniel sah sie fragend an.

»Ja, im Sommer wollte ich Wein aus richtigen Gläsern, jetzt will ich den Hauswein im Plastikglas. Wenn das okay für dich ist?«

Er nickte und lächelte und folgte ihr zu der kleinen Hütte.

»Was hättest du denn gern?«, fragte sie.

Daniel las die Speisekarte auf der Schiefertafel und grüßte den Mann hinter der kleinen Klappe. »Ich hätte gern einen Fischburger und ein Glas Weißwein.«

»Und für mich bitte ein Stück Lachs und ein Glas Weißwein«, sagte Ulrica und holte ihr Portemonnaie heraus.

»Das ist unser letztes Wochenende, danach schließen wir«, sagte der Mann, als er das Essen auf ihr Tablett stellte.

»Macht ihr das nicht sonst immer schon im August?«, fragte Daniel.

»Stimmt, aber wir hatten dieses Jahr im Spätsommer noch so gutes Wetter, da waren wir noch geöffnet.«

»Glück für uns«, sagte Daniel und nahm das Tablett entgegen. »Denn heute haben wir so richtig Lust auf Wein aus dem Plastikglas.«

Ulrica gab ihm einen Knuff, nahm noch eine Wolldecke mit, und dann setzten sie sich auf den Anleger und beobachteten beim Essen die Boote, die im Hafen vertäut waren. Im Sommer hatten sich hier Boote aus Dänemark, Holland, Deutschland und Norwegen ins kleine Hafenbecken gequetscht, jetzt waren nur noch ein paar Schiffe aus Dänemark da.

»Wie ist es eigentlich, hier zu wohnen, wenn alles schließt und kaum noch Touristen auf die Insel kommen?«, fragte Ulrica.

Daniel grinste. »Ziemlich angenehm.«

Sie schmunzelte über seine knappe Antwort und wechselte das Thema. »Bea hat sich einen Flipperautomaten angeschafft.«

Er sah sie an und grinste. »Weiß ich. Ich hab ihn hintransportiert.«

»Na, so was«, sagte sie und nippte an ihrem Wein. »Ich habe sie gestern besucht und hatte den Eindruck, sie hat seit dem Sommer so einiges in ihrem Leben verändert. Nicht nur der Flipperautomat war neu.«

»Da hast du wohl recht. Ich wusste gar nicht, dass ihr in Kontakt seid«, sagte Daniel.

»Wir haben uns auch nicht oft getroffen, aber am Küchenfenster haben wir uns ja jeden Tag gesehen.« Sie grinste. »Und einmal haben wir zusammen gegessen und ich habe sie zur Villa Nova mitgenommen.«

»Villa wie bitte?«

»Nova. Das Haus am Wilden Geißblatt, das du mir gezeigt hast. Es heißt so.«

»Ach so ...« Daniel trank noch einen Schluck Wein.

»Sie hatte mit dem Gedanken gespielt, einen Artikel fürs Inselblättchen darüber zu schreiben. Deshalb habe ich ihr den Weg gezeigt.« Sie blickte Daniel an. »Hat sie denn inzwischen was geschrieben?«

Daniel überlegte kurz und schüttelte den Kopf. »Nein, in der letzten Ausgabe war nur ein Artikel über eine Ziegeleifamilie von ihr.«

Ulrica nickte langsam.

»Ich wusste gar nicht, dass das Haus einen Namen hat«, sagte Daniel.

»Wenn man es weiß, erkennt man oberhalb der Tür ganz ausgeblichene Buchstaben. Kannst du ja deinen Kindern mal erzählen. Dass das Haus, das sie damals entdeckt haben, Villa Nova heißt. Ein ganz schöner Name, finde ich.«

»Oh, Shit«, sagte Daniel mit einem Mal und sprang auf. »Sorry, ich muss auf der Stelle los. Ich hab Oliver und Amanda glatt vergessen, also, meine Kinder, ich sollte sie von der Fähre abholen ...« Gestresst sah er auf sein Handy. »Vor zehn Minuten ... und jetzt kann ich sie nicht mal kutschieren, weil ich was getrunken habe. Da werden sie stinksauer sein.«

Er schob sich schnell den letzten Happen seines Burgers in den Mund und machte Anstalten aufzuräumen, doch Ulrica hielt ihn ab. »Fahr los, ich kümmere mich um den Rest hier. Und viel Spaß mit deinen Kindern.«

Er zuckte mit den Schultern. »Geht so. Ich hab morgen Geburtstag – und habe null Lust zu feiern.« Er betonte das Wörtchen *null.* »Aber sie bestehen darauf.«

Ulrica nickte, aber sagte kein Wort. Sie hatten also am selben Tag Geburtstag.

Daniel winkte einem Mann zu, der gerade an der Wurstbude stand, offenbar ein Bekannter von ihm. »Könntest du mich schnell runter zur Fähre bringen?«, rief er.

»Ja, logisch, bin gleich so weit«, rief der Mann und Daniel flitzte schon zu dessen Auto. Auf halber Strecke drehte er sich noch mal zu Ulrica um und rief: »Bis bald!«

Sie nickte und winkte. »Und herzlichen Glückwunsch im Voraus.«

»Erinner mich bloß nicht daran.«

Sie sah hinaus über den Hafen. Villa Nova. Wie doch eins zum anderen gekommen war, unglaublich! Wenn sie sich in Lucys Café damals nicht zu Daniel an den Tisch gesetzt hätte und ihr der Duft des Wilden Geißblatts so stark aufgefallen wäre, hätte er ihr das Haus niemals gezeigt. Und dann wäre sie auch nicht mit Bea dorthin gegangen und Bea hätte sich nicht weiter mit der Geschichte des Hauses beschäftigt. Das war gleichzeitig faszinierend und ein bisschen unheimlich, dass ein einziger Zufall für mehrere Menschen solch große Veränderungen nach sich ziehen konnte. Sie lächelte bei dem Gedanken, dass Lucy wieder schimpfen würde. Das sei Vorsehung, kein Zufall.

Seit Sofia ihr die Briefe ausgehändigt hatte, war Ulrica nicht mehr bei ihr im Haus Magnolie zu Besuch gewesen. Daher wusste sie auch nicht, ob sie immer noch die Eigentümerin der Villa Nova war. Ihre Großmutter.

Wie unwirklich sich das anfühlte. Ihre Großmutter war am Leben.

Wenn sie nach Hause fuhr, würde sie nicht den direkten Weg nehmen, sondern bei Sofia im Seniorenheim vorbeifahren und ihr all diese Fragen stellen. Wem das Haus heute gehörte und, was noch viel wichtiger war, warum Sofia Alva damals weggegeben hatte.

Sie trank den letzten Schluck Wein und fand, dass sie nun Abschied von Ven genommen hatte, so wie sie es schon im Sommer vorgehabt hatte, als Alva von einem Tag auf den anderen aufgetaucht war und sie nach Hause beordert hatte. Jetzt saß sie hier, am Jachthafen und trank ihren Wein aus dem Plastikglas. Wie oft hatte sie sich gefragt, ob es richtig war, diese letzte Reise auf die Insel zu machen. Jetzt kannte sie die Antwort.

Bea

Am Abend klarte es wieder auf. Bea war nach Landskrona gefahren und hatte mit einer ehemaligen Kollegin Kaffee getrunken, zu der sie auf Klas' Anraten wieder Kontakt aufgenommen hatte. Während über dem Festland graue Wolken hingen, konnte Bea jetzt, da sie im Salon auf dem Fährschiff saß, beobachten, wie sich der Himmel über Ven öffnete und ein eindrucksvolles Schauspiel bot.

Ein Mann, der neben ihr saß, wies auf die Insel. »Ven ist doch eigentlich unser eigenes Narnia, oder? Wenn wir uns vorstellen, die Fähre ist der Kleiderschrank, wer weiß, in welcher Welt wir aussteigen«, sagte er und lachte leise.

Bea lächelte. »Ja, das stimmt. Besonders an so einem Tag wie heute.«

Sie beobachteten, wie die Insel immer näher kam. Als sie zwanzig Minuten später von Bord gingen, atmeten sie beide gleichzeitig ganz tief durch und mussten lachen.

»Nehmen Sie sich vor der Schneekönigin in Acht«, sagte er grinsend.

Bea lächelte zurück. »Die schläft noch.«

Er pustete theatralisch, winkte zum Abschied und ging den Hügel hinauf. Bea sah ihm hinterher. Wie stark sich ihr Leben verändert hatte! Noch vor ein paar Monaten hatte sie es vor lauter Angst kaum in den Dorfladen geschafft, weil sie dort auf Leute traf, die sie kannte, jetzt konnte sie mit wildfremden Menschen auf der Fähre plaudern, als sei es die einfachste Sache der Welt. Sie warf einen Blick auf ihren Schrittzähler. Wenn sie noch einen Schlenker über den Hakenstigen machen würde, würde sie heute die Zwanzigtausend knacken. Auch das war vor ein paar Monaten noch völlig undenkbar gewesen.

Mit flottem Schritt ging sie auf die Eisbude zu, die nun nach dem Sommer geschlossen war, als sie zwei Gestalten sah, die sie kannte. Oliver und Amanda, Daniels Kinder, standen mit ihren Rucksäcken da und schienen auf jemanden zu warten. Sie ging auf sie zu und grüßte.

»Hallo, Bea. Wir haben uns ja ewig nicht gesehen«, sagte Oliver und nahm sie zur Begrüßung in den Arm. Amanda schien sich auch zu freuen und drückte sie ebenfalls.

»Ich nehme an, ihr macht einen Besuch bei eurem Vater?«

»Ja, aber er hat es wohl irgendwie vergessen, denn er hat angerufen und gesagt, dass er spät dran ist«, sagte Amanda.

»Oder er hat es einfach nur verdrängt«, meinte Oliver. »Seit Mama tot ist, weigert er sich hartnäckig, seinen Geburtstag zu feiern. Deshalb sind wir rübergekommen.«

»Ach, hat er heute Geburtstag?«, fragte Bea.

»Nein, morgen. Er wird fünfundvierzig. Aber wir haben vor, ihn bis Mitternacht wach zu halten und mit ihm reinzufeiern.« Oliver grinste breit.

»Das klingt gut. Richtet ihm von mir bitte ganz viele Glückwünsche aus!«, sagte Bea. »Dann komme ich morgen mal mit einem kleinen Geschenk vorbei.«

»Sehr gern«, sagte Amanda.

Bea verabschiedete sich und marschierte weiter auf dem Hakenstigen. Fünfundvierzig, dachte sie, und schon so gebeutelt. Kürzlich hatte sie Daniel vor dem Dorfladen getroffen, und Bea hatte ihn gefragt, ob er immer noch den Plan habe, nach Malmö umzuziehen. Das hatte er bejaht. Wie schade! Aber sie konnte es verstehen. Mit diesem Schicksal und so tiefer Trauer war es bestimmt leichter, in einer großen Stadt zu leben, als auf einer Insel, die so ans Herz rührte. Leichter, an einem Ort zu sein, der ihn mit Lärm umgab anstatt mit unerträglicher Stille.

Sie bemühte sich, größere Schritte zu machen, und schwang die Arme im Takt dazu, da fiel ihr auf, dass jemand auf einem Steg stand, den sie kannte. Valdemar. Er winkte sie zu sich.

»Du siehst ja kerngesund aus«, sagte er.

»So fühle ich mich auch«, sagte Bea.

»Das freut mich zu hören.«

Bea sah ihn an. »Dir scheint es aber auch nicht schlecht zu gehen.«

Er lächelte und strich ihr vorsichtig über die Hand. »Stimmt. Aber die kalte Jahreszeit steht vor der Tür. Hoffen wir, dass wir einen milden Winter bekommen, in meinem Haus zieht es nämlich fürchterlich.«

»Wenn wir im Schnee versinken, hole ich dich ab, dann kannst du dich bei mir am Flipperautomaten aufwärmen«, sagte Bea.

Er lachte herzlich. »Darauf freue ich mich schon.«

»Am Hafen habe ich übrigens Oliver und Amanda getroffen«, sagte sie.

»Die zwei habe ich lange nicht gesehen. Wie geht's ihnen?«

»Sah aus, als ginge es ihnen gut. Sie sind gekommen, um Daniels Geburtstag zu feiern. Er wird morgen fünfundvierzig.«

Valdemar sah sie erstaunt an. »Das ist ja ein Ding. Ulrica war gestern hier und hat erzählt, dass sie morgen auch fünfundvierzig wird.«

»Ehrlich? Kaum zu glauben.«

»Ja, sie kommt zu mir, ich habe sie zur Fischsuppe eingeladen.«

»Ach, deine berühmte Fischsuppe.«

Er lachte zufrieden.

»Daniel ist gar nicht in Feierlaune. Er feiert nicht mehr, seit Anna gestorben ist«, sagte Bea.

»Ach, wie schade«, erwiderte Valdemar. »Wenn man etwas feiert, dann ist es doch wohl das Leben. Nicht nur, wenn man noch jung ist.« Er blickte Bea ins Gesicht. »Ihm würde meine Fischsuppe an seinem Geburtstag bestimmt auch guttun.«

Bea schmunzelte. Sie schwiegen eine Weile. Wie so oft in Valdemars Gegenwart fühlte sich Schweigen so natürlich an.

»Was hältst du von der Idee, sie zu überraschen und ihre Geburtstage beide zusammen zu feiern?«, fragte er schließlich.

Bea runzelte die Stirn. »Meinst du, das ist eine gute Idee?«

Valdemar zuckte mit den Schultern. »Wir könnten doch noch ein paar Gäste einladen. Natürlich Daniels Kinder und dann Lucy und Liam. Die Abende sind noch so warm, da könnten wir im Garten sitzen. Das wäre dann ein ganz familiäres, nettes Geburtstagsessen.«

»Meinst du wirklich?«

Valdemar blickte eine Weile hinaus aufs Meer und sah dann Bea an. »Doch. Ich glaube, das täte beiden gut.«

»Mag sein«, sagte Bea. »Ich könnte Lucy anrufen und sie fragen, was sie davon hält und ob sie uns helfen würde.«

»Und ich frage Daniels Kinder. Ich würde sagen, jetzt haben wir was zu tun.« Valdemar sah sehr erfreut aus.

Bea stand auf. »So, ich muss wieder los. Sonst wird es nichts mit meinen zwanzigtausend Schritten.«

Valdemar nickte und winkte.

Bea lief so schnell, dass sie fast ins Joggen geriet. Zu Hause stellte sie sich unter die Dusche, aber auf dem Weg in die Küche blieb sie vor der Tür zum Büro abrupt stehen. Langsam drückte sie die Klinke hinunter. Jetzt war Edvins Duft verflogen. Sie ließ ihren Blick über die Zettel auf der Pinnwand gleiten und dachte zurück an den Sommer. Sie hatte ja den kleinen gelben Zettel, auf dem ›Sofia‹ geschrieben stand, damals im Heimatmuseum in die Papprolle geworfen, sodass Elsa ihn Ulrica nicht mitgebracht hatte. Glücklicherweise hatte sie das wiedergutgemacht, indem sie Ulrica erzählt hatte, dass Sofia vermutlich noch am Leben war und ihr vielleicht mehr über ihre Großmutter sagen konnte. Aber … warum hatte dieser Zettel eigentlich an diesem Stammbaum geklebt?

Bea schluckte. Übertrat sie schon wieder eine Grenze? Sie hatte als Kind schon gern Detektiv gespielt und nicht lockergelassen, bis sie die Wahrheit herausbekommen hatte.

Sie ging zu dem Foto, das sie aus dem Haus am Wilden

Geißblatt mitgenommen und noch nicht zurückgebracht hatte. Dann deckte sie Ella und Alva mit beiden Händen ab und sah sich nur Sofia ganz genau an. Der lange, gerade Hals, das leicht spitze Kinn, die großen, runden Augen und die hohen Wangenknochen. Sie hatte Ähnlichkeit mit Ulrica, daran bestand kein Zweifel.

Bea ging wieder hinaus und setzte sich an den Küchentisch. Sie holte ihr Handy heraus und blätterte zu dem Foto vor, das sie von dem gelben Zettel im Heimatmuseum gemacht hatte. Mit zittrigen Fingern zog sie das Bild groß. Jetzt konnte sie lesen, dass da Sofia Cederström geschrieben stand. Sie schnappte nach Luft und blickte hinüber zum Ferienhaus. Die Vorhänge waren zu. Wenn Ulrica mit Sofia verwandt war und Sofia eine Cederström war … ja, das war ein großer Name auf der Insel. Wie viel wohl Ulrica selbst darüber wusste?

Bea kniff die Augen zu und dachte an das kleine Geburtstagsfest, das Valdemar und sie morgen organisieren wollten. Vielleicht hatte Lucy doch recht mit ihrer Behauptung, es gäbe keine Zufälle.

8. Brief, 5. Dezember 2012

Ich hatte mich völlig verausgabt, genau wie Ella es prophezeit hatte. Mich überkam mit einem Mal eine lähmende Trauer. Ich trauerte um meine Mutter, vielleicht zum allerersten Mal in meinem Leben. Ich hatte immer geglaubt, stark sein zu müssen, in ihrem Geiste weiterzumachen. Für ihre Sache zu kämpfen. Jetzt war ich mit den Kräften am Ende. Ich fühlte mich klein und schwach und weinte bitterlich, dass sie mich nie mehr in den Arm nehmen würde, mir nie mehr so schöne Worte über das Leben ins Ohr flüstern würde.

Ich trauerte so sehr um Ella, dass ich nicht mehr hochkam. Buchstäblich. Ich lag im Bett und war nicht mehr imstande aufzustehen. Diese Trauer war noch schlimmer als die um meine Mutter, weil sie so stark mit Schuld behaftet war. Ella hätte jetzt wieder auf der Insel sein müssen, nicht ich. Sie hätte dich abends in den Armen halten und in den Schlaf singen sollen. Ich war zwar deine biologische Mutter, doch sie ist für dich eine Mutter gewesen. Wenn ich in deine Augen blickte, erkannte ich, welch große Sehnsucht du nach ihr hattest, und dann wollte ich nur noch einschlafen und nie wieder aufwachen. Ohne sie waren wir beide verloren. Ich konnte nicht essen, nicht sprechen und am Ende nicht mal mehr weinen.

So ausgemergelt und nicht ansprechbar, wie ich war, blieb meinem Vater keine Wahl, er musste mich ins Krankenhaus bringen, wo die Ärzte mich nach einer kurzen Untersuchung auf der Stelle in die psychiatrische Klinik Sankta Maria nach Helsingborg einwiesen. Ich gebe zu, anfangs war das für mich eine Befreiung. Ich musste mich mit der Welt da draußen nicht mehr auseinandersetzen. Mit der Welt, in der es keine Versöhnung mehr gab. Die Welt, der ich nicht mehr angehörte. Ich konnte die Verantwortung abgeben. Musste mich nicht mehr damit konfrontieren, wie viele Menschen ich verletzt hatte. Ich war unter Menschen, die so waren wie ich – die nicht mehr funktionierten. Ich war gefügig, aber wie betäubt. Erledigte, was zu tun war, schlief, wenn Schlafenszeit war, stand auf, wenn Aufstehzeit war. Aber wenn Gespräche anstanden, schwieg ich. Wahrscheinlich war das der Grund, warum aus Tagen Jahre wurden. Ich fiel niemandem zur Last, aber ich wurde auch nicht geheilt. Einmal hörte ich, wie eine Krankenschwester zu der anderen sagte, es ist, als ob mein Herz schlage, aber meine Seele tot sei. Wie recht sie hatte!

Ich nehme an, ich bin Eingriffen wie Lobotomie und Elektroschocks knapp entgangen, aber als das Medikament Hibernal auf den Markt kam, war ich eine der Ersten, die es bekamen. Vielen meiner Mitpatienten ging es nach der Therapie so gut, dass sie die Klinik verlassen konnten. Ich hatte mit den Nebenwirkungen zu kämpfen und litt unter Krämpfen und innerer Unruhe. Ich wurde lichtempfindlich und bekam schlimme Ausschläge und musste einen sogenannten Hibernalhut tragen. Ich sah aus, als wäre ich auf Expedition in der afrikanischen

Savanne. Ich kann dir sagen … diese Nebenwirkungen haben mich verrückt gemacht. Und je heftiger sie wurden, desto mehr Medikamente haben sie mir verpasst. Ich erlebte alles nur noch in einer Art Dunst, und irgendwann in dieser Zeit, als ich überhaupt nicht im Vollbesitz meiner Kräfte war, unterschrieb ich ein Papier und gab damit meine Zustimmung, dass du von Ellas großer Schwester Ilse adoptiert werden durftest. Sie kümmerte sich um dich, seit ich in der Klinik war. Inzwischen nannte sie sich Gerda und hatte auf dem Festland ein neues Leben begonnen. Ich kann mich an gar nichts mehr erinnern. Ich weiß nur, dass ich damals zum ersten Mal rauswollte, denn die Klinik fühlte sich mehr und mehr wie ein Gefängnis an.

1961 war es dann so weit. Nach acht Jahren Psychiatrie setzte ich zum ersten Mal wieder meinen Fuß vor die Klinikmauern. Mein Vater kam mich abholen. Als Erstes wollte ich zu dir. Ich wusste, dass Ellas Familie sich um dich gekümmert hatte, und dafür war ich ihr auch sehr dankbar, aber ich hatte nicht begriffen, dass ich dich verloren hatte. Ich blieb ruhig, als mein Vater mir berichtete, wie es dazu gekommen war, aber stand zwei Stunden später vor Gerdas Tür. Fest entschlossen, dich mitzunehmen. Schließlich warst du ja meine Tochter. Du warst gerade in der Schule, und Gerda machte uns eine Tasse Kaffee, und dann holte sie die Briefe, die Ella ihr aus Paris geschrieben hatte. Davon hatte ich nichts gewusst. Sie legte mir alles vor. Ellas Worte zu lesen, fiel mir schwer. Im letzten Brief hatte sie geschrieben, dass sie sich Sorgen machte, weil ich die Verantwortung für dich nicht übernehmen wollte. Sie hatte ein lachendes Gesicht daneben gemalt und geschrieben: *Ich habe Sofia jedenfalls verboten, in der Wohnung zu rauchen, da ist ja Alva. Immerhin das scheint sie ernst zu nehmen. Man muss sich wirklich über die kleinen Dinge freuen.*

Ich werde Gerdas Gesicht nie vergessen, als sie sagte: »Du hast der Polizei erklärt, sie hätte geraucht und sei schuld an dem Brand. Aber in Wirklichkeit warst du das. Jetzt bist du mir Alva schuldig, denn du hast mir Ella genommen. Und wenn du um sie kämpfen willst, dann habe ich Beweise genug, und jeder Richter der Welt würde dich verurteilen. Brandstiftung und acht Jahre in der Psychiatrie – du bist doch keine gute Mutter.«

Mit hängendem Kopf bin ich zur Tür hinaus. In dem Moment kamst du gerade von der Schule, mit dem Tornister auf dem Rücken und einem Stock in der Hand. Ich erkannte dich gleich von den Fotos, die ich in den vergangenen Jahren gesehen hatte. Du bist stehen geblieben und hast mich angesehen und gesagt: »Der tut nichts.« Ich habe dich gefragt, wen du meinst. Das war dein Spiel, du hattest einen Hund, mit dem du Gassi gingst. Der Stock war deine Leine. Ich tat so, als würde ich den Hund streicheln, und du hast dich richtig gefreut. Da erklang vom Fenster ein lautes Klopfen, und du hast verängstigt aufgesehen und gesagt, du musst nach Hause, du darfst nicht mit Fremden reden. Ich wollte erwidern, ich bin keine Fremde, ich bin deine Mutter, aber nickte nur und sagte, dass das so richtig sei. Als ich dann ging, wurde mir klar, dass ich dich niemals zurückbekommen würde. Nicht mit dieser Vergangenheit. Das erste und einzige Mal in meinem Leben faltete ich die Hände und betete zu Gott, dass er dafür sorgen möge, dass du es gut hast. Besser als bei mir. Ich habe auch zu ihm gesagt, dass ich auf dich warten werde. Mein Leben lang.

Jetzt fallen die Schneeflocken vor meinem Fenster. Aber die Erde ist noch zu warm, sie bleiben nicht liegen. Sie schmelzen direkt bei der Landung. Ich bin inzwischen nicht mehr gut zu Fuß. Der Körper macht nicht mehr so mit. Aber ich werde trotzdem versuchen, in den Garten zu kommen, dann werde ich den Kopf in den Nacken legen und die Schneeflocken mit der Zunge auffangen. Irgendwie habe ich das Gefühl, dass du das womöglich auch machst. Bei der Vorstellung wird mir ganz warm ums Herz, bei dem Gedanken, dass du, vielleicht mit deiner Tochter, gerade vor die Tür gehst und ihr mit euren Zungen die Schneeflocken auffangt, so wie ich.

Ulrica

An ihrem Geburtstag wurde Ulrica von eisiger Kälte geweckt. Sie fasste sich an ihre kühle Nasenspitze und schlotterte. In ihrem Häuschen gab es einen Kamin, doch bislang hatte sie ihn nie benutzt. Ob sie es mal probieren sollte?

Sie schlüpfte in ihren Morgenmantel, zog dicke Socken an und stieg die Lofttreppe hinunter. Neben dem Kamin standen ein Korb Holz und eine Dose mit Anzündern. Schon beim ersten Versuch gelang es ihr, Feuer zu machen, und bald knisterte es gemütlich.

Es fühlte sich gar nicht verkehrt an, Geburtstagsständchen, Geschenke, Blumen und Glückwünsche gegen Stille, Schweigen und ein warmes Feuer einzutauschen.

Sie kochte sich einen Kaffee und zog den Sessel vor den Kamin.

Als ihr Vater um neun Uhr per Facetime anrief, sang er kräftig in die Leitung. Dieses Mal hatte sie ihm gesagt, dass sie nach Ven fahren würde.

»Danke«, sagte sie, als er fertig gesungen hatte.

»Wenn du wieder zu Hause bist, lade ich dich zur Geburtstagstorte ein. Die Konditorei darfst du dir aussuchen.«

Sie nickte. Mit diesem Kloß im Hals fiel das Reden schwer. Sie hielt das Smartphone vors Feuer und fasste sich. »Schau mal, wie gemütlich es hier ist.« Dann richtete sie das Telefon wieder auf sich und versuchte zu lächeln.

»Herrlich«, sagte Urban. Sie konnte ihm anhören, dass auch er sich Mühe gab. An einem Geburtstag sollte man schließlich fröhlich und gut gelaunt sein. »Du bist aber heute nicht allein, oder?«, fragte er sie.

»Nein, nein … Angelika kommt rüber auf ein Glas Sekt. Das wird schön.«

Das war gelogen. Doch als sie in sein erleichtertes Gesicht sah, bereute sie die Notlüge nicht.

»Das freut mich. Wie nett! Dann stoßen wir miteinander an, wenn du wieder nach Hause kommst.«

»Abgemacht. Und danke für dein tolles Ständchen!«

Kein Wort über Alva. So war das jetzt. Irgendwann musste sich das ändern, das war Ulricas Ziel. Kaum hatte sie aufgelegt, da rief Jack an. Er war schon auf dem Weg in die Uni, doch wollte er vorher noch gratulieren. Er habe ein Geschenk für sie, das sie bekäme, wenn sie zu Besuch komme. Sie antwortete, dass sie sich schon sehr darauf freue, aber kaum war das Gespräch beendet, flossen gleich wieder die Tränen. Als sie die Rolle Küchenpapier holte, um sich die Augen trocken zu wischen, klingelte es zum dritten Mal. Angelika. Ulrica ging nicht gleich ran, sondern tupfte erst ihre Augen ab, dann räusperte sie sich und versuchte, sich mit normaler Stimme zu melden.

»Allerherzlichsten Glückwunsch der besten Freundin der Welt zu ihrem großen Tag!«

»Danke«, sagte Ulrica.

»Du weißt schon, dass ich ein kleines bisschen sauer bin, weil du mir keine Chance gibst, mit dir zu feiern?«

»Weiß ich. Holen wir nach, und dann feiern wir das Leben und nicht nur diesen einen Tag. Aber so passt es für mich heute am besten.«

»Wenn du meinst …«, sagte Angelika. Ihre Stimme wurde sanfter. »Hat sich denn eine gewisse Person schon bei dir gemeldet?«

»Wenn du auf Alva anspielst, nein. Aber mit meinem Vater und Jack habe ich schon gesprochen.«

»Okay. Du kennst ja meine Meinung. Ihr seid erwachsen, und wenn sie sich unbedingt so kindisch benehmen will, dann ist das ihr Problem.«

»Ich weiß«, sagte Ulrica. So wie Angelika es knallhart auf den Punkt brachte, klang es ganz leicht, doch die Praxis war viel komplizierter als die Theorie und tat viel mehr weh.

»Okay. Aber du glaubst doch wohl nicht, dass du um ein Geschenk herumkommst, nur weil du abgehauen bist?« Angelika legte eine rhetorische Pause ein. »Wenn du zum Bäckviken-Hafen runterfährst, dann siehst du an der Fähre einen Paketwagen stehen. Der ist für größere Pakete und Sperrgut. Könnte sein, dass da was für dich abgegeben worden ist.«

Ulrica lachte überrascht. »Du bist ja ein verrücktes Huhn. Hast du ein Päckchen für mich mit der Fähre rübergeschickt?«

»Meine Lippen sind versiegelt, aber ich würde mich an deiner Stelle aufs Fahrrad schwingen.«

Als sie das Telefonat beendet hatten, zog Ulrica sich an und radelte zum Hafen. Eine Fähre hatte soeben abgelegt, und der Hafen war leer, nur der Paketwagen stand noch da. Ulrica ging auf ihn zu. Da lagen drei Pakete für ein Geschenkelädchen auf Ven. Und eine in Folie verpackte Flasche mit einer Karte, auf der ihr Name stand. Sie grinste und legte die Flasche in den Fahrradkorb, dann fuhr sie wieder den Hügel hinauf. Nach den vielen Kilometern, die sie auf der Insel schon gefahren war, fiel ihr das inzwischen viel leichter. Sie fragte sich, ob sie inzwischen auch schon an der Steilküste hinter dem Jachthafen hinaufkäme, da, wo sie sonst immer auf halber Höhe absteigen musste. Damit würde sie sich ja selbst ein tolles Geschenk machen. Anstatt also ins Ferienhaus zurückzufahren, radelte sie nach Kyrkbacken, ließ den Hafen links liegen und nahm den steilen Fahrradweg ins Visier.

Sie hoffte, der Anlauf würde reichen, um bis ganz nach oben zu gelangen, doch schon nach der Hälfte des Anstiegs musste sie aus dem Sattel gehen und gegen die Milchsäure in den Muskeln ankämpfen, Meter für Meter. Am Ende brachte sie nur ihr eiserner Wille noch vorwärts. Sie biss die Zähne zusammen und legte sich voll ins Zeug. In letzter Zeit habe ich so manches in den Sand gesetzt, aber das hier schaffe ich, und wenn ich ohnmächtig umkippe, wenn ich oben bin, feuerte sie sich an. Als sie schließlich oben ankam, ohne abgestiegen zu sein, ließ sie einen Laut hören, der eine Mischung aus Stöhnen und Freudenschrei war.

Sie hielt an und hängte sich über den Lenker. Ihr Körper zitterte, in ihrem Gesicht pulsierte es. Sie griff zu der Flasche, riss die Folie ab und presste sich den noch kühlen Sekt an die heiße Stirn. Von der Anstrengung war ihr Blick so verschwommen, dass sie die drei Fahrradfahrer überhaupt nicht registrierte, die vor ihr standen und den Berg hinabfahren wollten. Erst als sie wieder klar sehen konnte, erkannte sie Daniel, daneben vermutlich seine beiden Kinder.

»Ich hab's geschafft«, war das Einzige, das sie gerade noch herausbrachte.

Amüsiert grinste Daniel. »Und jetzt feierst du deinen Aufstieg mit einer Flasche Sekt?«

Sie begriff, dass es einen merkwürdigen Eindruck machen musste, mit einer Flasche Sekt durch die Gegend zu radeln, doch sie konnte keine Erklärung abgeben, ohne ihren Geburtstag zu erwähnen, also unterschlug sie sie.

»Das sind Amanda und Oliver«, sagte Daniel und nickte zu den beiden, die rechts und links von ihm standen und sie skeptisch ansahen.

»Ulrica«, sagte sie und legte die Sektflasche zurück in den Fahrradkorb. Sie versuchte, die Folie wieder darüberzuziehen, was eigentlich total überflüssig war. »Na, dann wünsche ich euch miteinander einen sehr schönen Tag«, sagte sie und fuhr weiter. Dabei hörte sie Amanda noch sagen: »Kennst du die etwa? Die sah voll durchgeknallt aus.«

Ulrica konnte darüber nur lachen. Lieber durchgeknallt als todtraurig. Langsam radelte sie auf den kleinen Wegen wieder zurück zu ihrem Ferienhäuschen. Da fiel ihr auf, dass sie noch gar nicht an Lucys Café vorbeigefahren war. Das hätte sie gern getan, doch sie wusste nicht, was sie sich zumuten konnte, ihr standen so schnell die Tränen in den Augen. Wahrscheinlich hatte sie mehr davon, noch ein paar Stunden allein am Kamin zu sitzen und später zu Valdemar zu fahren. Ja, das klang gut. Valdemar, Ulrica, eine leckere Fischsuppe und ein Gläschen Sekt.

Bea

Bea hatte Lucy bereits am Vorabend angerufen und sie gefragt, ob sie ihnen bei der Überraschungsparty helfen wolle. Wie erwartet, war Lucy von der Idee begeistert. Lucy liebte Feste und Überraschungen sowieso. Aber als sie jetzt zusammen im Café saßen und eine Liste schrieben, was sie brauchten, hatte Bea das Gefühl, in Lucys Blick etwas Ungewohntes zu sehen. Lucy versuchte, den Schein zu wahren, doch irgendetwas schien sie zu bedrücken.

»Jetzt haben wir einen super Plan für den Abend«, sagte Bea und schob die Liste beiseite. »Wollen wir zusammen noch eine Tasse Tee trinken? Du hast ja gerade keine Gäste.«

Lucy nickte, ging hinter die Theke und kam ein paar Minuten später mit zwei Tassen wieder zurück. Aber anstatt Bea ins Gesicht zu sehen, wie es sonst ihre Art war, hatte sie die Augen niedergeschlagen und schien in Gedanken versunken.

»Du siehst aus, als würde dich irgendwas bedrücken«, sagte Bea.

Lucy schwieg. Dann blickte sie auf. »Darf ich dich mal etwas sehr Persönliches fragen?«

»Ja, darfst du«, sagte Bea.

Lucy fingerte an ihrer Teetasse. »Würdest du rückblickend sagen, dass dein Leben ohne Kinder auch ganz schön war?«

Bea zuckte zusammen. »Ja … das finde ich schon. Man gewöhnt sich an die Situation irgendwie, an das, was man hat und was man eben nicht hat.«

Lucy nickte. »Liam und ich haben gerade erfahren, dass wir auf natürlichem Wege keine Kinder bekommen können. Das würde nur mit einer In-vitro-Befruchtung gehen, und Liam will unbedingt, dass wir dann alleine bleiben. Er sagt, dann soll es eben nicht sein.«

»Und was meinst du dazu?«, fragte Bea. »Aber …«

Lucy fiel ihr ins Wort: »Bitte erzähl das niemandem, Liam will nicht, dass jemand außerhalb unserer Familie von dem Problem erfährt. Du weißt ja, wie das ist, hier auf Ven, die Gerüchte verteilen sich genauso schnell wie Pusteblumen im Wind.«

»Versprochen«, sagte Bea, doch dachte sie gleichzeitig, dass Liams Einstellung zu der Frage falsch war. Lucy und er würden hervorragende Eltern abgeben, wie das Kind gezeugt worden war, war doch egal. »Ich würde sagen, ihr solltet nichts überstürzen. Nehmt euch doch noch ein bisschen Zeit und lasst euch die Dinge noch mal durch den Kopf gehen.«

Lucy lächelte matt.

»Ist dir dann heute weniger zum Feiern zumute, wird dir das Fest heute Abend zu viel? Ansonsten schaffen wir das auch allein, Valdemar und ich«, sagte Bea.

»Ich krieg das hin«, sagte Lucy. »Es wird mir guttun, auf andere Gedanken zu kommen.«

»Na gut«, sagte Bea und stand auf. »Dann sehen wir uns gegen sechs bei Valdemar.«

»Danke, dass du so gut zuhören kannst und ich dir vertrauen darf. Jetzt geht es mir schon ein bisschen besser, nachdem ich es jemandem erzählen konnte«, sagte Lucy.

Bea tätschelte kurz ihre Hand und ging dann wieder zu ihrem Fahrrad.

Sie machte einen kleinen Umweg an Klas' Haus vorbei. Die neuen Giebelbretter hatte er schon angebracht. Sie klopfte an und Pappi begann laut zu bellen. Als Klas die Tür öffnete und der Hund Bea erkannte, sprang er ihr im Freudentaumel um die Beine und brachte ihr gleich sein Hundespielzeug.

»Ich weiß nicht, was du mit ihm angestellt hast, aber ich bin jedenfalls nicht mehr seine erste Wahl«, sagte Klas und gluckste.

Bea nahm Pappi den Ball aus der Schnauze, bedankte sich und warf ihn in den Flur, dass er losflitzen und ihn apportieren konnte.

»Magst du vielleicht reinkommen?«, fragte Klas.

»Nein, ich hab noch einiges zu tun. Ich wollte nur kurz nachfragen, ob du heute Abend Lust auf ein kleines Fest hättest?«

»Ja, natürlich. Bei dir zu Hause?«

Bea grinste. »Nein, bei Valdemar. Eine Überraschungsparty für Daniel und Ulrica, die in Lucys Ferienhäuschen wohnt.«

»Ach, wie kommt das denn?«

»Na ja, wir haben erfahren, dass sie heute beide fünfundvierzig Jahre alt werden, und da kam Valdemar auf die Idee, sie gemeinsam zu feiern.«

Klas legte den Kopf ein bisschen schräg. »Aber du bist nicht so überzeugt?«

»Nicht ganz so wie Valdemar. Man hat ja einen Grund, wenn man lieber nicht feiert, und so ein Überraschungsfest könnte natürlich auch in die Hose gehen …«

»Oder es kommt genau zur rechten Zeit und wird der schönste Geburtstag, den sie je gefeiert haben …« Klas lächelte.

Bea nickte. »Deshalb würde ich mich auch freuen, wenn du dazukommst, gerade weil du so denkst.«

»Klar, du kannst auf mich zählen«, sagte Klas.

»Super. Dann komm doch spätestens halb sechs, damit wir alle schon vor Ort sind, wenn die zwei kommen. Und zieh sicherheitshalber etwas Warmes an, denn wir wollen im Garten sitzen.«

Er nickte. »Dann bis heute Abend.«

Bea verabschiedete sich auch von Pappi, der enttäuscht die Ohren hängen ließ, als er merkte, dass sie im Begriff war zu gehen.

Auf dem Heimweg freute sie sich über ihre Initiative. Mit Klas würde es noch besser klappen. Sein polterndes Lachen war Balsam für schlechte Stimmung.

Als es fünf Uhr war, packte sie kleine Reislampen mit Solarzellen ein. Die hatte sie schon vor längerer Zeit eingekauft und sie lagen immer noch unbenutzt herum. Geschenke und ein paar Flaschen Sekt verstaute sie in einer Tasche. Dann löschte sie das Licht, zog die Tür ins Schloss und packte die Tasche in den Fahrradkorb. Sie vermied es, zu Ulricas Küchenfenster hinüberzusehen, bog sofort um die Ecke und radelte los in Richtung Bäckviken.

Von der Straße sah Valdemars Haus noch dunkel und öde aus, doch als Bea um das Gebäude herumging, bemerkte sie schon die Lichterketten in den Bäumen. Lucy stand auf der Veranda und deckte gerade eine Tafel, die von Valdemars Infrarot-Wärmelampen angestrahlt wurde, die am Dach saßen. Auf den Sitzbänken lagen Schaffelle, der Rasen war mit Flickenteppichen bestückt, und auf einer Bank war schon eine Stereoanlage aufgebaut.

»Falls jemand spontan tanzen möchte«, sagte Valdemar, der auf sie zukam und sie zur Begrüßung in den Arm nahm. »Das war Lucys Idee. Sie hat einen Shuttle organisiert, der die ganze Ausrüstung hierhertransportiert hat.«

Bea lächelte und holte die Reislampen aus der Tasche. Sie hatte sie tagsüber im Garten schon aufgeladen, damit sie am Abend auch Strom hatten. Und sie funktionierten. Lucy strahlte, als sie das sah. »Das ist echt das Tüpfelchen auf dem i. Häng sie doch da drüben am Apfelbaum auf.«

Bea nickte und sah sich um. Sie begrüßte Klas, der auch schon da war und gerade zwei Feuerkörbe vorbereitete. Die waren zum Aufwärmen und für eine romantische Stimmung gedacht.

Daniels Tochter Amanda zündete die Kerzen auf dem Tisch an.

»Hallo, Bea«, sagte sie. »Da habt ihr euch ja was echt Tolles ausgedacht, Valdemar und du.«

»In erster Linie Valdemar«, sagte Bea und grüßte Oliver, der Weinflaschen auf den Tisch stellte. »Was habt ihr Daniel denn erzählt, damit er nachher hier auftaucht?«, fragte sie.

»Valdemar hat ihn angerufen und um Hilfe gebeten, eine schwere Kommode aus dem Schuppen zu tragen, weil er angeblich Platz für ein neues Tierkörbchen braucht. Er hat ihn auf sechs Uhr bestellt, weil er hinterher noch bei Freunden eingeladen ist und er das Tier vorher umquartieren möchte. Du kennst Papa ja, er kann nie Nein sagen«, sagte Amanda.

»Und welche Notlüge habt ihr euch ausgedacht, damit ihr euch verkrümeln konntet?«

»Wir haben ihm erzählt, wir gehen auf Entdeckungstour wie früher, als wir klein waren.« Sie lachte. »Das hat er uns sofort abgenommen. Und er hat erzählt, dass er das im Sommer auch gemacht hat und zu einem leer stehenden Haus gefahren ist, das wir früher mal gefunden haben.«

Bea lächelte und sah Valdemar an, der jetzt wieder neben ihr auftauchte.

»Riechst du schon was?«, fragte er.

Bea nickte. Es duftete herrlich nach seiner Fischsuppe, bis hinaus in den Garten.

»Da wird jedes Herz weich«, sagte er.

Möge er recht haben, dachte Bea und ging zum Apfelbaum, um die Reislampenkette zu befestigen. Als sie damit fertig war, trat sie einen Schritt zurück und betrachtete Valdemars Garten. Er sah aus wie eine Szenerie aus dem Märchen.

»Jetzt können sie jeden Moment eintrudeln!«, rief Lucy, und sie legten noch schnell letzte Hand an, damit wirklich alles perfekt war. Oliver, Amanda, Lucy, Liam, Valdemar und Klas. Bea ließ ihren Blick über das Grüppchen wandern und wurde mit einem Mal ganz ruhig und entspannt. Es stand doch außer Frage, dass Daniel und Ulrica ihre Geburtstage mit diesen Menschen hier feiern mussten. Auch wenn sie anderer Meinung waren, sie gehörten doch beide hierher, hierher auf diese Insel.

Ulrica

Als Ulrica Valdemars Haus schon erkennen konnte, bemerkte sie Daniel, der von der anderen Seite angeradelt kam. Er stoppte und stellte sein Fahrrad am Gartenzaun an.

»Die Insel scheint kleiner zu sein, als man denkt«, rief er lachend, als sie vor ihm abbremste und ihr Rad neben seinem parkte. Er sah auf die Sektflasche in ihrem Fahrradkorb. »Ist das ein neuer Fahrradflaschentrend?«

»Das ist ein Geschenk für Valdemar.«

»Ach ja?«

»Ja, er hat mich zu seiner Fischsuppe eingeladen.«

»Ach so. Wenn du immer so nette Mitbringsel dabeihast, dann koche ich auch mal für dich«, sagte er augenzwinkernd.

»Was machst du denn hier?«, fragte sie ihn, als sie gemeinsam durchs Gartentor gingen.

»Ich soll ihm helfen, eine Kommode wegzutragen.«

»Wie, jetzt?«

»Ja, so hieß es. Er will Platz schaffen für ein neues Tier.«

Ulrica nickte irritiert. Hatte Valdemar sie womöglich vergessen?

Sie klopften an die Haustür, doch als niemand öffnete, gingen sie durch den Rosenbogen hinters Haus in den Garten. In dem Moment, als sie um die Ecke bogen, wurden sie von einem lauten, vielstimmigen »Hurraaa!« begrüßt. Ulrica starrte die vielen Leute an. Was sollte das denn? War sie in einer Überraschungsparty für Daniel gelandet?

Er drehte sich zu ihr um. »Hast du heute auch Geburtstag?«

Dann sah sie das Band mit dem handgeschriebenen Text: *Herzlichen Glückwunsch zum 90. Geburtstag Ulrica und Daniel! 45 + 45*

»Oh nein«, rief sie.

»Ganz meine Meinung. Denkst du, sie kriegen uns, wenn wir rennen?«

»Wäre einen Versuch wert …«

Aber sie kamen nicht einen Schritt weit. Lucy war schon bei ihnen und schloss sie gleichzeitig in die Arme. »Hier auf der Insel gibt's keine Geheimnisse, wisst ihr das noch nicht?«

»Vielen Dank«, sagte Ulrica und verdrehte die Augen, weil Lucy sie so innig drückte.

Valdemar kam zu ihr und gratulierte Ulrica etwas behutsamer. Er überreichte ihr ein kleines, flaches Päckchen. Es sah aus wie ein gerahmtes Bild. Ulrica lächelte. »Vielen Dank, das mache ich später auf.«

Einer nach dem anderen gratulierte. Bea zuletzt. Ulrica hatte das Gefühl, als sei es ihr irgendwie peinlich.

Sie konnten sich gerade noch bedanken, bevor sie jeder an den Stirnseiten der Tafel platziert wurden. Ulrica sah Daniel an und merkte, dass es ihm schwerfiel, das Lachen zu unterdrücken.

Lucy trug einen wunderbar duftenden Eintopf auf den Tisch, und Oliver schenkte ihnen Wein ein. Ulrica schielte zu Bea, die neben einem Mann saß, den Ulrica gar nicht kannte. Er hatte sich als Klas vorgestellt. Dann war er also der ominöse Spieler an Beas Flipperautomaten. Er beugte sich zu Bea hinüber und brachte sie mit einer Bemerkung zum Lachen. Sie hatte sich merklich verändert. Ulrica zwinkerte. Jetzt war wirklich nicht der Moment, um in Tränen auszubrechen.

Lucy erhob ihr Glas: »Prost auf diese zwei Irren, die gedacht haben, sie könnten ihren Geburtstag unter den Teppich kehren. So ist das ja nicht gedacht. Geburtstage werden gefeiert. Cheers!«

Ulrica und Daniel hoben ihre Gläser, prosteten den anderen zu und stießen schließlich auch miteinander an.

Rund um den Tisch setzten nun die Gespräche ein. Ulrica jedoch saß still da und richtete ihre Aufmerksamkeit auf die Fischsuppe, auf die sie sich so gefreut hatte. Sie war unglaublich lecker und mit Safran und Basilikum perfekt abgeschmeckt. Das Beste, was sie je gegessen hatte. Sie sah Valdemar an und hob den Daumen hoch. Er freute sich.

Nach einer Weile stand er auf und holte ein Blatt Papier, auf dem etwas von Hand geschrieben stand, und reichte es Lucy, die neben Ulrica saß.

»Ich habe ein bisschen in meinen Sachen gewühlt, und hier ist es«, sagte er und nahm wieder Platz. »Das Rezept von Iris' Erdbeerkuchen, über den wir uns in deiner kleinen Speisekammer unterhalten haben.«

»Oh, herzlichen Dank! Ich hoffe, das Ergebnis wird dich nicht enttäuschen.«

»Da habe ich keine Sorge«, sagte Valdemar.

Lucy sprach Ulrica an. »Bald werde ich in der Speisekammer wieder Abendessen veranstalten. Du hast also noch eine zweite Chance. Eine Erinnerung über einen Duft wachzurufen, ist nämlich ehrlich gesagt ziemlich krass.«

Ulrica lächelte gequält, doch Lucy schien es nicht aufzufallen, denn sie führte ihr Gespräch mit Amanda, die auf der anderen Seite saß, im nächsten Moment fort. Valdemar hingegen blickte sie mit großen Augen an und nickte dann fast unmerklich. Er schien zu wissen, dass sie in absehbarer Zeit nicht mehr nach Ven zurückkommen würde. Sie zwang sich, ihm in die Augen zu sehen, und erhob ihr Glas. Vor einem Mann, der mit dem Meer sprechen konnte, gab es nichts zu verheimlichen. Valdemar prostete ihr zu, streckte den Arm über den Tisch und tätschelte ihre Hand.

»So ein schöner Abend«, sagte er.

Unmöglich, auch nur ein Wort darauf zu erwidern. Sie wäre auf der Stelle in Tränen ausgebrochen.

»Unvergesslich«, schob er hinterher und lächelte mild.

Wie recht er hatte! Es war wirklich ein unvergesslicher Abend. Einer, der jetzt schon zu ihrem Erinnerungsschatz gehörte.

»Danke«, sagte sie, »für die leckerste Fischsuppe, die ich je gegessen habe. Und das beste Geburtstagsgeschenk aller Zeiten.«

Lucy und Liam hatten die Musik jetzt lauter gedreht und waren als Erste auf der provisorischen Tanzfläche. Klas versuchte Bea auch zum Tanzen zu bewegen, doch sie zierte sich. Valdemar und Ulrica sahen sich an und grinsten, und während ihr Lachen immer lauter wurde, verschwand der Kloß im Hals. Als sie alles aufgegessen und die Teller abgeräumt hatten, nahm Ulrica ihr Handy und fotografierte den Tisch so, dass auch der Apfelbaum mit den Reislampen im Bild war. Dann postete sie das Foto auf Instagram und Facebook, darunter schrieb sie *45 und eine Überraschungsparty. Wer hätte das gedacht? #ven*

Mit einem Mal pfiff Lucy, alle sollten mal herhören. Sie stand am Tisch mit einem Kuchen in der Hand.

»Hier habe ich einen *hevva cake*, nach einem alten Rezept aus Cornwall. Es war Tradition der Fischerfamilien, dass die Frauen ihre Männer damit empfingen, wenn sie nach einer Angeltour wieder nach Hause kamen. Damit heißen wir euch zwei hier jetzt herzlich willkommen. Schlagt zu!«

Kaffeetassen und Teller machten die Runde, jeder probierte ein Stück.

»Und da ihr mir gerade alle so schön zuhört, will ich die Gelegenheit nutzen und euch mitteilen, dass Liam und ich im Oktober nach Cornwall fahren und meine Eltern besuchen. Deshalb werde ich das Café für drei Wochen schließen, das ist nämlich die einfachste Lösung.« Sofort erklangen die ersten Buhrufe. »Okay«, rief Lucy lachend und sah Liam an. »Sagen wir zwei Wochen.« Darauf erntete sie Beifall.

Amanda stand auf und verteilte Wolldecken an die, die fröstelten, und Ulrica entkorkte die Sektflasche, die sie mitgebracht hatte. Glücklicherweise hatte Bea Nachschub dabei.

Amanda setzte sich neben Ulrica. »Das ist echt ein Zufall, dass du und Papa am gleichen Tag gleich alt werdet«, sagte sie. Sie hatte mehr Ähnlichkeit mit Daniel als ihr Bruder. Sie war brünett und hatte auch braune Augen.

»Auf dieser Insel geschehen lauter eigenartige Dinge«, sagte Ulrica und nippte an ihrem prickelnden Getränk.

»Wohnst du schon lange hier?«, fragte Amanda.

Ulrica lachte auf. »Ich wohne hier gar nicht, ich bin hier im Urlaub.«

»Ach so, ich dachte, du gehörst dazu«, sagte sie und nickte zu den anderen, die hier rund um den Tisch saßen und sich nachschenkten.

Ulrica lächelte.

»Ist das jetzt die Flasche, mit der du dir am Vormittag die Stirn gekühlt hast?«, fragte Amanda und grinste breit.

»Ja, aber den Korken habe ich nicht abgeleckt.«

Amanda lachte. »Da verlasse ich mich mal drauf. Zum Wohl!«, sagte sie und prostete ihr zu.

In dem Moment sprang Daniel auf und ließ sein Glas mit einer Kuchengabel klingen. »Ich würde gern einen Toast ausbringen – nicht auf mich selbst, sondern auf die Frau, die mich immer wieder zum Staunen bringt. Wenn sie sich nicht gerade die Stirn mit Sekt kühlt, dann küsst sie die Erde, balanciert waghalsig an der Steilküste herum und, ja … so könnte ich noch einiges mehr aufzählen. Hätte ich gewusst, dass du heute auch Geburtstag hast, dann hätte ich dir natürlich einen großen Blumenstrauß Wildes Geißblatt gepflückt, deine Lieblingsblume. Ach was, ich hätte einen ganzen Busch ausgegraben. Egal, den hast du jetzt bei mir gut, wir laufen uns ja eh wieder über den Weg. So wie immer. Herzlichen Glückwunsch und Prost auf dich, Ulrica!«

Ulrica schluckte, sie spürte, dass Amanda sie von der Seite anstarrte, dann hob sie ihr Glas und räusperte sich. »Zum Wohl und alles Gute auch für dich, Daniel!« Sie stand auf und merkte, wie sie rot wurde. »Der Zufall hat uns einen Streich gespielt und dafür gesorgt, dass sich unsere Wege auf wundersame Weise immer wieder kreuzen. Das war nicht immer nur lustig, aber es war irgendwie immer schön. Skål! Und ein riesiges Dankeschön euch allen für diesen tollen Abend, den vergesse ich nie!«

»Der Zufall«, seufzte Lucy. »Wie oft soll ich dir noch erklären, dass es keinen Zufall gibt. Das ist Schicksal!«

Alle brachen in Lachen aus, riefen lauthals »Skål« und widmeten sich dann wieder den Gesprächen mit den Tischnachbarn.

Ulricas und Daniels Blicke trafen sich. So hatte er sie noch nie angesehen. So liebevoll und intensiv. Sie schlug die Augen nieder und ging zu Bea und Klas, die im Garten standen und die Tiere beobachteten, die sich unter den Büschen verkrochen hatten. Ihnen gefiel diese Party überhaupt nicht.

»Ich habe gehört, du hast mich vom dritten Platz bei den Flipper-Top-Ten vertrieben«, sagte Klas und grinste Ulrica an.

Entschuldigend zuckte sie mit den Schultern.

»Ist schon gut«, sagte er. »Ein bisschen Konkurrenz ist gar nicht schlecht.« Dabei grinste er Bea an, die empört auf ihn schimpfte.

»Ich hole mal was zum Trinken«, sagte er und nahm auch Beas Glas mit zu ihrer provisorischen Theke.

»So …«, sagte Ulrica, »irgendetwas sagt mir, dass du bei dieser Veranstaltung deine Finger im Spiel hattest …«

»Aber nur ein klitzekleines bisschen, es war ehrlich gesagt Valdemars Idee, ob du es glaubst oder nicht«, sagte Bea.

Ulrica grinste. »Dann bedanke ich mich für ein klitzekleines bisschen. An diesen Abend werde ich noch lange zurückdenken.«

»Wie viele Tage bleibst du denn noch?«, fragte Bea.

»Morgen geht's wieder heim.«

»Ach, das war ja nur ein kurzer Besuch. Aber im Winter kommst du doch bestimmt zurück? Das Weihnachtsgebäck im Café wirst du dir doch nicht entgehen lassen? Lucy ist wirklich berühmt dafür.«

Ulrica sah Bea an. Sie konnte nicht lügen, musste es auch nicht. Bea würde es verstehen. So wie Valdemar. Sie schüttelte nur andeutungsweise den Kopf.

»Verstehe«, sagte Bea wie erwartet. »Dann war das nicht nur ein sehr schönes Geburtstagsfest, sondern auch ein sehr schöner Abschied, zumindest bis auf Weiteres.« Wie Valdemar schon strich auch Bea ihr sanft über die Hand. Schon wieder schossen Ulrica die Tränen in die Augen.

»Es ist alles schrecklich kompliziert«, sagte sie leise.

»Das Leben tendiert dazu. Du tust, was du tun musst.«

Ulrica schluckte und nickte zu Klas, der gerade mit zwei Gläsern Sekt in der Hand zurückkam. »Und wer ist dieser Klas?«, fragte sie.

»Ein neuer Freund«, erklärte Bea schmunzelnd. »In diesem Sommer habe ich gelernt, dass hier auf der Insel doch nicht jeder jeden kennt.«

Ulrica versuchte, durch die Tränen hindurch zu lächeln, sie wischte sich schnell über die Augen und ging zurück an den Tisch. Sie spürte Beas Blick im Nacken, ließ sich auf ihren Stuhl sinken, nippte an ihrem Sektglas und blickte aufs Feuer, das Daniels Sohn am Brennen hielt, als sie mit einem Mal spürte, wie die Last auf ihrem

Herzen nachließ. Sie hatte sich von den Menschen verabschiedet, die auf der Insel für sie am wichtigsten gewesen waren, und nun war sie bereit zurückzufahren, nicht ins Ferienhaus … sondern richtig nach Hause. Sie freute sich schon auf entspannte Sonntagsessen bei ihren Eltern. Sie freute sich auf die nächste Kneipentour mit Angelika. Freute sich auf Tage ohne Probleme und Schuldgefühle. Und sie freute sich unbändig auf Jack.

Daniel kam zu ihr und setzte sich auf den freien Stuhl neben ihr. »Du hast es gewusst«, sagte er und grinste. »Dass wir am selben Tag Geburtstag haben. Ich habe es dir erzählt, als wir am Jachthafen waren, aber du hast keinen Mucks gesagt, dass das auch dein Geburtstag ist.«

Sie zuckte nur mit den Schultern.

Er legte den Kopf schräg. »Du scheinst Geburtstage noch mehr zu hassen als ich.«

Sie lachte, aber wandte den Blick ab. Es fiel ihr schwer, ihm ins Gesicht zu sehen. Er war heute Abend viel zugänglicher als sonst, sein Blick war herzlich und offen. Doch Ulrica konnte sich nicht darauf einlassen, so verlockend es auch war.

»So«, sagte er und knuffte sie leicht an die Schulter. »Was sagst du? Ist es Zufall oder Schicksal, dass wir uns so oft über den Weg laufen?«

Ulrica schluckte. Sie wäre gern schlagfertig gewesen und hätte entsprechend gekontert, doch sein Blick war so durchdringend, dass sie kein Wort herausbrachte. Amanda und Oliver waren ihre Rettung.

»Wir wollen morgen die frühe Fähre nehmen, deshalb sollten wir langsam aufbrechen«, sagte Oliver. »Sollen wir dich mitnehmen?«, fragte er Ulrica.

»Vielen Dank, aber ich gehe gern noch ein Stückchen zu Fuß. Nach so einem Abend tut das gut.«

»Okay. War nett, dich kennenzulernen«, sagte er.

»Absolut«, sagte Amanda und lächelte. »Sehr nett. Und du bist doch nicht so durchgeknallt, wie ich anfangs gedacht habe, da an der Steilküste.«

Daniel verdrehte die Augen. »Wenn ihr wüsstet!«

Ulrica lächelte gequält. »Danke für diesen Abend, es war superschön.«

Daniel stand auf und nahm sie in die Arme. »Auf bald.«

Ulrica schluckte. Genoss den angenehmen Duft seines After Shaves noch mal ganz bewusst und flüsterte: »Mal sehn.«

Als sie ums Haus verschwunden waren, atmete sie so tief auf, dass Lucy erstaunt die Augenbrauen hochzog. Liam und sie waren auch schon auf dem Sprung. Ulrica stand auf und umarmte sie.

»Eigentlich bin ich nicht so für Überraschungen, aber dieser Abend war wunderschön. Vielen lieben Dank.«

»Komm doch morgen noch auf eine Tasse Kaffee zu mir, bevor du abreist«, sagte Lucy.

Der Einfachheit halber nickte Ulrica.

»Versprich's mir.«

»Versprochen«, sagte Ulrica. Doch sie wusste gar nicht, ob die Zeit dafür noch reichte.

Klas kam zu ihr und verabschiedete sich. Jetzt standen nur noch Bea und Valdemar da und räumten die letzten Sachen im Garten auf.

Ulrica ging in die Küche und begann mit dem Abwasch. Als sie gerade den letzten Teller abtrocknete, kam Valdemar zur Tür herein.

»Aber Geburtstagskinder waschen doch nicht ab«, protestierte er. »Mach lieber dein Geschenk auf. Ich habe es mit reingenommen.«

Ulrica trocknete sich die Hände ab und setzte sich auf einen Küchenstuhl. Sie packte es aus, es war noch ein Foto. Auf diesem Bild waren ein paar Jugendliche zu sehen. »Danke, das ist ja schön. Bist du sicher, dass du das wirklich verschenken willst?«, fragte sie.

»Ja, kein Problem. Das darfst du behalten. Da ist Gerda, oder Ilse«, sagte er und zeigte darauf. »Deine Großmutter.«

Wie immer sah sie schlecht gelaunt aus. Ein Stückchen entfernt standen Sofia und Ella. Sofia war die fröhlichste von ihnen. Ulrica nickte langsam. Sie spielte mit dem Gedanken, ihm die ganze Geschichte zu erzählen, doch Valdemar gähnte schon. Nein, es war ein langer Abend gewesen, und im Moment gab es keinen Anlass, davon zu berichten. Sie hatte ja in jedem Fall ein schönes Foto von ihrer Großmutter.

»Zeit für den Schönheitsschlaf?«, fragte sie und grinste.

»Ja, das würde ich sagen. So ein alter Onkel ist es einfach nicht mehr gewohnt, bis in die Nacht zu feiern.«

»So eine alte Tante auch nicht«, sagte Ulrica und musste ein Gähnen unterdrücken.

Valdemar lachte und stand auf. Ulrica erhob sich auch, nahm das Foto und schob den Stuhl an den Tisch, als ihr Blick auf einen Stapel Reklame und Post auf dem Küchentisch fiel. Ganz oben lag ein Brief, der nach einer Rechnung aussah. Valdemar Cederström.

Sie hörte Valdemar sprechen, als er schon zur Terrassentür ging, doch sie verstand nicht, was er sagte. Auf den Briefen an Alva hatte Sofia ihren Absender geschrieben. Sofia Cederström.

Valdemar kam zurück. »Alles in Ordnung mit dir? Du bist mit einem Mal ganz bleich im Gesicht.«

Ulrica zeigte auf das Foto. »Wer ist das?«

Valdemar nahm das Bild in die Hand. »Das ist das Mädchen, das immer so lacht, wie schon auf dem anderen Foto, das ich dir geschenkt habe. Sie heißt Sofia.«

»Ist sie mit dir verwandt?«

»Sie ist meine Cousine.«

Ulrica sah im Augenwinkel, dass Bea gerade hereinkommen wollte, doch dann in der Tür stehen blieb, zurückwich, die Tür schloss und sie allein ließ.

Sie blickte zu Valdemar auf. »Ich habe erfahren, dass Gerda gar nicht meine leibliche Großmutter war. Sondern Sofia.«

Valdemar tastete nach der Stuhllehne und ließ sich auf den Stuhl fallen. »Ach du meine Güte …«, sagte er.

»Gerda hat meine Mutter Alva großgezogen, aber Sofia war ihre richtige Mutter. Viel mehr weiß ich auch nicht.«

»Alva …«, sagte Valdemar und überlegte. »Sieh mal einer an! Keiner wusste, was aus der Kleinen geworden war, es gab Gerüchte, dass sie in eine Pflegefamilie nach Småland gekommen sei. Über diese Zeit sprach Sofia nie.« Sein Blick flackerte zwischen dem Foto und Ulrica hin und her. »Aber wenn Sofia deine Großmutter ist, dann heißt das ja …«

»Genau. Dass du mit meiner Mutter verwandt bist.«

Valdemar lächelte matt und legte seine Hand auf ihre. »Das bedeutet, dass *wir zwei* miteinander verwandt sind. Das bedeutet, dass in deinen Adern echtes Venblut fließt, mein Mädchen. Die Cederströms haben Tradition auf der Insel.«

Ulrica schluckte, legte die Fotografie wieder hin und nickte langsam. Sie seufzten beide tief, beide gleichzeitig. Woraufhin sie müde lachten.

»Du siehst total erschöpft aus, Valdemar, der Tag war lang. Soll ich vielleicht noch warten, bis du gut ins Bett gekommen bist, und dann gehen?«

Er gähnte noch einmal. »Ja, gerne. Diese elende Hüfte ärgert mich abends immer etwas mehr.«

Sie half ihm ins Badezimmer und ging dann zurück in den Flur. »Großnichte«, hörte sie ihn rufen, während er sich schon die Zähne putzte.

»Jawohl«, rief sie zurück. Als er sich ins Bett gelegt hatte, ging sie zu ihm, drückte ihn und sagte Gute Nacht. Seine Augen waren schon geschlossen, doch er lächelte noch. »Jetzt verstehe ich, warum du mit dem Meer sprechen kannst. Das hast du geerbt!«

Schmunzelnd streichelte sie seine Hand und legte sein Handy auf den Nachttisch. Ihre Nummer hatte sie abgespeichert, als er im Bad gewesen war.

»Schlaf gut«, sagte sie, doch er schlummerte bereits tief und fest.

Sie schlich aus dem Haus. Der Garten war jetzt wieder aufgeräumt. Nur die Reislampen hingen noch im Apfelbaum. Bea stand am Rosenbogen und wartete. Gemeinsam verließen sie das Grundstück.

»Wusstest du, dass ich mit Valdemar verwandt bin?«, fragte Ulrica und blickte sie an.

Bea war anzusehen, dass es ihr unangenehm war. »Als du zurückgekommen bist, ist mir aufgefallen, wie viel

Ähnlichkeit du mit Sofia hast. Mir fiel sofort das alte Foto aus Paris wieder ein. Und … ja, es ist wirklich eine lange Geschichte, aber ich habe erfahren, dass Sofia mit Nachnamen Cederström heißt, und das ist ja auch Valdemars Name. Ich habe mir schon gedacht, dass ihr irgendwie zusammengehört.«

»Sofia und Valdemar sind Cousine und Cousin«, sagte Ulrica.

Bea zog den Reißverschluss bis hoch zum Hals. »Ach, wirklich? Ja, Valdemar hat eine große Familie, aber irgendwie habe ich die Frau aus dem Haus am Wilden Geißblatt nie mit ihr in Verbindung gebracht.«

Bea schien eigentlich gehen zu wollen, doch sie trat noch von einem Fuß auf den anderen. Ulrica grinste. »Sofia ist meine Großmutter.«

Bea nickte langsam und dann lächelte sie auch.

»Ach, tatsächlich? Was für eine Geschichte! Jetzt muss ich aber los, es wird kalt.«

Ulrica steckte die Hände in die Hosentaschen und sog die kühle Nachtluft ein. »Ich glaube, ich setze mich noch ein Weilchen auf den Steg. Schließlich weiß ich jetzt, dass man mit dem Meer sprechen kann, wenn man eine Cederström ist«, sagte sie schmunzelnd.

Bea nickte, hob still die Hand zum Abschied, setzte sich aufs Fahrrad und verschwand auf dem Hakenstigen.

Ulrica ging hinaus auf den Steg. Die Holzbretter knarrten unter ihr, ansonsten war es mucksmäuschenstill. Auf der Wasseroberfläche glitzerte das Mondlicht. Es sah beinahe aus, als begegne ihr das Wasser mit einem verschmitzten Lächeln. Ulrica lehnte sich zurück und schloss die Augen. Hier am Meer, in dieser nächtlichen Stunde, brauchte es keine Worte. Keine Antworten auf all die Fragen. Was zählte, war dieser eine Moment, ihre schönste Erinnerung an Ven. Die würde sie allezeit bei sich tragen.

9. Brief, 3. Dezember 2012

Schließlich bin ich nach Paris zurückgegangen. Dafür gab es nur einen einzigen Grund: Ich wollte in Ellas Nähe sein. Obwohl sie immer Heimweh nach Ven gehabt hatte, war ihre Seele doch in Paris geblieben, in der Stadt, deren Herz für Mode, Kunst und Gaumenfreuden schlug wie sonst nirgendwo. Doch ich ließ mich auf keine Vergnügungen mehr ein. Ich hielt mich zurück. War nur mit wenigen Menschen in Kontakt, die offenbar so wie ich auf der Flucht vor etwas waren, denn keiner gab etwas von sich preis. Ich lebte davon, Kinderkleider zu häkeln und auf dem Markt zu verkaufen. Sonntags ging ich in ein kleines Café in Montmartre, wo die Leute allein oder zu zweit am Tisch saßen, Kaffee tranken und die Zeitung lasen. Meist verstrich die Zeit völlig ereignislos. Es herrschte vollkommene Stille. Ich saß da, las jede Meldung genauestens durch, um mein Hirn mit etwas zu beschäftigen und die Gedanken zu verdrängen, die ich nicht ertragen konnte. Die Leute hielten mich wohl für eine Art verrücktes Huhn, doch Paris war voll davon, also fiel ich nicht auf, stach niemandem ins Auge, so wie es zu Hause der Fall gewesen wäre.

Auf meinen langen Spaziergängen durch die Stadt unterhielt ich mich immer mit Ella. Anfangs machte ich einen großen Bogen um die Orte, die uns gehört hatten, doch nach und nach wagte ich mich auch dorthin. Der einzige Ort, an den ich nie zurückkehrte, war die Straße, in der unsere Wohnung gelegen hatte. So sehr vertraute ich mir und meiner seelischen Gesundheit nicht, dass ich mich damit konfrontierte. Neun Jahre wanderte ich so durch die Straßen von Paris. Erst als die Lebensgefährtin meines Vaters ein Telegram schickte, dass er nach jahrelanger Krankheit einen Herzinfarkt erlitten habe und gestorben sei, begriff ich, dass meine Zeit in Paris zu Ende ging. Ich fuhr zu seiner Beerdigung nach Hause. Da riss ich mich zusammen, ertrug all die vorwurfsvollen Blicke, die mich anklagten, warum ich nicht längst zurückgekommen sei. Als ich nach der Trauerfeier die Villa Nova betrat, war es, als wäre die Zeit stehen geblieben. Alles sah genau so aus wie früher. Da erfüllte mich eine tiefe Ruhe, und als ich mich im Haus umsah, fand ich die Bücher meiner Mutter und die Angelboot-Modelle meines Vaters auf den Fensterbrettern, und da begriff ich, dass der Sinn der vergangenen Jahre in Paris die Aussöhnung gewesen war. Ich hatte mich mit mir selbst versöhnt, mit der Tatsache, dass Ella tot war, und mit deiner Adoption. Und da beschloss ich hierzubleiben und auf dich zu warten. So wie ich es Gott an dem Tag, als ich dich draußen auf der Straße vor Gerdas Haus traf, versprochen hatte.

Auf Ven führte ich ein Leben wie zuletzt in Paris, ich blieb für mich, doch erhobenen Hauptes. Ich kümmerte mich um das Wilde Geißblatt, das meine Mutter vor langer Zeit gepflanzt hatte und das so wunderbar duftete, und ich häkelte weiterhin Kinderkleider, die ich jedes Wochenende auf dem Markt in Landskrona verkaufte. Es war ein karges Leben, aber ich hatte trotzdem alles, was ich brauchte. Als du achtzehn wurdest, schickte ich dir die erste und einzige Geburtstagskarte. Ich pflückte eine Malve, ließ die Karte mit ihr laminieren und überdachte jedes einzelne Wort ganz genau. Ich hatte keine Ahnung, ob du diese Karte jemals in die Finger kriegen würdest, aber ich wollte mit wenigen Sätzen das Wichtigste schreiben.

Ich bin auf der Malveninsel geboren und diese zarte Blume stand Pate für deinen Namen – Alva. Der Malve sagt man als Heilpflanze eine lindernde Wirkung nach und du, mein kleines Mädchen, warst für mich Linderung in einer schlimmen Welt. Wo die Blumen blühen, da warte ich auf dich.

Mama

Am selben Tag ging ich an den Ort, an dem die Blumen blühen, und ritzte unsere Initialen A und S in einen Baum. Auf die Art waren wir immer vereint. Jeden Tag ging ich zu diesem Baum. Und ein Jahr später kamen drei Teenager fröhlich plappernd auf dem Fahrrad vorbei. Eine von ihnen warf vor Lachen den Kopf in den Nacken. Diese Szene blieb wie ein Standbild in meinem Kopf und ich sah mich selbst als junges Mädchen auf alten Fotos vor mir. Ich wusste es einfach, mein Herz sagte mir, dass du das warst. Ich trat zur Seite, den Malvenstrauß in der Hand, aber du hast mich nicht bemerkt und warst nach ein paar Sekunden wieder verschwunden. Plötzlich fiel dein Rucksack vom Gepäckträger. Du hast nur gelacht, deinen Freundinnen zugewunken, sie sollen weiterfahren, und bist umgedreht. Ich war schon vorgelaufen, hatte deinen Rucksack in der Hand und hielt ihn dir hin. Für einen Moment berührten sich unsere Hände, und als sich unsere Blicke trafen, war ich mir ganz sicher, dass du es warst. Du hattest dich gar nicht verändert. An dem Tag weinte ich zum ersten Mal seit Jahren. Aber ich weinte vor Dankbarkeit. Dieser kurze Augenblick mit dir war Grund genug, jeden Morgen aufzustehen in der Hoffnung, dass solch ein Tag noch einmal kommen würde.

Noch einen letzten Brief werde ich schreiben, meine geliebte Tochter. Ich weiß immer noch nicht, ob ich die Briefe an dich abschicken soll. Vielleicht schicke ich dir auch nur neun und gebe dir den letzten persönlich, wenn wir uns begegnen. Ich schreibe absichtlich nicht *falls*, denn bis zum Schluss werde ich die Hoffnung nicht aufgeben, dass der Tag kommen wird.

Ulrica

Als Ulrica am ersten Morgen ihres sechsundvierzigsten Lebensjahres erwachte, schien die Herbstsonne direkt in ihr Bett, weil sie vergessen hatte, die Vorhänge zuzuziehen. Sie kniff die Augen zu und setzte sich verschlafen auf. Es war acht Uhr. Dann stieg sie die Treppe hinunter und machte Kaffee. Als sie im Augenwinkel eine Bewegung wahrnahm, schreckte sie auf. Saß etwa wieder jemand auf der Veranda?

Sie ging zur Terrassentür, öffnete sie und erkannte dieses Mal sofort, wer es war. »Mama?«

Alva drehte sich um und nickte zur Begrüßung, doch wandte sie ihren Blick dann wieder ab und sah geradeaus auf die Felder.

»Möchtest du einen Kaffee?«, fragte Ulrica.

»Ja, gern.«

»Wie schön es hier ist«, sagte Alva, als Ulrica mit zwei Tassen wieder hinauskam und ihr eine reichte, bevor sie neben ihr Platz nahm.

»Sitzt du hier schon lange?«, fragte Ulrica.

Alva warf einen Blick auf die Uhr. »Eine Stunde. Dein Geburtstagsfest war sicher schön.«

Ulrica schluckte. Jetzt musste sie aufpassen. »Weiß Papa, dass du hier bist?«

Alva lachte, aber blieb die Antwort schuldig. »Ich bin

hier, weil ich dich um einen Gefallen bitten möchte«, sagte sie stattdessen.

Ulrika nickte. »Okay.«

»Könntest du mir den Ort zeigen, wo die Blumen blühen? Falls du herausgefunden hast, wo er ist.«

Ulrica blieb fast die Luft weg, sie nickte nur, trank ihren Kaffee aus und ging dann hinein, um sich anzuziehen. Als sie fertig war, stand Alva schon neben ihrem gelben Leihfahrrad und wartete auf sie. Wortlos fuhren sie am Museum vorbei, über den Liebespfad und die Steilküste entlang. Ulrica wusste, dass an dieser Stelle die Landschaft alle Aufmerksamkeit auf sich zog, doch Alva sah nur stur geradeaus, hatte nur den Weg im Blick. Nach einer Weile stellten sie die Fahrräder vor dem Verbotsschild ab und gingen zu Fuß weiter. Ulrica warf einen verstohlenen Blick auf ihre Mutter. Ihr Gesicht sah angestrengt aus.

»Hier ist es irgendwo«, sagte Ulrica. »Obwohl die Blütezeit jetzt vorbei ist.«

Alva nickte. »Ich bin ja nicht hergekommen, um die Blumen anzuschauen.«

Sie lief schnurstracks auf den Baum zu, ging in die Knie und fuhr mit dem Finger das eingeritzte A nach. Dann tastete sie etwas weiter oben, wo sich ein zweiter Buchstabe befand. Ein S. Das hatte Ulrica übersehen. Alva und Sofia, dachte sie. Logisch. Und wenn Alva von der Inschrift wusste, dann hieß das doch …

»Ich verstehe nicht … Papa hat gesagt, du hast die Briefe weggeschmissen.«

»Hab ich auch, aber er hat sie dann aus der Mülltonne geholt und sie mir hingelegt, als er meinte, ich sei so weit.«

Alva setzte sich an den Hang. »Die Karte mit der getrockneten Malve, die du gefunden hast, habe ich zu meinem achtzehnten Geburtstag bekommen. Ich konnte sie vor Gerda gerade noch verstecken, denn sie durfte nichts davon wissen. Damals hatte Sofia ihr Elternhaus auf der Insel übernommen und jeden Tag auf mich gewartet.«

»Und du bist nie hergefahren?«, fragte Ulrica und setzte sich neben ihre Mutter.

»Doch, einmal habe ich es sogar gemacht. Einmal bin ich mit ein paar Freundinnen rübergefahren, um die Insel anzuschauen, über die Gerda immer so hergezogen hat. Ich wusste ja, dass ich adoptiert war, und sie hat mich ständig mit Horrorgeschichten über meine Mutter gequält. Sie hat erzählt, Sofia ist geistesgestört, sie hat Gerdas Schwester angezündet und würde mich auch holen, wenn ich meinen Fuß auf die Insel setze. Meine größte Angst war immer, mal so zu werden wie sie, wie meine leibliche Mutter.«

Ulrica blinzelte schnell. Daher stammte sie also, diese Angst, anders zu sein.

»Als du klein warst, hat Gerda immer gesagt, dass du Sofia so unglaublich ähnlich bist, sie hat immer wieder betont, dass psychische Erkrankungen sich vererben, dass ich auf dich achtgeben soll, damit du nicht genauso verrückt wirst wie deine Großmutter.«

»Aber Mama …« Ulrica schossen die Tränen in die Augen.

»Ich weiß … es war dumm. Gerda war eine verbitterte Frau und hat nur Gemeinheiten vom Stapel gelassen, aber diese Glaubenssätze haben sich mir so eingebrannt, die trage ich ein Leben lang schon mit mir rum. Sie sind immer gegenwärtig, ohne dass ich erklären kann, warum. Als Gerda starb, blieb diese Angst ein Teil von mir und meiner Persönlichkeit. Sie hat sie nicht mit ins Grab genommen. Stattdessen habe ich wohl auch einiges davon auf dich übertragen …« Alva versagte die Stimme.

Ulrica nahm ihre Hand und drückte sie fest. »Der Unterschied ist nur, dass du alles aus Liebe getan hast und nicht aus Hass. Das ist etwas völlig anderes.«

Alvas Augen waren nun auch mit Tränen gefüllt, doch sie lächelte und wischte sich mit der anderen Hand die Augen ab. »Das will ich hoffen.«

Still saßen sie nun da und blickten aufs Meer. Nach einer Weile sah Ulrica Alva noch einmal ins Gesicht. »Diese Sache mit der Geisteskrankheit und dass sie Menschen angezündet haben soll, das klingt alles so dramatisch, hat Gerda sich das nur ausgedacht?«

Alva lächelte verkrampft. »Mit Worten ist es so eine Sache. Sie können die Wahrheit sagen, aber gemeint ist doch eigentlich etwas ganz anderes.«

Ulrica verstand die Antwort nicht, doch sie hakte nicht nach. Wenn es an der Zeit war, würde sie eine Erklärung bekommen, das wusste sie. Sie sah ihre Mutter an und lächelte. »Dann bist du also trotz des Verbots mit deinen Freundinnen nach Ven gefahren?«

»Ja, ich war neunzehn und bin mit dem Rad genau hier unterwegs gewesen, wo man mit dem Fahrrad eigentlich gar nicht mehr weiterkommt. Es hat so geholpert, dass mein Rucksack, der am Gepäckträger nicht gut festgemacht war, runtergefallen ist. Das ist nicht das erste Mal gewesen, und meine Freundinnen haben sich schlapp gelacht und sind weitergefahren. Ich bin umgedreht, um ihn zu suchen, und eine Frau, die gerade einen Strauß Malven gepflückt hatte, hatte ihn gefunden und hielt ihn in der Hand. Als sie ihn mir gegeben hat und ich mich bedankt habe, haben wir uns in die Augen gesehen, und tief in meinem Inneren habe ich gewusst, wer sie war. Jetzt habe ich die Briefe gelesen und weiß, dass ich recht hatte.« Alva zuckte mit den Schultern. »Aber überleg mal, welch ein Zufall!«

»Lucy, die hier auf der Insel lebt, würde es Schicksal nennen«, sagte Ulrica zwinkernd.

Alva lächelte. »Ach, übrigens, du kriegst ja noch ein Geschenk. Schließlich hattest du gestern Geburtstag.« Sie öffnete ihre Handtasche und überreichte ihr ein kleines viereckiges Päckchen. Ulrica packte es aus. Es war eine Schmuckschachtel, und darin fand sie einen kleinen Anhänger in Form einer Malve, ähnlich wie die, die Ulrica um den Hals trug.

»Eine steht für dich, eine für mich. Mutter und Tochter«, sagte Alva.

Ulrica schob den Anhänger auf ihre Kette, sodass die Blumen dicht nebeneinanderhingen, tastete darüber und strahlte. »Danke, Mama.«

Alva stand auf. »Jetzt will ich dich aber nicht länger stören. Ich bin nur gekommen, um dir dein Geschenk zu überreichen und diesen Ort zu sehen.« Ihr Blick wanderte wieder zu dem Baum.

»Willst du dir nicht Sofias Haus anschauen? Das ist nicht weit weg.«

Alva zögerte, doch sie schüttelte den Kopf. »Im Moment reicht mir das. Jetzt kann ich den nächsten Schritt tun.«

Ulrica nickte und stand auch auf.

»Ich will mit der Zehn-Uhr-Fähre nach Hause fahren«, sagte Alva und lief schon auf den Weg zu, der sie wieder zu den Fahrrädern führte.

»Ich auch«, sagte Ulrica.

»Ach ja? Ich dachte, du würdest noch ein paar Tage bleiben.«

»Im Moment reicht mir das. Jetzt kann ich den nächsten Schritt tun.«

Alma nahm Ulrica in den Arm und zog sie fest an sich.

Während Alva sich schon auf den Weg zum Hafen in Bäckviken machte, radelte Ulrica zurück zum Ferienhaus und holte ihren Trolley. Sie schlotterte, als hätte sie Schüttelfrost. Sie konnte nicht glauben, was sie gerade erlebt hatte. Nicht zu fassen, die Geschichte ihrer Mutter. Auch wenn sie das Geheimnis um ihre schreckliche Kindheit jetzt gelüftet hatte, war es gar nicht so schlimm gewesen, das Böse war mit dem Wind verflogen wie die Samen der Pusteblume. Als Ulrica den Trolley durch die Haustür zog, fühlte sie sich so erleichtert wie schon lange nicht mehr. Sie schloss ab, legte den Schlüssel wieder unter den Blumentopf, warf noch einen letzten Blick auf das Haus und ging durch das Gartentor. Bea saß nicht am Küchenfenster. Das kam nur noch selten vor. Und das war gut so. Es bedeutete, sie würde den Winter gut überstehen.

Eine Uferschwalbe flog ganz tief über Ulricas Kopf. Sie lächelte, zum ersten Mal sah sie jetzt den kleinen Inselvogel. Dann flüsterte sie leise Lebewohl zu ihrem Häuschen und machte sich auf den Weg zum Hafen, wo ihre Mutter auf sie wartete.

Ulrica, einen Monat später

Langsam strich Ulrica über den neunten Brief. Als sie am Tag nach ihrem Geburtstag wieder zu Hause waren, hatte Alva ihr die Briefe zum Lesen gegeben, doch sie hatte sie erst einmal nur an sich genommen. Sie war gespannt auf die Geschichte ihrer Großmutter, wollte aber den Kopf frei haben für die Begegnung mit Jack. Kurz darauf war sie nach Luleå gefahren. Voller Stolz hatte Jack sie durch die Stadt geführt. Er hatte Spaghetti carbonara für sie gekocht, und sie hatte es geschafft, sich aus der Küche fernzuhalten, war nicht wie früher mit einem Lappen herumgesprungen und hatte dazwischengefunkt, sondern war nur zum Abschmecken an den Herd gekommen. Da hatte sie so getan, als würde sie in Ohnmacht fallen, weil seine Soße so unglaublich gut schmeckte. Und er war in Lachen ausgebrochen, hatte gemeint, sie sei ja verrückt, und sie mit einem Geschirrtuch wieder aus der Küche vertrieben.

Immer wieder hatte sie tiefe Dankbarkeit empfunden. Sie hatte eine Chance bekommen, neue, schöne Erinnerungen zu schaffen, und sie hatte sie genutzt. Jack und sie verbrachten innige Tage miteinander, und sie konnte liebevoll mit ihm umgehen, ohne Erwartungen an ihn zu haben und ihn unter Druck zu setzen. Auf die Art kam sie ihrem Sohn viel näher. Es gab nichts, was ihr mehr bedeutete.

In zwei Monaten würde er nach Hause kommen, um mit der Familie Weihnachten zu feiern, und im nächsten Sommer wollte er in die USA fliegen und seinen Vater besuchen. Denn endlich hatte sie das Thema angesprochen und gefragt, ob er ihn vermisse. Die Frage, die sie aus Angst vor seiner Antwort nie gestellt hatte. Er hatte erwidert, dass er ihn hin und wieder durchaus vermisse. Sie gab zu, dass sie den Kontakt zu seinem Vater schon früher, als er noch klein war, viel mehr hätte unterstützen müssen, doch dass sie Angst gehabt hatte, ihn so weit wegfliegen zu lassen. Dass sie bei der Vorstellung, er könne nicht mehr zu ihr zurückkehren, sogar in Panik geraten war.

Das war das wichtigste Gespräch gewesen, das sie je miteinander geführt hatten. Jack hatte ihr erklärt, dass er sich nicht getraut habe, ihr zu sagen, dass er den Papa gern besucht hätte, denn er wollte sie ja nicht verletzen. Und Ulrica fiel sofort ein, wie oft sie in derselben Zwickmühle gesteckt hatte, wie oft sie als Teenager zurückgestanden hatte aus Rücksicht auf Alva und auf wie vieles sie dadurch in ihrer Teeniezeit verzichtet hatte.

Als sie sich dann in die Arme schlossen, war Ulrica heilfroh, dass sie dieses Muster nun endlich durchbrechen konnten. Damit war der wichtigste Zweck ihrer Reise nach Ven erfüllt.

Sie blickte sich in der Küche um. Da hatte sie nämlich auch ein bisschen »Bea gespielt« und frisch gestrichen. Nicht jadegrün, aber einen sanften Orangeton, denn Orange stand für Wärme und Optimismus, und die Farbe tat ihr gut. Mit den neuen Grünpflanzen und dem türkisfarbenen Service, das sie auf einem Flohmarkt aufgestöbert hatte, war ihre Küche jetzt wie neu. Sie entsprach ihr jetzt irgendwie viel mehr. Der neuen Ulrica, die nun spross und gedieh, nachdem die Stolpersteine, die ihr Leben ausgebremst hatten, endlich aus dem Weg waren. Sie hatte sogar Angelikas Drängen nachgegeben und mit Yoga angefangen. Unter der Bedingung, dass Angelika sie nicht länger bequatschen würde, sie solle sich einen Freund anschaffen. Denn der konnte ihr gestohlen bleiben. Auch wenn Daniel – als er ihr so tief in die Augen gesehen und sie gefragt hatte, ob es denn wirklich Zufall oder eher Schicksal gewesen sei, dass sie sich so oft über den Weg gelaufen waren – ihr öfter durch den Kopf geisterte und für ein gewisses Kribbeln sorgte.

Sie besuchte ihre Eltern jetzt wieder sonntags zum Essen, und mit jeder Woche, die verstrich, verfolgte sie, was sich mit Alva tat. Klitzekleine Veränderungen, hier und da. Mal war das Steak nicht rechtzeitig fertig oder sie hatte das Gelee gekauft, anstatt es selbst zu machen. Am vergangenen Sonntag hatte sie Ulrica sogar ungeschminkt empfangen. Für andere Menschen war so etwas nichts Besonderes, doch bei Alva bedeutete es, dass sie den Rahmen ihrer eigenen Erwartungen an sich und ihre Perfektion gerade sprengte. Bislang hatte sie sklavisch daran festgehalten.

Gespräche über Gerda oder Sofia hatte es gar nicht mehr viele gegeben. Nachdem Ulrica die Briefe gelesen hatte, wusste sie, dass Alva nun einiges zu verarbeiten hatte.

Sie blickte auf den Stapel Briefe, der vor ihr lag. Sie hatte Sofia seither nicht wieder besucht, nichts von ihr gehört, seit sie die Briefe in Empfang genommen hatte, aber sie dachte immer wieder an sie und fragte sich, ob es ihr gut ginge und ob sie hin und wieder Besuch bekäme. Alvas Entscheidung, Sofia nicht zu besuchen, hatte sie akzeptiert, doch Ulrica wollte der alten Frau unbedingt noch mitteilen, dass ihre Tochter die Briefe gelesen hatte. Vielleicht könnte dieses Wissen ihr inneren Frieden schenken.

Der Oktoberwind wirbelte das Laub über die Fußwege. Ulrica lachte, als sie eine Böe im Rücken packte und vor sich hertrieb, bis vor die Tür des Hauses Magnolie. Sie öffnete das Tor und ging hinein.

In den Gängen war alles still. Zwei Frauen saßen im Aufenthaltsraum und spielten Karten. Ulrica ging weiter. Heute kreuzte keine Pflegerin ihren Weg. Die Tür zu Sofias Zimmer war nur angelehnt. Sie zog die Tür auf und sah, dass der Raum leer und gereinigt war. Alle persönlichen Gegenstände waren weg. Vor ihrem inneren Auge sah sie noch den Rollstuhl vorn am Fenster stehen, doch nun stand nur noch das Bett im Zimmer, darüber der Schutzüberzug aus Kunststoff. Es knisterte, als sie sich auf der Kante niederließ.

Ulrica schlug sich die Hände vor den Mund, um nicht laut loszuschreien. War ihre Großmutter jetzt gestorben? Warum war sie nicht schon früher gekommen? Sie hatte sich mit so vielen anderen Dingen beschäftigt. Nun hatte Sofia nicht mehr erfahren, dass Alva ihre Briefe gelesen hatte. Ulrica ließ den Kopf hängen und kniff die Augen zu. Ob sie ganz allein gestorben war oder ob sie jemanden an ihrer Seite gehabt hatte? Das wollte sie wissen.

»Dachte ich mir's doch, da ist jemand in das Zimmer

gegangen«, hörte sie in dem Moment eine Stimme hinter sich.

Ulrica schlug die Augen auf und schluckte. »Ist sie …« Ihre Stimme brach.

»Sofia ist nur in ein größeres Zimmer umgezogen«, sagte die Pflegerin und bedeutete ihr mitzukommen.

»Umgezogen? Dann ist sie nicht …?«

Die Pflegerin lachte. »Sofia ist zwar alt, aber kerngesund!«

Ulrica konnte es kaum fassen. Sie war am Leben! Aus ihrem Bauch blubberte ein Lachen auf und ihr Gesicht war ein einziges Strahlen.

Die Pflegerin ging vor und wies auf eine Tür. »Viel Spaß.«

Ulrica nickte, atmete tief durch, versuchte sich zu beruhigen und öffnete die Tür. Dieses Zimmer war eher eine Art Apartment mit kleinem Flur und einer Kochnische. Der Flur führte zu einem Zimmer, in dem am Fenster zwei Sessel standen. Auch hier hatte man einen Blick in den Garten. Ulrica traute ihren Augen nicht. In dem einen Sessel saß Sofia, in einem hübschen beigen Kleid, mit passender Strickjacke, die langen grauen Haare trug sie heute offen. Im anderen Sessel, schräg gegenüber, saß eine Frau in einem dunkelblauen Kleid, auch mit offenem, aber graublondem Haar. Es war nicht so lang wie Sofias Haar, aber ebenso kräftig. Keine von beiden hatte bemerkt, dass Ulrica in den Flur getreten war. Fassungslos stand sie da und hörte ihre Mutter fröhlich plaudern.

»Ein Stück Kuchen?«, fragte Alva und hielt Sofia eine Platte hin.

»Vielen Dank.«

Sie beugten sich beide vor, tunkten ihren Napfkuchen in den Kaffee und verdrückten das aufgeweichte Stück. Dann sahen sie sich ins Gesicht und fingen gleichzeitig an zu lachen. Ulrica kam der Gedanke, dass das Lachen eines Menschen so etwas Einzigartiges wie sein Fingerabdruck sein musste. Keiner war wie der andere. Aber bei Alva und Sofia konnte man eine Ähnlichkeit feststellen, ihr Lachen strömte geradezu wellenartig durch den Raum, unmöglich, nicht davon erfasst zu werden. Ulrica musste schmunzeln. Sie tastete ihren rasenden Puls und blieb im Flur stehen. Aufmerksam verfolgte sie ihr Gespräch.

»Jetzt ist es wirklich Herbst geworden«, sagte Sofia. »Meine Lieblingsjahreszeit.«

Alva schauerte. »Ich mag den Frühling lieber, wenn alles grünt und sprießt.«

Sofia lächelte und legte ihre Hand auf Alvas Hand. »Das ist so eine Freude.« Dann wies sie auf den Tisch, wo ihre Kaffeetassen standen. »Und da liegt der zehnte Brief an dich.«

»Ach, wirklich?«, sagte Alva. »Ich habe mich schon gefragt, wo er abgeblieben ist.«

»Du weißt ja, ich habe dich nie ganz verlassen«, sagte Sofia.

Ulrica konnte nicht hören, was ihre Mutter darauf erwiderte.

»Möchtest du ihn vorlesen?«, fragte Sofia.

Alva nickte und öffnete den Umschlag. Ulrica schloss die Augen und lauschte Sofias Worten, die nun mit Alvas Stimme im Zimmer erklangen.

10. Brief, 11. Dezember 2012

Meine allerliebste Alva!

Heute ist mein achtzigster Geburtstag. Noch immer habe ich die Stimme meiner Mutter im Ohr, wenn sie mich als Kind abends ins Bett brachte und fragte: »Und wer hat am selben Tag Geburtstag wie du?« Und ich antwortete jedes Mal: »Ellen Key.« Und dann war ihre zweite Frage: »Und weißt du, was das heißt?« Und ich sagte voller Überzeugung: »Dass ich dazu bestimmt bin, große Taten zu vollbringen.« Darauf zum Schluss ihre Worte: »So ist es recht, meine Kleine«, bevor sie leise aus dem Kinderzimmer ging. Mit Ellen Key hatte ich nicht nur den Geburtstag gemeinsam. Ich teilte auch meinen Namen mit ihr. Ellen Key hieß nämlich Sofia mit zweitem Namen. Diesen Namen suchte meine Mutter für mich aus, weil sie mich liebte und mir viel zutraute. Jahrelang empfand ich das als eine schwere Last auf meinen Schultern. Heute bin ich auf meinen Namen stolz. Schließlich habe ich das Größte geschafft, was man tun kann. Ich habe dir das Leben geschenkt.

In meinem ersten Brief habe ich geschrieben, dass es mir nicht darum geht, meine Sünden zu bereuen, sondern sie zu akzeptieren. Am Ende habe ich es auch geschafft. Ich habe angenommen, was ich nicht ungeschehen machen konnte. Und das getan, was in meiner

Macht stand. Ich wurde ein winziger Teil deines Lebens, auch wenn du davon nichts wusstest. Wir sind uns nicht nur auf Ven über den Weg gelaufen, als du deinen Rucksack verloren hast. Weißt du noch, als du zwanzig warst und weinend auf der Treppe gesessen hast, weil dein Freund mit dir Schluss gemacht hat? Deine Tränen waren so herzergreifend leise. Erinnerst du dich an die Frau, die dir eine Tüte aus der Bäckerei überreichte, in der ein Vanilleherz lag, und die sagte: »Nur ein gebackenes Vanilleherz kann ein gebrochenes heilen.« Ich muss schmunzeln, während ich diese Worte schreibe. Es gab einige solcher Begegnungen. Vielleicht fällt es dir jetzt auf, wenn ich dir davon berichte. Als du an einem Abend zu viel getrunken hattest und dich in den Büschen übergeben musstest und dich dann nicht nach Hause getraut hast, weil Gerdas strenge Regeln solche Feiern strikt verboten. Ich habe auf der Bank neben dir gesessen, dir die Stirn feucht abgewischt, dir eine Schmerztablette gegeben und dir das Gesicht gepudert, sodass du nach Hause gehen konntest. Als du mich gefragt hast, wer ich bin, habe ich gesagt: »Jemand, der sich mit dem Feiern ganz gut auskennt und mit dem Kater danach auch.« Weißt du noch, als du geheiratet hast? Ich kann mich an jede Sekunde erinnern. Ich stand an einem Grab und tat so, als würde ich ein Licht anzünden, als du mit deinem Urban aus der Kirche tratest und auf der Treppe stehen bliebst. Die Gäste warfen Reis und ließen euch hochleben. Ich weiß noch, wie du dich mittendrin zu mir umgedreht und mir ins Gesicht gesehen hast. Es waren wohl nur wenige Sekunden, doch es fühlte sich an wie eine Ewigkeit. Vielleicht habe ich es mir nur eingebildet, aber es sah aus, als würdest du mich wiedererkennen und ein Nicken andeuten. Und als du mit deinem süßen Mädchen aus der Entbindungsklinik kamst, saß ich auf einer Bank und beobachtete deine ersten Schritte als frischgebackene Mutter. Und ich wusste, du würdest diese Rolle besser meistern als ich. Du fragst dich bestimmt, warum ich nicht zu dir Kontakt aufgenommen habe, als Gerda starb. Aber ich fand, es stand mir nicht zu. Das Einzige, was ich tun konnte, war zu warten, wo die Blumen blühten, bis du selbst so weit warst.

Dies ist nun mein zehnter und letzter Brief. Ich bete, dass ich ihn dir eines Tages eigenhändig überreichen kann. Nach ein paar Hüftoperationen kann ich mich nun nicht mehr um mein Haus kümmern und werde ins Haus Magnolie in Landskrona umziehen. Mir blutet das Herz, doch das Wichtigste lasse ich hier. Das Wilde Geißblatt, das meine Mutter damals gepflanzt hat. Ich hoffe und will glauben, dass es dir den richtigen Weg weist.

Alles Liebe, deine Mama Sofia

Ulrica schluchzte auf und in dem Moment fuhren Alva und Sofia herum.

»Ulrica?«, rief Alva erstaunt und sprang auf. »Was machst du denn hier?«

»Ich wollte nur nach Sofia sehen. Seit ich die Briefe mitgenommen habe, bin ich nicht mehr hier gewesen.«

Alva kam auf sie zugesprungen und strich ihr die Tränen aus dem Gesicht. Ihr Blick war frei von jedem Vorwurf. »Der Kuchen reicht auch für dich noch«, sagte sie.

Ulrica trat ins Zimmer, nahm sich eine Serviette und trocknete ihre Tränen. Als sie nun Sofia und Alva gleichzeitig erblickte, war die Ähnlichkeit nicht zu übersehen. Die hohen Wangenknochen, diese strahlend blauen Augen. Sie schniefte und sah ihre Mutter an. »Kannst du dich an all das noch erinnern?«

Alva lächelte, auch ihre Augen glänzten. »An manches, ja. Aber ich bin nie auf die Idee gekommen, dass das meine richtige Mutter sein könnte, die mir über den Weg lief. Eher eine Art gute Fee, die aufgetaucht ist, wenn ich sie am meisten gebraucht habe.«

Sofia tätschelte Alvas Hand. »Ich kann dir gar nicht sagen, wie dankbar ich bin, dir den letzten Brief persönlich geben zu dürfen.«

»Und ich bin dankbar, dass du, mit Ulricas Hilfe, die anderen neun tatsächlich abgeschickt hast«, sagte Alva. »Ich glaube, jetzt ist es an der Zeit, dass ich es so mache wie du. Dass ich das akzeptiere, was sich nicht mehr ändern lässt, und jetzt das tue, was noch möglich ist.« Sie blickte Ulrica an. »Und ich hoffe mal, nein, eigentlich weiß ich es, dass du alles viel besser machen wirst als wir alte Schussel.« Alva nahm Sofia in die Arme. »Ich sollte langsam nach Hause fahren, aber ich komme übermorgen wieder wie gewohnt.«

Wie gewohnt?, dachte Ulrica. Wie oft hat sie Sofia wohl schon besucht?

»Ich warte draußen auf dich«, sagte Alva zu Ulrica.

»Okay«, antwortete sie und ließ sich in dem Sessel nieder. Sie schluckte und blickte ihre Großmutter an. Sofia ergriff ihre Hand. Ihre Haut war ganz warm und weich wie Seide.

»In dir erkenne ich meine Mutter Cecilia wieder. Sie war eine starke, selbstbewusste Frau, die wusste, worauf es im Leben ankam. Was nicht hieß, dass es ihr leichtgefallen ist, sie hatte noch so viel vor. Aber die Zeit war noch nicht reif dafür. Die Welt war noch nicht reif dafür. Doch sie hat all diese Steine für uns ausgelegt, dass wir darüber gehen können. Ich bin ordentlich gestolpert und hingefallen, aber bin jedes Mal wieder aufgestanden. Jetzt bist du dran, darüber zu gehen. Und herauszufinden, wo sie dich hinführen.«

Ulrica wollte schon antworten, dass sie gerade dabei war, jetzt, da sie die Beziehungen zu ihrer Mutter und ihrem Sohn erneuerte und die Küche frisch gestrichen hatte. Doch Sofia fuhr gleich fort:

»Dir habe ich es auch zu verdanken, dass ich kürzlich mit meinem Cousin Valdemar telefoniert habe. Wir hatten bislang kaum Kontakt.«

»Warum?«, fragte Ulrica. »Valdemar ist ein so feiner Mensch.«

Sofia zuckte mit den Schultern. »Die Familie Cederström ist riesig und der Altersunterschied zwischen uns groß. Da haben wir uns höchstens bei den Familienfesten und Geburtstagen gesehen, als wir klein waren. Und dann, na ja, du hast ja die Briefe gelesen … Ich habe die Insel sehr jung schon verlassen und bin eigentlich erst im Alter von vierzig Jahren wieder zurückgekommen, und damals hatte ich wenig Interesse, Kontakte wiederaufzugreifen. Ich meinte, ich brauchte niemanden, ich kam ja wunderbar allein zurecht. Ich glaube, Valdemar hatte sich damals sogar einige Male bei mir gemeldet, aber ich habe nie darauf reagiert.«

Sie schenkte sich noch Kaffee nach und nippte an ihrer Tasse. »Aber als er jetzt angerufen hat, bin ich rangegangen. Ich weiß nicht, wer von uns mehr gestaunt hat – er oder ich.« Sie zwinkerte mit einem Auge. »Er hat mir erzählt, dass du mit dem Meer sprechen kannst. Das können nur ganz wenige.«

Ulrica lächelte.

»Ich glaube, dass du in deinem Innersten schon weißt, wohin dich diese Steine führen werden«, sprach sie weiter und drückte Ulricas Hand. »Geh jetzt zu deiner Mutter. Und wenn du Zeit hast, komm gern übermorgen mit ihr zusammen wieder zu Besuch.«

Ulrica nickte. »Pass gut auf dich auf«, sagte sie.

»Das mache ich«, sagte Sofia schmunzelnd. »Ich habe Valdemar versprochen anzurufen.«

Ulrica lief die Gänge entlang bis zum Ausgang und trat an die frische Luft. Inzwischen fielen vereinzelt Regentropfen. Der Sauerstoff hier draußen tat gut.

»Meine Güte. Du bist ja leichenblass«, sagte Alva.

»Ist wohl alles ein bisschen viel«, sagte Ulrica und atmete weiter tief durch.

Alva lächelte, hakte sich bei ihr unter und dann gingen sie los. Der Regen störte sie nicht.

»Ich nehme an, du bist jetzt ein bisschen schockiert. Aber ich musste sie erst mal alleine treffen.«

»Kann ich verstehen«, sagte Ulrica. »Und was für ein Gefühl hast du jetzt?«

»Es ist heilsam«, sagte Alva strahlend. »Danke. Diesen Schritt hätte ich niemals gemacht, wenn du mich nicht angeschubst hättest.«

In Ulricas Gesicht kam die Farbe zurück. »Das ist

eigentlich gar nicht mein Verdienst. Du musst dich bei einer Frau namens Bea bedanken. Ich hoffe, du lernst sie irgendwann mal kennen.«

Sie standen jetzt vor Alvas Wagen.

»Ich habe ein bisschen weiter hinten geparkt«, sagte Ulrica.

Alva nahm sie in die Arme und hob schon die Hand, um ihr eine Haarsträhne aus dem Gesicht zu streichen, doch dann ließ sie es sein.

Ulrica grinste.

Es gab so vieles, über das sie reden mussten. Doch das hatte Zeit. Nach und nach würden sie diese Gespräche führen, so viel stand fest. Vielleicht hatte sich ihr Verhältnis in dieser Hinsicht am meisten verändert.

Sie standen nebeneinander und ganz spontan legte Ulrica den Kopf in den Nacken und fing die Regentropfen mit der Zunge ein. Und Alva machte es ihr nach. Dann sahen sie sich an, lachten und gingen schließlich zu ihren Autos.

Wenige Minuten später fuhr Ulrica an der Küste hinauf nach Helsingborg. In dem kleinen Fischerdorf Ålabodarna hielt sie kurz an und blickte durchs Seitenfenster hinaus auf den Öresund. Hier auf dem Festland regnete es, und der Himmel war wolkenverhangen und grau, doch über der Insel schien noch die Herbstsonne. Welch unwirkliches Bild.

Ulrica dachte an Sofias Worte und fragte sich, ob sie wohl recht hatte. Würden die Steine sie nach Ven führen?

Bea

Bea kochte Kaffee und setzte sich an den Küchentisch. Der Landsvägen war im Novembergrau verlassen und leer. Doch die Sekunden hämmerten nicht mehr in ihr Herz, wie noch im Sommer. Davor hatte sie sich so gefürchtet. Jetzt wusste sie, dass das triste, ungemütliche Wetter gleich von ein paar Menschen aufgeheitert werden würde, die Farbe in ihr Leben brachten. Sie waren schon auf dem Weg zu ihr. Bea schmunzelte und fuhr mit der Hand über die Stelle auf ihrem Tisch, wo ihr vor Kurzem noch die blaue Blume der Wachstischdecke geholfen hatte, sich zu beruhigen, wenn sie nervös wurde. Jetzt brauchte sie die nicht mehr, aber es war auch ein gutes Gefühl zu wissen, dass das Tischtuch noch im Schrank lag und greifbar war, für den Fall, dass sie noch einmal derart in Not geriet.

Sie warf einen Blick auf den Kalender vor ihr. Ihre Woche war mit kleineren und größeren Aktivitäten ausgefüllt. Heute war das Flipperturnier, morgen würde sie im Chor singen und am Wochenende übernahm sie Klas' Hund. Der Gedanke an Klas zauberte ein Lächeln in ihr Gesicht. Auf der Insel war viel über sie geredet worden. Bea konnte sich denken, was die Leute tuschelten: *Kaum zu glauben, dass sie, frisch geschieden und gerade erst in Rente, nun doch noch das Glück in der Liebe gefunden hat.*

Und dann noch einen Mann, der zehn Jahre jünger ist und seit ewigen Zeiten Single. So unterschiedlich, die beiden, und trotzdem passt es wie die Faust aufs Auge.

Aber sie waren kein Paar. Nur allerbeste Freunde. Klas stand auf Männer. Irgendwann hatte er es Bea freiheraus erzählt, in ihrer Küche, mitten im Abwasch. Und sie hatte im Spaß erwidert, dass das nun endlich erklärte, warum er, dieser Schrank von einem Mann, diesen kleinen Schoßhund hatte.

Da hatte er mit dem Lachen kaum noch aufhören können. Und dann war er mit einem Mal in Tränen ausgebrochen. Was ihn selbst erstaunt hatte, denn er war doch gar nicht traurig. Aber kein anderer Mensch wusste darüber Bescheid, und Bea davon zu erzählen, war, als hätte er sich ein Gummiband losgerissen, das sein ganzes Leben lang viel zu eng um sein Herz gezogen war.

Diese Erinnerung rührte Bea. Sie hatte ihn ganz fest in den Arm genommen. Dieses Geheimnis war noch viel trauriger als viele andere und wog enorm schwer, wenn man es allein mit sich herumschleppte. Aber warum erzählst du das nicht, hatte sie ihn gefragt. Wir leben doch nicht mehr in den Fünfzigerjahren. Er hatte nur mit den Schultern gezuckt, den Kopf geschüttelt und geantwortet, das wisse er selbst nicht so genau. Es sei einfach so gekommen.

Ihre Gedanken wanderten weiter zu den anderen Geheimnissen, die in letzter Zeit ans Licht gekommen waren.

Ihr kam Lucy in den Sinn. Bea hatte viel darüber nachgedacht, dass Liam eine künstliche Befruchtung ablehnte, und schließlich hatte sie Lucy noch einmal darauf angesprochen. Sie hatte sie ermutigt, weiterhin mit Liam im Gespräch zu bleiben. Vielleicht sollte es doch sein, dass sie Eltern wurden, auch wenn sie ein bisschen Starthilfe brauchten. Und als Lucy und Liam aus dem Urlaub in Cornwall zurückgekommen waren, hatte sie ihr erzählt, zu welchem Schluss sie gekommen waren. Wenn sie Glück hatten, würde neben der Jazzmusik im Café irgendwann auch Babygeschrei ertönen. Lucy drückte Bea ganz fest und bedankte sich bei ihr, dass sie darauf gedrängt hatte, noch einmal mit ihrem Mann zu sprechen, ihr Kinderwunsch war doch viel zu stark, als dass sie ihn einfach so unterdrücken konnte.

Wie der Sprecher in dem Radiobeitrag gesagt hatte: Indem man darüber spricht, wird man frei. Das galt auch für Daniel. Als Ulrica die Insel zum zweiten Mal verlassen hatte, ohne sich ordentlich zu verabschieden, hatte er sich vergraben und in die Arbeit gestürzt. Das Ergebnis war ein fast fertig renovierter Hof. Und nur Bea wusste Bescheid. Sie war die Einzige, die wusste, dass er vorhatte, die Insel für immer zu verlassen.

Aber diese Sache geheim zu halten und den Verkauf so schnell wie möglich über die Bühne zu bringen, hatte ihn schwer belastet, daher war sie eines Tages einfach zu ihm hingefahren und hatte ihn beim Essen unverblümt darauf angesprochen. Schließlich hatte sie ihn umstimmen können, und er hatte beschlossen, seine Freunde auf der Insel in sein Vorhaben einzuweihen, und obwohl ihn eigentlich keiner gehen lassen wollte, unterstützten sie ihn. Aber Bea fragte sich, ob der Verkauf eventuell doch vorübergehend auf Eis gelegt war, jetzt, da er Ulrica half, die Villa Nova wieder herzurichten. Sofias Wunsch war, dass das Haus im Familienbesitz bleiben solle, damit es den Kindern zur Verfügung stand.

Bea schmunzelte und ging ins Büro, wo an der Pinnwand noch immer ihre Zettel hingen. Hier war sie schon lange nicht mehr gewesen. Was sollte sie mit diesem Zimmer jetzt anfangen? Würde sie daraus ein Lesezimmer machen, diese Idee war ihr ja schon früher im Kopf herumgeschwirrt? Oder vielleicht besser einen Fitnessraum?

Sie gluckste vor Lachen. Nie im Leben! Auf jeden Fall sollte diese Pinnwand weg und der Teppich musste raus. Sie begann, die Pins und Zettel abzumachen, und stapelte sie auf dem Fensterbrett, als es an ihrer Tür klopfte. Sie warf einen Blick auf die Uhr. Es war schon sechs.

Sie ging aus dem Zimmer und öffnete die Haustür. Da standen Klas und Daniel mit Chipstüten in der Hand. Sie sah auch schon Ulrica, die auf dem Landsvägen angeradelt kam und mit einer Flasche Wein winkte. Inzwischen konnte man wirklich denken, sie sei eine Einheimische. Kaum zu glauben, dass das dieselbe Frau war, die im Sommer mit dieser schlimmen Falte auf der Stirn hierhergekommen war. Bea lachte und ließ sie alle hinein.

»Findet ihr es eigentlich auch ungerecht, dass Bea hier einfach jederzeit flippern üben kann?«, fragte Daniel, als er die Chips in eine Schüssel kippte.

»Ja, absolut. Pappi und ich kommen hier auf unserer Abendrunde immer vorbei und jedes Mal blinken da die bunten Lämpchen«, sagte Klas und grinste breit.

Bea lachte. »Ich weiß gar nicht, wovon ihr redet. Als würde ich mogeln.«

Ulrica verdrehte die Augen. »Und du meinst, das nehmen wir dir ab?«

Klas und Daniel diskutierten auf dem Weg ins Wohnzimmer verschiedene Taktiken. Ulrica blieb bei Bea in der Küche stehen und schenkte ihnen Wein ein. Bea sah sie an, und als Ulrica die Flasche hingestellt hatte, fasste sie sie an den Händen. Dann standen sie einfach nur da und sahen sich an.

»Ich bin so froh, dass du wieder zurück bist«, flüsterte Bea.

»Und ich bin froh, wieder zurück zu sein«, sagte Ulrica. »Ich habe Jack ganz viel von dir erzählt. Zu Weihnachten kommt er her und hilft uns bei der Renovierung und er freut sich jetzt schon auf eine Runde flippern.« Sie drückte Bea innig und nickte zum Wohnzimmer hinüber. »Sind wir bereit, es mit den Gockeln da drüben aufzunehmen?«

»Sind wir.«

Während Ulrica mit den Gläsern ins Wohnzimmer ging, huschte Bea noch einmal schnell in ihr Büro. Pappi hing ihr an den Fersen. Den einen Zettel, auf dem stand: *Studien haben gezeigt, dass ein Mensch im Durchschnitt dreizehn Geheimnisse hat, fünf davon sind so geheim, dass wir nie mit irgendwem darüber sprechen,* pinnte sie vorsichtig wieder an die Wand. Dann blickte sie hinunter zu Pappi: »Vielleicht lassen wir das Zimmer im Moment so, wie es ist. Die Zeit wird zeigen, ob da nicht noch das eine oder andere Geheimnis ans Licht will. Damit manchem die Schultern leichter werden. Oder was sagst du dazu?«

Pappi wedelte begeistert mit dem Schwanz.

Bea freute sich.

»Das Flipperturnier geht los!«, rief Klas.

»Komme«, rief Bea zurück und warf einen letzten Blick auf ihre Pinnwand. Dann schloss sie die Tür.

Dank

Zuallererst: DANKE an all meine Leser, Zuhörer, an all die engagierten Buchblogger und Schriftstellerfreunde. Ihr seid unbezahlbar!

DANKE an alle, die sich an irgendeiner Stelle im Bokförlaget Forum mit meinen Büchern beschäftigen. Ein besonders dickes Dankeschön an meine Verlegerin Ebba Östberg, der immer genau die richtigen Fragen einfallen, um meinen Kopf in Gang zu setzen, an Marie Jungsand und Josefina Karlström, die immer eine professionelle und kreative Werbung auf die Beine stellen – es tut so gut, mit euch zusammenzuarbeiten –, und einen ganz großen Dank auch an meine Lektorin Kerstin Ödeen, die an meinen Worten bis zum Schluss gefeilt hat.

Danke an die Enberg Agency für den Input und den Verkauf in andere Länder, den Graphiker Niklas Lindblad, der den wunderschönen Umschlag gestaltet hat, und Gunilla Nordkvist auf Ven, die mir Rede und Antwort gestanden hat, als mir noch in letzter Minute Fragen zum Wegenetz und der Ausschilderung einfielen.

Die innigste Umarmung aber geht an euch drei, die mir alles bedeuten – Peter, Kelvin und Elliot.

PS: Der Roman spielt auf der fantastischen Insel Ven, die zwischen Schweden und Dänemark im Öresund liegt.

Wie gewohnt erlaube ich mir auch in diesem Buch eine gewisse dichterische Freiheit, daher stimmt nicht alles, was ich über die Insel schreibe, mit der Wirklichkeit überein!

Tiefblauer Himmel, duftende Zimtschnecken und das beruhigende Rauschen der Wellen: ein Roman wie ein Urlaub am Meer!

352 Seiten. ISBN 978-3-7341-0980-5

Bei der Testamentseröffnung ihrer Mutter wird Sophie unerwartet Besitzerin eines alten Kurhotels an der Küste von Schonen. Sophie, die in Berlin lebt und keine enge Bindung zu ihrer Mutter hatte, fasst den Entschluss, das »Strandhotel Meeresbrise« zu verkaufen. Doch das alte Haus mit der grünen Holzfassade hat eine äußerst kostspielige Renovierung nötig, weshalb sie eine Annonce veröffentlicht, in der sie Handwerker sucht, die ihr dabei helfen. Die drei Menschen, die daraufhin mit ihr in das Hotel einziehen, werden nicht nur dafür sorgen, dass die Fassade des Kurhotels wieder repariert wird, sondern auch Sophies gebrochenes Herz.

Lesen Sie mehr unter: **www.blanvalet.de**